FÉLIX DÉMARQUEZ

LE DÉPUTÉ

DE

VILLÉTRANGE

(Pamphlet d'actualité)

NEUILLY

IMPRIMERIE DE L'ABEILLE, J. ROUSTAING ET Cⁱᵉ

20, Rue du Nord, 20

1884

LE DÉPUTÉ

DE

VILLÉTRANGE

LE DÉPUTÉ

DE

VILLÉTRANGE

(Pamphlet d'actualité)

PAR

FÉLIX DÉMARQUEZ

NEUILLY

IMPRIMERIE DE L'ABEILLE, J. ROUSTAING ET Cie

29, Rue du Nord, 29

1881

LE DÉPUTÉ

DE

VILLÉTRANGE

I

Il y a quelques années, le hasard et aussi une certaine affinité de goûts et d'habitudes avaient réuni, dans un petit salon du local de leur association, cinq à six membres du cercle des ***.

Après avoir abordé et délaissé tour à tour, à peine effleurés, nombre de sujets de conversation, on en vint à parler de la contrainte et de la gêne que chacun ressent, plus ou moins, selon son caractère et sa position et qui résultent de la promiscuité forcée des aménagements parisiens.

Ai-je dit que nos discoureurs étaient tous, sinon vieux garçons, du moins à cette limite

d'âge où le dieu de la matrimonialité, s'il en est
un, peut éprouver la crainte sérieuse de ne jamais les compter dans le giron de son église?
Ce serait donc le cas de reproduire, une fois de
plus, le fameux cliché du cheval de bataille, qui
dresse l'oreille aux échos de la trompette guer-
rière. Je me contenterai de dire, pour varier,
que les tueurs de temps, en question, qui, jusqu'alors, avaient paru comme engourdis dans
une douce somnolence, s'étirèrent bras et
jambes, secouèrent la tête et parurent enfin
avoir terminé leur sieste de l'après-midi.

L'un conta comment un médecin, habitant
au-dessus de son entresol, donnait des bals et
concerts fréquents, qui troublaient le repos de
ses nuits. Un autre, joyeux compagnon et amant
fervent du plaisir, s'attirait les mines pincées
de ses voisins et même les observations de son
propriétaire, parlant par la voix de son représentant immédiat, le concierge, pour quelques
réunions nocturnes, auxquelles Harpocrate
n'avait pas été invité.

Celui-ci était sur la langue de toute la maison
pour quelques visites que lui avaient faites, en
tout bien tout honneur — il l'affirmait, du moins
— des personnes jolies et élégantes, pouvant
très-bien être de ses parentes. Celui-là, homme
de mœurs austères et répondant au nom typique
de Corbeau, se trouvait grandement scandalisé

de rencontrer, à chaque pas, dans son escalier, des créatures, patronnes dans leur industrie, qui n'avaient besoin, ni de paniers, ni de toiles d'enveloppe, pour porter l'ouvrage à la pratique.

Tel, qui se faisait servir chez lui, affirmait que ses domestiques abrégeaient ses jours, et tel autre, fréquentant les restaurants, les présentait tous, en bloc, comme d'infâmes empoisonneurs.

Bref, à travers ces énergiques revendications des droits du *self*, ce qu'il y avait de plus remarquable, c'était de constater l'unanimité absolue de compassion, pour des griefs procédant de sources diamétralement opposées.

Nos gens s'échauffèrent tellement, qu'ils en vinrent à considérer leur position comme intolérable et appelant un remède prompt et radical. Et pourquoi non? Ils connaissaient ou s'imaginaient connaître les maux dont ils souffraient ; la volonté et les moyens d'action ne leur manquaient pas : il n'était pas besoin d'être grand sorcier pour deviner que la solution du problème était prochaine. Mais, en matière aussi grave, ces réformateurs transcendants furent sages de ne pas vouloir prendre de détermination précipitée. Il est cent mille affaires moins compliquées et d'un intérêt moins palpitant pour lesquelles les juges ont remis à quinzaine. On

ajourna donc, à quelque temps de là, de statuer
définitivement.

Au jour fixé, non-seulement les mêmes mor-
tels se retrouvèrent au grand complet, non-seulement ils avaient rallié déjà un certain nombre
de prosélytes, tous aussi zélés qu'eux, mais, de
plus, ils s'étaient fait accompagner d'une quantité d'hommes célèbres, de tous les temps, qui
se trouvaient là, sinon en chair et en os, du
moins, ce qui valait mieux, représentés par
l'essence de leur esprit, c'est-à-dire par leurs
œuvres.

Tandis que les premiers prenaient place, avec
une réelle émotion et un recueillement qui
n'avait rien d'affecté, autour d'une longue table
ornée du tapis vert de rigueur, on vit s'élever,
au centre, une imposante forteresse formée, sur
cinq faces, des ouvrages des sociologistes modernes : Saint-Simon, Ballanche, Considérant,
Proudhon et Auguste Comte y avaient chacun
leur secteur.

Toutefois, la forme pentagonale a été formellement condamnée par les maîtres en fait de
castramétation, depuis Polybe jusqu'à Vauban,
en passant par le chevalier Folard. C'est ce qui
porta Platon avec sa *République*, Rabelais avec
son *Abbaye de Thélème* et Fénélon avec sa
Ville de Salente, à s'offrir généreusement pour
ajouter quelques défenses autour d'une place à

la conservation de laquelle ils se croyaient
quelques droits de s'intéresser. Mais, ils se
virent repoussés avec le dédain le plus complet,
et ces bonnes âmes furent réduites à errer, çà
et là, toutes déconfites.

Non loin de là, et sur le même tapis vert qui
semblait comme le glacis de la citadelle des
néo-philosophes, Horace et Epicure avaient
retrouvé des parents à travers les âges et, l'air
pimpant, les vêtements ornés de guirlandes, ils
s'avançaient tous, la main dans la main. Le
doux Virgile, des *Bucoliques*, les suivait d'un
œil attendri.

A une extrémité les encyclopédistes, si terribles il y a quelque cent vingt ans, paraissaient
avoir conscience d'être complétement démodés,
sort fatal réservé aux fabricants de dictionnaires
de tous les temps. On en avait élevé une sorte
de muraille de Chine, que l'on regardait encore avec curiosité, mais qui avait cessé d'être
redoutable. Voltaire s'y était adossé, mais,
hélas! amputé, incomplet. Ses œuvres de pré-
dilection, ses tragédies, sa *Henriade*, n'assis-
taient pas à la réunion.

A l'autre bout Rousseau, toujours ombrageux, se tenait à l'écart de tout le monde.

Les économistes étaient de la fête, comme
on le pense bien, et ils avaient tous cet air de
respectability, cette apparence de profonde

1·

conviction, comme il convient à des gens
adeptes d'une science qui eut, pour effet essentiel, de faire leur fortune, à tous.

Quant aux romanciers et écrivains dramatiques, ils étaient assez nombreux. Mais il s'en
fallait qu'ils rencontrassent là les louanges et les
congratulations auxquelles on les avait accoutumés. Aussi Durat fils, l'air renfrogné, se de-
mandait-il ce qu'il allait advenir de ses *chers*
droits d'auteur si, d'aventure, pareille impression se généralisait.

Enfin, M. Corbeau, venu tardivement, avait
dû, faute de place, poser sur sa propre chaise,
une *Vie des Saints*, en quatre énormes in-
folios. Toutefois il avait pu glisser, sournoise-
ment, près de la bande des épicuriens, un petit
exemplaire de l'*Ecclésiaste*, œuvre d'un de
leurs anciens adeptes désillusionné.

Tant de lumières différentes devaient, forcément, produire plus que la clarté : l'éblouisse-
ment et même l'aveuglement. Il est vrai que
c'est grâce à ce dernier état que saint Paul, qui
avait, jusque là, erré, les yeux sains et grands
ouverts, trouva enfin sa véritable voie sur le
chemin de Damas — ce qui prouve bien que
les desseins de Dieu sont impénétrables. Mais,
c'est là une sorte de miracle dont nous sommes
moins souvent gratifiés de nos jours et l'on s'en
aperçut bien en cette circonstance.

La séance avait débuté par l'inévitable

« *O fortunatos nimium.....* »

modulé comme un solo de flûte. Mais cette
ariette fut interrompue, tout-à-coup, par des
éclats de voix bruyants sortant, *proh pudor!*
des rangs tout à l'heure si corrects des économistes.

Un observateur attentif aurait pu remarquer
que depuis un moment l'un d'eux, de son petit
nom Jean-Baptiste, jetait des regards sombres
sur un grave journal d'économie politique, que
l'on feuilletait tout proche de lui. Un nom qui
fut prononcé tout à coup, Léon... le fit bondir
hors de lui-même :

— Laissez-moi, dit-il, d'une voix entre-
coupée par la colère, à ses confrères étonnés
qui s'efforçaient, mais en vain, de le contenir;
laissez-moi...; c'est un faquin, un malheureux
qui déshonore mon nom! Je veux lui frotter les
oreilles!... Qui le connaîtrait, je vous le demande, s'il n'était pas mon petit-fils? Est-ce
son opposition à l'eau de rose, sous l'Empire,
dans le *Journal des disputes,* qui lui aurait
acquis la moindre notoriété? Que faisait-il
alors? Il s'appuyait sur mon œuvre pour critiquer : — Ceci n'était pas bien; on aurait dû
faire ça. Et patati et patata! Que ne devait-on

pas attendre d'un individu qui paraissait rempli d'aussi bonnes intentions? Est-il quelqu'un, depuis dix ans et plus, qui ait été aussi souvent et aussi longtemps grand-maître des finances? Personne, n'est-ce pas? Eh bien! voulez-vous me dire quelles réformes il y a introduites? Cela serait bien difficile; je pourrais vous dire, moi, quel rôle néfaste il y a joué, rebelle à tous les progrès et semblant se complaire à perpétuer les abus.

« — O Vauban ! continua-t-il en s'adressant à l'illustre auteur de la *Dîme royale*, toi notre maître à tous et qui n'eus besoin que de ta seule équité pour résoudre le difficile problème de l'impôt juste et équitable, aurais-tu prévu, en élevant les boulevards de la France, que des milliers de nos compatriotes les teindraient de leur sang, pour le triomphe de l'égalité et de la justice et qu'un individu viendrait ensuite, sortant de nos rangs, qui s'efforcerait constamment de proscrire la proportionnalité au profit de l'arbitraire et qui prendrait son chapeau et donnerait sa démission, quand on le convierait à chercher les moyens de supprimer les impôts les plus iniques et les plus vexatoires, ceux qui frappent les aliments de l'ouvrier?

— Mais, dit quelqu'un, tout le monde ne le voit pas du même œil que vous. Le qualificatif de « sympathique » lui a été appliqué maintes

·fois ; les percepteurs des villes le considèrent comme leur père ; les trésoriers généraux lui souhaitent des jours aussi nombreux que les grains de sable de la mer, ne redoutant rien tant qu'il sera là pour les protéger ; les boursiers font la hausse à chaque fois qu'il réapparait. Enfin, on le désigne, ordinairement, par le titre d'ami de M. de Plutus...

— Ami du diable ! interrompit, d'un ton furibond, l'irascible Jean-Baptiste. Que venez-vous me parler de traitants et de maltotiers, de boursiers et de coupeurs de bourses, de banquiers et de banquistes ! Quelle connexité pouvez-vous trouver entre la satisfaction de ces gens là et les intérêts de l'Etat ? Oubliez-vous donc que l'une est, mathématiquement, en raison inverse des autres ? Il est sympathique, dites-vous ? La belle affaire dans un siècle où Javal, l'acteur perpétuel a été illustre ! Vraiment, Messieurs, je vous admire ! Il semblerait que tout ceci ne vous touche en rien et que ce ne sont pas là vos affaires. Eh bien ! je mettrai les pieds dans le plat, puisqu'il le faut..... Oui, il n'est que trop vrai que nos ouvrages sont d'autant plus considérés qu'ils sont moins connus. On préfère nous accorder, de confiance, tous les mérites plutôt que de chercher à les· découvrir, dans nos livres. Il sonne si bien le titre d'économiste ! Mais, le faire de notre

élève donnera la mesure de nos principes.
Nous serons jugés, appréciés et j'ajouterai, à
notre juste valeur, si nous n'avons soin de
protester, de toutes nos forces, contre ce qui
est une véritable trahison. *Sic vos non vobis!*
Voilà ce que l'on dira de nous; ce sera une
nouvelle victoire pour le scepticisme, cet ennemi mortel de la société moderne. Et quant à
ce malheureux, cet homme de la Bourse, il est
déjà jugé, coté, par ce seul titre qu'on lui donne :
Homme de la haute banque!... Marigny, Sam-
blançay, Eymeri, quel rictus doit courir sur
vos lèvres, à ce spectacle, du haut de la potence
où l'on vous a accrochés! ....

— Vous êtes vif, dit quelqu'un et réellement
peu parlementaire. On ne dit pas de ces choses-
là!... Aussi bien, on n'en sortirait pas si l'on
prétendait mettre constamment d'accord les
dires et les actes et ceux-là auxquels on ferait
leur procès seraient certains de se trouver en
belle et nombreuse compagnie. Un seul exemple : Voyez Jules Lesuisse, de la grande famille des Jules. Est-il quelqu'un qui ait mieux
célébré la famille, la vertu, la morâââle? Que
de lignes éloquentes prônant le devoir, l'abnégation, le respect de soi-même, le désintéresse-
ment, toutes les mâles et austères vertus! Et
à quoi tout cela l'a-t-il conduit? A devenir
rédacteur principal dans le journal boule-

vardier qui publiait *Ratatouille*, du grand Z!
O sort! voilà bien de tes coups! serait-on
tenté de s'écrier. Eh bien! on aurait tort.
Il y avait là quelque chose de fatal et en quelque sorte de mathématique : Jules Lesuisse,
banni d'entre ses frères politiques, voulait écrire
quand même. Il lui fallait du papier, n'en fût-
il plus au monde et plutôt que de s'abstenir, il
aurait emprunté les marges de quelque édition
de Pigault-Lebrun ou du marquis de Sade. Je
sais, continua le même discoureur, que l'on a
essayé d'objecter que de la place élevée qu'il occupait, dans son journal, il ne voyait pas ce qui
se passait audessous de lui ; mais cette raison
n'a guère de valeur. Sans être un puritain, un
esclave de la forme extérieure, on s'abstient, généralement, de giter dans une maison dont le
rez-de-chaussée est orné d'un gros numéro et
il y a, entre tous les collaborateurs d'une feuille,
une réelle solidarité que l'on essayerait en vain
de nier. C'est le même drapeau qui les couvre tous de ses plis. Or donc et pour emprunter un mot connu, si le divin Jules Lesuisse a
trébuché, ne sommes-nous pas excusables de
broncher quelque peu, nous qui ne nous occu-
pons que de choses essentiellement terre-à-
terre ?

— N'importe, voulut répliquer Jean-Baptiste.....

Mais, à ce moment, Adam Smith contre l'œuvre duquel il s'était appuyé, vint à défaillir et l'entraina dans sa chute.

Il tenta de se relever. Mais Herbert Spencer le cloua sur place, derechef, par un :

— C'est assez !

en évitant la consonnance du t., calembour des plus médiocres mais qui cependant fit rire un peu, ce qui produisit diversion.

Aussi bien, la digression des économistes n'avait pas rencontré l'attention générale. Les conversations allaient leur train, émaillées d'abondantes citations.

De leur côté, les Épicuriens n'avaient pas tardé à éprouver le besoin de se distraire un peu. Jamais, les heureuses gens, ils n'eurent rien de commun avec l'économie politique, et ils avaient, tout bonnement, songé à organiser une petite sauterie champêtre. Virgile apprêtait ses pipeaux, et Rabelais, qui les avait rejoints, et qu'ils avaient accueilli comme un frère, évoquait dans son esprit le souvenir des prairies de Meudon, quand une voix retentissante lança, près d'eux, ces fatidiques paroles :

Vanitas vanitatum et omnia vanitas!

qui les mirent tous en fuite, avec des cris de terreur.

Sur ce, les sociologistes, brûlant de commencer l'action, et qui n'attendaient pour cela qu'une occasion, feignirent de croire à une alerte, et des cinq murailles de leur citadelle partit une quintuple décharge qui causa un effroi général.

Il faut en excepter cependant M. Corbeau qui, après avoir servi de porte-voix à l'Ecclésiaste, s'était mis à lire en faux-bourdon et d'un ton de voix aussi monotone qu'imperturbable, le récit de la *Vie de saint Bruno*.

Les choses prenaient, décidément, mauvaise tournure.

Tant et de si légitimes espérances allaient-elles s'évanouir? Le monde, après un vain effort, allait-il retomber plus lourdement dans sa barbarie?

— Encore une journée de perdue pour la cause du progrès de l'humanité! aurait ricané un pessimiste.

Mais, heureusement, il n'en fut pas ainsi, et le nom de celui à qui fut dû cet heureux résultat ne doit point être perdu pour la postérité.

Il se nommait Achille Potin et était un des plus jeunes membres de la réunion, mais non peut-être le moins sensé.

Il était aussi le seul qui se fût présenté, les mains dans ses poches, sans aucun compagnon mortel ou immortel.

Tandis que tout le monde pérorait autour de
lui, il avait gardé le silence le plus religieux
depuis l'ouverture des délibérations. Plus que
tout autre, dès lors, il avait pu s'apercevoir que
l'on s'égarait. Il résolut, en conséquence, d'intervenir. Profitant d'un moment où les sociologistes rechargeaient leurs pièces et où M. Corbeau s'était embrouillé en retournant ses pages,
notre homme se leva et fit remarquer que, depuis le commencement de la discussion, il avait
écouté attentivement tout le monde, et n'avait
pas encore placé un seul mot. Il demandait donc,
par réciprocité naturelle et équitable, qu'on
voulût bien lui accorder, à son tour, quelques
moments d'attention.

Ce début eut pour effet d'intéresser les auditeurs, principe essentiel du discours, selon le
docte Aristote.

— Messieurs, continua-t-il, j'entendais dire
tout à l'heure que les honorables personnages,
dont voici l'œuvre, devaient présider à nos travaux. J'y consens, pour ma part, très-volon-
tiers ; mais je ferai remarquer qu'en toute assemblée au monde, il n'y a jamais au fauteuil
qu'un seul président à la fois. Telle est aussi,
j'en suis convaincu, la pensée intime de celui
d'entre nous qui a émis cette ingénieuse remarque. On a aussi comparé les mêmes personnages à des phares lumineux qui nous guide-

raient dans notre route. Cette image est aussi
juste qu'elle est poétique; mais l'honorable
membre à qui nous en sommes redevables n'a
pu, bien certainement, perdre de vue que la
route indiquée par les phares passe à distance
d'eux; que, dans nombre de cas, leur destination est d'indiquer, non une route à suivre,
mais des écueils à éviter, et qu'en toutes circonstances, on se trouverait très-mal de gouverner droit sur eux. N'ai-je pas ainsi rendu
exactement votre pensée?

Il y eut assentiment général.

— Eh bien! Messieurs, poursuivit l'orateur,
ce sont là, à mon avis, sinon les seuls, du moins
les principaux enseignements que nous ayons à
retenir du passé. Mais, quant au progrès, c'est
en portant la tête en avant et non en retournant
sur nos pas que nous le réaliserons. Aussi bien,
c'est vainement que nous irions demander, aux
siècles écoulés, des avis sur une science dont ils
ont ignoré les premiers éléments. La *confortologie*, qui a été pressentie par quelques esprits
d'élite, est encore dans les langes, et c'est à
nous que reviendra l'immortel honneur d'avoir
guidé ses premiers pas. Or, de même qu'il est
réservé à nos petits-neveux de reculer les limites actuelles des sciences jusque dans les
siècles des siècles, de même aussi, et tout en
vénérant la mémoire de nos devanciers, se-

rions-nous inexcusables de n'avoir pas progresse
après eux. Archimède était un grand ingénieur
et Euclide un grand géomètre ; mais que de
choses les étonneraient de nos jours! Simon-le-
Magicien paraissait avoir quelques bons tours
de gibecière; et pourtant, vous le jugeriez téméraire d'aller se frotter à nos bonneteurs modernes. Nicolas Flamel, Raymond Lulle furen'
dans leur temps, des souffleurs émérites. Que
voulaient-ils? Faire de l'or!... La belle affaire!...
Il n'est si mince caissier, si petit changeur,
maintenant, qui n'y réussisse à merveille, j'entends sous le rapport du but final, qui est la possession. Et à quoi aboutissaient-ils? A perdre
leur argent. Chose aisée, à présent. Quelques
mois d'intimité avec Mlles X..., Y..., Z...;
quelques séances à un cercle quelconque, aca-
démie de la dame de Pique; quelques paris aux
courses sur les favoris désignés par les docteurs
ès-science chevaline : voilà un homme nettoyé,
rincé et complètement à sec. Tout cela sans
souffler et sans fleurer le fagot!

« Et sans demander au passé ce qu'il ignorait,
sans lui faire un crime de cette ignorance, quels
enseignements irions-nous chercher dans ses
annales? Qui interrogerions-nous? Est-ce ce
répugnant Job, croupissant sur son fumier et
raclant ses plaies à l'aide d'un tesson de vais-
selle? Sont-ce ces orgueilleux stoïciens pous-

sant jusqu'à la folie le mépris d'une vie dont ils étaient incapables de sentir le prix? Demanderons-nous le secret du bien-être aux Épicuriens abusant de tout et s'abimant fatalement dans l'amer scepticisme et le désenchantement final de Salomon? N'est-il pas vrai que, comme moi, vous ressentez un mépris profond pour les Saint-Simoniens, charlatans d'un soi-disant progrès et dont l'un des préceptes avait trait au décrottement mutuel de leurs bottes?...

« *Sursum corda*, Messieurs! C'est là le vrai cri de ralliement, la devise sacrée pour les novateurs et les hommes de progrès.

« Oui, nous éleverons nos cœurs, car on se tromperait étrangement si l'on voulait voir, en nous, des êtres égoïstes ne recherchant que la satisfaction exclusive d'appétits grossiers. Nous sommes, au contraire, les pionniers par excellence de la civilisation, marchant à l'avant-garde du progrès, comme naguère et encore maintenant les trappeurs de l'Amérique. En étroite communion d'idées avec les inventeurs et les chercheurs, nulle part ils ne trouveront de plus chaud appui qu'auprès de nous. Nous applaudirons aux progrès nouveaux de la vapeur rapprochant les distances et de l'électricité qui les supprime. La cuisine, cet art divin que pratiquèrent Achille et Patrocle, sera l'objet de notre constante sollicitude. Qui oserait nier l'influence d'un bon ou d'un mauvais repas, sur le destin d'une nation? « Le palais est près du » cerveau », a dit Brillat-Savarin, et le cerveau est le siège de l'intelligence. Un chef-d'œuvre des arts, dont sera ravie notre vue, aura nos suffrages, tout comme une invention ajoutant à notre bien-être. Mais nous nous garderons bien d'imiter Théophile Gauthier, faisant leur procès aux cordonniers, et déclarant qu'un beau vers lui était plus utile qu'une paire de souliers. Et pourtant, qui le vit jamais marcher à pieds-déchaux, ce contempteur..... en paroles, de l'utile et du confortable?

« En un mot, partout et pour tout, notre devise sera : Progrès, et, en recherchant constamment l'amélioration dans les conditions de la vie, nous ferons œuvre pie envers la grande famille humaine à laquelle nous appartenons. Rien, vous le savez, n'est contagieux comme l'exemple : c'est l'histoire des moutons de Panurge. Les fakirs de l'Inde, garnissant leurs sièges de clous acérés, rencontrent des imitateurs, non moins que nos élégants quand ils arborent un nouveau costume aussi gênant que grotesque. Nous ferons, nous aussi, n'en doutez pas, des prosélytes, mais dans une voie plus noble et plus sensée!

« Messieurs, n'est-il pas vrai que nous sommes tous du même avis? »

Ce discours fut couvert d'applaudissements, et, pour emprunter le style officiel, l'orateur reçut de nombreuses félicitations. Le seul M. Corbeau parut s'abstenir. Ce programme ne répondait guère à la vie de claustration et de macération qu'il avait rêvée. Mais on lui fit observer que l'église catholique ne proscrivait pas, en thèse générale, le luxe et la pompe, et, ouvrant un des volumes de la *Vie des saints*, orné de belles gravures, M. Potin lui montra, comme exemple, la rencontre de saint Léon et d'Attila. Le pontife paraissait crouler sous le poids des plus riches ornements, tandis que la parcimonie du dessinateur n'avait accordé qu'un mauvais haillon au puissant roi des Huns, général d'une armée de cinq cent mille hommes. C'était là, incontestablement, une preuve concluante en faveur de la somptuosité chrétienne mise en opposition avec la barbarie des idolâtres.

Convaincu ou non, et plus probablement en faisant, *in petto*, ses réserves, M. Corbeau n'apporta plus aucune entrave aux délibérations, lesquelles, dès lors, aboutirent avec une merveilleuse facilité.

Que si, maintenant, vous me demandiez, en vue d'en faire votre profit, quelques détails sur le plan adopté par nos réformateurs, je m'y refuserais énergiquement. Adoptant la doctrine de M. Potin, je vous dirais que le temps a marché depuis et qu'il vous incombe de faire mieux que lui et que ses collaborateurs. Je me contenterai d'indiquer ce qu'il est indispensable de faire connaître pour la clarté de ce récit, à savoir qu'on décida la création d'une maison d'habitation commune, en prenant toutes les précautions pour que chacun pût y trouver, à son choix et suivant le cours de ses caprices, la société ou l'isolement. Tout ce qui a trait au confortable, à l'aisance, au bien-être, fut prévu et discuté avec le plus grand soin, et nombre de dispositions ingénieuses furent édictées pour que chacun se trouvât à l'abri de la malignité des serviteurs et de l'importunité des visiteurs.

On raconte qu'un pensionnaire des bagnes, condamné à perpétuité, prenait la vie en patience et se félicitait d'être fixé sur sa condition, que le sort était impuissant à rendre pire, désormais, pensait-il. Nos gens n'avaient pas besoin d'adopter cette haute philosophie pour se sentir tout aussi rassurés, et Catilina fût-il aux portes de la ville, l'hydre de l'anarchie se fût-elle déchaînée, Gog et Magog arrivassent-ils à la tête de leurs légions, que les réformateurs en question n'auraient pas eu à s'en inquiéter le moins du monde.

Il convient même d'ajouter que ce luxe de précautions, poussé jusqu'aux dernières limites et parant à tous les cas imaginables, dans l'intérêt de chacun, n'était pas sans occasionner quelques entraves à la charge de tous. Tel est le côté inévitablement défectueux de toute réglementation. La liberté individuelle, a-t-on dit excellemment, doit cesser à la limite où commencerait l'oppression pour autrui. Le difficile est de déterminer exactement cette limite. Mais les associés passaient légèrement sur ce point, et si, çà et là, ils pouvaient apercevoir un bout de chaîne, ils avaient, en somme, la satisfaction de pouvoir se dire qu'ils l'avaient forgé de leurs propres mains.

Que d'hommes « libres » qui ne peuvent en dire autant !

II

Il y avait eu aussi discussion pour décider du titre à donner à la création de nos réformateurs. On avait mis en avant le *Progrès*, la *Confortologie*, la *Réforme*, et M. Corbeau, plus explicite, avait très-sérieusement proposé la *Basilique des vertus sociales*. Mais M. Potin, dont l'avis venait d'acquérir un grand poids, fit adopter ce simple mot : la *Maison*, comme donnant une idée plus exacte de la vie d'intérieur et de maître chez soi, à laquelle tendaient les aspirations de tous.

Située dans un des quartiers les plus sains et les plus aérés de Paris, et sur une voie macadamisée, pour que ses habitants ne fussent pas incommodés du bruit des voitures, la Maison ne présentait, à l'alignement de la rue, qu'une large et haute grille soigneusement cloisonnée jusqu'à hauteur d'homme.

Nous suivrons, si vous le voulez bien, un visiteur qui venait d'y sonner, par une matinée assez froide des premiers jours de décembre.

La porte s'ouvrit instantanément et se referma tout aussitôt sur l'arrivant, lequel, en entrant, se trouva nez à nez avec un domestique ou fonctionnaire, qui lui demanda, avec une politesse irréprochable, ce qu'il y avait pour son service.

— Je désire voir M. Potin, répondit le visiteur.

Ces mots furent transmis, par le domestique, au concierge, qui se tenait dans sa loge, et qui, de suite, s'approcha d'un mur contre lequel étaient tendus un grand nombre de fils de transmission télégraphique. Trois étaient affectés à chacun des habitants de la Maison; il y en avait deux fonctionnant par un simple bouton de pression désigné, soit par les lettres V. A., soit par celles V. I., signifiant : *Visite annoncée* et *Visite imprévue*. Le troisième correspondait à un appareil complet pour la réception et la transmission des dépêches. Le téléphone n'existait pas encore, du moins à l'état usuel, et je crois savoir que depuis, même, on a refusé de l'adopter à la Maison, du moins d'une manière exclusive, comme inférieur, sous le rapport de la discrétion, à la transmission télégraphique.

Le concierge appuya sur le bouton V. I.

Pendant ce temps, le visiteur, qui avait toutes les allures d'un commerçant du haut commerce, guidé par le domestique introducteur, suivait une allée d'arbres plantés serrés, dans le dessein de dissimuler le plus possible des choses environnantes. Elle aboutissait à un pavillon d'habitation qui lui parut petit en raison de ce qu'il avait entendu dire de l'importance de la Maison. Mais il découvrit bientôt que des allées parallèles conduisaient à d'autres pavillons semblables, sans préjudice, d'ailleurs, de plusieurs bâtiments principaux affectés aux services généraux.

Un sous-sol, moins enterré que ne le sont bien des maisons de village, maintenait, forcément, les deux étages du pavillon à une altitude assez élevée. Mais, par une disposition assez ingénieuse, on pouvait accéder jusqu'au deuxième étage sans gravir d'escalier et au moyen d'un système de pont-terrasse en rampe douce. On avait d'ailleurs, et en outre, la ressource d'un ascenseur, que sa construction toute spéciale garantissait contre l'éventualité de tous accidents.

Le domestique introduisit le visiteur dans un petit salon formant antichambre, et alors il il lui demanda sa carte, sur laquelle il aurait pu lire :

FORESTAN

de la maison Forestan et Carford

LE HAVRE.

s'il n'avait été trop bien dressé pour se permettre une pareille indiscrétion.

Il entra seul alors et revint, moins d'une minute après, accompagné du domestique particulier de M. Potin, lequel fit passer M. Forestan dans une autre salle, en le priant de vouloir bien attendre quelques instants.

Le visiteur en profita pour examiner l'endroit où il se trouvait.

C'était une pièce de grandeur moyenne, à usage de salle à manger, s'il fallait s'en rapporter à une table toute servie, garnie de ses réchauds et n'attendant que le bon plaisir du maître. L'ameublement en était, sinon somptueux, du moins d'un confortable savamment raisonné et poussé jusqu'aux extrêmes limites. Le superflu avait été banni comme oppressif et embarrassant; mais rien d'utile, rien d'agréable ne manquait. La courbe du dossier des sièges avait été calculée et dessinée, par un praticien expérimenté, en vue de reposer les reins et non pour les briser, comme on pourrait le reprocher à tant de fauteuils perfides. Un épais tapis étouffait tout bruit de pas, et tandis que des ventilateurs aspiraient continuellement, avec des formes discrètes, l'air qui avait été respiré, la chaleur de l'appartement pouvait, par le moyen d'un régulateur, être constamment maintenue au même degré d'élé-

2*

vation, que contrôlait un thermomètre d'un système perfectionné.

Le déjeuner semblait être composé aussi bien
pour l'esprit que pour l'estomac. A côté de toutes
les bonnes choses que l'on devinait, sous les
cloches d'argent, se trouvaient, sur un plateau
de vraie laque, les lettres et journaux, et un
livre, placé à la gauche du couvert, constituait,
en outre, une ressource supplémentaire pour le
festin intellectuel. M. Forestan le prit pour
l'examiner : c'était un volume de Dickens.

Cependant, le domestique passait et repas-
sait continuellement, occupé d'une foule de détails imperceptibles qu'il réglait avec la même
importance que si les destinées d'un empire
eussent été en jeu. Son expérience, avant le
concours de son œil, lui révéla une variation
d'environ un huitième de degré dans la puissance de la chaleur, et il soupçonna le visiteur
d'avoir touché au régulateur. Ce soupçon devint conviction quand il découvrit, en outre,
que le volume, posé près du couvert, avait été
dérangé d'un quart de pouce de sa place ordinaire. Aussi, pour éviter de nouveaux dé-
sordres, il prit, sur-le-champ, la résolution de
ne plus bouger, afin d'être à même d'exercer
une surveillance efficace.

Presque au même moment, une porte s'ouvrit, et M. Potin fit son apparition.

Qu'on se figure un homme d'environ trente-sept ans, aux traits réguliers, de taille moyenne et de corpulence raisonnable, bien qu'on pût y percevoir des menaces d'obésité contre lesquelles la lutte était déjà engagée. L'œil était vif, le teint clair et frais, la démarche dégagée. Tout indiquait un individu qui ne s'était jamais prodigué, et qui avait le plus grand soin de son meilleur ami, lui-même.

Si l'organisation de la Maison et la vie qu'on y menait étaient pour quelque chose dans cet air de satisfaction et de bien-être, il faut avouer qu'on n'aurait pu produire de meilleur argument en faveur de cette institution.

Quant à M. Forestan, il paraissait, sur certains points, comme une sorte d'amplification de M. Potin. Il était plus âgé que lui d'une dizaine d'années, et était aussi plus grand et plus corpulent. Mais bien que tout, dans son extérieur, fût absolument irréprochable, on voyait qu'il ne rendait pas, à sa personne, un culte constant et étudié, comme M. Potin. Ce n'était pas là l'homme dévouant toutes ses facultés à se prémunir contre les difficultés de la vie, mais le lutteur les abordant de front et sachant en triompher. Néanmoins, très indulgent pour la faiblesse des autres, comme il convient aux vraiment forts, et se contentant de prêcher d'exemple, loin de se permettre de critiquer par parole.

Bref, il y avait, entre eux, un point d'exacte ressemblance : c'était le soin qu'ils prenaient de n'être jamais trouvés importuns. Mais c'était tout, et M. Potin entendait rencontrer la réciprocité chez autrui, tandis que M. Forestan, n'ignorant pas que la vie a ses charges et ses devoirs, était jaloux d'en prendre sa part, et ne criait pas à l'oppression, à l'injustice, si le sort la lui départissait large.

Et cependant il y avait amitié entre ces deux personnages, ainsi qu'il apparut bien à la manière cordiale dont ils s'abordèrent. Après les compliments d'usage et après s'être enquis, avec intérêt, de chacun des membres de la famille du négociant, M. Potin se déclara enchanté de l'agréable surprise que lui causait la visite de son ami et il pria celui-ci de vouloir bien l'excuser de ce qu'il eût donné l'ordre de l'introduire directement dans la salle où était servi son déjeuner, en ajoutant qu'il avait voulu, ainsi, lui couper la retraite et écarter tout prétexte qu'il pourrait mettre en avant pour ne pas accepter son invitation.

A quoi M. Forestan répondit que la précaution était inutile et qu'il acceptait d'autant plus volontiers, que l'air du matin l'avait mis en appétit.

— Jean, un couvert !

commanda M. Potin et le domestique prouva, par sa célérité, que s'il était attentif et minutieux pour les petites choses, on pouvait également compter sur lui, en cas d'alerte ou de presse.

M. Forestan fit encore une autre remarque, tout en faveur du régime ordinaire d'alimentation de la Maison. On ne pouvait pas dire qu'un convive fût attendu, ni qu'aucune addition eût été faite pour lui, au menu du jour. Et cependant, il y aurait eu souveraine injustice à ne pas se montrer pleinement satisfait de la haute science gastronomique qui avait présidé à la confection du déjeuner.

— Tous mes compliments, mon cher Potin, fit le négociant. Vos cuisiniers sont des hommes de génie qui doivent être de précieux auxiliaires pour le succès de votre Thébaïde.

— C'est quelque chose sans doute, répondit son hôte ; mais, à nos yeux, le mérite principal de notre alimentation consiste en ce que les éléments qui la composent ont passé par notre laboratoire de contrôle, avant de franchir le seuil de nos cuisines. En ces temps meurtriers où glucose, troène, tartre, raisins secs, plâtre, cervelles bouillies, margarine et toute la chimie du diable font merveille, plus que jamais chassepots et mitrailleuses au monde, c'est une satisfaction de pouvoir appeler un chat, un chat et maints marchands, des fripons. Aucune denrée n'entre chez nous, sinon sous réserve de contrôle et quelques-uns de nos associés prennent soin, en outre, de vérifier de temps en temps, par eux-mêmes, inopinément, afin de s'assurer que la vigilance et la conscience de nos gens ne se trouvent pas en défaut.

— Peste ! c'est admirable. Mais il faut, pour cela, des loisirs qui n'appartiennent pas à tout le monde.

— Ou plutôt, l'organisation de la société est incomplète, sur ce point, comme sur beaucoup d'autres. Mais cela viendra, un peu à la fois. Dès que la doctrine : *Struggle for life* se sera bien incrustée dans les esprits, l'humanité sera conçue sous le point de vue d'une immense association requérant le concours de tous, dans l'intérêt de tous, pour se garantir des méfaits de chacun, ce qui, entre parenthèse, n'existe nullement à l'heure présente. Ce que nous faisons ici, tout ménage comprendra, un jour, la nécessité de le faire et alors, les falsificateurs voyant qu'ils perdent leur temps et leurs peines, trouveront plus avantageux de vendre les denrées à l'état naturel.

— Amen.

Cependant, M. Forestan sentait, malgré lui, son regard comme attiré par le plateau sur lequel s'étalait le courrier du matin, comprenant au moins six ou sept lettres, outre les journaux. Son hôte, au contraire, ne paraissait pas s'en soucier le moins du monde, bien que le plateau fût à portée de sa main.

A la fin, le négociant ne put y tenir.

— Vous avez là, dit-il, un courrier qui est de taille. En supposant une lettre par personne, je n'aurais jamais cru que le monde fut si peuplé. Mais, mon cher Potin, traitez-moi en ami, je vous en prie. Si vous aviez quelque affaire urgente, je serais désolé que vous y apportassiez le moindre retard.

M. Potin lui jeta un regard de côté en vue de lui faire comprendre qu'il n'était pas dupe de cette raillerie. Mais le négociant paraissait du plus grand sérieux. Alors, l'habitant de la Maison vida lentement son verre.

— Je m'arrange, dit-il, pour n'avoir jamais d'affaires urgentes. Tant pis pour ceux qui en ont et tant pis, plus encore, s'ils s'adressent à moi, dans ce cas. Quant au monde, il ne sera toujours que trop peuplé d'êtres importuns et désagréables.

— J'ai, reprit le négociant, les sentiments et les habitudes d'un homme qui est dans les affaires. Une lettre est un aimant qui m'attire irrésistiblement et le matin, je ne suis capable de rien, tant que je n'ai pas dépouillé mon courrier.

— Mais moi je ne suis pas dans les affaires.

Il avala sa salive.

— Tranchons le mot, continua-t-il, je suis
un désœuvré, voué à la taxe sur les oisifs, si
on la vote quelque jour. Mais si je vous priais
d'ouvrir ces lettres, vous seriez surpris des
servitudes auxquelles m'astreindrait cet état réputé de désœuvrement, si je n'y prenais garde
avec des yeux vigilants. Avez-vous quelquefois
songé à la vie de ceux que l'on appelle hommes
du monde? Je me hâte de vous dire que je n'en
suis pas un. Attachés à la glèbe des salons,
obligés de se présenter fidèlement à toutes les
convocations de leur ban, qu'il s'agisse de bals,
concerts, soirées, premières représentations,
dîners, courses et que sais-je encore? où il
faut se montrer, sous peine de déchoir et
sans oublier d'autres assignations plus intimes, auxquelles il faut obéir, même le jour où
elles ont moins de charme. Tout cela est métho-
dique, compassé, tyrannique, ennuyeux au
suprême et c'est quelque chose de savoir s'en
défendre. J'aime mieux ma liberté, ô gué! Je
me tiens sur une réserve sage et défiante.
Timeo danaos. Si je vais à un dîner, je m'arrange de manière à ce qu'il ne soit pas le pré-
curseur d'un repas de fiançailles dont j'aurais à
payer la carte. Si une maîtresse de maison m'a-
gace le système nerveux avec quelque pianiste
qu'elle couvre de sa protection, je ne me crois
das obligé de me dépouiller d'une dizaine de

louis, lors du « concert annuel » qui termine la campagne, dût la protectrice partager le butin avec le protégé, comme certaines en sont soupçonnées. Il y en a qui prennent goût à tout ce manège et savent danser dans les fers. C'est là un talent que je ne leur envie pas et dont je me passe aisément. En conséquence, quand je reçois ce que vous appelez mon courrier, il m'arrive quelquefois de penser, avec satisfaction, que si la fantaisie me prenait d'y répondre à la manière du cardinal Dubois, il n'en résulterait aucun préjudice, pour moi.

— Et cette manière à lui, dit M. Forestan en riant, consistait à jeter au feu, sans les lire, les lettres qui lui arrivaient dans certains jours de mauvaise humeur — et ils étaient fréquents. Voilà qui est bien ; mais ce tableau que vous venez de tracer, de main de maître, de la vie d'un homme au repos, n'est rien moins qu'engageant et, à vous en croire, plutôt que de me retirer des affaires, comme je projetais de le faire, un jour ou l'autre, il sera sage à moi de prendre mon parti de mourir sur mon fauteuil de bureau, comme un sénateur romain sur sa chaise curule.

— De Charybde en Scylla, grommela M. Potin.

— Cependant, mon cher ami, il faut qu'une porte soit ouverte ou fermée. Je sais bien que

3

M. Mirès prétendait avoir dix-huit heures de
travail par jour ce qui, à mon avis, montre qu'il
eut mauvaise grâce d'en vouloir à ceux qui lui
firent des loisirs, en le mettant en prison. Il est
vrai que dans les dix-huit heures il comptait les
bals, soirées, réunions, réceptions et *tutti quanti*.
A ce compte là il aurait pu, tout aussi bien,
dire trente ou quarante heures. C'est là, parait-il,
la manière de la nouvelle école et il faut bien
que la journée ait plus de vingt-quatre heures
pour ceux-là qui trouvent moyen d'être en même
temps financiers, administrateurs de vingt ou
trente sociétés, protecteurs des arts et des artistes, des deux sexes, améliorateurs de la race
chevaline, hommes politiques, ministres quand
ils y voient jour, et tripoteurs en tous genres
sans en demander la permission. Mais, tout cela
n'est pas mon lot. Je travaille quand je suis
dans mes bureaux, au milieu de mes employés,
au pied du mur, en un mot. Mes affaires ne se
sont jamais faites seules et parfois je me prends
à penser que le repos pourra m'être indispensable un jour. Et puis, j'ai des enfants. Il
faudra bien les montrer pour trouver à les caser.
Or, quel repos, pour moi, s'il doit ressembler à
ce que vous en dites?

— Il y a des caractères prédisposés, répliqua
M. Potin. Au surplus, vous ne devez éprouver
aucune inquiétude, car, avec la vie que vous

vous êtes faite, depuis vingt-cinq ans, vous êtes
cuirassé pour pouvoir affronter, sans crainte,
toutes les éventualités.

— Alors, selon vous, je suis...

— Je vais vous dire ce que vous êtes, Forestan.

Il s'arrêta pour remplir son verre et celui de
son hôte. Il trouvait, à cela, l'avantage d'avoir
une minute d'intervalle, pour bien recueillir ses
idées et, en outre, il avait remarqué qu'un au-
diteur réprimait plus facilement ses envies
d'interrompre quand il pouvait les noyer dans le
contenu d'un verre. Cela le conduisait à dire
que le verre d'eau de l'orateur était bien moins
efficace, pour la clarté de la discussion, que ne
le seraient des coupes de boissons plus spiritueuses mises à la disposition des auditeurs.
Paradoxe si l'on veut; mais ce ne sera pas
l'opinion de ceux qui ont pu comparer le calme
des réunions où des hollandais dissertent gravement et posément, fumant leur cigare et humec-
tant, sans relâche, leur gosier, de bière et de
genièvre alternant, avec l'effervescence de certains corps législatifs où il n'y a qu'un seul
verre d'eau pour cinq ou six cents personnes et
où, faute de boire, tout le monde parle à la
fois.

— Je vais vous dire ce que vous êtes, reprit
M. Potin. Vous êtes négociant, exposé à l'aléa

des affaires, dans toute sa puissance, aux fluc-
tuations du crédit public, aux caprices des éléments et du sort, aux tracasseries, fourberies,
banqueroutes de tous vos correspondants, dans
le monde entier. Vous avez un associé : sujet
de taquineries, discussions, disputes et guerres
intestines. Vous êtes marié. Je me hâte de rendre
justice aux hautes qualités de Madame Forestan. Certes, à cette loterie de pire aloi que
l'on appelle le mariage, vous avez amené un
gros lot ; mais, il n'y a pas de gros lots pour
tout le monde. Aussi bien, ma thèse est générale et c'est l'exception qui est, comme vous
le savez, le meilleur confirmatif de la règle. Une vacance se produisit dans la députation de votre département ; on venait d'é-
chouer, une fois de plus, dans ces tentatives
célèbres de conjonction des centres, bien autrement ardues que celles de Vénus et du
Soleil. Il y avait du tirage, dans les comités ;
Tricoche montrait le poing à Cacolet. On fit
alors ce qui a été fait dans maintes élections,
depuis comme avant Sixte-Quint et avec la
même arrière-pensée. Vous étiez « un homme
« neutre, ami de l'ordre, sur le nom duquel les
« honnêtes gens de tous les partis pouvaient se
« compter. » Heureux encore, pour vous, que
le mot de « candidat phénomène » fût encore
dans les limbes de la pensée, car on vous en

eût, infailliblement, gratifié. Vous devintes donc
député, homme politique. A ce titre, on ne
s'appartient plus. On devient la proie d'une
foule de grimauds qui gagnent leur vie à écrire
des lignes sur du bon papier qui n'en peut
mais. Ils ont fondu sur leur proie ; elle sera
disséquée comme jamais cadavre ne le fut à
l'amphithéâtre. Si votre raison et votre conscience vous ont ordonné de rejeter des croyances qui vous ont été inculquées, dans l'enfance
de votre esprit, vous êtes un renégat. Si vous avez
eu des succès scolaires, on dira qu'ils *paraissaient* comme le présage d'une brillante carrière, imparfait perfide, jetant une certaine
suspicion sur le présent. Si vous avez été un
cancre, on insinuera que vous continuez à
suivre la même voie. Si vos parents étaient riches, on sous-entendra que ce fut bien heureux
pour vous. Si vous êtes le fils de vos œuvres,
vous serez un parvenu. Si votre élection a été
disputée, on fera remarquer que vous êtes loin
d'avoir l'unanimité des sympathies. Si vous
avez eu, au contraire, une forte majorité, on
objectera que Barabas, lui aussi, fut acclamé
par tous ses concitoyens.

« Puis, quand on vous a ainsi déchiré à
belles dents, on vous laisse vous remettre
sur pied, comme vous le pouvez. C'est alors
qu'arrive l'armée des malandrins, tire-laines,

quémandeurs et mendiants de toute espèce,
tous gens de bel appétit et qui entendent être
admis, par votre entremise, à grignoter quelque chose. Ce fut là votre écueil, mon. cher
Forestan. Vous ne pûtes comprendre que l'iras-
cibilité d'un solliciteur est en raison directe du
peu de fondement de ses prétentions ou bien
vous n'y prites garde. Ce fut alors qu'un *tolle*
général s'éleva contre vous. Qu'était-ce donc
qu'un député qui ne faisait pas les commissions
de ses électeurs ? A quoi était-il bon alors ?

« Vous ne fûtes pas réélu et je concède qu'intérieurement cela ne vous tourmenta guère.
Comme ce sage de la Grèce, vous vous seriez
volontiers réjoui de ce qu'il se trouvât quelqu'un plus méritant que vous, parmi vos concitoyens ; mais vous restiez électeur et, qui
plus est, électeur influent. Aussi, à chaque
scrutin, hiboux conservateurs, renards libéraux et jaguars radicaux vous pourchassent
à qui mieux mieux. Comme vous ne vous
inféodez à aucun d'eux, il s'ensuit que tous
sont mécontents et vous gardent rancune.

« Je ne veux pas compter vos pupilles. Je
mets en fait que vous avez la tutelle de la moitié
des orphelins de toute la Normandie. Existe-t-il
une société, en France, dont vous ne soyez,
tout au moins, membre honoraire ? Enfin vous
êtes environné d'une myriade de neveux et

nièces, cousins et cousines, camarades d'école,
amis ou soi-disant tels, tous braves gens qui
s'offenseraient gravement de ne pas prendre
place à votre table, au moins deux fois par mois
ou qui, plus perfides encore, vous contraignent
de vous asseoir à la leur. Tenez, Forestan, en y
réfléchissant bien, votre sort est de nature à
inspirer une profonde commisération.

Le négociant avait fait tous ses efforts pour
garder son sérieux, afin de ne pas interrompre
ce beau morceau d'éloquence. A la fin, pourtant, il n'y put tenir davantage et il éclata de
rire.

— Riez, tant que vous voudrez, reprit M. Potin ; je n'en ai pas moins dit l'exacte vérité.

— Je ris, repartit M. Forestan, quand il se
fut un peu apaisé, de la conviction avec laquelle
vous me plaignez, au sujet de tourments que
je n'ai jamais ressentis. Non que les éléments
de cette belle lamentation ne soient, en grande
partie, vrais d'ailleurs ; mais, un esprit aussi
éclairé que le vôtre ne doit pas perdre de vue
que tout est toujours constamment relatif. Or,
il est certain qu'un seul coup de feu cause plus
d'émotion au conscrit, qu'une journée entière
de pétarades et de bombardement au vétéran
aguerri par le fracas de cinquante combats.

— Et voilà justement où vous abondez dans
mon sens. Le vétéran a commencé par être con-

scrit; M. de la Palisse vous le dirait, comme
moi, Or, si vous en avez perdu la mémoire
maintenant, il n'en est pas moins vrai que les
ennuis et les émotions de l'apprentissage du métier de vétéran ont existé, pour vous aussi.

— Eh, mon Dieu! qui n'est pas en passe de
devenir vétéran? Ma réponse serait trop facile
et je n'aurais qu'à vous dire que vous-même.....
Mais je m'arrête; je craindrais de vous dé-
sobliger.

— En quoi donc?

— Excusez-moi; j'allais me laisser entraîner
à faire allusion à certaine affaire dont je sais
que vous n'aimez pas à entendre parler.

— Dont je *n'aimais* pas, c'est certain; mais
maintenant l'interdiction est levée, car, désormais, on n'en pourra plus parler qu'au passé.
Or, à ce point de vue, je suis un peu comme
vous : Peine passée, peine oubliée! tout en me
garant de la récidive, pourtant.

— Que me dites-vous là? Quoi! cette affaire
interminable.....

— Est enfin terminée. Tout a une fin, en ce
monde et il y a des moments où les chats-four-
rés, eux-mêmes, se lassent de grignoter.

— Et le résultat?

— Victoire complète et décisive! C'est fini,
entendez-vous bien? C'est jugé, paraphé, enregistré, signifié, rendu exécutoire et exécuté. Il

y a des sceptiques qui doutent qu'on puisse jamais voir le bout d'une instance judiciaire; eh
bien, ils ont tort, je vous l'assure. En cinq années — un atome dans l'immensité des siècles
— on fait quelque chose, même au Palais de
Justice. Il n'y a plus de résurrection possible
pour cette nouvelle affaire Rocambole. L'arrêt
est inscrit, aussi ineffaçable que si on l'avait
gravé sur l'ancienne grande table de marbre et
une armée de procureurs y userait ses griffes,
sans réussir à l'entamer. Évohé Jupiter! Le
vingt-cinq du mois dernier fut un beau jour,
dans ma vie, quand je pus retirer, de cet antre
de Cacus qu'on appelle une étude d'avoué, la
dernière des paperasses où mon nom fût gri-
bouillé.

— Eh bien! mon cher Potin, dit le négociant
en lui tendant la main, c'est une véritable satisfaction, pour moi, de pouvoir enfin vous faire
mes compliments les plus sincères, pour votre
conduite dans cette affaire. Je suis enchanté
d'un résultat que j'avais toujours pressenti et
espéré en faveur de ce que j'estimais être le bon
droit. Mais, quel qu'il dût être, il a fallu que je
fusse bien convaincu de l'ennui que vous
causait la moindre allusion à ce procès, pour
que je me retinsse de vous dire, plus tôt, combien votre action généreuse empêchait de prendre, au pied de la lettre, le système de self-in-

3·

térêt et de quasi-misanthropie que vous avez, en quelque sorte, arboré comme le guide de votre vie et de vos actions.

— Homme généreux, vous-même, qui regardez tout avec les yeux du cœur! Ignorez-vous donc que ce viscère, si puissant qu'il soit, a pourtant moins d'influence, sur les choses du monde, que l'amour-propre? Que d'actes contre nos goûts auxquels nous entraine le respect humain ou un sot entêtement!...

« Que m'étaient ces enfants Parson et leur oncle et adversaire Jaborandy? Rien au monde, je vous le jure. Que de fois ne les ai-je pas, tous ensemble, voués à tous les diables! Que m'importait que l'un fût le spoliateur des autres, si spoliateur il y avait? Avais-je rien d'un Don Quichotte, pour me faire le redresseur de torts, fussent-ils mille fois réels? Ce fut une intempérance de langue qui me perdit; la mienne aurait été digne de figurer au repas d'Esope — celui du deuxième jour.

« On causait de cette affaire dans je ne sais plus quelle société; cela ne m'intéressait nullement et je n'y prêtais qu'une oreille distraite; toutefois, à un moment donné, je me trouvai agacé des airs rodomonts d'un gros monsieur, ami du Jaborandy et qui semblait avoir embrassé sa cause, avec la même ardeur que si elle eût été sienne propre.

— « Nous sommes certains de triompher ; répétait-il avec complaisance, car cela ferait un procès à n'en pas voir la fin et, comme ils n'ont pas le sou, ils ne trouveront personne qui voudra s'en charger. Il faudra donc qu'ils en passent par notre petite transaction. Il faut être bête à manger du foin pour prétendre que les hommes de loi ne servent à rien. Ceux qui peuvent payer, grassement, un avocat ou un avoué auront toujours barres sur ceux qui n'ont que leur droit pour tout potage. La procédure n'a pas été inventée pour donner des règles au jeu de bouchon ; elle est là pour qu'on s'en serve.

« Je ne pus me contenir et, prenant la parole, je lui dis, tout net, que ce serait, dans tous les cas, un triomphe bien misérable que celui qui résulterait de l'impuissance pécuniaire de la partie adverse à faire valoir ses droits légitimes. Mais que tout n'était pas dit et qu'en pareil cas on voyait, quelquefois, se dresser un ennemi de l'iniquité qui prenait fait et cause, pour *faire rendre gorge.*

« Paroles fatales !

« Vous jugez de l'effet. L'ami du Jaborandy devint cramoisi et fit un mouvement pour se précipiter sur moi. On s'interposa et le seul sang qui coula entre nous fut deux palettes du sien que lui tira son médecin, à la suite d'une petite attaque d'apoplexie qu'il eut, en rentrant chez lui.

« Le lendemain je reçus un billet de la maitresse de la maison dans laquelle s'était passée cette scène. Elle me faisait savoir que, tout en regrettant un éclat fâcheux, elle ne pouvait s'empêcher de me témoigner sa reconnaissance pour la générosité dont je faisais preuve envers les orphelins Parson, dont la cause avait toutes ses sympathies.

« Pendant que je méditais sur ce compliment, on m'annonça la visite de deux messieurs. Ils étaient, je le crus, les témoins du champion de Jaborandy. Je ne suis point un fier-à-bras et je pestai ferme, contre moi-même, de m'être mis aussi sottement un duel sur les bras. L'un de mes visiteurs, m'avait dit mon domestique, était décoré et avait une jambe et un bras de moins. Plus de doute. Il s'agissait d'une affaire sérieuse et mon adversaire avait requis l'assistance de deux anciens matamores de régiment qui veilleraient à ce que le massacre s'opérât dans les règles. Si vous voulez qu'une rencontre ait des suites benoîtes, veillez à ce que ceux qui y seront mêlés aient bien tous leurs membres au grand complet. Rien n'est féroce comme un écloppé et j'imagine que c'est, pour lui, comme une sorte d'adoucissement à son infortune de penser que vous vous trouverez dans le cas qu'il puisse vous en arriver autant qu'à lui.

« Mais quelle ne fut pas ma surprise de voir

entrer deux cacochymes, l'un traînant l'autre
et n'ayant plus, à eux deux, assez de souffle
pour éteindre une allumette ! L'un des deux
entama une harangue et, à ce que je pus comprendre à travers des accès de toux et des cra-
chements continuels, il était le tuteur des enfants Parson. Pauvre tuteur, disait-il, que celui
que les ans avaient courbé et qui avait besoin,
lui-même, du soutien d'un bâton ! C'avait été
un de ses plus grands chagrins, jusque-là, de
songer que son état de santé le mettait dans
l'impossibilité de soutenir activement les droits
de ses pupilles. Mais maintenant il pouvait
mourir tranquille, certain qu'il était que mon
appui ne leur ferait pas défaut. Il avait tenu à
venir me remercier de ma générosité et, pour
cela, son frère avait bien voulu lui prêter le
secours de son bras. C'était l'écloppé qui était
le bâton de vieillesse. Il prit la parole, à son
tour, pour me dire qu'il était grand admirateur
des belles actions et quoiqu'étranger aux
intérêts des orphelins Parson, il était heureux
de pouvoir joindre ses félicitations à celles de
son frère.

« Entre parenthèse, la suite de la conversation
et quelques détails que j'eus, plus tard, me
firent connaître que celui que j'avais pris pour
un diable à quatre, n'était devenu débris sur
aucun champ de bataille. Traversant, un soir,

un peu ému, un passage à niveau, sur la ligne
du Nord, il avait été surpris et culbuté par un
train. C'était encore dans les premiers temps
des chemins de fer et le moindre accident qu'ils
occasionnaient était soigneusement relevé, par
leurs adversaires. L'affaire avait fait quelque
bruit et, pour étouffer les cris de la victime, on
lui avait octroyé une pension que l'on sut réduire à un taux modique au moyen du complément d'un bureau de tabac et de la croix d'honneur que le Rothschild de ce temps-là obtint de
son bon ami Louis-Philippe. Il n'y a pas de
petite économie qu'il faille dédaigner !

« Pour en revenir au principal, j'étais bel et
bien tombé dans un traquenard et c'était moi-
même, triple sot, qui l'avais dressé. Il s'agissait
bien d'un duel, en somme, mais bien autrement
meurtrier qu'avec des pistolets ou des épées,
car, sans relâche et sans miséricorde, pendant
cinq années, les mille dards des plumes d'une
armée de juges, greffiers, avoués, avocats,
huissiers, de toute la noire séquelle, en un mot,
me fouillèrent la chair.

« Je n'ai jamais su, au juste, si ceux qui cau-
sèrent mon malheur s'étaient réellement mépris à mes paroles ou s'il n'y eut là qu'une
comédie d'affectation et d'intérêt. Quoiqu'il en
soit, ma langue avait commencé ma perte ; ce
fut la crainte de la langue des autres qui l'a-

cheva. Je me prêtai, sans défense, à tout ce
qu'on voulut de moi ! N'avais-je pas irrité, au
dernier des points, le Jaborandy au point de lui
faire refuser d'accorder même la transaction qui,
naguère, était comme son criterium de générosité ? Les pauvres orphelins allaient donc se trouver dépouillés de leur dernière ressource, et cela
par ma faute ! Voilà ce que je pouvais lire,
bien clairement, dans les yeux de tout le
monde. Il ne me restait plus qu'à m'exécuter.
Alors, après m'avoir orné de bandelettes et
couronné de fleurs, sous la forme de compliments poussés jusqu'à l'hyperbole, on me
traina à l'autel du sacrifice, c'est-à-dire à l'é-
tude d'un notaire d'où je sortis gratifié d'un
mandat en règle, lequel, de par la volonté et en
vertu des délibérations d'un conseil de famille
assemblé en grande hâte, m'instituait tuteur
légal des enfants Parson, aux lieu et place du
vieillard cacochyme, démissionnaire en ma
faveur.

« Et maintenant, comme le dit Figaro à
Chérubin, le mousquet sur l'épaule, en avant,
marche !... Et ne va pas broncher !.....

« Quant au procès, en lui-même, un volume
de belle taille n'en donnerait qu'un sommaire
incomplet. Il s'agissait de la fortune d'un frère
de Jaborandy. Il existait un testament au profit exclusif des orphelins Parson, enfants de

la sœur du défunt, car le testateur, qui avait toujours vécu en mésintelligence avec son frère, mon adversaire, l'avait complètement deshérité. Du vivant de leur oncle, les enfants Parson avaient habité sa maison, avec leur mère, et l'avaient soigné dans sa maladie. De là accusation de captation et requête à fin de nullité de testament.

« Le triomphe de cette thèse devait laisser encore aux enfants Parson, la moitié de la fortune de leur oncle. Mais alors surgissait d'autres incidents connexes. Madame Parson n'étant morte qu'après son frère, bienfaiteur de ses enfants, c'était donc elle et non ceux-ci que l'annulation du testament aurait faite cohéritière avec Jaborandy, son autre frère. Or, dans un moment de détresse, elle avait fait à ce dernier un emprunt à je ne sais quelles conditions léonines. Moyennant une somme relativement minime, elle avait souscrit abandon et transport de ses droits éventuels au profit du prêteur et, à ce qu'il parait, un tel contrat n'était pas entièrement dénué de valeur vis-à-vis de la législation anglaise qui se mêlait perfidement à celle de France, pour le plus grand obscurcissement de cette cause modèle et infernale.

D'après cet exposé, vous pouvez, d'un seul coup d'œil, embrasser toutes les phases de

cette mémorable campagne de chicane. Il y
eut arrêts de compétence, expertises, enquêtes,
jugements sur incidents, première instance,
appel, cassation, nouvelle instance, saisies,
oppositions, confirmation, que sais-je encore?
C'était une pluie continuelle de papier timbré.
J'ai toujours soupçonné que le cours des chif-
fons avait dû être influencé de cette incroyable
consommation de papier. Tout cela pendant cinq
années de bon compte et laborieusement employées. Je me suis même laissé dire que, dans
cette lutte, les enjuponnés français avaient plié
plus vite encore que ne l'auraient fait les emper-
ruqués d'Albion si, dans un but intéressé, l'a-
gent de Jaborandy n'avait maintenu la cause
plutôt et de préférence sur le terrain français,
au détriment de ses confrères anglais. Oh!
c'est une chose admirable que de voir toutes
les ressources qu'offre la justice, en tous pays,
à ceux auxquels leur médecin aurait recommandé les émotions, les picotements, en vue
de leur fouetter le sang!

— Tout est bien qui finit bien, mon cher
Potin, et la vertu trouve toujours sa récompense, comme dans les comédies de l'ancien
temps, car, que vous le vouliez ou non, il n'en
résultera pas moins, pour vous, une certaine
satisfaction, quand ce ne serait que celle qui
découle de la loi inéluctable des contrastes.

— C'est possible; mais y aurait-il jamais une
fin à quelque chose, si l'on n'y mettait bon
ordre? Sachez que, si je n'y avais pris garde,
je serais maintenant un vétéran plus chevronné
encore que vous, dans la carrière des tracasseries sociales. Mon malheureux coup de tête
eut pour effet de mettre en éveil la tourbe
éternellement famélique des quémandeurs et
solliciteurs. Vous-même, homme bronzé au feu
de mille actions, sur le champ de bataille des
préoccupations et des ennuis, vous seriez ef-
frayé si je vous disais le nombre de ceux qui
tentèrent de venir me chanter leurs complaintes.
Mais la Maison prouva victorieusement la soli-
dité de son organisation, car il fut impossible, à
cette armée de dépenaillés, d'en franchir le
seuil.

« Ils cherchèrent, il est vrai, à se rattraper
en écrivant, et leurs lettres, réunies en volume,
donneraient un curieux aperçu des vicissitudes,
de la bassesse de cette misérable humanité. Les
uns m'appelaient : Honorable philanthrope !
D'autres allaient jusqu'à l'*Illustre*, ni plus ni
moins que si j'eusse été quelque baryton en renom. Celui-ci avait trouvé un remède infaillible
pour guérir la fièvre jaune et le vomito negro
qui désolent les terres chaudes. Je suppose qu'il
avait fait cette belle découverte dans une man-
sarde où il gelait à quinze degrés de froid. Il

me proposait de partir avec lui, pour aller faire
les expériences, sur les lieux mêmes. Il avait,
d'ailleurs, la bonté de répondre de tout. La ga-
rantie, comme vous le voyez, était sérieuse et
engageante. Cet autre déplorait l'abandon du
foyer et de la vie de famille, au profit des cabarets et lieux publics. Par une série de citations
et de déductions puisées aux sources les plus
reculées, il en arrivait à poser en fait, à démontrer et prouver que la musique devait être le
meilleur moyen de civilisation et de moralisa-
tion. Il proposait, en conséquence, de transformer chaque intérieur en un foyer musical. Mais
les pianos d'accompagnement coûtaient cher et
pouvaient être un obstacle sérieux. Heureusement, il était l'inventeur d'un système de ces
instruments, qui en diminuerait le prix de moitié. Il n'avait besoin que de cinq cents francs...
La civilisation restant en échec et le monde
manquant de pianos, parce que je refusai d'y
aller de mes vingt-cinq louis ! Suis-je assez misanthrope ?...

« Les sociétés en quête d'adhérents cotisants
ne furent pas les moins effrontées. *Injustum et
tenacem !* Et, ma foi, le président de l'une
d'elles fut le seul individu qui réussit à m'ex-
torquer quelque chose. On m'annonça M. Lefebvre ; j'avais convoqué mon bottier, de ce
nom. Le quidam qui se présenta était le délé-

gué d'une société universelle pour l'abolition
des courses de taureaux et des combats de coqs.

« — Ma foi, mon cher Monsieur, lui dis-je,
il y a quiproquo. J'attendais un de vos homo-
nymes qui doit m'apporter une paire de bottes.

« — Eh bien ! me répliqua-t-il, la différence
ne sera pas grande, car il s'agit, justement,
d'une double botte que je veux porter à votre
générosité bien connue, en faveur des deux
branches de notre association.

« Le moyen de résister à un philanthrope
faisant des calembours ! Il s'en alla après m'a-
voir soutiré quarante francs ; mais, depuis
cette époque, ma porte est rigoureusement
condamnée pour tous les Lefebvre, présents et
à venir.

— J'ai entendu parler de cette société, dit
M. Forestan, et on la dit sur le point d'envoyer
une députation au pape, pour lui demander de
l'aider, par une bulle prohibitive, dans le double
but qu'elle poursuit. Vous auriez pu avoir une
place marquante dans les rangs de l'ambassade.

M. Potin haussa les épaules.

— Je prendrai souci des coqs et des taureaux,
dit-il, bien que mille fois plus tranquilles
que nous, quand eux-mêmes s'inquiéteront
de nos démêlés et de nos luttes. D'ici là, il
serait sage, à nous, d'imiter leur réserve délicate.

Ce raisonnement pouvait passer pour manquer un peu de fondement. Cependant, M. Forestan ne voulut pas insister davantage.

— Eh bien! dit-il, laissons-là les animaux ou plutôt, ne parlons plus que d'un seul, du veau gras que nous tuerons pour célébrer votre heureux retour dans les rangs des gens tranquilles. Vous n'aurez plus, comme tant de fois, le prétexte de votre procès à m'opposer, et vous ne pouvez pas refuser l'invitation que je vous apporte, de la part de Mme Forestan, à venir passer les fêtes de Noël avec nous. Nous ne serons qu'une petite société; mais ce sont les plus joyeuses, et nous n'en sentirons que mieux les coudes.

Soit sympathie réelle en faveur du négociant, soit qu'il se trouvât bien disposé, ce jour-là, M. Potin n'opposa que de faibles objections à cette proposition.

— Nous différons sur bien des points, dit-il, mais tous deux, nous sommes de l'avis du roi Alphonse qui recommandait de brûler de vieux bois, de lire de vieux livres, de boire du vieux vin et de fréquenter de vieux amis. Or, chez vous, mon cher Forestan, on est certain de rencontrer tout cela.

La bonne figure du négociant se délectait de plaisir.

— Oh! oui, dit-il, vous avez raison. Tout cela

est bon et excellent ; le vieil ami par dessus tout. Mais, mon cher Potin, laissez-moi vous le dire, pour être vainqueur, dans le combat de la vie, il faut quelque chose de plus.

— Quoi donc ? Une vieille femme ?

— Railleur éternel ! Oui, une vieille femme, mais qui ne devienne telle qu'après avoir passé de nombreuses années avec vous.

— Ce qui ne serait possible qu'autant qu'elle ne m'eût pas conduit au tombeau, depuis longtemps, par son caractère acariâtre.

A ce moment, la pendule sonna deux heures.

Le négociant sursauta.

— Le charme de votre société, dit-il, fait fuir le temps à tire-d'ailes. Excusez-moi de vous quitter ; mais j'emporte votre promesse...

— Eh bien ! c'est dit.

Les deux amis se serrèrent la main et M. Forestan se retira, reconduit par Jean, qui, par sa déférence, montrait que, dès ce jour, il avait inscrit le visiteur en tête de la liste des intimes de son maître.

III

Dans la même matinée, le cabinet ou *office* de maître Nicquart, situé rue Basse-du-Rempart, fonctionnait comme tous les jours de l'année, avec cette remarquable activité à laquelle il était redevable de la notoriété dont il jouissait dans le monde de la chicane.

Par sa sœur, Mme Carford, M. Léonce Nicquart était le beau-frère de l'associé de M. Forestan. Ses parents, qui avaient eu nombre de procès dans leur vie, y avaient gagné à défaut de fortune, une haute idée de cette honorable profession d'avoué dont des ignorants, des ennemis des belles formes de la procédure, osent réclamer l'abolition. Concentrant tous leurs rêves d'ambition sur leur fils, ils formèrent le projet de la lui faire embrasser ; ils eurent la joie d'y réussir et le jeune Nicquart devint avoué selon la formule ordinaire, c'est-à-dire que gentil garçon et de famille suffisamment honorable, bien que de fortune très-

modeste, son patron lui fit épouser une fille
dotée, dénichée dans cette catégorie de familles
qui sont encore assez naïves pour voir leurs
affaires par les yeux de leur notaire ou de
leur avoué, ignorant ou perdant de vue que les
intérêts de ceux-ci sont presque toujours en
opposition directe avec ceux de leurs clients
et que l'empressement et les sourires engageants
de ces sirènes en cravate blanche se paient
plus cher que les plus intimes faveurs des cour-
tisanes les plus en renom.

A cette occasion on peut s'étonner de voir
que notre siècle, qui s'est signalé par tant
et de si éminents progrès, soit encore si peu
avancé sur la théorie de la défense contre les
belles mines. Canons et blindages ont, tour-à-
tour, la suprématie ; les falsificateurs de denrées trouvent des adversaires infatigables dans
les chimistes expérimentateurs. La lutte est
partout avec ses formes brutales. Seuls, les
gens à sourire continuent à avoir le champ libre
et à pouvoir tondre sans effort et sans fatigue.

Et pourtant l'éprouvette n'est pas difficile à
faire fonctionner. Qu'un homme quitte un débiteur ou un créancier et le laisse souriant, il
y a beaucoup à parier qu'il aura satisfait le second et accordé remise ou délai au premier,
mauvaise affaire, dans les deux cas, pour sa
bourse. Renversons au contraire la proposition :

Si débiteur et créancier, ses adversaires, s'en vont déconfits, c'est que le dernier n'emporte pas ses dépouilles et que l'autre a dû lui en abandonner.

Il faut se défier de ceux qui sourient. Il n'est pas à présumer que leur contentement procède de notre plaisir et, dans tous les cas, il ne peut rien y ajouter. Mais il y a bien plutôt à redouter que nous ne fassions les frais de cette gaîté. Nous, français, si dépendants de notre amour-propre, nous avons émis, en proverbe, qu'il ne fallait pas faire rire à ses dépens et que le ridicule tuait. Or, si le plein rire fait des blessures mortelles, son diminutif, le sourire, ne saurait être inoffensif. Doctement.

Malgré toute la force de ces incontestables vérités, il est à craindre qu'il n'en soit jamais autrement et ainsi qu'il en a été de tout temps. Saint Paul disait : Vous pouvez m'en croire, car j'ai été beaucoup en prison. C'est qu'apparemment il devait oublier de faire ses baise-main, de sourire avec grâce. Ses discours sévères, sa mine rébarbative étaient les facteurs déterminants de son sort fâcheux. Au lieu de cela, que ne faisait-il risette aux puissants ? De nos jours, financiers, hommes d'affaires, grecs de toute espèce mettent un sourire sur leurs lèvres, comme la fille de joie met une lumière à sa fenêtre pour exciter et engager le chaland..... Le sourire est

4

comme le gluten qui entoure la pilule et fait
passer, imperceptible au goût, l'odeur la plus
nauséabonde, laquelle pilule ne se fait connaître
en ses propriétés, que par les effets qu'elle
produit. Quand elle opère, il n'y a pas à y
revenir et, bon gré, mal gré, vous serez
purgé.

Sans douleur ! Telle est la devise des praticiens du sourire et l'on peut s'en fier à eux,
pour prendre garde qu'ils n'en éprouvent aucune. Au reste, une tenue et des manières constamment parfaites, à tel point qu'à cette grande
table de jeu du monde, où ils prennent place
avec des cartes biseautées, ils sont encore mieux
accueillis que tel rustre honnête, ignorant du
bon ton. Ils font, au reste, tout ce qu'ils peuvent
pour divertir la société et

> ..... C'est un passe-temps
> De les voir nettoyer un monceau de pistoles.

Tout cela ne nous a, en rien, écartés de
M. Nicquart. La dot de sa femme avait donc
payé, en partie, la charge que lui avait cédée son
patron ; mais, le défaut d'expérience, excusable
à son âge, la joie de devenir Maître à son tour,
la perspective d'une belle carrière, tout cela
avait eu des effets troublants qui devaient in-
fluer lourdement sur l'avenir du jeune avoué.
Par manque de sang-froid, il ne prit pas garde

au taux excessif que cela son prédécesseur
pour lui repasser sa charge. En outre, il se
trouva que la demoiselle à laquelle il fut uni
était quelque peu parente du patron entremetteur dans l'esprit duquel les liens de famille furent plus forts que les traditions de la corporation de sorte que, pour une fois et par exception, le particulier remporta la victoire sur le
basochien et le contrat de mariage ne fut point,
comme d'habitude en pareil cas, à l'entière discrétion du preneur.

Il s'ensuivit qu'au décès de Madame Nicquart
jeune, survenu peu de temps après, son mari
dut donner des garanties et prendre des arran-
gements quant à la dot qu'il fallait restituer.
Alors, mieux éclairé, il qualifia sévèrement la
conduite de son cédant ; tous ses confrères qui
connurent sa mésaventure, se trouvèrent d'accord pour censurer l'action du prédécesseur,
comme ayant contrevenu à l'axiome : *Les loups
ne se mangent pas entre eux*, qui paraît avoir
été adopté comme charte directrice et fonda-
mentale, par toute la gent à panonceaux.

En vue de sortir, le plus tôt possible, de la
position relativement précaire qui lui était faite,
le jeune maître redoubla d'activité. Il mit les
bouchées doubles, mangea de tout, à toute
heure, à tous les rateliers, et finalement se
donna une indigestion. Un beau ou plutôt un

fort vilain jour pour lui, le chef du parquet pria
le président de la chambre de discipline de
l'ordre des avoués de passer à son cabinet et,
en en sortant, l'appelé se rendit tout droit chez
maître Nicquart. Alors, dans un tête-à-tête ri-
goureux, commença, entre les deux confrères,
un dialogue en je ne sais quel jargon barbare,
que seuls les adeptes pouvaient être en état de
comprendre. Les règles de la hiérarchie ne furent point observées, à l'apparence, dans le col-
loque car, tandis que maître Nicquart poussait
des exclamations qui ressemblaient à des rugissements, son chef de corps ne savait que balbutier quelques paroles timides.

— Mais il est donc fou? s'écriait maître Nicquart en frappant violemment du poing, sur son
bureau. Cela s'est toujours fait. Est-ce que, sans
cela, vous auriez acheté votre charge six cent
mille francs et que vous pourriez la revendre le
double, quand cela vous fera plaisir? Et puis,
qu'est-ce que cette autre bêtise : s'en tenir au
tarif? Est-ce qu'on s'inquiète du tarif? On demande des honoraires, ou plutôt une couverture, une provision, toujours la plus grosse possible, selon l'importance des individus et la
nature des affaires, et quoi qu'il arrive on ne
rend jamais rien. Chez nous *on ne rend pas
l'argent.* Qui est-ce qui ne sait pas cela? Pourquoi pas nous ramener au temps de François Ier?

Et d'ailleurs les procureurs de cette époque-là
étaient-ils, moins que nous, désireux de gagner
le plus possible?... Nous prend-il pour des petits garçons?... Vous ne lui avez donc pas dit.....

A quoi le président répliquait en murmurant
les mots d'imprudence regrettable, chose qui
pouvait arriver à tout le monde, cependant;
fausse appréciation du parquet, mais exigence
inflexible...

— Nous sommes tous solidaires, reprenait
maître Nicquart, et je ne vois pas pourquoi on
ferait de moi le bouc émissaire de tout le monde.
L'ordre entier doit prendre fait et cause pour
moi.

Son interlocuteur répondait par les mots :

— Éclat fâcheux qui n'avancerait à rien ;
nécessité de se soumettre pour éviter des mesures plus sévères... son honorable confrère le
comprendrait... les sympathies de l'ordre entier
lui étaient acquises.....

En résumé, il est à croire que maître Nicquart ne se trouva pas le plus fort, dans ce
débat, car, à quelque temps de là, sa corporation perdait, en sa personne, un de ses membres les plus actifs.

Mais, comme il était loin de s'attendre à cela
et qu'il croyait pouvoir fournir encore, au contraire, une longue carrière, il n'avait pas, sous
la main, l'éphèbe en faveur duquel il pût dé-

4·

missionner, dans les plus hauts prix, comme on l'avait fait pour lui-même. Or, c'est surtout en pareille matière que la précipitation ne vaut rien et comme, d'autre part, le censeur du parquet se montra pressant, il en résulta que tout compte fait et après cinq années d'exercice, maître Nicquart se trouva presque aussi léger d'argent qu'un lacédémonien du temps de Lycurgue, mais non pas avec le même esprit de superbe dédain.

En effet, l'âme ulcérée de toutes les injustices dont il était victime, il résolut d'en tirer vengeance et, à cet effet, il fonda un cabinet d'affaires.

En France, la profession d'homme d'affaires est entachée d'une certaine suspicion. Il serait curieux de rechercher pourquoi il en est ainsi chez nous, contrairement à la manière de voir des pays étrangers. En vertu de l'axiome *cui prodest*, on arriverait peut-être à conclure que ceux qui ont cherché à discréditer, à tuer l'homme d'affaires, sont ceux-là même auxquels il pouvait porter ombrage et qu'en crachant dans le plat, notaires, avoués et autres praticiens de la chicane, de l'intrigue et de la brouille ont eu surtout en vue de pouvoir le manger sans partage.

M. Nicquart entama courageusement la lutte et ne tarda pas à s'attacher une solide et hom-

breuse clientèle. Il la devait à sa manière
d'opérer dont il ne manquait aucune occasion
d'exposer la théorie.

— Si vous avez une affaire, disait-il, et dès
l'instant que vous l'avez confiée à un avocat ou à
un avoué, vous avez, du même coup, aliéné votre
liberté présente et à venir et tout contrôle de vos
intérêts vous est, désormais, interdit. Occupez
un ouvrier, un employé; si vous n'en êtes pas
satisfait, vous avez toute liberté d'action pour
le congédier, et cette éventualité est faite pour
stimuler son zèle et maintenir dans la ligne
droite votre subordonné. Avec les hommes
d'affaires à privilège rien de semblable n'est
possible car, si vous retirez votre dossier à l'un
d'eux, ce qu'ils appellent dans leur jargon em-
phatique, « les règles constantes, la dignité de
« leur ordre, et les devoirs de leur profession »
vous sera objecté par tous les autres, pour vous
refuser leurs offices. C'est une sorte d'assurance
mutuelle contre le libre-arbitre du client, une
véritable ligue du mal public. Maîtres de vous,
bien que vous soyez le salariant, ils vous prou-
veront en outre, par leur manière d'agir, que
votre personne et vos intérêts sont d'importance secondaire, dans la cause et qu'il s'agit,
avant tout, de sauvegarder « les lois courtoises
de la bonne confraternité. » Vous avez, dans
votre dossier, telle pièce qui, produite oppor-

tunément, doit avoir un effet concluant, capital
pour le succès de vos revendications. Eh bien!
le premier soin de votre représentant judiciaire
est de la communiquer à vos adversaires, car,
par dessus tout, il importe que le cher confrère n'ait pas l'air embarrassé et puisse prendre son temps pour la parade. On a comparé
la procédure à la guerre; mais, en quel temps,
en quel lieu la vit-on faire de pareille manière?
La lutte des « chers confrères » n'emprunte
rien, il s'en faut, au combat fratricide des fils
d'Œdipe et laisse bien derrière elle la courtoisie
des combattants de Fontenoy, car, après avoir
échangé leurs salamalecs, anglais et français
n'en firent pas moins feu, de tous leurs mous-
quets, tandis qu'en fait de procédure, les défenseurs par procuration agissent en vertu d'une
stratégie toute particulière, qu'ont ignorée
Alexandre et César. Avec eux, ni pièges, ni
embuscades, ni surprises à redouter. Fi donc!
ce serait du plus mauvais ton. Par réciprocité
mutuelle et préventive, chacun d'eux sait qu'il
peut cheminer son petit train avec complète assurance et ces combattants à bonnes manières ne
projettent pas de faire un pas sans que le camp
opposé n'en soit averti, avant toute mise en
branle. Aussi, aucun danger que rien ne se passe
sinon dans les règles et, quel que soit le résultat de la lutte, Brid'oison jubilerait de voir

que la fôòòrme triomphe constamment, que la
courtoisie règne sans nuages entre les confrères
et que les clients sont seuls à payer les pots
cassés.

M. Nicquart qui, dans sa position antérieure,
s'était conformé scrupuleusement à cette doctrine, charte constitutive de l'ordre auquel il
appartenait alors, opéra d'une manière tout
opposée, quand il fut délié de tous liens con-
fraternels. Dès qu'une cause lui était confiée,
elle devenait sienne et il la suivait avec une ardeur qui procédait, pour une bonne part, du
ressentiment qu'il nourrissait de l'aventure qui
lui était arrivée. Si l'occasion se présentait,
pour lui, de lire dans le jeu de ses adversaires,
il n'y manquait pas ; mais, il évitait soigneusement de leur montrer le sien et, nombre de
fois, il causa des blessures sensibles, à leur
amour-propre, en révélant, au cours des débats,
des pièces ignorées qui démontraient, après
mille autres enseignements du même genre,
que la parole, pour certains orateurs, a surtout
pour utilité de les faire discourir sur ce qu'ils
ignorent. Obligé de se tenir dans la coulisse,
il agissait par deux ou trois avocats délaissés
et presque déclassés, qui avaient adopté sa doctrine, plutôt que de se laisser mourir de faim
en restant fidèles observateurs des principes
si commodes pour leurs riches confrères.

Quant aux actes d'avoué, il les faisait présenter tout rédigés, à la signature de ses ex-confrères, accompagnés du montant de leurs honoraires, au taux strictement observé du tarif légal. On maugréait tout bas, on l'envoyait, *in petto*, à tous les diables ; mais, le moyen de lui objecter, à lui, qu'un avoué ne devait pas s'en tenir, exclusivement, au tarif ?

Par suite de cette volte-face, M. Nicquart était tenu en grand mépris dans le clan entier des robins. On plissait les lèvres en prononçant son nom et jamais les mots « agent d'affaires » ne furent dits en plus grand dédain qu'à son endroit. Il n'y prenait garde et se contentait de l'approbation de ses commettants. Or ceux-ci, ravis de voir leurs affaires menées avec célérité et donner, le plus souvent, des résultats triomphants, proclamaient partout le zèle, l'habileté de M. Nicquart, que l'on continuait à appeler, « Maître », et contribuaient ainsi à développer constamment l'importance de sa clientèle.

Il n'avait pas que le lot unique des affaires de procédure. Sans les solliciter bruyamment, il en était encore d'autres, d'une nature plus délicate, dont il se chargeait quelquefois et qu'il menait presque toujours à bien. Il prétendait, en cela, ne pas s'écarter des traditions des fonctionnaires à pattonceaux qui, de tout temps, aimèrent à trafiquer en mariages, emprunts et autres négociations, loin de végéter sur le terrain exclusif des actes à rédiger.

Enfin, par l'influence de son beau-frère, M. Carford, anglais de naissance, il lui venait, des Trois-Royaumes, un certain nombre d'affaires à suivre, en France. Dans ce cas, son cabinet devenait un *office* et lui-même se transformait en *sollicitor*.

Donc, le jour où nous nous présentons chez lui, M. Nicquart recevait ses visiteurs et, à ce sujet, il est à remarquer que, quelque précieux qu'il considérât son temps, quelque pressé qu'il pût être, il s'était fait une règle de conduite invariable de toujours reconduire chaque personne jusqu'à la porte, où là, il la gratifiait d'une dernière et plus obséquieuse salutation.

C'est ainsi qu'une fois, dans cette matinée, il jeta, en passant, un coup d'œil dans le salon d'attente, et il eut un soubresaut en apercevant un gros monsieur taillé en boule-dogue, qui, enfoncé dans un fauteuil, paraissait attendre, sans impatience, que son tour d'audience arrivât, selon l'ordre d'inscription réglé par un petit clerc *ad hoc,* au fur et à mesure des entrées.

M. Nicquart se hâta de regagner son cabinet et là, au lieu de sonner, pour que l'on introduisit un nouveau client, il pénétra dans un petit bureau attenant.

Un vieux clerc s'y trouvait plongé dans l'étude d'un volumineux grimoire, et ne parut pas s'être aperçu de l'entrée de son patron. Ce clerc était le bras droit et le conseiller intime de M. Nicquart, qui l'avait en grande estime. Aussi attendit-il patiemment que la lecture du paragraphe en cours fût achevée, sachant bien qu'avant cela il n'avait aucune attention sérieuse à espérer.

— Brivet, dit-il alors, Monsieur Jaborandy est là.

— Ah bigre ! fit l'autre.

Les deux hommes se regardèrent un moment.

— Après tout, continua le clerc, cela devait arriver un jour ou l'autre. Vous le saviez bien, n'est-ce pas ? Le vin est tiré, il faut le boire.

— Ce n'est pas du vin, dit maître Nicquart, avec une grimace de dégoût, c'est une fière médecine. Je vais avoir là un vilain quart d'heure à passer.

— Eh bien ! c'est justement ainsi qu'il faut envisager les choses. Un quart d'heure est vite passé et le souvenir des bénéfices qui vous restent est là pour faire diversion. Aussi bien, les choses n'auraient pas valu mieux pour lui, s'il était allé ailleurs. Il voulait plaider à toute force : pensez-vous qu'il se serait trouvé

un seul avocat ou avoué pour l'en dissuader ?
L'affaire était mauvaise, d'accord. Mais, si l'on
s'arrêtait à cela, on ne plaiderait jamais, car,
une affaire est toujours mauvaise, pour l'un
des deux. Il a voulu se défendre ; il peut dire
qu'il l'a été dans les règles et vous y avez
gagné une bonne quinzaine de mille francs.
Voilà ce qu'il faut avoir présent à l'esprit et quant
au reste, tâchez de vous en consoler, à l'a-
vance.

Et sur cette conclusion, le vieux clerc se
remit à ses paperasses. Son patron le connaissait trop bien pour savoir qu'il n'en tirerait
rien d'autre. D'ailleurs, son émotion s'était à
peu près dissipée ; il avait adopté le raisonnement qui venait d'être tenu, et il l'avait fortifié
en se disant en outre :

— Après tout, il ne me mangera pas.

Ce qui est une ressource suprême pour les
gens embarrassés.

Aussi le client qui se présenta ensuite n'aurait pu découvrir la moindre trace de préoccupation, chez l'homme d'affaires. C'était une
petite dame, qu'un créancier sans vergogne
avait fait saisir, au risque d'attirer, sur sa
tête, la colère de la déesse Vénus, pour offense
envers une de ses prêtresses. M. Nicquart
écouta, avec la plus grande attention, l'exposé
des faits et, ayant jeté un coup d'œil sur les

5

mémoires, pièces et actes, il reconnut qu'il y avait de quoi faire résistance. Il promit, positivement, d'obtenir un résultat favorable, sous délai modéré, fut aimable, répondit aux œillades par des bouches en cœur, et quand la cliente le quitta, elle n'était pas éloignée de penser que si elle perdait son mobilier saisi, elle en devrait peut-être un autre plus riche à la générosité de l'homme décidément *très-chic* qu'elle quittait.

On a vu des choses plus extraordinaires que celle-là.

Ce fut ensuite le tour de M. Jaborandy.

A peine sa vaste carrure se fut-elle dessinée dans l'encadrement de la porte, que l'ex-avoué se précipita sur lui, lui prit les mains, l'enfouit dans un fauteuil et l'accabla d'un déluge de questions sur sa santé, sa famille, son voyage, auxquelles il ne donnait pas le temps à son interlocuteur de faire réponse.

L'anglais laissa passer ce torrent avec le flegme particulier aux gens de sa nation.

— Je *étai* venu, dit-il enfin, tandis que M. Nicquart devait s'interrompre pour reprendre haleine, afin de savoir à quoi en est mon procès...

— C'est terminé, fini, réglé. Justement, j'allais vous écrire à ce sujet.

— *Perfectly.*

— Oui, voilà une affaire que l'on peut classer, il n'y a plus à y revenir. La campagne est terminée ; mais j'y penserai souvent, car, dans toute ma carrière, c'est, sans contredit, la plus belle cause que j'aie eue à suivre. Cher Monsieur Jaborandy, recevez-en mes remerciements, en même temps que mes félicitations les plus sincères.

L'anglais parut sensible à ces compliments, et chercha à se soulever, pour saluer.

— Cette affaire, continua M. Nicquart, restera comme un magnifique enseignement, un superbe exemple de stratégie judiciaire, et le président Hubart de Glaïeul me disait encore, il y a deux jours : — Vous avez enrichi la procédure française d'un véritable monument.

L'anglais faisait des efforts visibles pour se mettre à l'unisson du contentement de l'homme d'affaires. Il remuait sur son fauteuil, saluait, souriait et se demandait sérieusement s'il ne devait pas pousser quelques hurrahs.

— Je *étai* très reconnaissante, dit-il....

— Et cet arrêt de cassation obtenu au moment où nos adversaires se croyaient enfin triomphants, et nous pensaient définitivement à leur merci ! Avez-vous entendu leurs chants de victoire se changer en cris de détresse ?

Vive Dieu! ce fut terrible pour eux d'être
précipités des murailles au haut desquelles ils
venaient de planter leur drapeau! Je l'avoue,
dans cette lutte mémorable, il m'est arrivé
plusieurs fois de chercher des exemples dans
la glorieuse histoire de votre pays, comme
points de comparaison. Je me rappelais le vaillant Talbot, luttant dans cent combats, toujours
plus grand que l'adversité et l'immortel Warwick que rien ne pouvait abattre et qui, après
la défaite, savait constamment et avec une
indomptable ténacité, trouver de nouvelles
ressources. Sans doute, ces héros tombèrent
enfin, pour ne plus se relever; mais ce fut
dans un jour de gloire et, dès ce moment, ils
entraient dans la postérité. Ils étaient bien, en
effet, les véritables vainqueurs, car, les portes
du temple de la Renommée s'ouvrirent toutes
grandes pour eux, tandis qu'elles sont restées
impitoyablement fermées pour ces obscurs combattants que le hasard, bien plus que leur
courage, favorisa un seul jour. L'analogie est
frappante et, là comme ici, ce que le vulgaire
appelle le succès doit être relégué au second
rang. Pour le juge, pour l'historien vraiment
digne de ce nom, le résultat apparent n'est
rien; la conduite pendant la bataille est tout
et, souvent, c'est au vaincu qu'ils décernent
les palmes de la gloire. *Gloria victis!* Je sais,

cher Monsieur Jaborandy, que vous êtes entièrement de mon avis, sur ce point.

L'insulaire répondit par un rire puissant qui
emplit tout le cabinet.

— Je *étai* pas égoïste, dit-il. Je *vôlai*
laisser à eux la gloire et contenter moi de
l'héritage.

M. Nicquart frémit d'impatience, en s'apercevant du quiproquo.

— Seigneur, dit-il en lui-même, comment
vous y preniez-vous donc pour vous faire comprendre de ceux auxquels vous parliez par
paraboles? Comment faire pour pénétrer jusqu'à ce cerveau triplement cuirassé?

Il réfléchit un moment.

— Cher Monsieur Jaborandy, dit-il tout à
coup, vous avez lu, sans nul doute, dans l'histoire, le récit de la bataille de Malplaquet, en
Flandre, au commencement du dix-huitième
siècle?

— Oh! oui, fit l'anglais en se rengorgeant.
Gagnée par notre grand Marlborough!...

— Avec la collaboration du petit prince Eugène. Oh! vous l'avez dit tout à l'heure; vous
autres, anglais, vous n'êtes pas égoïstes et, à
moins qu'il ne s'agisse de ces misérables armées d'Afghans, Zoulous et autres semblables,
contre lesquelles il y a peu de gloire à acquérir, vous n'avez jamais voulu entreprendre

aucune guerre sérieuse, sans admettre quelqu'allié à partager vos lauriers. Tel votre im·
mortel Wellington à Waterloo, et tels vos
vaillants généraux devant Sébastopol. Voilà,
selon moi la véritable générosité !

M. Jaborandy, loin de soupçonner la moindre ironie, encaissa ces compliments argent
comptant et crut devoir y répondre par un
salut aussi gracieux qu'il lui fut possible.

— Or, continua l'homme d'affaires, vous
savez ce qui se passa à cette bataille de Malplaquet. Marlborough et Eugène étaient des
chefs de grande valeur ; mais les français, qui
n'avaient pas mangé depuis vingt-quatre
heures, combattirent en gens ayant envie de
gagner leur souper et ma foi, sans la blessure
du maréchal de Villars, on ne sait trop ce qui
serait arrivé. Tant et si bien que quand on fit
le compte de la journée, les français avaient
perdu huit mille hommes et leurs adversaires
trois fois autant. Voilà une victoire chèrement
payée ! Eh bien ! il en est de même ici. Les
Parson ont gagné la bataille, soit. Ils ont l'héritage ; ce n'est rien pour un homme de votre
fortune. Mais, qu'il fassent la récapitulation de
ce qu'il leur coûte ; ils verront alors qu'ils
sont, eux, les véritables vaincus.

L'anglais, en entendant les derniers mots,
avait bondi hors de son fauteuil.

— Vous venez de dire, s'écria-t-il, que ces petits Parson avoir gagné l'héritage ?...

— Eh ! sans doute. Il n'y avait malheureusement pas moyen qu'il en fût autrement.

— Vous avez moqué vous de moi, Monsieur !...

— Moi ! Comment pouvez-vous supposer une pareille chose ?

— Vous avez voulu faire croire à moi...

— Rien autre chose que ce qui était, je vous le jure. Qu'auriez-vous dit à celui qui vous aurait annoncé que votre affaire ne pouvait être gagnée, et qu'il valait mieux l'abandonner ? Vous n'auriez jamais accepté de vous retirer ainsi, sans combattre. Cette humiliation était indigne de votre caractère. Eh bien ! nous avons lutté et vous pouvez avoir conscience que la lutte a été belle. Et même, si ce satané Potin n'était venu se poster en travers de notre route...

M. Jaborandy rougit encore davantage.

— Monsieur Potin être un polisson, dit-il.

— Sans lui nous triomphions infailliblement. Nos adversaires manquaient de ressources et n'auraient pu nous tenir tête. Ils auraient signé notre transaction.

M. Jaborandy fit deux ou trois tours dans le cabinet, les mains derrière le dos. Fût-on le flegme incarné ou un vrai milord, selon la formule, on n'apprend pas, sans émotion, la perte définitive d'une fortune sur laquelle on comptait, un moment auparavant. Cependant, soit que la surprise aurait été plus grande, chez le plaideur, en entrant au contraire, en possession d'un avoir sur lequel, intérieurement, il se sentait peu de droits, soit qu'il voulût se donner la consolation de faire montre de stoïcisme et de force d'âme, il se remit assez vite.

—Je *étai* riche, dit-il en revenant se placer vis-à-vis de l'homme d'affaires. Je *m'inquiétai* très peu de cet héritage. Puisque mon frère m'a renié, je *avai* pas besoin de son argent.

— Bravo ! voilà parler s'écria M. Nicquart, ravi d'entrevoir une solution, mais qui ne put s'empêcher de penser à la fable du renard devant les raisins.

— Mais, continua l'insulaire, Monsieur Potin il m'*avai* ennuyé en se mêlant de mes affaires. Je *vôlai* ennuyer lui à mon tour et, pour commencer, je me battrai avec lui.

— Diable ! fit l'ex-avoué qui se voyait déjà le témoin d'un duel, ce qui ne lui paraissait guère compatible avec le décorum de sa position. Vous battre avec M. Potin !... Le connaissez-vous ?

— Non ! Je le *avai* jamais vu.

— Il est de première force à l'épée et au

pistolet. En outre, loin d'avoir vos formes opulentes, il est plutôt maigre que gras et, de ce chef, les conditions ne seraient vraiment pas égales, entre vous et lui. Je sais bien qu'il y aurait la ressource connue de vous tracer, à chacun, un rond d'égale grandeur au milieu du corps, en décidant que tout coup portant en dehors ne compterait pas. Mais cela n'est pas toujours sans inconvénient.

M. Nicquart avait donné libre cours à son imagination, en parlant ainsi de M. Potin. Aussi, fut-il enchanté quand, à la mine rembrunie de l'anglais, il vit que ses paroles avaient porté juste. L'émule des Talbot et des Warwick ne semblait avoir aucun désir de finir comme eux, par l'effet d'un fer homicide.

— Et d'ailleurs, continua l'ex-avoué, quand vous ou lui aurez reçu un coup d'épée ou une balle dans le corps, qu'est-ce que cela prouvera ? Vous aviez commencé par mieux dire et, puisqu'il vous a contrarié, ennuyé, il faut qu'il le soit aussi.

— Je *volai* bien, mais comment faire ?

— Comment faire ? C'est ce à quoi il faut réfléchir ; en pareille matière, la précipitation ne vaut rien ; il faut observer, étudier et concevoir lentement. Mais, quand on connaît le genre de vie, les goûts, les habitudes d'un in-

5*

dividu et qu'avec cela l'argent, le nerf de la
guerre, ne manque pas, tenez pour certain
qu'on peut lui tailler un nombre respectable
de croupières. Avez-vous confiance en moi?

L'insulaire hésita. Il avait bonne envie de
formuler quelques réserves; mais comme, au
bout du compte, il n'aurait su comment s'y
prendre, pour s'attaquer à M. Potin, il se dit
qu'il valait encore mieux risquer de se confier
à M. Nicquart, se promettant bien, d'ailleurs,
de le surveiller.

—Je *volai*, dit-il, charger vous de cette affaire.

L'entrevue se termina par la rédaction d'un
chèque que M. Jaborandy remit à l'ex-avoué
et ensuite, il se retira avec la placidité que
n'eut jamais le plus dissimulé des diplomates
venant de répandre les ferments d'une guerre
européenne.

En rentrant dans son cabinet, M° Nicquart
sourit triomphalement à une forme humaine
qui se dessinait dans une grande glace, vis-à
vis de lui et qui n'était autre que sa propre
image. Puis, pénétrant dans le petit bureau
attenant, il retrouva son clerc toujours pape-
rassant.

— Brivet, dit-il, voici un chèque de cinq
mille francs à faire encaisser et dont il faudra
créditer M. Jaborandy, compte nouveau.

— Bon! fit le clerc.

IV

Fidèle à la promesse qu'il avait faite à M. Forestan, son ami, M. Potin, dans l'après-midi du vingt-quatre décembre, se dirigea vers la gare dite de Saint-Lazare, où il prit un billet de seconde classe pour le Havre.

M. Potin ne montait jamais en première classe; non que sa position de fortune le lui interdît, mais, adversaire acharné des innombrables abus qui résultent des privilèges autocratiques concédés aux compagnies de chemins de fer et s'élevant surtout contre la chèreté de leurs tarifs, il voulait protester, à sa manière, en leur laissant le moins possible de son argent.

La proximité des fêtes de Noël donnait une certaine activité à la circulation des voyageurs et le train se garnit rapidement. Quand on se mit en route, le compartiment, entre autres, dans lequel avait pris place M. Potin, se trouva au grand complet; mais la société y paraissait composée de personnes entièrement étrangères, l'une à l'autre. Il en résulta qu'au début un disciple de Pythagore s'y serait trouvé passablement à l'aise, sous le rapport de l'observation de la doctrine du silence. D'ailleurs, chacun avait déployé ses journaux et savourait, qui le compte-rendu des Chambres, qui le feuilleton et tel autre les faits divers.

Tout à coup, une exclamation fut poussée par un abbé grand et sec qui, après s'être délecté, jusqu'à satiété, en lisant et en relisant le Premier-Paris de la *Contre-Attaque*, journal des intérêts catholiques, venait d'aborder la section des crimes et accidents. Il trouvait là, dit-il, le récit d'un fait qu'il avait vu se réaliser, *de ses propres yeux*. Et il soulignait le pléonasme par un clignement de ses paupières sanguinolentes et quelque peu chassieuses. Il s'agissait de deux hommes qui manœuvraient une barque, laquelle avait chaviré en plein courant. L'un des deux hommes avait été providentiellement sauvé...

— Et l'autre fut providentiellement noyé? interrompit M. Potin, d'un ton ironique.

L'abbé resta tout interdit.

— Quelle idée vous faites-vous donc, continua son interlocuteur, d'un dieu intervenant ainsi en vue de sauver l'un et de faire périr l'autre? Est-ce à cela qu'aboutit toute votre théologie?

L'homme à soutane qui autrefois, au séminaire, avait reçu des félicitations pour une
thèse où il conciliait victorieusement le libre-
arbitre avec le *mandata impossibilia volen-
tibus et conantibus,* fut sur le point d'accepter la lutte. Mais, soit qu'il ne fût pas bien
certain de la sympathie de l'auditoire, soit
qu'il se souvint que la discussion est une des
formes favorites sous lesquelles le malin esprit aime à se révéler ; il se ravisa et se con-
tenta de répondre, d'un ton doctoral :

— Les desseins de Dieu sont impénétrables, Monsieur. C'est le devoir d'un chrétien
de les respecter.

A quoi, voyant que son adversaire se déro-
bait, M. Potin ne répliqua que par un léger
haussement d'épaules.

Cette escarmouche eut pour effet de classer
les opinions, ni plus, ni moins que si le compartiment eût renfermé une assemblée de législateurs. Un vieux monsieur à l'air comme
il faut se rangea, manifestement, du côté de
l'abbé avec lequel il échangea un salut affecté.
Un allemand à lunettes qui maintenait grand
ouvert, sur la tête de deux ou trois dormeurs,
ses voisins, un immense *zeitung,* formait avec
eux le centre. Enfin, quoiqu'il en eût, M. Potin, dans l'esprit de tous, constituait la gauche
militante.

Il avait, pour tenant, le personnage de la
société auquel le silence semblait le plus pe-
ser, car il avait déjà essayé, de toutes les manières, de le rompre. Il avait appris, à ses
covoyageurs, qu'il se nommait Pertemont,
qu'il représentait Petit et Chaumont « la première maison de Paris » et qu'il allait jusqu'au
Havre où il commencerait sa tournée. Puis,
ayant avancé qu'il faisait un « drôle de temps »
ce que personne n'avait contesté, il avait essayé, quelques minutes après, de démontrer
que c'était « un très-bon temps » sans qu'aucune de ces entrées en matière eût de succès.
Il en était réduit à ronger son frein en guet-
tant une occasion propice.

La prise d'armes de M. Potin lui parut d'un
heureux augure. Il observa, en outre, que son
collègue de la gauche, après avoir replié son
journal, se fouillait les poches d'un air assez
contrarié.

— Auriez-vous perdu quelque chose ? lui
demanda-t-il, d'un ton prévenant.

— Oh ! pas grand chose. C'est un deuxième
journal que j'avais pris et qui se sera échappé.

— Les canards ont des ailes, mon cher
Monsieur, ne le saviez-vous pas ? fit le commis-voyageur en riant. Mais, le malheur
pourra, peut-être, se réparer. Je vous offre
mon journal, le *Bigarreau*, moniteur des ca-

nards, milans, éperviers, hiboux, cocottes ;
de l'aigle impérialiste, du coq orléaniste, de la
poule... au pot légitimiste, en un mot de tous
les volatiles qui volent.....

— Sans en excepter les oisons qui se laissent voler. Merci, je ne lis pas le *Bigarreau*,
journal bigarré entre tous,

— Je ne dirai pas que je le lise régulièrement,
dit Pertemont, mais je l'achète quelquefois.
Le papier en est bon. Hé! Hé!...

Cette plaisanterie, d'un goût équivoque, ne
recueillit que quelques sourires contenus,
parmi les membres du centre qui n'étaient pas
complètement endormis. Quant aux droitiers
ils lancèrent, vers la gauche, des regards in-
dignés.

M. Potin s'en aperçut, et comme il s'était
convaincu, par une dernière recherche, de la
perte bien définitive de son deuxième journal,
il résolut, en manière de passe-temps, de
poursuivre la conversation.

— Au reste, reprit-il, que parlez-vous de
journal? Le *Bigarreau* n'en est pas un.

— Ce n'est pas un journal?

— Non.

— Qu'est-ce donc, alors?

— C'est un prospectus.

— Un prospectus?

— Ni plus, ni moins, comme sa maison est

une boutique, et qui fait de bonnes affaires, je vous l'assure, car, c'est constamment le lendemain que l'on doit y être rasé gratis, tandis qu'il faut payer, pour le jour même et grassement.

— Alors, c'est un commerce de barbier que l'on y tient ?

— A la lettre. Seulement, à l'instar de ceux de ces industriels qui sont établis dans les petites villes, on y a joint quelques autres branches. Ainsi Decizième, le « vieil abonné », y fit un jour un dépôt de sornettes et le grand Z., qui y eut carte blanche, toute une année, aurait pu y débiter des documents humains. Vilmanant, en créant le *Bigarreau*, a dû songer, c'est à croire, aux multiples ressources de trafic que possédait le juif Médicis, le Mécène de Marcel de la *Vie de Bohème*. Comment Murger, qui fut dans le besoin toute sa vie, eut-il de ces idées qui firent la fortune de ceux qui s'en emparèrent pour les mettre en application ? Mystère ! Le fait n'en est pas moins patent. Et quelle désinvolture ! Quelle liberté d'allures ! Voyez l'affaire Germeluimit : tout le monde en parlait ; seul, ce journal « le mieux » informé de Paris » n'en soufflait mot. Quoi donc ! direz-vous, n'y a-t-il aucune miséricorde pour les pêcheurs et est-ce parce que le *Bigarreau* a été qualifié de feuille à scandales qu'on doit lui faire son procès, quand il s'amende? Voilà qui est bien; mais alors, dans l'affaire Rêveur, pourquoi s'être emparé de l'instruction, au mépris de la loi et avoir montré un acharnement sans pareil pour mettre à mal un honnête homme?..... Et puis, qu'est-ce que c'est que ces entrefilets qui apparaissent, de temps en temps, conçus à peu près dans ces termes : « Nous sommes infor- » més d'une grave affaire qui vient de se pas- » ser. Nous n'en dirons pas davantage quant » à présent... » Et, la plupart du temps, tout se borne là. Mais, serait-il indiscret de demander quel poids, quel son et quelle couleur avait la divinité métallique qui s'est interposée pour qu'il n'en fût pas dit *davantage*, dans l'avenir? Et si ce n'est pas là du chantage, niera-t-on que ça n'en ait furieusement les apparences? Le *Bigarreau* semble avoir relevé cette devise d'un grand d'Espagne : « *Mis amores son reales.* » *Reales*, vous l'entendez bien, équivaut là à réaux, pièces de monnaie et, en effet, on peut se demander s'il est quelque chose au monde qu'il hésiterait à faire, pour de l'argent. Tout dépendrait du prix que l'on y mettrait, selon la doctrine de la reine de Navarre et, en lui-même, le *Bigarreau* ne se pique pas de bégueulerie. Et quel art dans la réclame ! Le Turc s'y connaissait car, à la veille de déposer son bilan, c'est dans le *Bigarreau* qu'il fit son dernier effort. C'est là que fut imprimée, pour la dernière fois, la fameuse phrase sur « ce gouvernement si respectueux de ses engagements ». C'est là aussi que l'Autriche, cette éternelle quémandeuse, fut, à la veille d'un emprunt, proclamée avoir le premier ministre des finances des temps modernes, propos fondé peut-être, je n'en sais absolument rien, mais qui n'avait pour but, dans l'espèce, que d'aider cet habile homme dans son dessein de fouiller, une fois de plus, dans nos poches. Parfois, le *Bigarreau* prêche *pro domo sua* et il en apparait, de temps à autre, quelques inconvénients, comme, par exemple, les Huîtrières du Moribond dont un tribunal fâcheux ne lui a laissé que les coquilles pour s'en faire des castagnettes. Ce sont là les menus accidents du métier. Il a, d'ailleurs, d'autres cordes à sa guitare et, entre autres, on ne saurait rencontrer son pareil pour soutenir une retraite, masquer un mouvement hasardeux et blanchir le monde. Il sait faire un judicieux emploi de la poudre de riz : cela rentre, sans conteste, dans sa profession. Si quelquefois, on entend s'élever de vagues rumeurs touchant je ne sais quels pots de vin, c'est le *Bigarreau* qui enfle le plus la voix pour les réduire à néant, soit qu'il s'ac-

quitte ainsi d'une besogne commandée et ré-
munérée, soit qu'il y ait certaines choses dont
il n'aime pas qu'on parle devant lui. Un brevet d'honnêteté décerné par le *Bigarreau*, cela
a de la valeur, sans contredit ! Qui ne se souvient aussi du vicomte de la Panée, un des
héros du dernier krack ? Il s'agissait de démontrer qu'il avait perdu la tête et que sa
femme en était la première victime. Loup-
Saxon, un des piliers du *Bigarreau*, prend
des habits de deuil et met un crèpe à sa
plume. Ce vaudevilliste se transforme en
parfait croque-mort. Il se rend auprès de
la vicomtesse et, de cette entrevue, résulte
un véritable chef-d'œuvre d'observation. Tout
y est noté. L'hôtel qui a un aspect lugubre
de maison abandonnée ; les serviteurs sur
les lèvres desquels erre ce sourire insolent
que l'on ne surprend que chez la domesticité qui craint pour ses gages ; la résolution
de la mère courageuse qui veut ne devoir sa
vie qu'au travail... Mais patatras ! voilà que la
comédie se découvre. La Panée n'est pas parti
ramasser des diamants, comme on en avait fait
courir le bruit et lui et sa femme, s'entendant
comme larrons en foire, plaident ce procès
immoral de l'exception de jeu. Les seuls ruinés, dans l'espèce, sont les naïfs qui ont cru
qu'un vicomte de la Panée pouvait être un

homme d'honneur, de sorte que nous pouvons poser, à Loup-Saxon, cette question qui a la valeur d'un dilemme : Qui est dupe ici ? Si c'est vous, il serait temps de prendre vos invalides et si ce n'est pas vous, quel joli métier faites-vous là ?... Quant au *Bigarreau*, il ne se démonte pas pour si peu ; cette fine lame a été frottée à plus d'un cuir et il lui est d'autant plus facile de ne jamais dire : *Peccavi*, que nombre de ses lecteurs le tiennent pour une parfaite encyclopédie des faits modernes et ne lisent aucun autre journal. A quoi bon, dès lors, leur confesser qu'on n'est qu'un farceur et leur ôter leurs illusions ? Vienne une autre occasion, il recommencera sans sourciller. Si, en un jour de folichonnerie, l'agence Cabas donne la nouvelle de je ne sais quelle bataille anglo-égyptienne, *Bigarreau* le bien informé, ne se contente pas de si peu. Fi donc ! Rasoir oblige. Attendu qu'il s'agit du pays des pyramides, il veut servir, à ses lecteurs, une tartine pyramidale. Il prend sa bonne plume de Tolède et décrit toute l'action, par le menu. Il cite les régiments qui y ont pris part, et les chefs qui s'y sont distingués. Tués, blessés, canons pris, butin recueilli, il nombre tout. C'est un panorama écrit. Il sait tout, il a tout vu

Et Richelieu présent il aurait rapporté
Ou Gênes défendue, ou Mahon emporté.

Le lendemain, l'agence Cabas dégrisée annonce que sa nouvelle était « prématurée. »
Vous croyez peut-être que le *Bigarreau* en
éprouve de l'ennui ? Vous ne le connaissez
guère. Il taille encore sa plume et demande à
chacun de quoi l'on veut qu'il soit question.
Entrez ! Il y a de l'eau chaude ; on vous rasera. Que si, cependant, on vous fait quelqu'en-
taille, n'allez pas récriminer surtout. Ce serait
du plus mauvais goût ; les cris sont toujours
malséants et ce barbier tient à n'avoir que des
clients de bon ton. Payez en silence et vous
serez considéré. Telle est la règle de la
maison.

— Il n'importe, fit un centrier, qui s'était
réveillé. On ne saurait le nier : Vilmanant était
un gaillard d'esprit.

— Ai-je dit le contraire ? répliqua M. Potin.
Il s'en faut et je vais plus loin que vous :
c'était un véritable génie. Il faut, en vérité, que
les hommes de lettres soient bien ingrats pour
ne pas lui avoir encore élevé une statue et ce,
de leurs deniers exclusifs, afin d'en bien marquer la signification. Il fut pour eux, on peut
le dire, un véritable rédempteur. Avant lui, le
journaliste ressemblait encore, furieusement,

aux grimauds du café Procope d'il y a cent
ans. Vilmanant comprit qu'une carrière plus
vaste et plus haute lui était réservée et qu'en
somme, c'était lui qui tenait le bon bout. La
composition d'un journal offre quelqu'analogie
avec la légende de l'auvergnat, qui trouvait
une savate dans sa soupe, et se plaignait de
ce que ça y tint *de la plache*. La différence
est que le journaliste aime beaucoup ce qui
tient de la place et contribue à remplir ses
colonnes. C'est en vue de cela qu'il s'étendra
le plus possible et bien au-delà de la mesure
raisonnable, sur les coulisses des théâtres, les
cancans du boulevard, les soirées, les courses,
les potins de salons, sur tous les événements
frivoles de la société, se félicitant de trouver
là une ample et continuelle moisson et se disant qu'en définitive, ces sujets sont encore
plus aisés à traiter que s'il s'agissait d'écrire
un manuel de physique ou de mathématiques
supérieures. Vilmanant vint qui renversa la
proposition et dit à chacun : Que me donnerez-
vous, pour que je parle de vous? Et si l'on se
récriait, si l'on objectait que le journal était
bien heureux d'avoir pâture à se mettre sous
la dent et que c'était, en tous cas, devoir et
obligation pour lui, envers ses lecteurs, de les
tenir au courant de tout, rôle naturel d'un
journal, Vilmanant répliquait victorieusement

en montrant tels de ses numéros qui ne con-
tenaient que calembours, grivoiseries, pas-
quinades et qui n'en avaient que plu davantage, au public. Devant la menace d'un
silence qu'ils estimaient mortel, pour eux, les
intéressés devaient céder et ils cédèrent. La
réclame avait conquis ses droits de cité ; Vilmanant et ses adhérents pouvaient dresser
leurs comptoirs et commencer leurs opérations.
Donnant, donnant, telle est la règle. Il y en
a même qui donnent, à condition qu'on ne
leur donnera rien que le silence, en échange.
Telles les compagnies de chemins de fer, sen-
sitives industrielles et monopolisatrices, qui distribuent, à foison, les parcours gratuits, à condition qu'on se taira sur leurs faits et gestes,
graine féconde d'innombrables abus. C'est un
autre genre, mais qui tend toujours au même
but. Vilmanant, d'ailleurs, ne s'endormait pas
dans la routine et en accablant, il y a quelques
années, de ses sarcasmes journaliers, la compagnie P.-L.-M. réputée la moins généreuse
de toutes, cet homme de progrès montrait
assez que les parcours gratuits ne constituaient
plus un subside suffisant, à ses yeux. J'ignore
si un autre et plus gros gâteau de miel a été
tendu à Bigarreau-Cerbère et si c'est pour
cela que les aboyements ont cessé tout à coup.
C'était, je vous le dis, un profond philosophe

et qui connaissait bien le cœur humain. J'estime qu'il devait se plaire à se proposer parfois, à lui-même, quelque gageure singulière. N'est-ce pas en effet un tour de force, non pas seulement que d'être parvenu à introduire six mille de ses chroniques des boudoirs et coulisses dans six mille presbytères — il y avait là comme une sorte d'attrait et d'avant-goût du fruit défendu qui était pour engager leurs habitants — mais encore de pouvoir le crier bien haut? Ne dut-il pas, ce lutteur, éprouver un sentiment d'orgueil presque légitime, quand il résolut de faire bénir ses presses par un archevêque? Le prince de l'Église pouvait reculer. Quoi! pénétrer officiellement dans le bureau de poste de Mimi et de Chienchien! Vilmanant le voulait ainsi. Il savait qu'évêque et jolie femme se ressemblent par plus d'un point et qu'encore une fois, il ne s'agissait que d'y mettre le prix. C'est ce qu'il pouvait faire désormais, lui l'ancien compagnon à la cape percée; c'est ce qu'il fit et il eut les faveurs, je veux dire les bénédictions. Quel mépris cet épicurien ne devait-il pas, après cela, éprouver pour l'humanité! Il n'en continua pas moins son chemin et, avant de mourir, il eut la satisfaction de voir le journal qu'il avait créé, considéré comme une sorte de brevet par ceux qui tiennent à être

rangés au nombre des « honnêtes gens. »
Cette honnêteté significative n'est point, il
faut le dire pourtant, de l'invention de Vilmanant. Déjà, au siècle dernier, les cavaliers stuar-
tistes l'avaient monopolisée pour eux-mêmes,
vis-à-vis de leurs adversaires hanovriens, en
Angleterre et se servaient aussi, littéralement,
du terme d' « honnêtes gens. » Mais, si le
Bigarreau n'a pas le mérite de l'innovation,
en cette matière, il faut lui rendre cette justice qu'il a tiré grand parti de l'exhumation
qu'il en a faite, et si l'on ne peut assurer que
tous les lecteurs du *Bigarreau* soient d'honnêtes gens, du moins, toutes les « honnêtes
gens » lisent le *Bigarreau*, c'est un fait bien
connu. C'est ce que voulait Vilmanant. C'est
encore un autre et véritable tour de force que
d'avoir fait accepter, dans son entier, un
journal qui est dédaigné et méprisé, dans chacune de ses parties. Saint Genièvre, Imanus
et Ph. Dupetitrou forment le plus étonnant
trio de grotesques qu'on puisse concevoir;
François Moutard est un pleutre, la preuve en
a été faite, d'abondance; c'est le parfait gar-
dien du sérail, eunuque en fait de dignité et de
personnalité, mais avec cette circonstance aggravante qu'on ne lui a pas coupé la langue; les
bons mots du *Bigarreau* ont couru dans tous les
ana à deux sous, des foires; celui qui tient à

être bien renseigné se défie de ses informations, comme de la peste. Mais voilà ! Il faut bien un étendard autour duquel on puisse se rallier. Les compagnons de Philippe-Auguste avaient l'oriflamme ; le panache blanc de Henri IV flottait à Arques. Les preux modernes ont la serviette d'un barbier pour guidon. Vilmanant savait ce qui convenait à son époque. Son œuvre durera. Paix à ses cendres et longue vie à ses successeurs !

— Vous avez oublié de mentionner ses œuvres de charité, dans ce beau tableau, fit aigrement l'abbé. Elles constituent un exemple qui n'est guère imité, par ceux qui critiquent le *Bigarreau*.

— J'ai oublié cela et bien d'autres choses encore, répliqua M. Potin, mais j'en dirai deux mots, si cela peut vous faire plaisir. La charité à grand fracas est une entreprise comme une autre. J'ai aussi entendu parler d'un impresario de luttes foraines qui faisait battre, entre eux, ses spectateurs et ne faisait aucun autre frais pour sa représentation. — Allons, criait cet homme de génie, deux hommes de bonne volonté ! Et l'on s'empoignait, on s'échinait, on se roulait dans la poussière de l'arène, pour sa gloire et pour son profit. C'est absolument le même procédé qu'emploie le *Bigarreau* pour remplir ses colonnes

de souscriptions et exercer sa charité. Vous
me direz qu'il sait aussi y aller de ses quelques billets de mille. C'est bien possible ;
mais celui qui chasse au piège doit commencer
par amorcer. D'ailleurs le Christ, vous le savez, a recommandé de laisser ignorer, à la
main gauche, la bienfaisance de la droite. Il
ne prévoyait pas, assurément, le cas où la
main gauche reprendrait, au décuple, ce que
la main droite aurait réparti. Le *Bigarreau*
est généreux, dites-vous ? Certains journaux
financiers ne le sont pas moins, qui donnent
une vingtaine de pages par semaine, pour un
franc par an, port compris. Il faut bien faire
quelque chose en vue de la clientèle et quand
je vois le *Bigarreau* inviter ses fidèles à mettre la main à la poche, en faveur de ses protégés, je ne puis m'empêcher de me souvenir
qu'en retour, les donateurs ont été, maintes
fois, restaurés d'un bouillon sortant des mar-
mites de la Banque Lutécienne, institution
patronnée par le *Bigarreau*. Ce n'est point là,
tout à fait, la doctrine du : Qui donne aux
pauvres prête à Dieu. Dieu ce me semble, ne demande pas de prêts sous la forme d'actions
plus ou moins majorées et la répartition qu'il
fera, à ceux qui auront donné le fameux
verre d'eau, en son nom, sera j'imagine, d'une
autre nature, que celle de distributions de di-

videndes de faillites. Voilà mon opinion sur la philanthropie du *Bigarreau.*

Cette controverse avait fini par éveiller l'attention. Les dormeurs avaient maintenant les yeux grands ouverts et l'allemand à lunettes avait replié son journal et prenait des notes sur son carnet. L'abbé paraissait furibond ; mais son collègue de la droite, le vieux monsieur à l'air respectable, qui avait, en un temps, gobé quelques douzaines des Huîtres du Moribond, ne pouvait s'empêcher de penser qu'il y avait du bon dans ce qui venait d'être dit.

Quant à M. Pertemont, il jubilait.

— Et le *Druide*? fit-il.

— C'est un succédané, une copie du *Bigarreau*, inférieur et manquant d'originalité, comme toutes les copies. On peut dire du *Druide* par rapport au *Bigarreau*, ce qui a été dit de l'Autriche : Toujours en retard d'une année et d'une idée ! Maintes fois il a essayé de supplanter son modèle; toujours il y a échoué et, comme tel nonnain de La Fontaine, *Bigarreau* tient le timon et ne veut pas le lâcher. Si quelqu'un doit le lui enlever, un jour, il n'y a pas apparence que ce sera le *Druide*.

— Même augmenté du fonds de boutique de *Paris-Canard* et enrichi de la collaboration de Henri du Verrou?

— Connais pas, fit froidement M. Potin.

— Comment ! vous ne connaissez pas Du Verrou, l'homme sympathique par excellence, un des plus beaux coups de chapeau du boulevard ?

— Qu'ai-je affaire, je vous prie ?... Mais, attendez donc ! Du Verrou !... N'est-ce pas cet honnête monsieur qui, appelé devant le juge d'instruction, pour délit de fausses nouvelles — il s'agissait de l'énoncé de je ne sais quelle série de crimes monstrueux et imaginaires — dut reconnaître l'avoir commis sciemment, mais allégua, pour sa défense, que c'était maintenant le seul moyen d'attirer l'attention du public et que lui, Du Verrou, avait dû sacrifier au goût du jour, pour complaire à ses lecteurs ? Voilà ce qu'on peut appeler des mœurs de gentilhomme. Jamais marquis Louis XV ne pirouetta, avec plus d'impertinence, sur ses talons rouges. Vous autres, manants mes frères, vous vous seriez dit que ce ne pouvait être qu'une détestable introduction à l'enseignement de la vérité, que de débuter par le mensonge, et que si le public ne veut pas nous lire, il en est bien le maître, en somme. Mais qui dira jamais jusqu'où peut se laisser entraîner un homme que la passion d'écrire dévore ! Je m'imagine Du Verrou reporté à une centaine d'années auparavant,

6*

conseiller instructeur au Châtelet et remplaçant, désavantageusement pour le patient, la
question de l'eau par l'entonnement forcé de
sa prose. Au reste, peine perdue et la feuille
de chou de *Paris-Canard* ne réussira pas à
faire, du *Druide*, un fameux lapin.

— Je vois ce que c'est, fit l'abbé, d'un ton
ironique. Monsieur réserve toutes ses sympathies pour le *Tambour*.

— Eh bien ! vous vous trompez, répliqua
l'infatigable critique. Je n'ai jamais aimé ni
les temples, ni leurs pontifes.

— Qu'appelez-vous temples et pontifes ? demanda un centrier.

— J'appelle temples les endroits où l'on pontifie et pontifes ceux qui pontifient. Rien n'est
plus clair, il me semble.

— Mais qui est-ce qui pontifie ?

— Vaupleure, pardieu !

— Auguste Vaupleure, un pontife ! s'écria
Pertemont.

— En chair et en os ; son journal est son
palais archiépiscopal et sa plume, sa crosse.
Quant au sacrifice, il l'offre tous les jours, et
avec autant de ferveur, de foi et d'onction,
que jamais lévite fraîchement ordonné. Quand
le soleil, débouchant à l'horizon, semble convier tous les êtres animés à une occupation
quelconque, chacun — même et surtout ceux-

là que l'on appelle les désœuvrés — songe à
l'emploi qu'il fera de sa journée. Le boursier
médite de lancer quelque nouvelle qui pourra
lui faire réaliser une bonne petite différence ;
l'employé, s'il a envie de se donner *campo*,
pense à faire mourir quelque tante aux yeux
de son chef de bureau ; la belle de nuit, pré-
parant une nouvelle campagne, donne audience à ses pédicure, coiffeur et autres four-
bisseurs ; le bulletin de répétition annonce au
comédien qu'il sera duc ou valet ; Léon, petit-fils de Jean-Baptiste, va se concerter avec
son ami M. de Plutus ; le *Digarreau* feuillette
ses recueils de calembours et tel autre journal apprête ses ciseaux. Vaupleure, lui, réfléchit sur le sacrifice qu'il offrira, ce jour-là,
comme il l'offre tous les jours, sans que rien
au monde puisse l'y faire manquer. Grands
Dieux ! que deviendrait la terre ? Vaupleure,
dit l'éminent confrère, restant un jour sans
écrire son article ! Le soleil oubliant un jour
de se lever ! Un tel danger, heureusement, ne
nous menace pas et, quand bien même le
monde entier se serait converti, il y aurait encore, il y aura toujours des frères prêcheurs.
Le bonnetier écossais de Walter Scott avait
fait dresser, dans sa cour, un soudan de bois
contre lequel, à défaut d'ennemis plus sérieux,
il pouvait s'escrimer, tout à son aise. Vau-

pleure, plus vaillant, a trois soudans en réserve : Le *Cosmos*, la *Boule*, et la *Contre-
attaque*. C'est contre eux qu'il s'est escrimé
en mille batailles, qui lui ont valu son renom
de brillant polémiste. Ce pontife n'est pas de
la race des pacifiques, et sa crosse sert, bel et
bien, à crosser. Tel est le genre de sacrifice
qu'il offre tous les jours, sans compter un certain nombre de menues pratiques, qu'il appelle « dit-on. » Sans doute, vous pourriez
objecter que les lecteurs du *Cosmos*, de la
Boule et la *Contre-attaque*, ne lisent pas le
Tambour et vice-versa quant aux lecteurs de
ce dernier et que, dès lors, ces polémiques
ressemblent furieusement aux grandes luttes
de Don Quichotte. Vous pourriez faire observer également, à Vaupleure, que des écrivains
qui ont acquis quelque renom ne croyaient pas
au-dessous d'eux de traiter des sujets utiles,
et qu'il y a mille questions plus terre-à-terre
qu'une passe d'armes contre M. Bêlant, auxquelles le public s'intéresse infiniment plus.
Vous pourriez lui dire que tout individu qui a
voix dans un organe public et qui aligne des
mots et des phrases au lieu de pousser, continuellement et de toutes ses forces, à la solution des deux questions les plus importantes,
en ce moment, pour la société : la réforme
fiscale et la réforme judiciaire a, en quelque

sorte, sa part de responsabilité des mons-
trueuses et innombrables iniquités qui découlent des systèmes actuellement en vigueur, sur
ces deux terrains. Vous pourriez lui dire aussi
que jamais écrivain n'a réussi, ni ne réussira
dans une production régulièrement journalière ;
qu'il y a quelque vanité à penser le contraire,
et que, certains jours, l'esprit reste obstinément fermé ; que le public n'entend pas payer
deux sous pour assister à des défaillances, et
qu'ayant été éprouvé, et dans la crainte de
l'être encore, il prend le parti radical de passer les premières colonnes du *Tambour* aussi
journellement que Vaupleure les écrit. Vous
pourriez ajouter que ce qui précède s'applique
aussi à son collaborateur Boum et à ses « en-
trechats » que personne, sans conteste, ne lit
jamais. Vous pourriez dire encore, à Vaupleure, que s'il lui a plu de publier une nouvelle édition de *Tablagoïaba*, l'amateur de
choucroute garnie, c'est parfaitement son affaire, comme ce fut affaire à un ministre complaisant et politique d'imposer la représentation de *Jean l'éclaireur*. Vous pourriez lui
concéder de suite, pour déblayer le terrain,
qu'il est aussi grand poète, aussi grand écrivain que cela puisse lui faire plaisir. Mais,
cela doit suffire et, selon moi et selon bien
d'autres, il y a quelque chose d'insipide, d'a-

gaçant pour l'acheteur du *Tambour*, à se voir
rapporter chaque jour, des mois durant, l'appréciation de tous les journaux de France et
de Belgique, sur les étincelantes productions
de Vaupleure. Se jouer, à soi-même, de la
flûte, c'est ce que ne firent jamais les plus
glorieux, les plus vains des triomphateurs de
l'antiquité et *Tablagotaba* ne fut pas précisément un triomphe. O Vaupleure ! comment ne
vous apercevez-vous pas de cette faute contre
le bon goût ?.... Vous pourriez lui dire aussi....
..... Mais à quoi bon ? Vous parleriez dans
le vide ; ceux qui prêchent les autres n'entendent pas, eux, être prêchés. Vaupleure veut
écrire son article ; ce n'est ni vous, ni moi, ni
d'autres qui l'en empêcherons.

— Vous êtes sévère, dit M. Pertemont, pour
un vétéran de la presse qui a rendu de grands
services et qui a même souffert, dans des temps
difficiles, en luttant pour le triomphe des
principes libéraux et la cause du droit.

— Je suis juste, voilà tout, et je ne fais que
répéter tout haut, ce que chacun — même et
surtout les chers confrères — se dit tout bas.
Les polémistes à l'ancienne manière, les écrivains quand même, les vieilles barbes ont fait
leur temps et l'opinion des confrères, sur ce
point, est celle du porteur d'eau qui ne vous
dénigre pas sa marchandise, dans la crainte

de perdre votre pratique, mais qui pour lui-
même se garde bien d'en user, ni à l'externe,
ni surtout à l'interne. De même, à part quelques fantaisistes, tout individu « qui a l'hon-
« neur de tenir une plume » ne dira rien de
l'article de fond, du Premier-Paris, des cas-
cades de la chronique, mais, en lui-même,
il sait à quoi s'en tenir. Le scepticisme se
gagne par le contact et l'usage fréquent
et si Vaupleure est encore un croyant,
il constitue une exception, voilà tout.
Quant aux souffrances dont vous parlez, je
pense bien que vous ne les prenez pas au sérieux. C'est un préjugé, un attrappe-nigaud.
Un soldat va à la guerre et y a une jambe
emportée, ce qui lui donne le droit, moyennant protections, d'aller manger la soupe et le
bœuf, le restant de sa vie, à l'hôtel des Invalides. Le polémiste, qui parle volontiers de
combats, ne peut qu'y gagner quelques mois
de prison qu'il ne fait presque jamais dans
leur intégralité, ainsi que l'a démontré, un
jour, M. de Vilmanant. Et c'est à dessein que
je dis « *gagner* » car cette prison est souvent
une bonne et précieuse fortune pour lui. Sachez que sous l'Empire, dont on maudissait,
en style virulent, le despotisme et les rigueurs,
il y avait toujours, auprès des trois ou quatre
journaux réputés indépendants qui restaient,
une quantité de gaillards qui cherchaient à

leur fourrer quelque gentil article qui aurait
conduit son auteur, tout droit à Sainte-Péla-
gie, après quoi, il n'aurait plus eu qu'à se
porter député. Le directeur résistait comme
un beau diable car, si le postulant du martyre
attrapait les quelques mois de prison, qu'il
guignait, le journal avait pour son lot, la sai-
sie, la suspension, l'amende, et cela ne faisait
pas l'affaire de la caisse. Il y en eut cependant qui, trompant la vigilance de leur directeur, eurent la chance d'arriver à leurs fins,
c'est-à-dire de se faire condamner. Tels Petra
et Eugène Pilon qui, maintenant, se gober-
gent dans le plantureux fromage du Sénat.
Demandez ce qu'ils y font, quelle initiative ils
y prennent, s'ils sont toujours, comme autrefois, d'ardents ennemis de cette superfétation
des chambres hautes. On vous répondra que
ce sont des vétérans des combats, d'anciens
et vaillants lutteurs. Tarte à la crème ! Vous
me direz que Vaupleure, lui, n'a jamais bri-
gué aucun mandat, d'où on peut inférer que
c'est un convaincu, un croyant. Eh bien ! c'est
ce que je dis, depuis un quart d'heure.

— Diable ! fit un centrier, vous n'êtes pas
tendre, et il est clair qu'il y a d'autres feuilles
dont il ne faut pas même vous dire le nom.
Mais, avec tout cela, nous ne savons pas encore celle que vous préférez.

— Hé ! fit M. Potin, qui donc n'a jamais

fait de voyage au pays des chimères? Je rêve
un journal qui prenne le beau titre d'*Impartial* et qui le justifie. Sur sa porte on lirait
cet avertissement : Ici on ne reçoit pas de
pourboires. Ses rédacteurs paieraient leur
place, quand ils monteraient en chemin de fer
et conserveraient toute leur liberté de dire ce
qu'ils pensent et ce qui est du régime des
chemins de fer. Ils paieraient pour aller dans
les théâtres, car c'est une chose singulière que
de demander du bon et du beau à des entre-
preneurs de spectacles et de remplir, de billets gratuits, le tiers de leurs meilleures places ;
mais, ce que ces rédacteurs diraient des théâtres, pourrait être considéré comme fondé et
certain. Pas de réclames payantes, car si le lec-
teur doit s'apercevoir qu'il n'y a là qu'une annonce, sous un déguisement plus ou moins
ingénieux, celui qui les a payées, au cher
taux, n'en a pas pour son argent et si, au contraire, le public croit voir là l'opinion person-
nelle, sincère et raisonnée du journal, c'est
lui qui est trompé. Voilà un dilemme dont on
ne peut sortir, nonobstant les dissertations
plus ou moins ingénieuses des défenseurs intéressés de la réclame. Pas de pontifes se
croyant obligés d'officier tous les jours. Aucun
animal n'est susceptible d'une gestation régu-
lière, fixe et journalière. N'est-ce donc pas

8

folie de la demander au cerveau, le plus délicat de tous les organes? Et si, comme on l'a
dit, les plus grands génies ont des jours où
ils sont, en quelque sorte, stupides, convient-
il de faire subir, au public, les effets de ces
jours qui sont beaucoup plus fréquents chez
des plumitifs qui n'ont jamais rien eu à démê-
ler avec le génie? Quand Girardin lança son
mot : Une idée par jour ! j'imagine qu'il croyait
en avoir, en réserve, un stock à n'en jamais
voir la fin. Cette fin vint pourtant, ce qui ne
l'empêcha nullement de continuer d'écrire.
C'est alors que l'on se fait une réputation semblable à celle de ces économistes, théologiens
et docteurs graves, que le public aime bien
mieux proclamer, de confiance, personnages
éminents que de passer par les fourches cau-
dines de la lecture de leurs ouvrages. *Words,
words, words !* comme dit Hamlet. Tu n'as
pas d'idées, tu ne sais quoi dire et cependant
tu vas dire tout de même, journaliste mon
ami, sous prétexte que c'est ton jour, que l'on
t'a sacré éminent polémiste, brillant écrivain
et que tu te dois à ta réputation. Eh bien ! tu
as tort. Quand Mazarin, le grand joueur, se
sentait fatigué, il confiait ses cartes à un autre.
En pareil cas, fais de même, passe la main ;
le public, qui est ton maître et non pas toi le
sien, te saura gré de ne pas l'avoir ennuyé.

Evite aussi les calembours, les racontars des
coulisses, boudoirs et lupanars, les soi-disant
bons mots tirés à quatre chevaux, les réclames
en faveur des hétaïres qui sont dans ta manche
et surtout la chronique intime des bouffons et
bouffonnes de la farce. Tout cela, sans doute,
tient de la planche; mais, en dépit de l'autorité de l'auvergnat, il n'est pas ragoûtant de
trouver des savates dans sa soupe et certaines
choses dans son journal. Il y a, à l'étranger,
trop d'yeux braqués sur nous, trop de gens
qui seraient ravis de ne plus voir en nous
qu'une nation de pantins, trop de rhéteurs
toujours disposés à évoquer, à notre endroit,
le souvenir des romains de la décadence. Lais-
serons-nous dire que nous n'avons plus d'é-
nergie que pour le plaisir? Est-il sain, est-il
juste de présenter une poignée de jouisseurs
abêtis, d'odieux parasites, de désœuvrés mal-
faisants comme la quintessence de la population française de nos jours? La vogue des
plaisirs et le triomphe des histrions ont toujours été partout, en raison directe de l'affais-
sement des caractères et de la corruption des
mœurs; ne nous faisons pas les complices de
cette décrépitude sociale. Quoi! Dangeau
chroniquant les menus gestes de Louis XIV,
nous paraît ridicule et des centaines d'individus se font sustenter grassement, pour être

les Dangeau de M. et M^mo Cabotinien ! Voilà
une plaisante chose, en vérité. Évite encore,
évite surtout les informations sur les excentri-
cités de Sarah Lasécheresse et sur tous les
excentriques en général. Tes remontrances,
tes critiques, tes objurgations ne sont que pour
les enchanter et les exciter encore davantage.
Est-il donc si difficile de garder le silence ? Ce
serait, pour eux, la plus salutaire des douches.
L'excentricité est une maladie, tout comme le
paradoxe et le choléra ; rien au monde n'est
plus pernicieux, ni plus communicatif. Il y en
eut une furieuse épidémie, il y a une cinquan-
taine d'années, à laquelle la France aurait
succombé sans un fonds robuste de bons sens,
mais dont elle ressent encore, parfois, certains
effets : on n'est jamais bien guéri de ces cho-
ses-là. Donc, si tu vois des femmes s'habil-
lant en hommes et des hommes regardant derrière eux s'il ne leur pousse pas une queue
avec un œil au bout ; si tu vois une Madame
Indiana se disant malheureuse et sacrifiée,
parce que son mari travaille pour lui gagner
des robes, au lieu de rester à ses pieds,
comme un Alcindor soupirant ou un Hercule
filant ; si tu vois les centaines de duchesses et
les milliers de marquises mises sur la scène
par les écrivains à la mode, perdant leur temps
dans je ne sais quelles miévreries insipides,

au lieu d'être de fécondes mères de famille et
de faire chacune une demi-douzaine d'enfants,
pour la France qui en manque ; si tu vois des
charlatans de lettres spéculant sur l'immoralité
sous prétexte d'art et de poésie ; si tu vois —
et il ne faut pas de fameuses lunettes pour
cela — des élus manquant à leurs promesses
et des coupeurs de bourse apprêter leur cou-
teau ; alors, ramasse tes verges, et cingle un
bon coup, par le travers. Ainsi faisait Juvénal,
un rude journaliste, en son temps. Mais, gar-
de-toi bien de prêcher, de controverser,
d'exhorter et d'exorciser, car alors tu donnes,
en plein, dans la doctrine des docteurs graves,
des opinions probables et c'est là que t'atten-
dent les malins. Si Durat, pris en flagrant délit
de shylockerie, déclare superbement qu'il ne
s'inquiète pas de ce que l'on dit de lui, rends-
lui la pareille et laisse-le lire son *Echo des
Magyars* ; ne te fais pas de mauvais sang,
parce que ce juif de Bagdad ne veut pas avoir
affaire à toi. Il sera bien plus marri encore si
le public ne s'inquiète plus de lui. Avec cela,
aie des yeux partout et ne va pas t'imaginer
que Paris soit tout au monde et qu'il n'y a, en
dehors de lui, rien qui vaille la peine qu'on
s'en occupe. Ayons surtout les yeux ouverts
sur l'étranger ; sachons ce qui s'y passe. Un
homme averti en vaut deux, dit le vieux pro-

verbe, et puisque nous ne faisons plus d'enfants, il faut bien que nous avisions à quelqu'autre moyen d'augmenter notre nombre. Ne nous fions qu'à nous-mêmes. C'est une erreur capitale de croire qu'il puisse y avoir de bons pasteurs pour les hommes, comme il y en a pour les moutons. Nous en eûmes un, notamment, il y a une douzaine d'années, que l'on informait de tout ce qui se passait chez les loups nos voisins, ce qui ne l'empêcha pas de nous mener au carnage. Depuis ce temps-là, nous sommes devenus singulièrement sceptiques à l'égard des pasteurs et de tous leurs chiens à collier brillant ; nous tenons à nous mener nous-mêmes. Il y a là un réel progrès, mais sur lequel il ne faudrait pas nous endormir, car il est loin d'être complet ; il n'y a encore que trop de chiens dévorants qui nous mordillent les jarrets et de bergers toujours disposés à nous tondre de près, sans parler des loups qui continuent à nous guetter. Et puis de la clarté et de la précision, car un journal est pour le public *urbi et orbi* et non pas seulement pour une coterie, fût-elle le fameux Tout-Paris. Le bonhomme Paul-Louis le voulait ainsi quand il écrivait, dans sa *Gazette du Village :* Gros Pierre a battu sa femme et non pas : Le bruit court que M. de G. P..... En résumé, des faits,

des informations, pas d'homélie, de l'honnêteté
et de l'indépendance, vigueur et ténacité contre
les abus, peu ou pas de « bonne confraternité »
qui, trop souvent, n'aboutit qu'à se passer
réciproquement la casse et le séné, sur notre
dos à nous, patients. Enfin du bon papier, des
caractères bien lisibles et aucun Jules Lesuisse,
aucun bonze, aucun « fantaisiste » dans la
maison. Voilà ce que je voudrais rencontrer et
ce que je rencontre bien, en somme, mais dis-
séminé par fractions et en vingt endroits différents..... Qui rassemblera ces fragments pour en
former un tout et fonder l'*Impartial français* ?

— Ce serait à souhaiter, sans doute, dit
M. Pertemont; mais, un pareil journal ne durerait pas longtemps. Il se trouverait trop de
gens intéressés à l'étouffer.

— Je conviens, répliqua M. Potin, qu'il devrait avoir des commencements difficiles ;
mais le public a du bon sens et il irait vite là
où ses intérêts seraient le mieux défendus.
Remarquez d'ailleurs qu'il y a là, en outre,
une magnifique spéculation à faire, car, en
somme, la vérité et l'honnêteté sont encore les
meilleurs moyens de parvenir. C'est là un
axiome connu, bien que souvent méconnu.

— Mantes, dix minutes d'arrêt !

Cette annonce mit un terme à la conversation et le compartiment se vida en un instant.

M. Potin se dirigea vers la librairie où i·

acheta quelques fragments de l'*Impartial français* de ses rêves, jeta un regard de dédain sur le buffet, genre d'établissement contre lequel il avait une dent qu'il disait être une dent de sagesse et vint reprendre sa place, dans son coin.

Des compagnons lui revinrent, mais non tous les mêmes. L'abbé et le vieux monsieur changèrent de place, dans l'espoir de rencontrer moins mauvaise compagnie; Pertemont trouva, à la buvette, des copains voyageurs et les suivit dans leur wagon ; deux ou trois centriers changèrent également, la plupart par indifférence. Par contre, l'allemand à lunettes fut fidèle à la compagnie de M. Potin, dans laquelle il avait reconnu une source de renseignements.

L'élément féminin eut place, cette fois, dans la société et se trouva représenté par une vieille dame et une jeune personne, sa bonne. Le centre se recomposa à peu près de la même manière que précédemment, car c'est le destin invariable des centres de se ressembler toujours et partout, sous quelque nom qu'ils puissent chercher à se déguiser. Enfin M. Potin eut un mouvement de surprise et un froncement de sourcils en voyant entrer Maitre Nicquart, qui lui adressa le plus cérémonieux de ses saluts.

M. Potin n'ignorait pas quel adversaire

avait été, pour lui, l'agent d'affaires dans le
procès Jaborandy-Parson et il ressentait, à
son égard, tout autre chose que de la sympathie. Mais M. Nicquart était, lui, pénétré de
cette règle immuable de politesse que témoi-
gnent invariablement les robins, aussi bien
envers leurs adversaires que vis-à-vis de leurs
propres clients. Qui donc disait que la politesse
s'en allait? Ce devait être quelque barbare
ignorant la basoche.

Le train commençait à se remettre en marche, quand on entendit un bruit de lutte. La por-
tière s'ouvrit violemment et quelque chose de
velu bondit dans le compartiment, en dépit des
efforts de deux ou trois employés qui cherchaient à le retenir.

Les voyageurs, en voyant une immense fourrure noire, auraient pu croire à l'attaque de
quelque carnassier échappé d'une ménagerie,
si le porteur de cette fourrure n'avait donné
preuve d'existence humaine en s'écriant, faisant la nique aux employés :

— J'y suis, j'y reste !

— En voilà des imbéciles, ajouta-t-il, qui
voulaient m'empêcher de monter, sous prétexte
que le train était en marche ! Comme si ce
n'était pas là le vrai moment !

La place qui se trouvait disponible se trouvait
près de M. Potin, vis-à-vis de la vieille dame

8*

et de sa bonne. Le porteur de la fourrure s'y laissa tomber, non sans froissement pour ses voisins.

Alors, abaissant un capuchon qui complétait sa ressemblance avec un ours de ménagerie, ou avec un immense chien de Terre-Neuve, il montra les traits d'un jeune homme de vingt à vingt-deux ans, dont le teint très-brun dénonçait une origine d'un pays au climat plus ardent qu'en nos contrées.

La pesanteur de son accoutrement n'excluait nullement, chez lui, une extrême vivacité de mouvement, et ses compagnons s'en aperçurent vite à la turbulence qui commença à régner dans le wagon. De fait, le jeune homme semblait ne pouvoir rester immobile, tantôt tirant de sa poche une énorme pipe, capable d'asphyxier le compartiment entier, mais qu'il rengaîna cependant sans oser l'allumer, tantôt se complaisant aux multiples transformations d'une grosse canne qui, entre ses mains, devint successivement parapluie, carabine, siège et cent autres choses, et tantôt enfin faisant miroiter la lame d'un effrayant couteau-sabre qu'il brandissait comme s'il eût eu la démangeaison de couper quelque tête. Il agrémentait le tout en sonnant, de temps en temps, une fanfare d'un cor de chasse qu'il portait en sautoir.

Il expliqua, à la vieille dame placée en face de lui, qu'il avait acheté tous ces objets dans un grand magasin de l'avenue du Maine, très-bien assorti et où elle pourrait rencontrer de semblables occasions, en cas de besoin, avis dont la vieille dame voulut bien le remercier.

Depuis son entrée dans le wagon, elle n'avait cessé de témoigner de sa sollicitude envers sa bonne, l'enveloppant soigneusement d'une couverture de voyage, lui demandant sans cesse si elle n'avait pas froid et lui administrant, de temps en temps, des morceaux de pâte de jujube, tous soins que la petite personne acceptait, avec une effronterie sans pareille. L'esprit de charité de la bonne dame trouva alors une autre occasion de s'exercer car le jeune homme, enchanté de montrer ses acquisitions, venait d'extraire, d'une de ses poches, un autre « bon marché » qu'il avait fait sous l'espèce d'un gros revolver dont il se mit à faire jouer le mécanisme.

— Prenez garde, Monsieur! s'écria la vieille dame; j'espère bien que votre arme n'est pas chargée. Vous pourriez vous blesser.

— Oh! cela me connait; il n'y a pas de danger, répliqua le jeune homme.

La vérité était que le danger n'était pas précisément pour lui, mais bien pour M. Potin, vers la poitrine duquel le canon du revolver était presque constamment dirigé, et qui ne pouvait s'empêcher de frémir en voyant son existence à la merci d'un pareil écervelé. A la fin, ne pouvant plus y tenir, il manifesta la curiosité d'examiner l'arme de plus près, et quand il l'eut entre les mains, il en retira toutes les charges et les jeta par la fenêtre.

— Voilà, dit-il, en rendant le revolver à son propriétaire, le plus sûr moyen qu'il n'y ait pas de danger.

Loin de se fâcher, le porteur de la fourrure éclata de rire, protesta qu'il aimait les gens sans façon et assura M. Potin qu'il le considérait comme un brave garçon, témoignages de sympathie auxquels ce dernier se hâta de mettre un terme, en interposant, entre son bruyant voisin et lui, la barrière d'un journal qu'il déploya.

Il y eut alors un calme relatif. M. Nicquart paraissait sommeiller, bien qu'il y eût beaucoup à parier que rien n'échappât à sa paupaupière entr'ouverte. Quant au jeune homme, comme il se plaignait d'un rhume de cerveau, la vieille dame lui prodigua les recommandations sur les précautions à prendre pour que cela ne retombât pas sur la poitrine. Elle les compléta en lui faisant partager le contenu de la boîte de jujube, réservé jusque-là à la petite Marguerite, sa bonne. Après quoi, s'assurant que tout paraissait en ordre, elle s'endormit avec le calme réservé aux consciences charitables.

Cette similitude d'affections et cette unité de traitement, pour la bonne et le jeune homme, devaient porter leurs fruits. Après quelques œillades et sourires, une conversation suivie s'engagea entre eux. La jeune personne annonça que sa maîtresse se nommait Berthenet ; qu'elle était veuve, sans enfants, rentière, et qu'elle se rendait au Hâvre, chez son neveu, un nommé M. Forestan, grand négociant, pour y passer les fêtes.

M. Potin entendit tout cela, caché derrière son journal et, sur le champ, résolut de garder l'incognito, afin de ne pas avoir à s'occuper des bagages, arrêter la voiture, répondre à l'octroi, en un mot, rendre tous les petits services, si précieux en voyage, à une dame, mais qui lui semblaient de l'absolu domaine de Mᵉ Marguerite, à moins que son emploi ne fût décidément qu'une sinécure.

Cependant la petite bonne avait commencé l'exhibition des cadeaux destinés aux plus jeunes des enfants de M. Forestan, et au fur et à mesure qu'elle les tirait d'une valise qui leur était spécialement affectée, le jeune homme en expliquait expérimentalement les agréments, soufflant dans les trompettes et flageollets, brandissant les sabres, battant les tambours et imitant les cris, rugissements, bêlements, grognements et articulations diverses de tous les animaux de la création, que Mlle Marguerite faisait sortir du toit d'une immense arche de Noé.

Tout rentra dans l'ordre en son temps, et le flirtage continua, entre les deux jeunes gens, sous une allure plus calme. M. Potin, qui s'était remis à sa lecture, pouvait la suivre sans trop de distractions, quand tout à coup il lui sembla que son nom venait d'être prononcé. Tout au moins, s'il avait sonné comme *Potin*, ce pouvait être également *Botin*; mais lequel au juste? Le rhume de cerveau du jeune homme portait la responsabilité de cette incertitude.

Ce qui suivait était une histoire de sa vie et de ses aventures, dont il paraissait résulter qu'il poursuivait ses études en France, mais qu'il était le fils d'un fermier, mort récemment de l'autre côté de l'Océan, qui ne lui avait laissé qu'un petit héritage, lequel s'en allait chaque jour diminuant, — ce qui était probablement dû au goût de l'héritier pour les revolvers, cors de chasse et autres « occasions » du même genre. Il n'avait, à sa connaissance, aucun proche parent vivant, excepté un oncle (M. Potin écouta attentivement), un frère de

son père (l'attention de M. Potin se trouva
engagée au plus haut degré), qui résidait
quelque part en France. Où? Il ne le savait
pas encore; mais il se rendait précisément à
Rouen, pour voir un homme d'affaires qui
avait des données à ce sujet et qui devait le
mettre sur la piste. Il se sentait, ajoutait-il,
plein d'ardeur pour commencer la chasse.

Et pour appuyer cette conclusion, il embou-
cha son cor et sonna un hallali, comme s'il se
fût agi de forcer quelque bête de forêt.

Cette fanfare parut, à M. Potin, la sonnerie
des trompettes du Jugement dernier. Qui aurait
pu le voir, derrière son journal, aurait été surpris de l'altération de ses traits. Botin, Potin;
Potin, Botin!... Jamais ces syllabes n'avaient
résonné à son oreille avec un sens aussi fatidique. *To be or not to be*, mais lequel? Il y
y aura de ces confusions dans la vallée de
Josaphat; mais les affres de l'appréhension
ne devront pas y être plus terribles que
celles dans lesquelles le doute avait plongé
M. Potin.

C'est qu'en effet ce doute était appuyé sur
de puissantes probabilités. La vérité était qu'il
avait eu un demi-frère, de beaucoup son aîné
et enfant du premier mariage de son père,
comme lui-même l'était du second. Il était de
ceux-là que l'on appelle cerveaux brûlés dans

la haute classe, mauvaises têtes dans la classe
moyenne et vauriens ou vagabonds aux derniers échelons. Il s'était embarqué, d'un coup
de tête, et n'avait jamais plus donné de nouvelles. M. Potin se souvenait à peine de l'avoir
connu et ne conservait de lui, dans son
esprit, qu'un très-faible souvenir et aucun
dans son cœur.

Quelle perplexité! Lui, l'homme indépendant par excellence, qui avait érigé en système et poussé jusqu'aux dernières limites la
théorie de la liberté, de la quiétude et de la
tranquillité, se voir la charge d'un neveu!
Rien que d'y penser, il sentait son corps se
mouiller d'une sueur froide. Et dire qu'un
hasard, une imprudence, la moindre des
choses pouvait amener le neveu à *porter bas*
à l'instant son gibier et à sonner la curée! Il
ne fallait, pour cela, que l'intervention de
M. Nicquart, un seul mot de sa bouche. Heureusement, il paraissait dormir plus profondément que jamais.

Il est probable que cette émotion, prolongée
davantage, aurait eu des suites funestes pour
la santé de M. Potin. Des anévrismes se sont
déclarés dans des conjonctures moins poi-
gnantes. Heureusement, le train entrait en
gare de Rouen et le jeune homme informa la
société des vifs regrets qu'il éprouvait de la

quitter. Mais il sembla vouloir faire payer chèrement la tranquillité qu'il allait laisser derrière lui, car il insista pour serrer la main de M. Potin, qui n'osa s'en défendre, de crainte d'un scandale pire; il écrasa, en se levant, les cors d'un monsieur qui rugit de douleur et, affectant de perdre l'équilibre, il se laissa tomber sur M⁣ˡˡᵉ Marguerite, qu'il embrassa, tandis que l'embouchure de son cor allait réveiller la vieille M⁣ᵐᵉ Bertenet, en lui éraflant le front.

Puis, sans s'inquiéter des plaintes et des malédictions qu'il soulevait, il s'élança hors du compartiment d'un bond que lui aurait envié un Peau-Rouge et, avant que le train se remit en marche, les voyageurs purent encore l'entendre, du haut d'un omnibus où il s'était juché, les saluer, en manière d'adieu, d'une dernière fanfare de son instrument.

Il n'y avait que la petite bonne qui pût conserver un souvenir quelque peu agréable de lui. Aussi, tandis que l'on continuait à maugréer sur sa pétulance, elle s'enhardit jusqu'à prendre sa défense.

— Il est un peu léger de caractère, dit-elle, mais il n'a pas l'air d'un mauvais garçon. Seulement, il aurait besoin de quelqu'un pour le diriger. Il faut espérer qu'il retrouvera bientôt son oncle.

Il est certain qu'elle se serait arrêtée court si, à ce moment, elle avait aperçu le regard terrifiant que lui lança M. Potin. A défaut, elle continua :

— Ce qu'il aurait de mieux à faire, ce serait de mettre un avis dans le *Petit Journal*. Son nom est assez répandu. Pour commencer je connais, dans notre quartier, des Botin...

— C'est donc Botin qu'il se nomme? s'écria son quasi-homonyme, haletant et perdant toute prudence.

— C'est-à-dire... je n'en suis pas bien sûre. Vous avez entendu qu'il était enrhumé du cerveau. Mais, pour sûr, si ce n'est pas Botin, c'est Potin.

— Et c'être à beu brès le même jose, dit l'allemand prenant la parole, pour la première fois. Soufent, bour afoir le beau deint, il vaut afoir la peau teint.

Et ravi de son calembour, il chercha un regard d'approbation, de M. Potin, qui ne lui répondit qu'en s'ensevelissant, de nouveau, derrière son journal.

Le voyage continua sans incident nouveau, jusqu'à cent mètres environ de la gare du Havre, où le train dérailla. Il tombait un verglas qui rendait les rails extrêmement glissants et, à un croisement, la machine sortit de la voie. Heureusement, sa vitesse était con-

sidérablement ralentie et, à part quelques
bosses, quelques froissements, nombre de cris,
deux ou trois attaques de nerfs et un homé-
rique renfoncement du chapeau de M. Potin,
il n'en résulta que le désagrément de se
trouver éloigné de la halle couverte, par la
pluie et sur un terrain où l'on avait beaucoup
de peine à se tenir debout.

Cependant, les fonctionnaires de la gare se
consultaient et, pour simplifier les choses,
l'ordre fut donné de faire opérer la sortie par
une barrière proche de là, affectée d'ordinaire
au service des marchandises. L'obscurité était
aussi un réel embarras et elle n'était que faiblement atténuée par une myriade d'hommes
d'équipe, porteurs de lanternes, allant et venant sans cesse, comme des feux follets et
sans qu'on sût pourquoi. La plus grande
difficulté fut de retrouver les menus bagages,
valises, sacs et cartons, que les voyageurs
avaient emportés avec eux, dans leur compartiment. Bon nombre de ces objets avaient
glissé, par la force du choc ou avaient été
abandonnés, dans les premiers moments d'épouvante ; ce que voyant, des pick-pockets — jamais il n'en manque aux circonstances — se
mirent à travailler avec énergie.

Pourtant, un certain nombre de débrouil-
lards vinrent à bout de se retrouver dans ce

chaos et leur départ éclaircit d'autant la situation. Opposant la force de l'union à la perfidie du verglas, ils s'organisèrent en file in-
dienne et, réjouis de la nouveauté de la
situation, ils s'en allèrent en riant et chantant.
M. Potin les vit passer à ses pieds et reconnut,
parmi ces favorisés, M. Pertemont qui le salua
de la tête et M. Nicquart qui lui cria un :
Bonsoir Monsieur Potin ! dont tous ses membres frémirent. Quant à lui, il ne pouvait
mettre la main sur un sac de voyage auquel
il tenait beaucoup et contenant, d'ailleurs,
presque tout l'argent qu'il avait emporté.
Aussi, rendu enragé par ce nouveau coup,
il enveloppa, dans une même malédiction, la
police et les employés de chemins de fer, le
chemin de fer de l'Ouest, et tous les chemins
de fer de France et du monde entier.

A la fin et au moment où il en désespérait,
son sac se retrouva à ses pieds, et il fut chargé
sur les épaules d'un porteur, avec les cartons,
boîtes et valises de Madame Bertenet qui
n'avait pas voulu quitter la gare, tant qu'il
restât un voyageur auquel elle pût offrir sa
teinture d'arnica ou quelques gouttes de vul-
néraire.

M. Potin, donnant son adresse au porteur,
apprit ainsi, à la vieille dame, qu'ils avaient
une commune destination, ce dont elle se dé-

clara enchantée et alors ils se mirent en route,
cahin-caha, car il ne pouvait être question de
voiture, ce que la bonne dame déplorait surtout pour la petite Marguerite, qu'elle soutenait de toutes ses forces et à laquelle elle avait
ajouté le supplément de son propre manteau.

En chemin, le porteur laissa échapper un
sac. M. Potin reconnut son bien et voulant
prévenir un nouveau malheur, il s'en saisit et
déclara vouloir s'en charger, malgré l'insistance de Madame Bertenet et même de Mademoiselle Marguerite, qui voulaient lui épar-
gner cette peine. Cela n'était pas pour ajouter
à son équilibre, il s'en fallait, et ce fut une
chose lamentable de le voir trébucher à chaque pas et n'avancer qu'en se cramponnant
aux saillies des murs. C'est alors qu'il comprit
toutes les horreurs de la retraite de Russie,
ces soldats abandonnant les armes qui devaient les défendre, les trésors qui les auraient
enrichis et jusqu'aux vivres dont ils manque-
raient, quelques heures plus tard. Sûrement,
il n'aurait pas fait la centième partie de la
route de Moscou à Paris, un sac, soit à la
main, soit sur le dos.

Il fallut, à ces infortunés piétons, une bonne
demi-heure pour arriver chez M. Forestan.
Mais, à la porte de la maison, M. Potin fut
remercié par un :

— Vous êtes bien aimable, Monsieur ; je vous remercie, de la petite bonne qui allongea la main et s'empara, décidément, du sac. La vieille dame ajouta avec un sourire empreint de reconnaissance :

— Je vous suis très-obligée, Monsieur, de votre extrême complaisance.

Étonné, M. Potin y regarda de plus près. Horreur, il s'était trompé ! Ce n'était pas son sac qu'il avait porté.

Étourdi par ce nouveau coup, perdant la tête en présence de la persistance du hasard à l'assaillir, en ce jour néfaste, il ne put que balbutier quelques mots inintelligibles, en réponse aux paroles de bon accueil de M. et Madame Forestan qui se présentèrent, à ce moment, devant leurs hôtes et, suprême ironie, il eut encore l'amertume d'entendre Madame Bertenet dire à sa nièce :

— Nous avons, ma chère Pauline, fait route avec monsieur, qui est bien l'homme le plus obligeant que l'on puisse s'imaginer. Croiriez-vous qu'il a voulu, absolument, porter jusqu'ici le sac de cette pauvre petite Marguerite ?...

V

Les voyageurs furent conduits, respective-
ment, dans leur chambre où flambait un bon
feu. Madame Bertenet ne perdit pas un instant pour déshabiller, elle-même, sa petite
bonne et l'ensevelir sous une montagne de
couvertures et d'édredons, bien capable de lui
donner la fièvre qu'elle lui attribuait et qu'elle
n'avait pas, en fait. Puis elle descendit à la
cuisine pour préparer un lait de poule, sans
préjudice d'une visite qu'elle fit à la phar-
macie, endroit de la maison qu'elle connût le
mieux.

Quant à M. Potin, il lui fallut un certain
temps pour se mettre en état de se présenter
au salon. Mais là, l'accueil qu'il reçut fut si
cordial et si affectueux, de la part de M. Forestan ; Madame Forestan se montra si gra-
cieuse et les enfants si prévenants, en même
temps que si remplis de considération et de
déférence, que sans perdre entièrem...

souvenir de ses angoisses, M. Potin éprouva comme une sorte de soulagement, effet infaillible du contraste.

Il y a de ces intérieurs qui exercent une incontestable influence de quiétude et d'apaisement. Assis dans un bon fauteuil, ranimé en même temps que calmé par l'atmosphère bienfaisante qui régnait par toute la maison, ne voyant autour de lui que des mines souriantes et confiantes, il sembla, à M. Potin, qu'il venait de toucher au port, après la tempête et il lui parut impossible que le mauvais génie qui l'avait assailli si rudement, vint le relancer jusque dans cette maison où tout respirait un air si tranquille. Il ne tarda pas, en conséquence, à recouvrer la plus grande partie de son sang-froid habituel.

L'hospitalité s'exerçait, chez le négociant hâvrais, large, confortable et prévoyante de tout. On se trouvait là chez le bourgeois, dans l'ancienne et véritable acception du terme et les Flamel, les Jacques Cœur, les Ango, tous ces grands bourgeois des temps passés, l'auraient reconnu, sans balancer, comme un des leurs. Louis XI, ce grand ami des bourgeois, l'aurait appelé son compère. En un mot, M. Forestan justifiait, de tous points, la réputation dont il jouissait, parmi ses concitoyens, d'être l'homme le plus courtois, le plus com-

plaisant, et le plus hospitalier que l'on pût
rencontrer.

Fils d'un courtier du Havre, M. Etienne
Forestan avait été élevé en Angleterre, au
moyen de cet échange ingénieux pratiqué fréquemment entre correspondants, comme autrefois entre les nobles et qui avait amené, par
réciprocité, M. Isaac Carford chez M. Forestan père. C'est ainsi que les deux jeunes gens
s'étaient connus et qu'ils s'étaient, par la
suite, associés. Il en était résulté un étrange
contraste, car il n'était pas possible de rencontrer deux caractères plus dissemblables que
ceux des deux associés.

M. Etienne Forestan était un homme à l'esprit large, éclairé et indépendant, droit et
loyal dans tous ses actes et aussi généreux
qu'exempt d'ostentation.

M. Carford, au contraire, possédait, au
plus haut degré, les facultés acquisitives, sans
l'esprit libéral du commerce. C'était un homme
aux principes presque sordides, dur et avide,
qui ne considérait pas, ainsi que son associé,
les clients comme des personnes à satisfaire
et contenter, mais bien comme des adversaires
à dépouiller, le plus possible.

On pourrait s'étonner qu'une association eût
pu être formée entre deux individus aux principes si complètement différents. Mais, dans

9

sa jeunesse et bien qu'il passât déjà pour un
« garçon rangé », M. Carford n'avait pas encore laissé apercevoir ses tendances ainsi que
le fond de son caractère. Il était exact, as-
sidu, rempli d'ordre et d'économie, sévère
pour lui-même et se croyant le droit, dès lors,
de l'être aussi envers les autres. Ce sont là
des qualités réelles, quand elles ne cachent
pas d'arrière-pensée. Le malheur était justement que le jeune Carford jouait la comédie
et, dès que le traité d'association entre
M. Etienne Forestan et lui entra en vigueur,
il chercha à implanter son esprit tout entier
dans l'organisation et la direction de leur
maison. Mais il trouva en son associé, si con-
descendant sur tant de points, une opposition
inflexible ; M. Forestan entendait marcher par
le grand chemin de la droiture, de la correc-
tion et de l'honneur. Il prétendait que la renommée, pour une maison de commerce, valait
toutes les subtilités du monde et qu'il n'y
avait pas, en somme, de moyen plus facile et
plus sûr de réussir que d'être honnête.

Battu sur le terrain du programme général,
M. Carford voulut se rattraper sur les détails
de l'exécution ; mais son associé était vigilant
et son attention ne pouvait être aisément distraite. Il y eut, entre eux, pendant plusieurs
années, des luttes fréquentes et même des

menaces de rupture. Toutefois, ce fut constamment M. Forestan qui parla le plus haut
et comme la maison prospérait et que M. Carford sentait bien qu'en cas de scission définitive la clientèle suivrait son associé et non
lui, il capitula et se résigna à être probe.
Aussi bien l'habitude est, dit-on, une seconde
nature et si M. Carford persista à rester un
Harpagon accompli, dans son intérieur, il devint, insensiblement, plus courtois, plus sou-
ple et plus conciliant au siège de ses affaires
commerciales. Il y avait, peut-être, du calcul
dans cette espèce d'abnégation. Comme le résultat des affaires de l'association dépassait,
de beaucoup, ce que M. Carford avait jamais
rêvé de plus favorable, il s'était dit qu'en certains cas la probité pouvait avoir du bon. C'est
pourquoi, moitié par conviction, moitié par
crainte de rupture, il s'était soumis et, bien
qu'on prétende que le diable n'est jamais
vaincu, c'était devenu chose rare qu'un débat
se produisit encore, entre les deux associés,
sur ce terrain délicat.

Toutefois, si les relations d'affaires étaient
assez bonnes, en somme, entre eux, les rapports sociaux étaient, par contre, beaucoup
plus réservés entre les deux familles, im-
bues l'une et l'autre de l'esprit de leurs chefs.
Ces rapports se bornaient à quelques visites,

un très petit nombre de soirées et trois ou
quatre mauvais dîners que M. Carford, triom-
phant de ses sentiments économiques, trouvait la force de donner chaque année, en retour d'un même nombre de bons qu'il avait
de son associé.

Patriote accompli, à tous les points de vue,
M. Forestan avait deux enfants, Victor et Julie, arrivés à l'âge d'adultes, et une quantité
d'autres plus jeunes, les uns en pension et les
autres encore aux soins de Mᵐᵉ Marceroy,
leur gouvernante, une femme de grandes qualités et de haut savoir.

D'autres personnages s'étaient aussi rendus
à l'invitation de M. Forestan, qui, appartenant à la religion protestante, et sous l'influence de l'éducation qu'il avait reçue en Angleterre, attachait la plus grande importance à
une digne célébration des fêtes de Noël.

Il y avait le docteur-doyen Dawson, jadis un
des dignitaires de l'église officielle d'Irlande,
avant sa réformation et qui, qu'on se rassure,
n'avait pas été mis à la retraite sans une sérieuse compensation.

Le docteur Dawson était, par lui-même, une
des incarnations les plus saisissantes des abus
du prosélytisme sous toutes ses formes et,
dans l'espèce, de l'étonnante situation d'une
église privilégiée, implantée dans un pays qui

ne pouvait la souffrir, tout en la subissant
par force. Il avait été doyen de l'église-cathé-
drale de Limerick. C'était là une charge réputée des meilleures du culte anglican, en
Irlande, d'abord parcequ'elle valait, à son titulaire, un revenu annuel de deux mille cinq
cents livres sterlings, et ensuite parce que le
doyen avait, auprès de lui, un chancelier, un
trésorier, trois prébendiers, six chanoines,
huit vicaires et deux ou trois douzaines d'as-
sistants, choristes, sacristains, bedeaux et autres menus ratons, gens de bel appétit, vivant
tous aux dépens exclusifs d'une contrée où les
fidèles du protestantisme étaient moins nombreux que cette armée de fonctionnaires dont
la mission était d'aider le doyen dans ce que
l'on appelait ses devoirs pastoraux, lesquels constituaient une des manières les plus caractéristiques de vivre en parfait repos. Le docteur
avait, outre cela, une prébende dans un diocèse, deux chancelleries dans un autre, deux
cures dans un troisième et enfin, il était vi-
caire-général du diocèse de Cork, un territoire
spirituel où, soit dit en passant, un protestant
était un phénomène presqu'aussi rare qu'un
unicorne ou qu'un ténor modeste.

Les honoraires de ces divers offices avaient
atteint un chiffre si respectable que, tout
compte fait, le docteur Dawson avait jugé de-

9*

voir être plus à son aise, pour en jouir tranquillement, sur les bords de la Seine que dans une contrée où partaient quelquefois des coups de fusil malencontreux, n'épargnant pas plus que d'autres les ministres du Seigneur. Il s'était donc fixé à Paris, augmentant ainsi, d'une unité, la cohorte respectable des pasteurs *in partibus infidelium*, de tous cultes, qui ne se soucient pas d'avoir maille à partir avec leurs ouailles, voire même d'être mis à la broche et servis comme rôti à leur dîner.

Au reste, le doyen n'avait fait que gagner en dignité et en importance, à ce changement d'air. Quand il vint se fixer en France, sa taille ne mesurait pas plus d'un mètre et demi de circonférence, ce qui n'offrait rien d'exagéré pour un tel dignitaire. Le chauvinisme français aurait pu lui opposer, victorieusement, la rotondité plus accentuée de bon nombre de nos chanoines. Mais, *England for ever!* il n'est pas de petites victoires pour les insulaires et le docteur était un vrai fils d'Albion. A la fin de la deuxième année, son tailleur dut lui augmenter ses prix ; à la cinquième, il figura au Salon sous les traits du serviteur de Don Quichotte, par l'astuce d'un peintre qui, en le voyant, s'était empressé d'en prendre un croquis, en cachette, ravi de rencontrer en lui l'idéal du Pança dont il avait besoin pour son

tableau ; enfin, au moment où se passaient les
évènements de ce récit, c'était une plaisanterie habituelle de ses deux nièces, les charmantes et joyeuses demoiselles Harriet, de
l'enlacer en unissant leurs bras, et ce n'était
qu'avec peine — du moins elles l'affirmaient
— qu'elles pouvaient ainsi faire se rejoindre
les bouts de leurs doigts.

Le docteur était accompagné de sa femme,
son digne émule sur tous les points, sauf un
sur . quel ils avaient différé d'avis tant qu'il y
avai. eu matière pour ce dissentiment, c'est-à-
dire avant la réformation. Mistress Dawson
n'avait jamais voulu convenir qu'un changement fût nécessaire dans la situation de l'é-
glise officielle dont son mari était un des
bénéficiaires, tandis que le doyen avouait
franchement et avec un air de parfaite bonne
humeur, que le système en vigueur recélait
des abus considérables. C'était une scène de
haute comédie, que d'entendre la doctoresse
lire, avec indignation, un des discours prononcés au Parlement anglais sur la question,
ou quelque pamphlet dans lequel le cas de son
mari était clairement, parfois nominativement
désigné, et de voir avec quelle bonhomie, au
contraire, le docteur écoutait ces attaques, ap-
plaudissant aux bons passages et ne marchan-
dant pas l'approbation, quand quelque vérité

bien dure était exprimée en termes spirituels.
La critique se sentait désarmée ; l'épée réfor-
matrice tombait des mains et, en considération
de l'homme, on en arrivait à perdre de vue
les abus dont il était la vivante incarnation.

Le docteur et M. Forestan étaient devenus
amis en Angleterre, et les liens de cette amitié
n'avaient fait que se resserrer davantage encore, à la faveur de l'établissement du premier
en France. Mesdemoiselles Rachel et Louisa
Harriet avaient été comprises dans l'invitation
et n'avaient pas manqué de s'y rendre. Elles
étaient, d'ailleurs, d'anciennes amies de pension de Julie Forestan.

Un autre invité fit aussi son apparition,
mais seulement le lendemain de Noël. C'était
M. Chrysostôme Corbeau, membre du syndi-
cat de la célèbre Maison, bien qu'il n'habitât
que rarement l'appartement qu'il y avait.

Il était orphelin et avait été le pupille de
M. Forestan, en qui le père Corbeau, fervent
catholique, avait eu assez de confiance pour lui
confier la tutelle de son fils, mais en stipulant
expressément qu'il serait élevé au séminaire,
condition que le négociant protestant avait
scrupuleusement respectée. Le fils Corbeau
chassait de race. Jamais coquette ne passa une
robe destinée à faire sensation avec plus de
plaisir qu'il n'en eut à boutonner sa première

soutane et, si cela n'avait dépendu que de lui,
il aurait reçu les ordres, avec la plus grande
joie. Mais ses directeurs se défièrent d'une
bizarrerie de caractère contre laquelle ils
avaient tenté de réagir, mais en vain. Le jeune
Corbeau était venu au monde quelques centaines d'années trop tard, et toutes ses aspirations étaient pour un retour vers les coutumes et l'esprit du Moyen-âge.

On pouvait craindre qu'il ne se signalât par
des singularités qui auraient servi de prétexte
à raillerie, aux adversaires de la cause catholique. On lui déclara donc qu'on n'apercevait
pas, en lui, les signes manifestes d'une voca-
tion ecclésiastique et que Dieu, dans sa sagesse, l'avait sans doute élu pour d'autres
fonctions. Ses maîtres cherchèrent, alors, à en
faire un des membres actifs et militants de ces
sortes de confréries laïques qui se sont si dé-
veloppées, dans ces dernières années et le
jeune Corbeau ne faillit pas à ces nouveaux
devoirs.

Sorti du séminaire, il sut, au moyen d'une
sage conciliation du passé avec les exigences
des coutumes modernes, atténuer le vif regret
qu'il éprouvait de n'avoir pu endosser l'uniforme de ses rêves, en se faisant confectionner
des lévites boutonnées de haut en bas, taillées
dans une étoffe rude et brune et qui avaient

toute l'apparence de robes de bure ; ses bottines sans tiges et fort découvertes appartenaient, sans conteste, à la famille des sandales et quant à son chapeau, rond et d'un feutre brut, un ancien coquillard s'en serait coiffé, sans hésitation.

Voilà, dira-t-on, un costume qui ne ressemble, en rien à celui des modernes défenseurs de l'Eglise, tous finement chaussés, gantés de chevreau, portant des redingotes pincées ou des vestons collants et sentant l'ylang-ylang, bien plus que la cire ou la cuisine du prophète Ezéchiel. Mais, à chacun son genre, et M. Corbeau pouvait être utile, dans le sien.

Conduit à étudier les conditions différentes de l'Eglise, triomphante sans conteste au moyen-âge, larmoyante et humiliée, de nos jours, il avait fait cette découverte qu'au temps de sa splendeur, elle avait rempli la terre de monastères, confréries, ermitages, abbayes et associations claustrales de toutes sortes. Il ne s'agissait donc, selon lui, que de reproduire les mêmes causes pour obtenir, infailliblement, les mêmes effets. C'était là une logique qui pouvait bien passer pour ne pas être absolument correcte ; le jeune ascète ne s'apercevait pas qu'il prenait, ainsi, l'effet pour la cause. Mais, on l'en aurait difficilement persuadé et il en avait

bien retenu d'autres, à étudier avec des maîtres qui exaltaient l'esprit de pauvreté, le dé-
sintéressement, le détachement des choses
d'ici-bas..... chez autrui.

Au surplus on peut ajouter, à son actif, qu'il
n'était pas homme à s'en tenir, simplement, à
des théories spéculatives et qu'il entendait, au
contraire, prêcher bravement d'exemple. Son
début fut sa tentative d'intervention, lors de la
constitution de la Maison, en vue d'en faire un
établissement de macération et d'austérité. On
sait comment il y échoua ; mais cela ne l'avait
pas découragé. Il possédait une certaine aisance
et en outre — les grands cœurs se rencontrent
toujours — il avait l'appui d'un autre lui-
même, le fameux duc de Rougefaucol que son
nom historique, sa haute noblesse et par desssus
tout, son immense fortune, constituaient une
des colonnes du temple de l'Eglise militante.

Associant leurs efforts, ces deux éminents
réformateurs avaient débuté par la fondation
d'un certain nombre de petits ermitages, dans
la banlieue de Villétrange et les bureaux de
placement leur avaient procuré, assez facilement, des frocards de bonne volonté. Que ceux
qui douteraient que l'on puisse trouver encore,
au dix-neuvième siècle, des ermites volontaires, essayent, à leur tour, d'en rechercher :
les mêmes pauvres diables, s'il en reste, qui

suivirent le sieur du Breil, marquis de Rays,
dans sa colonie catholique de Port-Breton, seront bien plus disposés, à coup sûr, à s'abriter
dans leur patrie, à l'ombre d'un clocheton,
que d'aller périr de misère, sur un roc désert
et infertile.

Il faut croire, d'ailleurs, que les solitaires
amateurs, recrutés par le duc de Rougefaucol
et son ami, n'étaient pas encore suffisamment
touchés de la grâce, car, une tournée d'inspection qui fut faite, parmi eux, à l'improviste,
donna lieu à la découverte de certains faits
que le Moyen-âge n'aurait peut-être pas ré-
prouvés, mais qui ne s'accordaient nullement
avec les exigences de l'esprit moderne. Un des
ermites n'obtenant pas, de la piété des fidèles,
les dons et dîmes auxquels il aspirait, avait
trouvé plus simple de se les procurer, par ma-
raude, en attendant que la propension d'économie et de travail condamnée par l'Evangile
et le venin philosophique exécré de l'Eglise,
eussent cessé d'infester les âmes qui pourraient
alors connaître tout la vanité des choses terrestres. Malheureusement, de telles cures ne
s'opèrent toujours que lentement et, dans l'intervalle, l'ermite, surpris dans un poulailler
au moment où il effectuait une collecte extra-
légale, avait été conduit à la prison de Villétrange. Un autre de ses frères avait pris,

pour modèle, le patriarche Noé et c'était une
distraction, pour les loustics de la contrée en-
vironnante, de l'emmener boire et de le faire
chanter et danser. Il employait le reste de son
temps à cuver sa boisson. Un troisième enfin
s'inspirait de La Fontaine et un certain nombre
d'égrillardes commères du pays voisin venaient le trouver, enchantées d'avoir, sous la
main, un solitaire toujours disposé à *mettre le
diable en enfer* ou à *donner de l'esprit*. Les
autres ermites avaient d'autres manières aussi
peu canoniques de travailler à leur salut et il
devint manifeste, pour leurs patrons, qu'un
noviciat préalable était indispensable pour arriver à produire des imitateurs des vertus de
saint Antoine. C'est à ce dessein qu'on édifia
une espèce de cloître, dans un des faubourgs
de Villétrange.

Les apprentis cénobites qui s'y trouvaient,
semblaient descendre, en ligne directe, de ces
déclassés qui s'attachèrent à David, dans la
caverne d'Adullam et que la Vulgate désigne
par cet euphémisme délicieux : « Gens dont
« l'âme était dans l'amertume. » Il y avait là
un ancien pensionnaire de Clichy, inconsolable
depuis l'abolition de cette institution hospi-
talière, où il avait passé de si bons moments,
aux frais de ses créanciers ; un autre qui avait,
toute sa vie, souhaité d'y entrer, mais en vain,

n'ayant jamais pu réussir à contracter aucune dette, c'est-à-dire à trouver du crédit ; un ancien acteur était venu se réfugier au noviciat, l'ingratitude et les sifflets des sous-préfectures dont il avait, quarante ans durant, fait les délices ayant abrégé sa carrière ; quelques individus victimes de l'ostracisme qu'avaient décrété contre eux des administrations qui leur avaient demandé la production de leur casier judiciaire, y avaient cherché un asile moins intolérant. Enfin, un ancien caporal de zouaves s'étant tenu ce raisonnement, qu'un couvent décidé à se respecter ne saurait s'abstenir de la fabrication d'une liqueur, était entré là avec le vague espoir d'y être attaché à l'administration des alcools.

Les deux associés réformateurs comptaient encore sur un autre moyen de rénovation sociale et religieuse, consistant dans une remise en honneur des Mystères qui firent les délices de nos pères, au temps où il n'y avait ni Théâtre-Français, ni Opéra, ni même d'Ambigu-Comique. Le mérite de cette idée lumineuse revenait, tout entier, à M. Chrysostôme Corbeau que les ermites, entre parenthèse, avaient, du premier coup, baptisé du nom de M. Clyso ; mais, non seulement le duc de Rougefaucol l'avait embrassée avec enthousiasme, mais encore, il avait tenu à l'appuyer d'une manière

plus démonstrative, en déclarant vouloir se
charger du rôle du quadrupède, dans la pièce
de début, le *Miracle de Balaam,* au cas où
l'on ne trouverait personne dans les conditions
requises pour le tenir convenablement.

Une répétition générale avait été fixée au
jour de Noël et c'était cet événement important qui avait empêché M. Corbeau de se
rendre plus tôt à l'invitation de M. Forestan.
Réunis à la maison de noviciat de Villétrange,
les acteurs avaient débuté par se compli-
menter, mutuellement, sur le mérite de leurs
performances respectives. Jamais prophète
d'Israël n'avait pu s'enorgueillir d'une plus
belle barbe noire que celle de M. Corbeau et
le duc de Rougefaucol, qui avait fait emplette
d'une magnifique peau d'âne, pouvait, en outre,
se montrer fier d'une superbe paire d'oreilles
qu'il ne devait qu'à la nature.

Les rôles furent tenus avec un entrain et
une conviction auxquels les critiques les plus
difficiles auraient rendu justice. Mais où l'auditoire, qui se composait des apprentis-ermites,
fut particulièrement intéressé, c'est quand Balaam se mit à corriger son âne rétif et que,
sous la peau de cette monture, le duc de Rougefaucol dut modérer le zèle de M. Corbeau,
en le priant, non pas de ne pas le frapper,
mais que ce fût un peu moins fort.

A part ce léger accroc au texte sacré, tout avait marché à merveille et il ne restait plus qu'à faire choix d'un théâtre, pour une représentation publique dont les impresarios espéraient le meilleur résultat, pour l'édification de leur prochain.

En attendant de prendre une décision, sur ce sujet, les deux amis s'étaient séparés et M. Corbeau avait songé à se diriger vers le Hàvre.

Si les employés de l'octroi, ne se contentant pas de son affirmation que sa valise ne renfermait rien de soumis aux droits, en avaient exigé l'ouverture, ils y auraient fait d'étranges découvertes. Elle renfermait la peau de l'âne de Balaam, qui s'était déchirée dans le feu de la représentation et qui avait besoin d'une réparation, soin dont s'était chargé M. Corbeau. Il s'y trouvait aussi un cilice, trois ou quatre disciplines de différents modèles, une panetière, un bourdon de pélerin et enfin une volumineuse correspondance composée des réponses uniformément négatives de maires impies auxquels il avait demandé l'autorisation d'exhiber, dans les rues de leurs cités, une procession de flagellants.

Il n'entre pas dans notre cadre de chroniquer, par le menu, comment se passèrent les fêtes de Noël, chez M. Forestan. Les familles sont comme les peuples dont on a dit que les heureux

n'ont pas d'histoire, et une tranquille uniformité
n'était pas, selon leur caractère, pour déplaire
aux hôtes du négociant hâvrais, rehaussée qu'elle
était par une table recherchée, une courtoisie
parfaite et des attentions délicates et continuelles à l'égard de tout ce qui pouvait flatter les
préférences et les goûts de chacun. M. Corbeau
pouvait, tout à son aise, se livrer à ses sombres
méditations et la bibliothèque de son ex-tuteur,
riche d'une certaine quantité d'ouvrages anciens,
exerçait un attrait particulier sur lui ; M. et Mᵐᵉ
Dawson étaient les amants, par excellence, de
la tranquillité ; la bonne Mᵐᵉ Bertenet avait toutes les commodités désirables pour composer de
savantes potions pour tout le monde, que chacun acceptait avec une apparence de vive gratitude, sauf à n'en pas faire usage. Et quant à M.
Potin, comptant les jours et n'entendant plus
parler du neveu fatidique, il se délectait dans
un renouveau de quiétude que le contraste de
l'obsession à laquelle il avait été assujetti lui
rendait plus agréable et il commençait à croire
qu'il avait seulement fait un mauvais rêve.

Il convient toutefois de citer, au nombre des
incidents notables qui se produisirent, une
visite cérémonieuse de M. et de Mᵐᵉ Carford et
l'invitation qui arriva le lendemain, de leur
part, sur cartes gravées tout spécialement, pour
un dîner le dernier jour de l'année. Mais, non

seulement elle portait la mention que le dîner
serait suivi d'une soirée, avec cet avertissement :
On dansera; mais encore, poussant la courtoisie jusqu'aux extrêmes limites, M. Carford
n'avait pas voulu priver son associé de la
compagnie de ses hôtes et ils se trouvaient,
tous, particulièrement et nominativement invités.

Ce ne fut qu'un cri d'étonnement dans toute
la maison et M. Forestan résuma tous les commentaires qui furent faits, à cette occasion, en
formulant l'hypothèse que son associé voulait
célébrer dignement la pendaison de crémail-
lère d'une grande et belle maison qu'il avait
acquise, tout récemment, dans des conditions
des plus avantageuses pour lui. Voulant encou-
rager ce beau mouvement, le négociant s'employa à obtenir le consentement des autres
invités, ses hôtes. M. Corbeau se décida vite par
la perspective, qui lui fut entrouverte, de pouvoir examiner, chez M. Carford, certain siège
vermoulu réputé avoir appartenu à une abbaye du pays de Galles, au temps de Guillaume-
le-Conquérant ; M. Dawson était un homme
courtois et complaisant et n'avait aucune raison de répondre, par un refus, à M. Carford
avec lequel il s'était rencontré plusieurs fois,
chez M. Forestan. Seule, Mme Bertenet ne put
se résoudre à abandonner, même pour quel-

ques heures, sa petite bonne à laquelle elle continuait de prodiguer des soins que celle qui en était l'objet recevait avec la même imperturbable effronterie. Quant à M. Potin qui avait reçu, comme tout le monde, une invitation, il ne put s'empêcher de la considérer comme fâcheuse et importune. Cependant, il ne lui souriait que médiocrement d'avoir à se constituer, pendant toute une soirée, le chevalier servant de Mme Bertenet, douée certes d'un cœur excellent, mais se rendant fatigante par ses conseils réitérés et ses offres de services continuelles. D'autre part, s'il était ombrageux, M. Potin n'en était pas moins brave, probablement sans le savoir, et il ne voulut pas avoir l'air de reculer devant M. Nicquart, sans nul doute présent dans la maison de M. Carford, son beau-frère. Il consentit donc, bien qu'à contre-cœur, à suivre le gros de la société et chacun ayant pris ses dispositions préventives, en raison de l'avis donné par Mme Forestan que le froid régnait trop souvent en maître dans la maison de l'associé de son mari, on se prépara à contempler les merveilles auxquelles il fallait sans doute s'attendre, vu l'accès de magnificence inusité jusqu'alors, chez les époux Carford.

VI

Tout autre était l'aspect que présentait la maison de l'associé de M. Forestan. En ces jours joyeux de Noël, célébrés partout avec le même entrain, par les sceptiques comme par les croyants, l'avarice et la morosité n'avaient pas désarmé, dans cet intérieur. On n'y trouvait ni confortable, ni bonne chère, ni charité. Les cœurs et les foyers y étaient froids. Aucune plaisanterie ne déridait les physionomies ; aucun ami n'avait été convié à prendre place au foyer ; aucune des victuailles gigantesques réservées pour ces jours de festivité ne chargeait la table ou le buffet.

Pas de ces savoureuses et belles huîtres disposées, en nombre immense, sur des plats aussi grands que le bouclier d'Achille et à la vue desquelles le palais se dilate ; pas de ces jambons à la chair rosée rehaussés d'une verdure savante et capable de consoler saint Antoine de la perte de son compagnon enlevé par les démons; pas de ces pâtés gigantesques, forteresses remplies de trésors, faisant gémir la table de leur poids et se dressant orgueilleusement, semblant défier l'attaque et jeter le gant à l'appétit de quelque Grandgousier; pas de ces magnifiques crustacés décorés, par la cuisson, d'une robe écarlate et par Jules Janin du titre de « cardinaux des mers »; pas de ces splendides volailles, orgueil de nos campagnes, que le chauvinisme de Pierre Dupont a oublié de célébrer; pas de ces mignonnes et adorables friandises, conquêtes de la Révolution sur les couvents qui en gardaient, avec égoïsme, le monopole; pas de ces flacons étincelants de rubis liquides, renfermant des breuvages divins au parfum desquels les dieux de l'Olympe auraient confessé que leur nectar si vanté n'était qu'une vulgaire piquette. Pas même la chère dont l'humble artisan se délecte, le boudin qui chante sur le gril, aussi héroïque qu'un saint Laurent, les marrons qui embaument tandis que leur pelure donne un feu clair qui réjouit, le cidre qui pétille, la bière qui écume, les joyeuses chansons brochant sur le tout.

M. Isaac Carford était israélite et n'avait aucun Messie à célébrer.

Certes, la légende du juif sordide, crasseux et loqueteux est bien démodée; ce sont, de nos jours, les fils d'Israël qui donnent le ton

+ 9·

pour le luxe et la recherche. Les descendants
de ceux qui, jadis, les dépouillaient et les je-
taient au chenil, sont maintenant les adorateurs
de leur splendeur et briguent d'être invités à
leurs fêtes.

Il en est encore, sans doute, qui exploitent
le vieux galon et qui vont offrant *un pon lor-
gnette*; tous ont commencé plus ou moins comme
cela et les ancêtres de maints ploutocrates ac-
tuels furent d'experts connaisseurs en défroques.
Mais patience, laissez-les seulement devenir
banquiers, petits ou gros. Ils abandonneront,
alors, la houppelande et le chapeau crasseux ;
ils sauront boire du meilleur et courtiser les
plus belles. Que leur importera de jeter un
million par la fenêtre? C'est même indispensable pour que le public, émerveillé de leur
prospérité, indication probante, pour lui, d'une
haute capacité, fasse queue à leurs guichets
pour leur en rapporter dix autres. C'est là le
grand jeu et le faire des plus habiles. Toutefois, transportez-les sur un théâtre où l'éclat
et la prodigalité ne puissent en rien leur servir,
ils cesseront de *dépouiller le vieil homme.*
Ceci, on l'entend bien, est une manière de
parler, s'appliquant à eux-mêmes; il ne saurait, en effet, y avoir équivoque et certes, il
n'y a aucune apparence qu'un marchand d'argent s'abstienne de trafiquer tant qu'il aperçoit

la possibité de le faire avec avantage ; il est présumable qu'il lui sera absolument indifférent de dépouiller les vieux plutôt que les jeunes. L'occasion sera le guide suprême de son choix et, assurément, il se gardera bien de choisir s'il peut opérer sur les uns comme sur les autres. Ce que je veux dire, c'est qu'il y aura toujours du calcul dans sa manière et qu'avec lui l'économie ne perdra jamais ses droits, de même que sa dépense n'aura pas seulement pour but la nécessité ou la jouissance, mais bien aussi la possibilité d'un profit subséquent. On a vu des financiers s'éprendre d'un bel amour pour les arts et se composer des galeries qu'ils revendaient, plus tard, avec cent ou deux cents pour cent de bénéfice, et je mets en fait que jamais le moindre brimborion artistique, appartenant à un juif, n'a pris le chemin du Louvre par suite de legs ou de donation. Nos musées n'ont rien à espérer, de ce côté ; on ne rend pas l'argent chez les fils d'Abraham !

Tout en admirant ces grands modèles, M. Carford ne pouvait les imiter dans leurs hautes allures. La dépense n'était pas son fait, jugeant ne pas se trouver sur un théâtre propice à la faire avec bénéfice. Il s'en tenait, par provision, à une économie forcenée et de tous les instants.

La maison qu'il avait acquise, de grande
occasion, était bien bâtie, vaste et même élégante. Elle avait appartenu à un individu qui
entendait la vie ; mais on en devait d'autant
plus regretter qu'il ne se fût pas arrangé de
son mobilier avec son cessionnaire, car il est
probable qu'alors l'installation des époux Carford aurait paru moins misérable. Sous le
spécieux prétexte d'un aménagement à compléter, un certain nombre de pièces restaient
dans une froide nudité. Pour les autres, le
tissu des tentures avait été mesuré avec une
lamentable parcimonie ; des tapis tirés comme
oncques ne le furent régicides, laissaient à
découvert la moitié du parquet ; quelques
sièges trop espacés, le long des murs, donnaient une vague idée d'une garnison décimée
par les assauts et qui néanmoins s'efforce
encore de border, tant bien que mal, toute
l'étendue des remparts ; les tables et guéri-
dons semblaient perdus dans l'immensité des
pièces ; les cheminées monumentales avaient
leurs dessus de marbre aussi nus et aussi
froids que les dalles de la Morgue, les
jours où il ne s'y trouve pas de *macabés*.
Par dessus tout, des feux qui s'enveloppaient
d'un nuage de fumée, comme s'ils eussent
voulu voiler la honte qu'ils éprouvaient de se
trouver si malingres, à cette époque de l'année,

faisaient suinter l'humidité, sans la dompter,
excitant, en outre, le rictus ironique d'un froid
glacial régnant en maitre par toute la maison. Enfin on voyait errer, avec mélancolie,
un chat d'une maigreur effrayante, dont le
miaulement plaintif était comme une sorte
d'anathème jeté à l'avarice et qui semblait
témoigner qu'aucune souris n'honorait de sa
présence la maison inhospitalière de l'Harpa-
gnon israëlite.

M. Carford était un petit homme aux yeux
gris, à la figure parcheminée, laquelle était ornée
d'un nez qui ne valait presque pas la peine qu'on
en parlât, tant il était insignifiant. Sa digne
épouse, au contraire, était une femme de haute
taille, au regard sévère, aux traits accentués,
trop même, car si elle avait pu distraire du
cartillage qui se développait entre son front
et ses lèvres, la portion nécessaire pour compléter le nez de son mari, le sien aurait encore
présenté un volume très-respectable. Avec cela,
elle était dotée d'un caractère aussi agréable
qu'un courant d'air glacé et paraissait, ordinairement, aussi douce créature qu'un ours
blanc des mers polaires revenant bredouille
d'une chasse du résultat de laquelle aurait dépendu son diner. D'aucuns prétendaient que
le thermomètre baissait dans son voisinage et
des gens doués de la double vue affirmaient

avoir aperçu la bise planant sur sa tête et étendant ses ailes dans un rayon de dix mètres autour d'elle.

M. Carford l'avait connue dans une position modeste, mais il avait été frappé de son port déjà majestueux. Avec cette fierté inhérente à presque tous les petits hommes, il avait été glorieux de produire, publiquement, une conquête aussi imposante. Tandis qu'il se croyait un profond séducteur, il n'était en réalité que le jouet de l'habile dame guidée en outre par les conseils de M. Nicquart, son frère. Ce fut un calcul, de la part de la belle, de se montrer d'abord, pour lui, d'une complaisance sans limite ; mais quand, dans une promenade sentimentale, par une belle soirée, le vaniteux jeune homme, excité à dessein, prétendit à des faveurs qu'on lui avait déjà nombre de fois octroyées, sans aucune réserve, les choses étaient arrangées de telle manière que la demoiselle, par sa résistance, amena un de ces drames dont le dernier acte se joue ordinairement en cour d'assises, toutes portes closes. Dans l'espèce, la pudeur de seulement deux ou trois individus, apostés tout exprès à titre de compères, avait pu être offensée de cette tentative galante et, d'autre part, si la cause avait été examinée à fond, la comparution de l'*insolent* et de sa victime aurait pu faire naître quelque doute,

dans l'esprit des juges. Il leur aurait paru que
la vertu de la plaignante n'avait pu courir
grand risque, en cette circonstance, alors qu'ils
auraient reconnu, en elle, une virago capable
de jongler, sans fatigue, biceps tendus, avec
une couple de gringalets de la taille du jeune
Carford. Mais la vanité de l'homme, en tant
qu'espèce masculine, a joué un rôle incontestable dans la rédaction des codes. Du côté de
la barbe est la toute puissance, selon un axiome
connu. Certes, les moustaches de la demoiselle
pouvaient, victorieusement, soutenir la comparaison avec celles de son don Juan ; mais la
cour, par galanterie, aurait eu le devoir de ne
pas s'arrêter à cette fantaisie de la nature et
la même fiction qui, en pareil cas, déclarerait
probablement le général Tom-Pouce convaincu
d'entreprise sur la personne de la femme colosse, aurait conservé toute sa valeur pour
rendre justice à la vanité de M. Carford, en
le déclarant capable et coupable du plus audacieux des attentats. Toutefois, le jury fut privé
du spectacle de cette cause réjouissante et elle
n'eut pas d'autre juge d'instruction que M. Nicquart qui, ayant eu l'art de développer, habilement, une perspective menaçante aux yeux du
jeune Isaac, sut l'amener à associer à son sort
une Rébecca qui, comme épouse, n'était pas
précisément celle de ses rêves.

C'est ainsi qu'en France et en plein dix-neuvième siècle, Israël fut encore une fois opprimé. Les débuts de M. Carford, dans la vie, ne participèrent, en rien, de l'habileté reconnue de ses frères. Plus tard, cependant, il s'avoua intérieurement qu'il aurait pu, en somme, tomber plus mal ayant rencontré, en Mᵐᵉ Carford, une adepte convaincue de ses théories économiques.

Jamais, jusqu'alors, les époux Carford n'avaient commis la faute de donner un dîner à une époque de l'année où « l'on ne trouve rien » et « où tout est si cher », deux propositions peu concordantes, bien qu'assez répandues, mais qui rendent très-expressivement la pensée de ceux qui veulent éviter la dépense. Ils s'arrêtaient, de préférence, à cette saison moyenne où fruits et légumes arrivent en abondance et dans des prix raisonnables, ce qui ne les empêchaient pas de persister à les qualifier de primeurs. Ils se seraient bien gardés, en outre, de choisir un moment où la maison de M. Forestan se trouvait remplie d'un surcroît d'habitants étrangers et, dans tous les cas, ils ne se seraient pas crus obligés de leur faire l'application du proverbe qui règle les droits et prérogatives des amis de nos amis. Ce changement dans leur ligne de conduite habituelle, fut dû à l'influence qui s'était conservée, toute

puissante, de M. Nicquart, et se produisit à la
suite d'une mystérieuse conversation tenue
entre les trois personnages. L'homme d'affaires
avait donné ses instructions et les maîtres de
la maison occupaient leurs loisirs à combiner,
entre eux, leur bonne exécution.

Il s'agissait d'abord de chiffrer le nombre
des convives et M. Carford avait mission de
les faire défiler sur le bout de ses doigts cro-
chus, au fur et à mesure que sa femme les
annonçait.

— Voyons, comptons, disait-elle. Nous deux,
mon frère trois, Marie-Louise, quatre.....

Marie-Louise, était l'unique rejeton des
époux Carford. Elle était âgée d'environ dix-
huit ans et ressemblait trop à sa mère pour
pouvoir être appelée une beauté. Mais elle
était aussi trop jeune pour exercer, sur le
thermomètre, le même effet réfrigérant et
comme, d'autre part, elle avait été dans un
pensionnat où on lui avait appris à martyriser
un piano, sous prétexte de musique, et à gâter
du papier avec de la couleur, appelant cela
faire de l'aquarelle, elle passait généralement
pour une jeune personne accomplie. D'ailleurs,
si l'avarice est éternelle, les parents ne le sont
pas et la fortune de ceux de Marie-Louise
Carford constituait un appât qui avait déjà excité
la convoitise d'un certain nombre de cou-
reurs de dots.

L'énonciation continuait :

— Il y a ensuite les Forestan. Combien ?

Les deux époux s'interrogèrent mutuellement du regard. Il faut savoir que l'invitation avait été adressée à « Monsieur et Madame Forestan et leur famille. » Ce dernier substantif renfermait un vague qui jetait dans l'inquiétude les amphytrions calculateurs.

— C'est vous qui avez envoyé les invitations, dit enfin M. Isaac; vous savez combien ils sont de monde chez Forestan. Lui et sa femme ; les aînés Victor et Julie. Et puis, il y a Gustave et Louis qui sont là, en vacances; il faut compter aussi Lucile et Thérèse, leur gouvernante, Madame Marceroy.....

Un regard foudroyant de Madame Carford interrompit cette nomenclature.

— Je ne sais, en vérité, à quoi vous pensez, dit-elle. Le monde a ses usages et ses exigences; je m'y conforme en invitant les diverses personnes de la maison; mais, il faudrait supposer que les Forestan les oubliassent étrangement pour admettre qu'ils vinssent, aussi nombreux qu'une smala, envahir une maison. Cela ne se fait pas.

M. Isaac se rallia, sans difficulté, à cette hypothèse consolante et, d'un commun accord, la question fut écartée.

— Puis M. Corbeau, M. Potin, M. et Mme Dawson...

— Cela fait quatre; ensuite les nièces de M. Dawson.....

— Mais non, mais non; c'est encore la même chose. Tous ces jeunes gens préféreront se réserver pour la soirée...

— Mme Bertenet...

— Oh! il ne faut pas la compter. C'est à peine si elle mange.

— M. et Mme Dumortier, M. et Mme Vernon, M. et Mme Laberthe...

— C'est tout.

— Et les Bordier?

— Ils ne viendront pas; ils vont souhaiter la bonne année à la grand'maman Bordier, à Évreux, et ils partent toujours la veille, n'est-ce pas, Marie?

— Oui maman, c'est Laure Bordier qui me l'a dit.

— Mais, vous les avez invités?...

— Certainement, répliqua avec dignité Mme Carford. Nous leur redevons un dîner, depuis si longtemps, que j'en suis honteuse. Au moins, comme cela, nous nous trouverons libérés.

— Vous avez raison, dit M. Carford, rempli d'admiration.

Le lendemain, dans la soirée, les mêmes personnes prenaient le thé dans une petite salle où elles se tenaient ordinairement, les pièces titulaires des appellations pompeuses de *salon* et de *salle à manger* étant des sortes de sanctuaires réservés, exclusivement, pour les grandes occasions.

Le thé dont faisaient usage les Carford méritait une mention particulière. Il était d'une sorte toute spéciale et peut-être aussi d'une feuille inconnue sur les bords du fleuve Jaune. Il coûtait 2 fr. 95 la livre et figurait sur le catalogue de la Compagnie d'Outre-Mer comme un thé « bonne qualité, expressément recommandé « pour les personnes nerveuses et les familles « économes. » La dame de la maison achevait sa deuxième tasse de cette bénigne infusion, quand une bonne apporta plusieurs lettres qu'elle présenta cérémonieusement sur un plateau de zinc peinturluré de fleurs. C'étaient les réponses aux invitations qui avaient été lancées, pour la grande réception projetée.

Le dépouillement des premières donna des résultats favorables; ainsi que l'avait prévu Madame Carford, M. et Madame Forestan acceptaient, pour eux, le dîner et excusaient leurs enfants de ne pouvoir venir que pour la soirée; M. et Madame Dawson faisaient les mêmes réserves, pour leurs nièces; M. Corbeau et M. Potin acceptaient, mais ils étaient particulièrement désirés. Quant à Madame Bertenet, elle refusait en raison des soins à donner à sa « pauvre petite « bonne, toujours souffrante ».

Tout allait donc bien, jusque là ; mais une
dernière lettre changea, du tout au tout, la face
des choses et produisit, à peine ouverte, une
sorte de sensation électrique. Elle émanait de
cette même famille qui n'avait été invitée que
parce qu'on la croyait dans l'impossibilité d'accepter. Il y avait erreur ou revirement. C'était
la grand'maman Bordier qui venait à son tour et
en acceptant, pour tout son monde, l'invitation
que lui faisaient ses « bons amis Carford »,
M. Bordier ajoutait qu'il se promettait un véritable plaisir de leur présenter sa famille. Ils
viendraient donc tous « sans cérémonie ».
M. et Madame Bordier, la grand'maman auteur
de cette calamité, des gendres, des brus et un
nombre épouvantable d'enfants et de petits-
enfants. Des Bordier innombrables ; l'invasion
des barbares ! Ou ces gens là, connaissant bien
leurs hôtes, avaient voulu leur jouer un mauvais
tour, ou bien on pouvait dire qu'ils étaient vé-
ritablement sans façon.

Les époux Carford échangèrent un regard
tragique. Madame dit que Marie-Louise était
une écervelée et une oie ; Monsieur fit chorus
avec les mots non moins harmonieux d'imbécile
et de dinde et, leur colère s'élevant *crescendo*,
ce fut tout juste si Marie-Louise, malgré la
pompe de ses prénoms impériaux, échappa au
danger d'avoir les oreilles frottées par sa mère

qui, à ce moment là, res emblait bien plus à
Xantipe que son père au philosophe Socrate.

Ce fut M. Carford qui, le premier, recouvra
une partie de son sang-froid.

— Tout ce que nous pourrions dire, fit-il avec
un soupir, n'avancerait à rien et il ne nous reste
plus qu'à faire du mieux qu'il nous sera possible.

— Et après tout, dit Marie-Louise, intéressée
à rendre moins sombre l'aspect des choses, un
dîner pour quinze est un dîner pour vingt. Je
vous l'ai entendu dire bien des fois.

— Nous serons plus de trente ! fut sur le point
de s'écrier Madame Carford ; mais sa gorge
contractée se refusa à laisser passer ces affreuses
paroles.

Les choses en demeurèrent là pour cette
soirée qui s'acheva dans un silence lugubre,
chacun restant absorbé dans ses méditations
touchant l'événement fatal qui se produisait.

Il fallut pourtant, le lendemain, songer à
s'exécuter. On était à la veille du jour fixé pour
la réception et, dans une maison aussi mal organisée, il devait forcément se produire quelque chose de l'anxiété, du mouvement et de la
confusion qui se manifestèrent dans le camp des
anglais, la nuit qui précéda la bataille d'Azin-
court, ainsi que la description en est si merveil-
leusement faite, dans le beau drame de *Henri V*,
de Shakespeare.

Madame Carford débuta par une revue générale de la batterie de cuisine et de tous les ustensiles de table dont la valeur, malheureusement, ne suppléait pas au nombre. Les couteaux, les cuillers, les fourchettes, les plats, les assiettes, le contenu entier des buffets et armoires, tout défila — on ne saurait ajouter la phrase consacrée : *en bon ordre* — sous les yeux de l'ordonnatrice générale de la maison, qui en tenait registre et qui constata l'absence de trois assiettes, d'un plat, de deux verres et d'une fourchette. Grave affaire aux yeux de Madame Carford, mais non pas pour sa bourse, car, une loi en vigueur depuis longtemps dans son intérieur, mettait à la charge de la domesticité, solidairement responsable, le remboursement de la valeur, au prix du remplacement, de tout ce qui manquait, ingénieux moyen de maintenir le ménage, sans frais, constamment au même effectif, à travers la succession des âges. Cela n'empêcha pas, par surcroît, la matrone de prononcer un virulent réquisitoire contre les gens peu soigneux, qui perdaient et brisaient tout. Les inculpés courbèrent la tête sous cette semonce et ne songèrent pas à émettre, à leur décharge, cette hypothèse très acceptable que les objets manquants avaient bien pu s'enfuir, révoltés des odieux mystères auxquels on méditait de les faire coopérer.

Ces préliminaires remplis et connaissant, dès lors, l'état et la force effective de ses troupes, Madame Carford put arrêter, dans son esprit, les chiffres des renforts qu'il serait nécessaire de se procurer, sous forme de location, aux boutiques spéciales, sans oublier toutefois cet axiome que c'est avec les petites armées qu'on fait les plus belles campagnes, ainsi que l'ont magistralement démontré, par l'exemple, Turenne et Bonaparte. Puis, elle tint conseil avec sa fille et sa cuisinière et le résultat de cette délibération se traduisit par la confection d'un certain nombre de plats dont on aurait, en vain, cherché les recettes dans les recueils de cuisine du monde entier et qui auraient laissé perplexes les gourmets les plus expérimentés. Chacune se mit à l'œuvre et paya de ses mains. Madame Carford produisit des crèmes étonnantes; Marie-Louise avait le secret d'un gâteau inédit et quant à la cuisinière ou soi-disant telle, elle improvisa des sauces et des coulis dont les données furent perdues pour l'art culinaire, car, un quart d'heure après, il aurait été impossible, à l'opératrice elle-même, d'énumérer toutes les étranges choses qu'elle avait plongées dans les profondeurs de ses récipients.

Un profane ayant trouvé le moyen de pénétrer dans l'antre que l'on appelait cuisine, en cette maison, n'aurait pu s'empêcher de s'écrier:

« — Que faites-vous là, sombres et farouches travailleuses ? »

Et le trio aurait pu répondre, comme celui des sorcières de Macbeth :

« — Une chose sans nom ! »

Tels étaient les préparatifs faits en vue des infortunés qu'un destin malicieux allait conduire sous le toit inhospitalier des Carford.

Les dispositions de la tribu des Forestan, au moment de son départ, offraient une notable ressemblance avec ceux d'un équipage d'explorateurs, dont le vaisseau serait retenu au milieu des glaces et qui se disposerait à une expédition pédestre. Un rappel général des fourrures, vêtements de laine, châles tricotés, fichus, surtouts ouatés et renforcements de flanelle avait été battu, par toute la maison. Le volume du digne M. Dawson s'en trouva encore accru, dans une remarquable proportion et M. Potin fit emplette, tout spécialement, d'une paire de bottines fourrées et d'un épais gilet de laine tricotée. M. et Madame Forestan, instruits par des épreuves antérieures, n'eurent qu'à puiser dans des armoires qu'ils appelaient, vu le cas, leur arsenal de réserve. Le seul M. Corbeau se désintéressa de ces soins terrestres, ayant peutêtre raison, d'ailleurs, d'avoir toute confiance dans l'épaisseur du tissu de sa lévite de bure.

La Société s'assembla peu à peu et les Car-

ford eurent quelques adoucissements à leurs
peines. MM. Dumortier et Vernon excusèrent
leurs épouses et Mme Laberthe, son mari. Les
Bordier se firent un peu attendre et un secret
espoir commençait à germer dans l'esprit des
amphytrions ; mais il s'évanouit quant le
domestique, faisant fonctions d'huissier, annonça :

— La famille Bordier !
renonçant à une énumération détaillée dans
laquelle il sentait qu'il s'embrouillerait infailliblement.

Le défilé s'accomplit en rangs serrés, les
vieilles gens trébuchant et les jeunes sautillant,
contractant par degré le cœur de leurs hôtes, à
chaque nouvelle figure qui apparaissait dans
l'encadrement de la porte.

Il faut croire, d'ailleurs, que le désastre aurait pu être plus grand encore, car, en présentant ses hommages à la maîtresse de la maison,
M. Bordier l'aîné, avec le plus grand sérieux,
exprima des excuses et des regrets de la part
de plusieurs autres membres de sa famille,
empêchés de venir, à leur grand déplaisir.

Toutes les personnes qui devaient être du
dîner étaient alors présentes et Mme Carford
qui n'ignorait pas combien l'attente, quand
elle n'est pas poussée à ce point extrême où le
phénomène passager du revirement se produit,

a pour effet de surexciter l'appétit, trop souvent dans des proportions désastreuses, n'avait pas le défaut d'inexactitude en pareille circonstance. Néanmoins et bien que l'heure fût déjà passée, il fallut encore différer un moment, vu la nécessité de régulariser le couvert, d'après le nombre définitif des convives. Enfin, on annonça que Madame était servie.

Il se produisit alors une sorte de tohu-bohu de gens empressés d'offrir leur bras aux dames et d'autres qui, considérant ce devoir comme une corvée désagréable, s'agitaient, toussaient, paraissaient s'élancer et, en réalité, ne bougeaient pas de place. M. Potin fut de ces derniers et, sans vergogne, il aurait laissé aller seule la glorieuse Marie-Louise, sort dont elle semblait menacée si un vieillard à demi-aveugle du clan des Bordier, qui n'était pas bien sûr de réussir à se diriger tout seul, n'eût trouvé expédient de la constituer son guide, tout en lui offrant son bras.

Ce ne fut pas sans difficulté que chaque convive parvint à découvrir la place qui lui avait été réservée. Les Bordier, par leur nombre et leurs différentes personnalités, embrouillaient tout. On en vint à bout pourtant, tant bien que mal, tandis que le potage tout servi se congelait dans les assiettes.

En ce qui le concernait, M. Potin se trouva

placé entre MM. Dumortier et Vernon, grands
électeurs de la circonscription de Villétrange.

Le délicat pensionnaire de la Maison, que
Mme Forestan avait éclairé sur les mérites équivoques de la cuisine des Carford, se montra
très réservé, sur sa consommation. Il se défia
surtout des sauces et ragoûts comme se prêtant,
par leur nature, plus que tous autres mets, à
l'introduction d'éléments bizarres et suspects.
Il enveloppa, dans le même ostracisme, un splendide turbot qu'à sa taille il crut reconnaître pour
être le même qu'il avait eu l'occasion de voir
refuser, la veille, par la cuisinière de Mme Forestan, comme manquant de fraîcheur. En
revanche, il redemanda des « pommes de terre
à l'anglaise » qui accompagnaient le poisson et
dont Mme Carford avait recommandé en secret,
à ses gens, de gratifier chaque convive.

Les vins ne furent pas davantage à l'abri de
la défiance de M. Potin et il les soupçonna non
sans raison, de n'être pas purs de toute mésail-
lance avec le raisin de Corinthe.

Mais si M. Potin fut sobre, pour lui-même,
il s'amusa à établir une sorte de compensation,
en faveur d'autres convives. Le service était
organisé d'une manière lamentable ; les serviteurs ordinaires de la maison n'avaient guère
l'occasion d'y acquérir l'expérience d'une pratique achevée et ceux qui avaient été recrutés

en supplément, pour la circonstance et qui se
composaient d'un garçon épicier en disponibi-
lité et de deux tonneliers tireurs de vins, manquaient totalement du tact, du coup d'œil et de
l'aplomb qui constituent, en quelque sorte, le
génie du service d'une table. Les choses ne
tardèrent pas à aller de travers et, sous prétexte
de leur venir en aide, M. Potin, à son bout,
encouragea les gens à poser les plats et les
bouteilles sur la table. M. Nicquart put s'apercevoir de cette manœuvre et ne fit qu'en sourire ; mais elle échappa à l'œil investigateur de
Mᵐᵉ Carford dont le regard était intercepté par
un immense buisson de fleurs artificielles, œuvre de Marie-Louise, dont elle avait soin de
charger sa table en pareil cas, ce qui lui éco-
nomisait, pour le moins, six assiettes de petits
fours. Elle ne put donc voir le perfide Potin
verser de fréquentes rasades à ses voisins immédiats, MM. Dumortier et Vernon, qui s'en
montrèrent flattés, et étendre sa courtoisie sur
cinq ou six Bordier placés à sa portée, belles
fourchettes et bons gobelets, qui happèrent et
engloutirent, sans sourciller, tout ce qui leur
fut offert. La consommation, de ce côté là, fut
réellement remarquable et si ce n'était anticiper
sur les événements, nous dirions que le lendemain, Mᵐᵉ Carford, stupéfaite de la petite quantité de reliefs qui échappa à cé complot, pensa

10*

étouffer de colère quand, allant au fond des choses, elle apprit la vérité.

Si, pendant le dîner, les déprédations de M. Potin échappèrent aux amphytrions, ceux-ci eurent à subir des ennuis différents de la part d'un autre convive, M. Corbeau. Affligé d'une myopie extrême, il prit, pour des pêches, une corbeille de vulgaires pommes qui était sur la table, s'extasia sur leur volume et fit à Mme Carford, sur sa munificence, un compliment développé qui amena un sourire ironique sur toutes les lèvres et causa une atteinte inappréciable à la vanité de la maîtresse de la maison. Il confondit le piment et les radis et ayant gratifié du condiment exotique un jeune Bordier qui en ignorait la puissance, l'enfant s'en fourra un gros morceau dans la bouche. ce qui lui fit pousser des cris épouvantables et causa un moment de tumulte. Enfin, en homme qui s'est fait un devoir rigide de la vérité, engagé à boire par Mme Laberthe, remplie d'attentions pour lui, il s'en excusa en disant tout haut que le vin qui était dans son verre sentait le bouchon.

M. et Mme Forestan, qui connaissaient ces dîners, montrèrent leur courage habituel et prirent leur mal en patience. Mais M. Potin, après s'être un moment distrait des divers incidents qui se produisirent, commença à

trouver le temps long. N'ayant d'ailleurs, pour
ainsi dire, rien consommé, il sentit peu à peu
et en dépit de la précaution qu'il avait eue de se
bien couvrir, la chaleur intérieure dont il avait
fait provision, en venant, s'évanouir par degré et l'atmosphère glaciale de la pièce prendre
le dessus. Pour la vingtième fois au moins il se
retournait pour adresser un regard d'encoura-
gement à un foyer phthisique placé derrière son
dos et dont il ne ressentait aucun effet, quand
un domestique se méprenant sur la nature de sa
préoccupation, vint lui demander, avec le plus
grand sérieux, s'il ne désirait pas qu'on appor-
tât un écran.

M. Potin allait répondre qu'il ne fallait point
étouffer les mourants ; mais il n'en eut pas le
temps, car, au même moment, Mme Carford se
levant donna le signal de quitter la table, en
invitant les dames à la suivre au salon, tandis
que M. Carford conduirait les « messieurs »
au fumoir. M. Potin ne fut pas le dernier à dé-
férer à cette invitation et poussant un ouf ! de
satisfaction, il suivit le guide en battant vigoureusement de la semelle. Selon un proverbe
bien connu, il n'y a pas de fumée sans feu et
dès lors, cela peut présenter quelques garanties
sur l'atmosphère d'un endroit appelé fumoir.
Mais, dans l'espèce, il ne s'y trouva d'autres
principes de feu que les allumettes nécessaires

à l'inflammation de méchants cigares qui furent
mis à la disposition des invités et dont l'odeur
suffit à indisposer le délicat M. Potin. Il ne
crut pas pouvoir se remettre à l'aise avec le
petit noir qui fut servi sous le nom de café et
il refusa d'y goûter. Au surplus, c'était là une
trop longue contrainte pour ce raffiné, amant
farouche de la liberté et du bien-être, ennemi
déclaré de toute contrainte. Il commmença à se
montrer amer et sarcastique. La conversation
étant devenue générale et ayant pris une tournure politique, il s'y lança d'emblée, se confiant
en son éloquence pour, quel que fût le point de
départ, arriver par un détour à fustiger l'avarice et à se soulager, en partie, du ressentiment
qu'il nourrissait à l'égard de ses hôtes. Il était
question des Chambres à propos desquelles un
Bordier avait exprimé, à M. Forestan, tous ses
regrets de ne plus le voir député. C'est à ce
moment qu'intervint M. Potin et il se lança
dans une vive critique de l'état actuel des rapports entre les élus et leurs commettants.

— Je ne sais, dit-il, ce dont il faut s'étonner
le plus, de l'aplomb imperturbable des uns, ou
de la naïveté soutenue des autres. J'ai lu, déjà,
beaucoup de professions de foi et de toutes les
couleurs; elles se ressemblent toutes, au fond.
Un monsieur vient annoncer qu'il est partisan
de ceci, qu'il votera cela... et voilà tout. Dieu

que c'est habile, et le bon billet qu'a La Châtre !
Et sur cette promesse, voilà notre homme sacré
souverain en participation. Il ne vient à l'esprit
de personne, que dès l'instant où il ne s'agit
que de voter ce qui sera proposé, le premier
venu peut s'en acquitter à merveille et que ce
serait le cas d'en charger tel pauvre diable,
empêtré de famille, qui en serait enchanté,
même au rabais. Ou bien encore, et poussant
plus loin l'économie, on ne songe pas à mettre
en pratique, en le prenant au sérieux, le mot
ironique de Mirabeau, et à envoyer siéger,
tout simplement, les vœux exprimés et les
professions de foi. Est-ce là la question? Si on
ne propose rien, notre homme restera donc
parfaitement tranquille, la conscience en repos,
persuadé de n'être pas parjure à ses promesses
de voter de telle et telle chose, puisqu'elles n'auront pas été mises en délibération ? Il ne se dira
pas qu'il lui incombe d'avoir l'initiative qui ré-
veille les endormis, la vigilance qui les tiendrait
éveillés, le zèle et et l'activité donnant le droit
de s'écrier, sans cesse: *Laboremus* ! la tenacité
indomptable, qui conduit au but. Rien de tout
cela. A des milliers d'affamés qui demandent à
manger, un farceur vient dire : — Je vais me
mettre à table et faire un bon repas, avec l'argent que vous me donnez. Si, cependant, je vois
quelque cuisinier projetant de cuire quelque

chose pour vous, soyez certain que je ne m'y
opposerai pas, et qu'au contraire, je donnerai
bellement mon consentement à ce qu'il vous
serve. Et voilà tout! les bonnes gens s'en con-
tentent, sans lui faire observer qu'à ce compte
elle mourront de faim, si aucun cuisinier ne
pense à elles. Il ne leur viendra pas à l'idée,
du moins pour la plupart, que leur député
doive mettre la main au poêlon, au besoin faire
du feu, en un mot, songer aux autres, et tenir
l'engagement qu'il a pris de ne pas les laisser
mourir de faim. Et c'est toujours ainsi, sauf
quelques exceptions, dont était mon ami, M.
Forestan. Mais il avait bien un autre défaut, et
certes il ne m'en voudra pas d'être sincère en
disant qu'il n'avait rien de ce qu'il fallait, pour
être député, selon les exigences des temps
modernes. Il songeait à tous, mais pas assez à
chacun. Il n'intriguait pas, ne comprenait rien
aux manœuvres des groupes et attendait, avec
confiance, l'initiative, le signal de certains chefs
de file, dont les promesses avaient été plus précises et plus énergiques encore que les siennes.
Quelquefois pourtant, il perdit patience et voulut sortir des rangs. Il ne parvenait pas à se
mettre dans la tête que telle mesure, excellente
sous Pierre, ne valait plus une obole dès qu'elle
émanait de Paul. Il montra ainsi son ignorance
de la stratégie parlementaire ; c'était là un dé-

faut impardonnable. On le trouva *gêneur;* les
journaux s'emparèrent de lui et lui lavèrent la
tête. En outre, et c'est là le point sensible, il
se montra puritain, et joua le rôle d'une sorte
de M. Honesta. Ses collègues attrapaient les
places, pensions, bureaux de tabac, subventions... Intrépides comme le duc de Coigny qui,
pour une charge inutile qu'on voulait supprimer, fit une scène, entre deux portes, à Louis
XVI, ils relançaient les puissants partout, les
harponnant au passage, les pourchassant avec
l'ardeur d'un ancien recors, auquel une grosse
prime aurait été promise pour la capture d'un
débiteur et ayant, chaque fois, la satisfaction
de ne pas s'en retourner les mains vides. Ils
eussent bien plutôt:

> . . . . du buvetier emporté les serviettes.

Si, un jour, ils échouaient dans la demande
d'une subvention ou d'une concession, ils se
promettaient de recommencer le lendemain et,
en manière de fiche de consolation, pour
prendre patience, ils en appelaient du ministre
à ses subordonnés et arrachaient, à ces derniers, quelque place de garçon de bureau, à
laquelle ils n'étaient jamais en peine de pourvoir. Pendant ce temps là, retiré sous sa tente,
mon ami Forestan dédaignait de recourir à la
brigue, et prétendait laisser le mérite se faire

jour tout seul. Ses électeurs se fâchèrent;
demandez-moi s'ils eurent tort!.. S'il tombait
un jour une pluie d'or, bien sot serait celui qui
se tiendrait coi dans sa maison; il deviendrait
bientôt, vu la loi de la proportion, le plus
pauvre du monde, et se verrait réduit à servir
les autres, pour n'avoir pas su faire quelques
courbettes, et se baisser, en temps opportun,
pour ramasser les faveurs. Les commettants
de M. Forestan, se croyaient autant de droit
que qui que ce fût, de participer aux aubaines.
Par le peu d'activité qu'il mettait au service
de leurs intérêts particuliers, au grand risque
d'exciter leur courroux, ses électeurs jugèrent,
dans leur sagesse, qu'il devait être bien tiède
pour la chose publique. Aux élections suivantes,
ils lui en préférèrent un autre qui eut le mandat de rattraper l'arriéré de leurs commissions,
sans négliger le courant. On dit qu'il s'en
acquitte fort bien, et qu'il fait des efforts loua-
bles pour contenter tout le monde. Voilà un
homme ancré pour le restant de ses jours. Il
répond à toutes les lettres, promet toujours et
finit par tenir, d'une manière ou de l'autre, ce
qu'il a promis. Si un artiste de son pays désire
échanger un chef-d'œuvre immortel, fruit de
son talent, contre quelques rouleaux de vil
métal, le député sait persuader, au ministre,
de conclure cette bonne affaire pour l'État, et

il met une obligeance non moins grande à débarrasser celui-ci de son emplette, en faveur de quelque musée de sa circonscription. Donnant, donnant. Il troque constamment, et fait vivre ceux qui le font vivre, conduite louable, n'est-il pas vrai? Il est toujours prêt à passer à tout gouvernement, telle quantité de casse que l'on voudra, à condition qu'on lui passera, à lui, autant de séné. Ses électeurs le préfèrent, mille fois, à son prédécesseur dont ils n'entendaient jamais parler, que quand il montait à la tribune, pour prêcher l'économie et les réformes. Allez, il n'y a pas de danger qu'on les y reprenne! Il faut, dis-je, non seulement ne pas s'abriter de la pluie d'or, mais encore et bien plutôt se placer sous la gouttière et disposer le plus de récipients que l'on peut, pour recueillir, le plus possible, de l'ondée bienfaisante. Telle est la sagesse du parfait mandataire public!

M. Potin s'arrêta là de sa critique. Il s'apercevait, tout-à-coup, qu'il avait complétement perdu de vue le sujet de la thèse qu'il s'était proposée, qui était de taper sur ses hôtes, au moyen d'un de ces crochets ingénieux, qui constituent, en quelque sorte, le génie de la conversation, qui lui font suivre mille détours en moins d'une heure, ou qui, sans le moindre effort, lui permettent de franchir, ra-

11

pidement, les distances les plus étendues. Il
ne lui était pas plus difficile de parler des
Carford et de l'avarice, à propos de M. Forestan, qu'il ne le serait, à tout le monde, de
discourir de la vertu, en débutant par Louis
XV, de la générosité en parlant de Durat fils
ou de l'abnégation, au sujet de Jules Lesuisse.
L'antithèse, dans ce cas, est une ressource
précieuse pour ceux qui savent la manier, et
le banquet législatif pouvait l'amener, aisément,
à quelques allusions bien senties au diner qui
venait de se terminer. Mais M. Potin s'était
tout bonnement *emballé*, et il se trouvait, en
outre, assez confus, voyant qu'on les avait
pris au sérieux, des sophismes qu'il venait de
débiter, et qu'il aurait été le premier à censurer, émanant de tout autre que lui. Il masqua
donc sa retraite en prenant l'air d'un homme
qui aurait encore beaucoup à ajouter, mais
qui veut bien, par générosité, ne pas pousser
jusqu'au bout, ses avantages, et il sortit du
fumoir, laissant la société étonnée et presque
scandalisée. Il faut en excepter, toutefois,
MM. Vernou et Dumortier, qui avaient écouté
avec la plus grande attention, en échangeant,
entre eux, des regards expressifs, et M. Forestan, qui connaissait trop son ami pour prendre ses paroles au pied de la lettre, et qui se
trouva bien plus de la vérité en lui supposant

de l'humeur pour la contrainte et l'ennui qu'il
éprouvait dans la maison Carford. Quant à M.
Corbeau, il ressentit une réelle indignation
d'un pareil cynisme, et c'est à peine si M. Potin avait tourné les talons, qu'il s'élevait déjà
contre la dépravation du siècle, tonnant contre
des institutions diaboliques qui pervertissent
les mœurs, et faisant ressortir le contraste de
ces temps vertueux où, comme chacun sait et
témoins François Ier, Henri III et bien d'autres, l'exemple de l'austérité descendait directement du trône.

Le dessein de M. Potin était de faire acte de
présence, pendant quelques instants, auprès des
dames et de s'éclipser ensuite, adroitement.
Quand il pénétra dans le salon, il le trouva
plongé dans une demi-obscurité que Madame
Carford avait déclarée bien plus agréable pour
la conversation; c'est pour cette raison, bonne
ou mauvaise, mais à coup sûr économique,
qu'on n'avait allumé que trois ou quatre bougies, aux candélabres de la cheminée. Mais,
voyant entrer M. Potin, elle présuma que les
« messieurs » le suivaient et, en conséquence,
elle donna ordre d'illuminer une sorte de cons-
tellation en verres prismatiques, pouvant porter
une douzaine de bougies et qui pendait au pla-
fond, soutenue par une tresse rouge. Ce n'était
que dans les grandes occasions que le « lustre »

ainsi que le dénommait Madame Carford, apparaissait aux regards. En temps ordinaire, il était
tenu aussi soigneusement voilé que les reliques
d'Aix-la-Chapelle. Avant d'orner le salon d'un
négociant juif, il avait appartenu longtemps à
une cathédrale et c'est quand celle-ci l'avait mis
à la réforme que M. Carford l'avait acquis,
dans de bonnes conditions. L'illumination s'accomplit assez rapidement, grâce à une échelle
double qu'un domestique dressa sans cérémonie,
au milieu du salon et quand ce fut chose faite,
Madame Carford jeta, à la ronde, un regard
aussi fier que si elle eût été la femme d'un
mandarin, présidant à la Fête des Lanternes.

Un autre morceau de l'ameublement frappa,
sur le champ, le regard de M. Potin. C'était le
piano de Marie-Louise, immense coffre d'acajou
dont l'âge aurait dû inspirer un respect suffisant,
pour qu'il lui fût accordé une retraite honorable,
car, d'après une plaque gravée, incrustée dans
le couvercle du clavier et sur laquelle le facteur s'énorgueillissait du titre de « fournisseur
de la reine », il avait donné ses premiers sons
avant que Marie-Louise Carford ne poussât ses
premiers vagissements. On ne trouvait même
rien, dans son aspect, qui empêchât de penser
qu'il avait bien pu appartenir à une époque de
reines antérieure à l'impératrice dont Mademoiselle Carford portait les prénoms. Or, les

pianos ne sont pas précisément comme les vins ;
ils ont, bien plus vite, atteint l'âge de leur plus
grande valeur et il était regrettable qu'il ne fût
pas possible, par une interposition magique, de
donner au clavecin de cette maison la jeunesse
qu'on avait à reprocher à ses vins et de charger
ceux-ci d'une partie des années sous le poids
desquelles croulait l'instrument. Respect et repos à la vieillesse ! C'était un précepte grandement en honneur dans l'antique Sparte et qui
n'est pas déplacé, s'appliquant aux pianos.

Près de là se trouvait déployée et toute préparée, pour la circonstance, une redoutable
collection de caprices écœurants, de mélodies
fadasses, de romances abêtissantes, de sonates
extravagantes, tous morceaux cotés fièrement
cinq, six, sept francs et plus, espoir de renom
et de fortune de jeunes gens de génie qui,
moyennant de posséder des rentes ou d'avoir
la ressource d'une autre profession, purent
continuer à manger du pain à leur faim.
L'abondance de cette collection de chefs-
d'œuvre tenait à ce que M. Carford, se pro-
menant un jour le long des quais, avait eu
l'occasion d'en faire un solde en les extrayant
des cases à dix et quinze centimes où les avait
classés le marchand qui, lui, les avait achetés
au poids, comme vieux papiers.

Cette indication non équivoque des divertissements préparés pour la soirée qui allait commencer, fit froncer le sourcil à M. Potin. Raffiné en tout et jusqu'au bout des ongles, il ne comprenait et n'admettait pas plus le médiocre en musique qu'en fait de cuisine. Il se confirma donc dans la résolution qu'il avait déjà prise de faire une prompte retraite, ne voulant pas ajouter à la mauvaise impression que lui avaient déjà causée les Carford, le nouveau grief de s'entendre seriner par des airs assommants qui se répercuteraient jusque dans son sommeil. Il professait cette opinion que la mauvaise cuisine et la mauvaise musique sont particulièrement indigestes le soir.

Cependant, au milieu d'une étrange collection d'individus des deux sexes qu'il n'était guère possible de rencontrer que chez les époux Carford et qui confirmait pleinement le dicton « Qui se ressemble s'assemble », M. Potin distingua, formant contraste, comme des roses au milieu de broussailles, le gracieux bataillon de la jeunesse qui logeait sous le toit de M. Forestan. L'ami du négociant avait déjà eu l'occasion de remarquer l'une des charmantes nièces du docteur-doyen, Mlle Rachel Dawson, qui avait conservé beaucoup de l'éducation éclairée, dégagée et libérale des filles d'Albion et dont la conversation piquante, rehaussée parfois d'une pointe de fine raillerie, était pour sympathiser

avec l'esprit caustique de M. Potin. D'aucuns,
par contre, blâmaient la liberté d'allures de
cette demoiselle. Son *genre* ne paraissait pas
descendre, en droite ligne, des sévères préceptes de l'éducation donnée dans les couvents
français et dont l'influence est telle, qu'une fois
lancées dans la vie, celles qui en ont été favo-
risées s'abstiennent soigneusement, comme
personne ne l'ignore, de toute médisance,
évitent également le mot et la chose, fuient
les propos libres et les amants, nourrissent
leurs enfants, devoir sacré pour toute mère,
considèrent comme un crime de lèse-nature
d'atrophier, en leur personne, l'humanité en se
corsetant avec excès, connaissent la valeur du
temps et d'autres horizons que le Bois, les
théâtres et le cabinet de leur couturier; en un
mot, contrastent si avantageusement avec les
dames des pays du nord, lesquelles, peut-être,
possèdent trois ou quatre langues et un certain
nombre d'autres connaissances ; qui, en l'absence de leurs maris, peuvent les suppléer à la
tête de leurs affaires et, en sa présence, s'entretenir avec lui d'autre chose que de chevaux et
de coulisses, toutes choses qui, sans doute, ont
leur mérite, mais, néanmoins, tout à fait insuf-
fisantes pour contrebalancer le grave défaut de
n'être pas en état de « travailler » avec sa mo-
diste, de ne rien savoir du dernier calembour

du grimacier en renom et d'être d'une ignorance
crasse sur les mérites, tant publics que particuliers, du ténor à la mode.

Obéissant, sans qu'il s'en rendit compte, à
une sorte d'attraction sympathique, M. Potin
s'établit auprès de Mlle Rachel et, après l'avoir
amusée du récit qu'il lui fit, du diner auquel
il venait d'assister, sans presque y prendre
part, pourtant, il obtint, en échange, quelques
renseignements sur les autres personnages qui
avaient été, en même temps que lui, les convives
des époux Carford. Il apprit ainsi que Mme Laberthe était bien cette dame ayant un nom,
tenant salon politique et littéraire, bas bleu et
auteur, non pas à ses moments perdus, mais
de tous les instants, et tourmentée, par dessus
tout, de l'envie d'être l'Egérie d'un gouvernement. Elle avait déjà, sous la main, le Numa
sous le nom duquel elle projetait de régner, et
il n'était autre que son mari, sorte de Roland,
— celui de la Révolution — moins la capacité
et avec sensiblement plus de placidité et de
soumission. A ce que l'on disait, il était question de la candidature de cet homme passif
pour la circonscription de Villétrange, dont la
députation se trouvait vacante ; c'était probablement dans un but qui se rattachait à ce
projet qu'une entrevue avait été ménagée, par
le moyen du diner et de la soirée des époux

Carford, entre Mme Laberthe et MM. Dumortier et Vernon, les grands électeurs et, en fait, les dispensateurs tout puissants des suffrages de Villétrange. C'était M. Nicquart, le confident et l'homme d'affaires des deux partis, qui avait eu l'idée de cette réunion, et la maison de son beau-frère avait paru un lieu commode pour une conférence. On disait aussi que jusqu'alors les pourparlers, engagés par l'entremise de l'officieux M. Nicquart, n'avaient pas eu grand succès, MM. Vernon et Dumortier ayant coutume de poser certaines conditions à leurs protégés, en échange de leur influence toute puissante, et Mme Laberthe étant trop fière déesse pour accepter des entraves. Quant au placide Numa-Laberthe, personne ne songeait à lui demander son avis en cette occurrence et lui-même n'avait aucune idée qu'il dût l'offrir. C'est pourquoi son illustre épouse avait, probablement, jugé inutile qu'il assistât au banquet des Carford et il y avait beaucoup à parier qu'il se trouvât, dans le même moment, occupé à mettre au net, c'est-à-dire à recopier, un manuscrit de sa souveraine maîtresse.

Mlle Rachel qui, l'été, habitait Sainte-Adresse, où son oncle avait une propriété, avait quelquefois l'occasion de se rencontrer avec les Carford et avait pu entendre parler d'eux assez fréquemment pour connaître quelque chose de

11*

leur caractère. Elle partageait l'opinion de
beaucoup de personnes qu'ils étaient tout à fait
incapables de se laisser aller à aucune dépense
inutile et sans but. Ceci l'avait conduite à
rechercher quel pouvait bien être le mobile de
leur action, dans la présente circonstance, et
elle avouait n'avoir trouvé à se faire, jusque-là,
qu'une réponse assez incertaine. Elle comprenait l'invitation à dîner de la famille Bordier
et de M. et Mme Forestan, vis-à-vis desquels
les époux Carford étaient débiteurs d'un certain
nombre d'invitations ; la présence de Mme Laberthe et de MM. Dumortier et Vernon était
suffisamment expliquée. M. Corbeau avait dû
être désiré en sa qualité de directeur de la
maison de noviciat des ermites en herbe du
faubourg de Villétrange ; il disposait, par ce
moyen, d'une soixantaine de voix, outre celles
qui obéissaient à l'influence du duc de Rougefaucol, dont M. Corbeau était l'ami et le partenaire. De là les attentions que lui avait
prodiguées, pendant le dîner, sa voisine,
Mme Laberthe, et que M. Potin avait remar-
quées. Mlle Rachel admettait qu'ayant invité
M. Corbeau, les époux Carford se fussent crus
obligés de convier également les autres hôtes
majeurs de M. Forestan, bien que, elle se hâtait
de l'ajouter, ce ne fût là qu'une supposition,
laissant toute sa valeur à l'hypothèse contraire,

Mais, ce qu'elle ne pouvait admettre, c'est que, s'étant ouvert les veines pour donner un dîner, les amphytrions se fussent encore résolus à la dépense bénévole d'une soirée. Il était bien plus rationnel de penser que cette soirée avait aussi son but et Mlle Rachel avouait, en riant, que cette expectative constituait le principal agrément qu'elle s'en promit.

— Qui peut être assuré, ajouta-t-elle de ne pas jouer un rôle dans quelqu'une des profondes combinaisons de M. Nicquart ?

Cette perspective fut loin d'exercer le même effet réjouissant sur M. Potin. Il devint subitement soucieux et songeur, ne prit plus part à la conversation que par quelques monosyllabes et tout-à-coup, tressaillant à l'audition de quelques aigres notes que mademoiselle Marie-Louise tirait de son épinette, il salua brusquement mademoiselle Rachel et se dirigea, à grands pas, vers la porte.

Une sorte d'instinct lui soufflait qu'il était temps de s'éloigner de la maison Carford et, dans sa précipitation, c'est à peine s'il prit quelque précaution pour masquer sa retraite. Néanmoins, il échappa à presque tous les regards, car, au même moment, chacun s'était rapproché du piano, sur l'annonce faite par madame Carford, que sa fille allait chanter la romance de *Mignon*. Or, l'évocation du pays

« où fleurit l'oranger » n'était pas pour déplaire à ceux qui avaient passé quelques heures sous le toit réfrigérant du négociant hâvrais.

M. Potin enfila, délibérément, un certain nombre de pièces faiblement éclairées, peu ou point meublées, dans lesquelles son pas éveillait un écho sonore. Il était arrivé dans l'antichambre et s'inquiétait de retrouver son pardessus et son chapeau, quand un bruit d'interpellations, d'éclats de rire, de chants, de miaulements, un tumulte enfin se fit entendre et presqu'aussitôt la pièce se trouva envahie par une bande d'une douzaine de jeunes gens invités par madame Carford, pour ajouter aux agréments de sa soirée.

C'étaient de ces bons jeunes hommes, précieux pour chanter romances, chansonnettes, duos et chœurs, faire danser les dames, tenir le piano en procurant, par ce moyen, l'économie d'un scribe musical et enfin pour faire nombre. Pour peu qu'ils aient l'attention de se montrer discrets sur le chapitre des rafraîchissements et de choisir, de préférence, pour partenaires, les beautés un peu mûres, rien ne s'opposera à ce qu'ils soient déclarés « très-convenables » et qu'ils aient une petite clientèle de maisons où ils seront invités toutes et quantes fois leurs services seront jugés utiles.

Voulant faire honneur au salon dans lequel

ils se rendaient, ils s'étaient parés et adonisés
suivant les règles du dernier chic provincial.
Leurs boutons de chemise étaient en véritable
diamant du Rhin ou d'un superbe aluminium
et les pans de leurs habits étaient, pour la plupart, doublés d'une très belle lustrine. En outre, les têtes de la phalange tout entière, avaient
passé entre les mains d'un artiste habile qui,
moyennant un forfait de vingt-cinq centimes
l'une, les avait capoulisées d'une manière irréprochable.

Mais, il n'est écrit dans aucun code qu'il
faille se rendre l'estomac creux à une soirée
chantante et dansante et cela eût-il été, qu'une
exception aurait pu être considérée comme légitime, dès qu'il s'agissait de la maison Carford.
Les bons jeunes gens avaient donc préludé par
un repas en commun, dans lequel le chapitre
des spiritueux paraissait n'avoir pas été négligé,
à en juger par leurs faces enluminées et leur
air exhubérant et tapageur.

Sur le champ ils se formèrent en cercle,
obstruant ainsi toutes les issues. Ignorant que
l'antichambre fût aussi éloignée du salon et la
croyant, au contraire, contiguë à ce dernier,
ils projetaient de débuter inopinément par un
chœur qui, en annonçant leur arrivée, aurait eu
en même temps, le mérite d'une surprise pour
tout le monde et, au point de vue particulier,

d'une délicate attention pour les maîtres de la maison.

Après Kepler et Newton, ces grands géomètres de l'infini, quel profond calculateur entreprendra la tâche bien plus compliquée d'évaluer le volume du flot d'harmonie qui coule, depuis le commencement des siècles, sous la forme de compositions musicales, depuis les chants séraphiques qu'entendit Saint-Jean l'Apocalypse, jusqu'aux mélopées voluptueuses qui animent encore les initiés aux mystères des pagodes indiennes ; depuis les suaves mélodies interprétées par les Malibran et les Duprez, jusqu'au beuglement du chantre d'église au village, encadré par la voix criarde et vinaigrée des enfants de chœur ; depuis les accords si fameux des antiques harpes éoliennes, jusqu'aux mugissements des cuivres de Sax ; depuis le sublime des compositions de Mozart et de Weber, jusqu'à la trivialité mieux accueillie des scies de cafés-concerts. Des mers ont été desséchées ; des torrents sont devenus ruisselets, pour disparaître enfin tout-à-fait ; Louis XIV a cessé de vaincre et Boileau d'écrire ; le phylloxera tarit la source du vin ; des millions d'amours jurées immortelles ont trouvé leur terme ; le ciel et la terre, eux-mêmes, sont destinés à passer, selon une parole réputée divine. Le chant et l'harmonie seront constamment sur la terre, tant qu'elle

sera peuplée et dans le ciel ensuite, comme
déjà maintenant où leur pratique constitue, à ce
qu'il parait, l'occupation constante des cohortes
célestes. Les démons, eux-mêmes, chantent et
très-agréablement, ma foi, à en juger d'après
certains chœurs infernaux notés par de grands
génies musicaux et la voix vint-elle à leur
manquer, qu'ils n'en resteraient pas moins les
plus enragés des mélomanes, d'après ce qu'on
assure des transports qu'ils éprouvent en entendant les chants célestes, audition qui leur est
infligée comme complément du supplice d'être
rôtis sans interruption, jugé trop doux par la
justice du Père Éternel et la mansuétude des
saints docteurs, ses interprètes sur la terre,
auxquels nous sommes redevables de ces édifiantes vérités.

O puissance de sept notes !

Les jeunes artistes invités par madame Carford devaient, ce soir là, tourner une fois de
plus le robinet et enrichir les échos d'une composition inédite. Très-éclectiques d'ailleurs,
ils étaient incapables de chagriner les mélo-
distes plutôt que les harmonistes, en prenant
parti pour les uns au détriment des autres et,
nés au temps des Gluckistes et des Piccinistes,
ils se seraient désintéressés de leur querelle en
répétant, avec la servante des *Précieuses :*

Qu'ils s'accordent ou se gourment, qu'importe ?

Ils étaient donc convenus entre eux, de se permettre la plus grande liberté d'improvisation, estimant que pour un début, il s'agissait avant tout de faire du bruit. Ils se réservaient de refréner leur essor pour l'exécution des morceaux mieux classés, dans l'intérieur du salon.

La poésie que tentaient d'idéaliser ces remarquables artistes avait déjà rencontré un destin varié. Considérée dans son entier, elle servait de charpente au scenario d'un opéra en vogue ; découpée en minces languettes, elle décorait très-agréablement les parois de mirlitons à un sou ; enfin, les fabricants de cantates ou de morceaux pour les distributions de prix y trouvaient de précieuses ressources pour aider leur muse parfois rebelle. Il y a, par toute la terre, des gourmets pour toutes les bonnes choses et nos jeunes artistes étaient incontestablement des connaisseurs.

L'un deux qui, dans leur association musicale, portait le surnom de Bon-Bec, commença en solo avec une voix de basse aussi retentissante qu'un tonnerre ; puis un autre, qu'en vertu de la même licence on appelait Trombone, lequel était un ténor et un terrible, levant les yeux au ciel, alla chercher, dans des recoins cachés de son gosier, des sons rebelles à toute classification chromatique et qui auraient

étonné les Chinois qui ont su noter, dit-on, jusqu'aux huitièmes de ton ; enfin un troisième,
qui n'était ni basso, ni ténor, ni baryton, ni
soprano, mais qui semblait une vivante incarnation du cri, puisa dans ses poumons des
notes tellement perçantes, déchirantes et étour-
dissantes, qu'il entraîna le chœur dans un *tutti*
assourdissant, qui fit trembler les murs de la
demeure de Carford.

Pendant ce temps là, écrasé contre la muraille, le pauvre M. Potin ne faisait chorus que
par les rugissements qu'il poussait intérieurement. Se glissant peu à peu, il tentait de se
rapprocher de la sortie, dans le dessein de s'éva-
der. Il allait y réussir et touchait presque la
porte, quand le chanteur à la voix fantaisiste et
multiphone l'aperçut tout-à-coup et bondit sur
lui. M. Potin sentit deux mains nerveuses qui,
s'accrochant à ses épaules, le firent volter d'une
manière irrésistible, tandis qu'une voix joyeuse
le saluait des titres de copain et de brave camarade.

Qu'on se figure sa stupéfaction et sa terreur
quand, levant les yeux, il se trouva face à face
avec le compagnon de voyage qui lui avait causé
tant de soucis !

Il n'avait plus ni son cor de chasse, ni son
immense fourrure et pour tout dire même, sa
mise était d'un genre aussi fastueux que celle

des jeunes gentlemen, ses camarades. Mais, avec son habit noir collant sur des formes efflanquées et dont les pans battaient sur des jambes grêles, mais singulièrement élastiques et continuellement en trépidation, il évoquait le souvenir d'un de ces personnages sarcastiques dûs à l'imagination d'Hoffmann et au surplus il ne pouvait perdre, aux yeux de M. Potin, le caractère du neveu fatidique qui l'avait déjà tant épouvanté.

Le bourreau s'était campé devant sa victime et, en dix secondes, il eut fait vingt mouvements et poussé autant d'exclamations.

— Quelle chance! quelle rencontre!..... s'écria-t-il. A toi-z-à moi la paille de fer!.... Il y a un Dieu pour les bonnes gens!...

> Enfin quand je retrouve un ami si fidèle
> Ma fortune va prendre une face nouvelle.

Regardez, vous autres, voilà mon meilleur ami, une perle, un phénix! Qui il est?.... Ce qu'il est?.... D'où il vient?.... Questions téméraires, indiscrètes, malséantes, niaises et stupides, pour ne pas dire plus et rester dans les limites d'une politesse irréprochable dont je me suis fait une loi constante. Je ne veux pas connaitre quel est le crétin, parmi vous, qui m'a fait cette demande imbécile. Je respecte les incognitos et rend justice à l'empereur Joseph,

qui les inventa. *Connais-toi toi-même*, a dit
Zoroastre, mais il n'a pas dit de connaître les
autres, ni leur femme, ni leur serviteur, ni leur
bœuf, ni leur âne, ni rien de ce qui est à eux.
Ne connais rien ! Tel doit être, tel est le dernier mot de la vieille sagesse et pour honorer
ma mémoire et perpétuer le souvenir de cette
sublime découverte, vous vous devez, à vous-
mêmes, de vous fendre de cinquante centimes
chacun, pour m'élever une statue au pied de
laquelle on brûlera, en un immense auto-da-fé,
un acte de foi, entendez-vous ? qui durera plus
d'un siècle, toutes les sornettes imprimées par
les millions de philosophes, moralistes, histo-
riens, théologiens, bavards et raseurs des temps
passés et présents, qu'exécrera l'avenir régé-
néré, qui ont examiné, flairé et défloré toutes
choses, au souffle de leur haleine empestée.
Quoi, quand j'ai là, dans ma tête, une muse
divine, compagne céleste qui, sans cesse, à mon
commandement, fait passer devant mes yeux
les tableaux les plus enchanteurs et les plus
enivrants ; alors que j'ai, de tous côtés, un horizon de grâces, de beautés et de perfections
que mon imagination varie et renouvelle, sans
cesse, vous voudriez, barbares, que je consen-
tisse à me rabaisser à votre niveau terre à terre,
et à scruter la froide, la laide, l'ignoble réalité ?
Vous voulez, que je ne me sois pas nourri

de la manne céleste, mais d'un affreux ragoût
apprêté par une sorcière au nez roupillant!
Vous prétendez que ce n'est pas la Madeleine
qui a versé ses parfums sur ma tête, mais un
sale frater qui m'a enduit de ses graisses ran-
cies! Vous soutenez que je ne suis pas, en ce
moment, sous l'influence de la liqueur olympienne, versée dans des coupes de diamant, par
la main divine d'Hébé, mais sous celle de
l'ignoble vin du broc, mixture chimique et infernale servie sur le zinc par un infâme mastro-
quet! Arrière, mécréants! vous ne pouvez rien
sur moi. Ma maîtresse est la fiction; divinité
toute puissante, elle me couvre de son égide,
comme Minerve couvrait Télémaque. Elle se
montre bonne et généreuse, même pour vous
qui ne le méritez guère, car, Circé au rebours,
elle sait vous transformer et vous faire paraître,
à mes yeux, non comme vous êtes réellement,
compagnons d'Ulysse au sortir de la caverne,
mais êtres à face humaine avant d'y entrer.
Oui, je vous trouve beaux, nobles, grands, magnifiques; je suis Charlemagne et vous êtes
mes douze pairs. Le monde entier retentira de
nos prouesses et ensuite nous prendrons place
autour de la Table, qu'elle soit ronde, ovale,
carrée, pentagonale, peu importe, pourvu qu'il
s'y trouve à boire. Et quant à mon favori, mon
Roland, *Deo incognito*, je le vois tantôt rouge

comme une écrevisse et je me le figure grand
chef des prairies, venant fumer avec nous le ca-
lumet de l'amitié et tantôt jaune comme un
coing et alors il m'apparaît comme un mandarin
respectable que la reconnaissance et l'admiration de ses concitoyens transformeront, après
sa mort, en un magot fameux. Deux amis dans
un même corps ! Les dieux sont-ils assez généreux ? Voilà mes principes *Gaudeamus !*

Toute la bande applaudit à cette faconde de
l'ivresse, sans y avoir compris grand chose et
comme les hautes galeries acclament le chanteur
au moment où il pousse ses cris les plus aigus.

Quant à M. Potin, ce n'était pas l'imagination de son pseudo-neveu qui le faisait paraître
changeant de couleur. La vérité était qu'il
avait le vertige et que son sang affluait, en
masse, tantôt au cerveau, tantôt au cœur.
Comme s'il eût voulu se soustraire à l'obsession
qui le dominait, il étendit les mains et fit quelques pas en trébuchant ; mais la griffe impi-
toyable du jeune homme le harponna de re-
chef ;

— Quéq'c'est qu'ça ? fit-il. Est-ce que tu
voudrais déjà nous quitter, gros déserteur ? En
voilà une conduite, pour un mandarin ! Mais, tu
te feras ôter le bouton, mon pauvre vieux ! Çà,
pas de bêtises ; nous sommes ici pour nous
amuser et non pour perdre notre temps.

Joyeux troubadours, enfants du plaisir.

entonna le chœur.

— Est-ce qu'il chante, votre ami ? demanda Bon-Bec.

— Vous chantez, mon brave camarade ?.... Oui, je crois bien que je vous ai entendu quelque part, au beuglant des Poissardes velues ou à l'Opéra. Attention au commandement ! Nous commençons au quatrième temps. Une, deux, trois, partez !...

Et le jeune homme marqua une mesure aussi développée que la rotation des ailes d'un moulin. Mais, bien entendu, aucun son ne sortit de la gorge desséchée et contractée de M. Potin.

— Ah bien ! fit le tortionnaire, il faut avouer que vous êtes un gaillard difficile à amuser. Mais nous sommes des anges de patience et nous avons d'autres ressources dans notre sac. Puisque le chant vous déplait, essayons de la danse. En avant la musique !

Et, sur un signe que leur fit le jeune chef, Bon-Bec et Trombone saisirent le malheureux M. Potin chacun par un bras et le contraignirent à faire vis-à-vis à son bourreau qui, tant sur les mains que sur les pieds, exécutait un incroyable cavalier seul, pendant que le reste de la bande tournait autour d'eux, en vociférant une ronde infernale.

Cette scène bouffonne et scandaleuse ne prit fin que quand ces jeunes fous, se tordant de rire, n'eurent plus la force de maintenir M. Potin, ce qui lui permit de s'élancer, d'un bond, dans un cabinet attenant, servant de vestiaire pour la circonstance. Au même moment, d'ailleurs, une porte s'était ouverte et un domestique, attiré par le bruit, avait invité les jeunes mélomanes à le suivre au salon.

Le vestiaire avait été confié, par Mme Carford, à la garde de deux jeunes demoiselles, filles de sa cuisinière, et il rappelait par son organisation, celui d'un bal resté célèbre dans les fastes du château de Versailles et par lequel, ont prétendu certaines mauvaises langues, le chef d'État d'alors voulut donner, en petit, un aperçu des aptitudes de son gouvernement. Tout avait été jeté pêle-mêle, au hasard, et les jeunes préposées, puisant dans le tas, s'amusaient à essayer sur elles-mêmes et à inventorier les manteaux, paletots et chapeaux.

C'est tout au plus si, d'un ton étranglé, M. Potin put donner l'indication de ce qui lui appartenait en ajoutant, pour faciliter les recherches, que son nom était inscrit sur la coiffe de son chapeau. Après des fouilles laborieuses, on lui en présenta un de la forme ridicule d'un petit pain de sucre, qu'il repoussa d'un geste féroce.

— Vous ne savez donc pas lire? s'écria-t-il exaspéré.

— Comment, pas lire ! répliqua la demoiselle d'un ton froissé. C'est plutôt d'autres que moi qui ne savent pas lire. Il y a bien marqué *Potin.*

M. Potin se ressaisit du chapeau et y plongea le nez avec avidité, au risque d'être suffoqué par la concentration des odeurs âcres qui s'y trouvaient accumulées. Fatalité ! Le nom était à peine visible sous l'épaisseur des couches graisseuses qui l'avaient à demi effacé. Pourtant, la finale *otin* ne pouvait faire l'ombre d'un doute ; mais, pour la majuscule initiale, le doute conservait toute sa redoutable puissance et la partie supérieure, qui en était seule visible, laissait absolument indécise la question pendante entre le *P* et le *B.* M. Potin gratta avec l'ongle ; il ne réussit qu'à enlever ce qui restait de la lettre et à se salir les doigts.

Circonstance aggravante, le prénom était indiqué par l'abréviation *Alex.;* or, M. Potin se souvint que le prénom de son frère était Alexis, et quoi de plus commun qu'un fils portant le même prénom que son père?

A la fin, son pardessus et son chapeau se retrouvèrent et il s'élança hors de la maison Carford, en maudissant, de toute la force de son âme, le jour néfaste où il avait quitté son refuge tutélaire de Paris.

VII

La tête en feu, le corps inondé d'une sueur froide, tout son être en proie à un tremblement convulsif, les vêtements en désordre, M. Potin fuyait avec les ailes de l'épouvante, comme un malfaiteur poursuivi par les sergents et non sans exciter l'étonnement des passants qu'il croisait dans sa course désordonnée.

Où allait-il? Il ne s'en rendait pas compte; mais, subjugué par une terreur folle qui lui ôtait toute faculté de réflexion, il obéissait à une sorte d'instinct qui lui criait qu'un ennemi était sur ses talons. Les hasards de sa fuite le ramenèrent plusieurs fois tout proche de la maison Carford, sans qu'il s'en aperçût, et ce ne fut qu'au bout de trois quarts d'heure de cette course vagabonde qu'il tomba épuisé sur un banc d'un boulevard.

Alors, et au fur et à mesure que s'apaisait cette surexcitation nerveuse, il se sentit reprendre possession de ses esprits. Il eut honte, à ses

12

propres yeux, de sa terreur, car, en somme, il
était loin d'être poltron ; mais il s'était trouvé
comme suffoqué par cette apparition inopinée
d'un être menaçant dont, au contraire, il avait
pu se croire délivré. Il rougit au souvenir du
traitement indigne que lui avait fait subir une
bande qu'il n'hésita pas à déclarer être composée de vauriens et, dans sa fureur, il jura
qu'il ne reconnaîtrait jamais, pour son parent,
le garnement qui avait été le boute-en-train de
la comédie ignominieuse dont il venait d'être le
jouet.

La lumière se faisant, de plus en plus, dans
sa tête, il vit clairement qu'il n'y avait eu là
rien de fortuit, mais une rencontre ménagée
par le perfide Nicquart qui, ne dormant pas
lors du voyage en chemin de fer, ainsi qu'il en
avait fait semblant, avait entendu toutes les
paroles du jeune homme, s'était mis à sa recherche, ce qui avait dû aboutir sans grande
difficulté, l'individu étant de ceux-là, dont le
passage, partout où ils vont, laisse trace et
souvenir, et avait projeté de faire retrouver
l'oncle par le neveu. Dans quel but ? M. Potin
n'en savait rien ou plutôt considérait, comme
motif suffisant, la préoccupation constante et
intéressée des hommes d'affaires, de robe longue ou courte, de faire surgir des incidents
dont ils puissent espérer tirer profit.

Ce qu'il fut plus longtemps à s'expliquer, c'est la conduite du jeune homme à son égard, car, il fallait avouer que c'était s'y prendre singulièrement, pour un neveu, que de traiter, de pareille manière, un oncle dont il devait tendre, au contraire, à se concilier l'appui et les bonnes grâces. Mais, en y réfléchissant, il se dit que, sur ce point, le hasard seul et non la diplomatie de M. Nicquart avait dû opérer, et que ce dernier, en faisant venir le jeune homme à la soirée des Carford donnée à cette intention, — ainsi paraissait expliqué ce que Miss Rachel Dawson n'avait pu comprendre, — ne l'avait probablement averti de rien, afin de laisser, à la rencontre qu'il avait préparée, tout le mérite d'un naturel que sera toujours impuissant à rendre l'acteur le mieux en possession de son rôle.

C'était aussi le hasard qui, militant pour M. Potin, lui avait soufflé de battre en retraite de la maison Carford, mais non sans lui faire payer cette protection, en le rendant victime d'une indigne bouffonnerie, à l'instar de ces génies, dont le caractère était tel, qu'ils n'auraient su rendre un service, sans y mêler quelques grains d'amertume.

La résolution de M. Potin fut vite arrêtée. Faisant un énergique appel aux convictions de libre possession et de *self* qui vi-

braient si profondément en lui, il se dit que
nulle considération, nulle puissance au monde
ne pourraient le contraindre à assumer une
parenté qu'il repoussait, plus que jamais, avec
horreur. En pleine conscience de la liberté
imprescriptible de son être, il se sentit la force
de faire tête à ses adversaires et de lutter contre
eux, en face. Néanmoins, il éprouva quelque
honte à la pensée de reparaître en public, après
la scène ridicule dont il avait été le piteux
héros et, d'autre part, il fut d'avis que ce serait prendre une belle revanche et battre ses
ennemis, de façon supérieure, s'il parvenait à
se rendre insaisissable pour eux, et à les laisser
se consumer en efforts impuissants. L'affreux
Nicquart y perdrait les honoraires, la commission, le bénéfice, dont il nourrissait sans doute
l'espoir attrayant et son temps, ses frais et ses
avances par dessus le marché. Et quant au
neveu, fantôme tout prêt à sonner l'hallali
dans cette chasse à l'oncle, il souffrirait tout
le tourment de ces courses fantastisques, où
veneurs et piqueurs volent haletants, sans relâche, à la poursuite d'un gibier qui leur échappe
éternellement.

Mais, pour cela, il fallait absolument, à M.
Potin, la protection invincible de la Maison, et
c'est sur le moyen de regagner, le plus promptement possible, cet abri tutélaire, que toutes

ses facultés furent, dès lors, concentrées. C'est alors qu'il se repentit du temps précieux qu'il avait perdu dans sa course folle, et que M. Nicquart avait dû mettre à profit. Toutefois, il ne s'endormit pas dans de stériles regrets. Il entra dans un café où il écrivit, rapidement, quelques mots à M. Forestan, pour lui annoncer qu'une affaire subite et imprévue, le rappelait immédiatement à Paris, d'où il devrait, probablement, repartir pour un assez long voyage. Il priait, en conséquence, son ami de lui retourner son bagage.

Que M. Forestan dût se contenter de ces explications et de la manière dont elles étaient données, c'est ce dont M. Potin ne se mettait le moins du monde en peine, non plus que des conjectures auxquelles il allait donner lieu. Tout cela disparaissait, à ses yeux, devant la nécessité, pour lui, de se garer de la maison du négociant, où ses adversaires en éveil, viendraient immanquablement le prendre au gîte. Il évita, par le même motif, la gare du chemin de fer où une surveillance était peut-être établie déjà, et il s'avança, avec précaution, le long des quais, en rêvant au moyen d'échapper à toute poursuite. Un bateau était justement en partance pour Honfleur; M. Potin n'hésita pas à s'y embarquer, malgré l'état de la mer qui était agitée et qui le mit mal à

12*

l'aise, durant cette courte, mais difficile traversée.

Ce fut avec une réelle satisfaction qu'il foula le pavé de Honfleur, et ce premier succès lui fit espérer que ses poursuivants eussent perdu sa piste. Il ne lui restait plus qu'à les gagner de vitesse, afin qu'ils ne fussent pas à lui barrer le chemin, à sa rentrée à la Maison.

Malheureusement, le dernier train de la journée, allant vers Paris, était déjà parti et il se voyait obligé d'attendre jusqu'au lendemain matin; il s'en consola en songeant que son départ du Hâvre, ne serait connu que le lendemain également, quand M. Forestan recevrait sa lettre et que, vinssent-ils à l'apprendre aussitôt, ses persécuteurs n'en seraient pas moins dans l'impossibité de le rattraper, ignorant d'ailleurs la route prise par lui.

Ressentant l'effet calmant qui résulte, ordinairement, d'une résolution arrêtée, il prit une chambre à l'hôtel et, soit que l'émotion eût creusé son estomac, soit l'effet de sa sobriété dans la maison Carford, il soupa préalablement et d'assez bon appétit. Mais la crainte de manquer le premier train du matin, et un certain reste de surexcitation le tinrent éveillé toute la nuit qu'il employa à se confirmer dans sa résolution, et à mûrir son plan.

Il fut sur pied bien avant le jour et, près

d'une heure avant le départ du premier train, il était déjà à la gare.

Le voyage s'accomplit sans encombre pour lui. A Mantes, point de jonction des lignes du Hàvre et de Honfleur, il hasarda un regard et ne découvrit rien de suspect dans le flot de voyageurs qui se rendit au buffet et à la buvette. Il quitta également, sans incident, la gare de St-Lazare, à l'arrivée à Paris, et prit une voiture qu'il fit arrêter à quelque distance de la Maison. Il s'aventura alors à pied et en regardant de loin, car, au dernier moment il lui était venu la crainte que ses adversaires ne l'eussent précédé, dès la veille; mais tout lui parut calme. Il sonna, bondit dans la cour et, quelques instants après, il se retrouva chez lui où il se laissa tomber dans un fauteuil, en poussant un soupir de soulagement.

M. Potin avait peut-être quelque droit de se réjouir et de s'enorgueillir de la réussite d'une retraite bien autrement méritoire, à ses yeux, que celle de Xénophon ; mais tout n'était pas fini et il prit immédiatement ses mesures pour parer à un retour offensif.

Une interdiction générale et absolument sans réserve fut prononcée contre tous visiteurs, auxquels on dut répondre que « monsieur Potin n'était pas visible, » en s'abstenant strictement de tout autre commentaire. Les domestiques

reçurent cet ordre sans sourciller, en gens
habitués aux caprices et professant cette doctrine que ceux-là peuvent avoir légitimement des
fantaisies, qui ont le moyen de se les passer.
Toutes demandes d'accès auprès de M. Potin
devant être considérées comme nulles et non
avenues, il prescrivit qu'on s'abstint même de
lui en faire part et il voulut les ignorer.

Quant aux lettres qui vinrent bientôt, en
grande quantité et dont une notable partie
émanait de la source que redoutait M. Potin,
ce fut le cas ou jamais de leur appliquer le
fameux expédient renouvelé du cardinal Dubois et le pensionnaire de la Maison n'y faillit
pas, en le perfectionnant toutefois, car, au lieu
de laisser les missives s'accumuler, non déca-
chetées, sur son bureau, en attendant qu'elles
eussent atteint l'âge voulu pour faire prononcer, contre elles, la sentence de l'inci-
nération, il ne voulut même pas les apercevoir,
ni en connaître la provenance et le nombre et
Jean, le fidèle et dévoué serviteur, eut l'ordre
de les enfouir dans une cassette, véritable
tombeau des secrets, dont elles pourraient être
exhumées, qui sait ? sur les vieux jours du
maître, c'est-à-dire quelque trente ans plus tard,
pour lui procurer un passe-temps sans émotion.

Le service intérieur de la Maison était organisé avec un soin et un art qui prévoyaient

tous les cas sans qu'il fût besoin d'aucune intervention des pensionnaires. Pour le reste,
M. Potin avait-il besoin d'argent ? Il signait un
chèque sur la maison de banque qui était
chargée du recouvrement de ses revenus et Jean
allait en toucher le montant. Tailleur, bottier,
chemisier avaient la mesure exacte de leur
client et, au besoin, Jean était assez expert pour
la contrôler.

Mais, dira-t-on, *on n'est pas de bois* et n'y
avait-il pas des fonctions plus intimes auxquelles
Jean, malgré son caractère d'universalité, n'aurait pu satisfaire qu'au moyen d'une délégation
qui n'aurait pas rempli précisément le but de
son maître ? A cela, il est difficile de répondre
d'une manière positive et s'il est généralement
d'usage, de nos jours, de se glorifier publiquement de ses conquêtes et de les étaler avec vanité, telle n'était pas la coutume de M. Potin
qui, au contraire, persistait à faire mystère
de ce qui semble vouloir et aimer le mystère.
Mais si, à ce moment-là, son cœur était attaché
par des liens trop tenus pour pouvoir être rom-
pus, il est à présumer qu'une exception à la
consigne put être consentie en faveur de l'aimable personne qui était l'objet de cet attachement et que le factotum Jean ne faillit pas
à remplir, vis-à-vis d'elle, ces fonctions d'introducteur discret et empressé que se dispu-

taient les plus grands seigneurs, auprès de nos
anciens rois. Dire s'il s'en acquittait avec le
tact exquis qui distinguait les descendants des
preux serait une digression qui nous écarterait,
par trop, de notre sujet ; Jean et les siens ne
se sont pas encore vu ouvrir les portes du
noble faubourg et la preuve de leurs hauts faits
n'offrirait pas le même intérêt que pour ceux
qui ont illustré les familles de Saint-Aignan,
de Richelieu et tant d'autres.

Aussi bien, il n'y a là qu'une supposition
touchant une situation éventuelle et, dès l'instant
où l'on soutient, mordicus, la réalité de la conti-
nence de quelques centaines de milliers de gaillards portant robe ou soutane, sains et dispos,
vivant généralement bien, et malgré le trouble
dans lequel peuvent les jeter les narrations ultra-
intimes que viennent leur chuchoter de jolies
pénitentes aux yeux vifs, aux traits agaçants et
sentant bon, on serait souverainement injuste
en refusant, temporairement, la même vertu à
M. Potin qui avait, par son caractère, beaucoup
d'un philosophe cynique de la Grèce antique et
dont l'esprit d'ailleurs, à ce moment-là, était
préoccupé, au plus haut degré, du perfection-
nement continuel de son système de défense.
Ce qui est certain, c'est qu'une exception, s'il
s'en permit, n'infirma pas d'une manière essen-
tielle sa ligne de conduite et que, dans la

grande ville de deux millions d'êtres humains,
il se trouva, volontairement, aussi isolé qu'un
prévenu au secret. Il réalisa, en un mot, la
théorie de la liberté dans l'esclavage même,
dont l'exposé valut un prix de sagesse au jeune
Télémaque, devant les jurés de Salente.

Restaient les journaux comme seul lien qui
le rattachât, en quelque sorte, à la Société. Mais
parcourant les annonces, il trouva, un jour,
l'avis ci-après :

» M. Achille Potin, dont le frère Alexis Potin
» est décédé il y a quelque temps, fermier et
» négociant au Mexique, est prié de se pré-
» senter en l'étude de Mᵉ Adron, notaire à
» Paris, pour une communication intéressante. »

Les bras lui en tombèrent de stupéfaction. Il
Il ne s'arrêta pas à se demander par quelle singularité il était convoqué chez un Mᵉ Adron,
notaire, alors que M. Nicquart devait, bien
certainement, s'être chargé de tous les intérêts
de son protégé. Il ne vit là qu'un piège grossier
et une tentative de ses adversaires de le faire
sortir de ses retranchements, en le harcelant.
Peut-être cette tactique allait-elle être continuée
et accentuée ; il devait s'attendre à tout et, à
des invitations insidieuses et perfides, succède-
raient, probablement, des attaques plus prononcées, sous la forme d'articles, de faits
divers, d'informations, que pouvait-on savoir ?

Qui ne sait quel redoutable pouvoir possède la Presse pour tourmenter le monde ?

— Sera-t-il dit que je ne réussirai pas à avoir la tranquillité ? s'écria-t-il avec une sorte de grincement de dents.

Il jeta au feu le journal et, donnant ordre à Jean de ne plus lui en remettre, il détruisit ainsi la dernière voie par laquelle il eût encore quelque communication avec le monde, sans s'inquiéter s'il ne s'entêtait pas dans une voie sans issue.

Vanité des projets humains ! Livré à ses méditations, M. Potin aurait pu les faire porter utilement sur cette maxime énoncée sous diverses formules, d'après laquelle on peut espérer réussir, dans toutes entreprises, à l'aide de persévérance, ce qui ne laissait pas d'être encourageant, pour lui peut-être, mais à coup sûr aussi pour les projets de ses adversaires. Il aurait dû approfondir la menace formulée dans le livre des Prophètes, contre les superbes : *Dispersit superbos...* Enfin ses pensées, em brassant les enseignements toujours si éloquents de l'histoire, il aurait reconnu qu'il n'est aucune place réputée imprenable qui n'ait fini par succomber et que si Gibraltar, au dix-huitième siècle, fit exception, il faut en accuser ce sort néfaste qui, toujours, s'est acharné contre les entreprises tentées en participation, par les

Espagnols et les Français, depuis le pacte de
famille qui ruina les deux nations et la réunion
de leurs flottes, qui aboutit à Trafalgar, jusqu'à
l'association Prim-Napoléon III qui nous con-
duisit au Mexique ; et depuis les emprunts
espagnols, qui vidèrent notre bourse, jusqu'au
Crédit mobilier de même nationalité qui aura
quelque peine à la remplir.

Ainsi qu'avait eu raison de le présumer
M. Potin, la partie adverse ne s'endormait
pas. M. Nicquart et son jeune client étaient
revenus ensemble, à Paris, bien décidés à agir.
Toutefois, prétextant diverses affaires, l'ex-
avoué avait, tout d'abord, lancé en avant son
protégé.

Celui-ci avait écrit, tant par lettres simples
que par lettres recommandées ; il s'était présenté de diverses manières, sous différents
prétextes et même en empruntant des déguis-
ements. Tout cela avait été inutile et le jeune
homme n'avait pas même réussi à dépasser le
seuil de la grille d'entrée. Il était revenu, assez
déconfit, auprès de M. Nicquart.

L'homme d'affaires avait son plan, non moins
que ce foudre de guerre qui s'illustra, par ses
discours, lors du dernier siège de Paris. En
envoyant son jeune client se casser le nez,
d'une manière certaine, contre les premiers
retranchements de la Maison, il avait eu en

13

vue de lui démontrer, expérimentalement, la difficulté que présentait l'attaque et le besoin qu'il avait d'un soutien.

C'est alors qu'il entra en ligne, à son tour. Il écrivit à M. Corbeau, en son logis de la Maison, pour lui demander une entrevue à l'effet de conférer avec lui de tout ce qui pouvait être de l'intérêt de la religion, dans la prochaine élection de Villétrange. C'est avec le plus grand empressement que le zélé défenseur de l'Église accueillit cette ouverture et bientôt, M. Nicquart eut cette première satisfaction de se voir dans la place, en investigateur, avantage immense en pareil cas.

Il se tint, dans la conversation qu'il eut avec M. Corbeau, sur le terrain d'une phraséologie assez vague, quant à l'élection en elle-même, car si l'accord paraissait, moins que jamais, sur le point de se faire entre MM. Vernon et Dumortier, d'une part, et la fière Madame Laberthe, de l'autre, l'homme d'affaires n'en était pas moins jaloux de tenir en réserve, par devers lui, le concours de M. Corbeau, afin de s'en faire, plus tard, un mérite auprès du parti Laberthe.

Mais ayant jeté les yeux, comme par distraction, sur la bibliothèque de M. Corbeau, il s'en approcha de plus près, s'extasia sur le mérite et la rareté de plusieurs ouvrages, poussa des

petits cris de pamoison à propos de certains
bouquins théologiques, dont la science profonde
est tellement respectée que jamais personne n'a
l'idée de la mettre à contribution, et enfin parut
ne pouvoir contenir son enthousiasme à la vue
de ces Pères aussi complaisants que doctes,
Escobar, Reginaldus, Lessius et cinquante
autres signalés par Pascal, fameux en leur
temps, bien que depuis leurs continuateurs les
aient tenus politiquement dans l'ombre, comme
bavards et compromettants, mais que M. Corbeau avait à cœur de sauver d'un oubli immérité. Il y avait là, prononça M. Nicquart, des
trésors qu'on rencontrerait difficilement ailleurs
et il demanda la permission d'amener, pour
qu'il pût en faire son profit, un jeune homme
destiné à devenir une des lumières de l'Église,
si la grâce de Dieu continuait à l'éclairer et qui
s'occupait, au même moment, d'un grand travail d'exégèse.

L'autorisation fut accordée très-gracieuse-
ment et le lendemain les cerbères de la porte
durent laisser passer, muni d'un sauf-conduit
de M. Corbeau, le même individu qu'ils recon-
nurent pour l'avoir rebuté, plusieurs fois, dans
l'intérêt de M. Potin. Ils balancèrent s'ils
n'avertiraient pas ce dernier, bien qu'il eût
donné des ordres précis pour qu'on ne l'infor-
mât de rien. Mais la discipline était forte et

sévère, dans l'organisation de la Maison et ses
fondateurs, dans leur présomption d'avoir
pourvu à tous les cas, avaient fait une loi, a
la domesticité, de ce précepte orgueilleux de
Talleyrand : Surtout, pas de zèle!

Tout bien pesé, les gens résolurent de laisser
aller les choses.

Le jeune homme se trouva donc, à son tour,
avoir forcé la première enceinte de la redoutable Maison ; mais, comme si la malignité du
sort eût voulu lui faire payer ce premier avantage, il eut à subir de la part de M. Corbeau,
un examen embarrassant touchant ses études
sur le terrain sacré et un commentaire interminable et mortellement ennuyeux sur chacun
des ouvrages qu'il était sensé avide de consulter.
Le pseudo-exégète s'en tira à l'aide de tout
l'aplomb dont il était susceptible ; M. Corbeau,
lui-même, avait plus d'ardeur que de science
réelle et de ce concert résulta une dissertation
fantaisiste dont on aurait pu extraire cinq ou
six propositions malsonnantes, sentant l'héré-
sie et de nature à faire frémir les mânes des
Augustin, des Origène ainsi que de tous les
sorbonnistes dont l'esprit hantait la bibliothèque
de M. Corbeau.

A la fin ce dernier, appelé à une séance d'un
comité pour l'organisation d'un pèlerinage sau-
veur et réparateur, ne sais quel, dut laisser

son interlocuteur s'absorber dans ses recherches théologiques ; mais, malheureusement pour les projets et la commodité du jeune homme, il lui restait la compagnie du domestique de M. Corbeau, rat du plus beau poil, ancien bedeau qu'un curé avait bien voulu céder au zélé défenseur de l'Eglise. Mais le jeune client de M. Nicquart était un garçon de ressources ; il s'insinua adroitement et peu à peu dans les bonnes grâces de l'ex-porte-baleine et il ne tarda pas à s'assurer qu'il possédait, comme tous ses confrères, cette hypocrisie d'allures qui peut trouver son excuse dans la nécessité où ils sont d'affecter un air de constante cafarderie. Que de sceptiques pourtant parmi ceux-là qui sont accoutumés au voisinage immédiat et au maniement journalier des choses sacrées, tandis qu'au seuil du temple, loin des coulisses ou sacristies, le publicain croit et prie avec ferveur !

De progrès en progrès, le jeune homme en arriva bientôt à obtenir de précieux renseignements sur l'organisation et les pensionnaires de la Maison. Il apprit ainsi que M. Potin habitait justement le même pavillon que M. Corbeau et, sans éveiller aucun soupçon, il eut l'art de se faire indiquer la situation précise de son appartement.

S'enhardissant de plus en plus, il risqua l'offre d'une cigarette qu'il sut faire accepter en

prêchant d'exemple. Bonne fortune pour le
rat d'église qui était un amateur, bien qu'il
dût agir de précaution, vis-à-vis de M. Corbeau qui condamnait le tabac en raison de son
origine relativement moderne. D'épaisses fumées
provenant de la combustion de l'herbe de
Nicot vinrent bientôt s'ajouter aux ténèbres
prétentieuses et intéressées dans lesquelles se
complaisent les écrits théologiques ; bientôt
aussi les deux fumeurs se sentirent altérés,
du moins le jeune exégète prétendit l'être et
son partenaire, flairant qu'il en résulterait
quelque chose, fit la même confession.
Mais quoi ! M. Corbeau connaissait la doctrine
de la faiblesse de la chair, et il n'avait garde
d'induire en tentation son serviteur en laissant à sa portée ces liquides pernicieux appelés vins, bières, liqueurs, qu'ignorèrent les
saints. Il vivait d'ailleurs sobrement et s'il
persistait à conserver un pied-à-terre dans
l'ultra-confortable Maison, ce n'était que dans
l'espoir d'y réaliser, un jour, quelque conversion. L'eau seule était en abondance chez lui,
car il se doutait bien que son domestique,
pauvre pêcheur, manquait de la foi et de la
vertu nécessaires pour renouveler le miracle
des noces de Cana. Mais si, comme l'assure
la chanson, tous les méchants sont buveurs
d'eau, les fumeurs doivent être de bonnes

gens, car, généralement, ils ne l'aiment guère, portant leur préférence sur des breuvages moins fades, et l'ex-bedeau ne faisait pas exception à cette règle. Le jeune homme n'en doutait aucunement et, apercevant enfin le but et la récompense de ses efforts, il frappa un dernier coup. Il émit cette opinion, qu'aucun docteur n'a condamnée, qu'il est permis de boire quand on a soif, vanta la marchandise d'un établissement voisin et, glissant une belle pièce de cinq francs en argent dans les doigts du domestique, qui ne firent aucune résistance, il le pria d'avoir la complaisance d'aller chercher deux canettes de bière.

A peine l'ex-bedeau eut-il tourné les talons, que le client de M. Nicquart s'élança, à son tour, au dehors et chercha à s'orienter. La porte de l'appartement occupé par M. Potin était devant lui, sur le palier; mais, au moment d'y sonner, le jeune homme réfléchit sur ce qu'il avait appris de l'organisation du service de la Maison, à savoir qu'une visite y était toujours annoncée par un signal électrique du concierge. Il devait donc craindre d'éveiller les soupçons, et de rencontrer porte close, par le manque de cette formalité préalable; mais il songea à l'escalier de service et il s'était formé, dans son esprit, une idée si nette et si exacte de la disposition des lieux, qu'il ne tarda pas à le trouver, ainsi que la porte donnant accès chez

M. Potin. Mais que faire si elle était également fermée? Le cœur du jeune homme eut des battements plus précipités; il était décidé à triompher de ce dernier obstacle et il se demandait s'il userait de force ou d'adresse, quand, tournant le bouton, il eut la joie inespérée de n'éprouver aucune résistance et de sentir glisser la porte. Ce ne fut pas, toutefois, sans un léger bruit qui suffit pour faire lever la tête au fidèle Jean, occupé près de là, et qui resta stupéfait à l'apparition d'une figure inconnue. Sans avoir reçu aucune confidence de son maître, il se doutait que les mesures prises, depuis quelque temps, étaient en vue de parer à une obsession de l'extérieur et, flairant le danger, il fit tête bravement et barra le chemin à l'intrus. Mais celui-ci n'était pas de ceux qui succombent en vue du port; ses deux mains s'abattirent sur les épaules du domestique et, en même temps, mettant à profit les enseignements qu'il avait retenus des cours où sont pratiqués les exercices du corps et dans lesquels il avait toujours brillé, il lui envoya, en pleine poitrine, un maître coup de tête qui jeta par terre le courageux Jean. Le chemin devenait libre, pour un instant; le jeune homme s'élança par la première porte qu'il rencontra devant lui, et se trouva face à face avec M. Potin, qui accourait au bruit. Tout essoufflé, il n'en lança pas moins, aussitôt, la phrase d'introduction qu'il avait préparée:

— Mon cher oncle, je suis heureux de mettre à vos pieds mes hommages les plus respectueux.

M. Potin comprit sans entendre. A l'aspect de son persécuteur, il avait eu une sorte de frisson, comme s'il se fût trouvé, tout à coup, en présence d'une bête fauve; mais il ne fut pas envahi par l'épouvante, comme au Hâvre, chez les Carford, et ce fut l'amertume qui domina en lui. Il eut ce rire sombre et muet qu'a si bien indiqué Cooper. Son regard, levé vers le ciel, semblait lui demander, comme ce stoïcien de l'antiquité, si sa justice égalait sa colère. Bien que ce ne fût pas le moment de faire le bel esprit, il est certain qu'il eut un souvenir classique; il compara, mentalement, sa situation à celle d'Oreste assailli, sans relâche, par une succession d'horribles infortunes. Le malheur a aussi ses voluptés qu'ont goûtées certains esprits de haut orgueil. Racine les a comprises et M. Potin s'identifiait avec ce sentiment, car on aurait pu l'entendre murmurer ces vers que le poëte a mis dans la bouche de son héros :

> Grâce aux dieux le malheur passe mon espérance
> Oui, je te loue, ô ciel, de ta persévérance!

Cette fois, sans doute, la coupe était pleine : la chasse était terminée et le neveu fantôme pouvait sonner l'hallali.

13*

VIII

Un silence de quelques instants régna entre les deux parents; mais, au moment où le jeune homme ouvrait la bouche pour ajouter quelque chose à son compliment, son oncle le prévint d'un geste.

— Attendez, dit-il, et répondez-moi. C'est M. Nicquart, n'est-ce pas, qui vous a fait inviter à la soirée de M. Carford, au Hâvre?

— Je ne pense pas, répondit le neveu. J'y suis allé avec les autres employés de la maison Forestan et Carford, et au même titre qu'eux.

— Ah! fit M. Potin, vous en êtes donc? Et qui vous a présenté dans cette maison?

— Ce fut M. Benoit, de Rouen, un homme d'affaires que j'étais allé consulter, qui me signala la vacance d'une place d'employé dans la maison Forestan et Carford. Mes ressources allaient diminuant, de jour en jour. Je me présentai et fus admis.

— Par M. Carford?

— Non; par M. Lefrançais, le chef de la comptabilité.

M. Potin voyait clairement que son neveu évitait, à dessein, toute allusion au nom de M. Nicquart; mais, comme il était entêté, il s'obstina.

— Vous voilà donc chez MM. Forestan et Carford. Sont-ce ces messieurs qui vous ont donné la permission d'abandonner vos occupations pour venir ici?

— Hélas! mon oncle, je n'ai plus d'occupations; ma carrière commerciale a été tranchée, dans sa fleur.

— Vous êtes sorti de chez MM. Forestan et Carford?

— Sorti est le mot civil. Oui, mon oncle, je fus un fort en rhétorique et j'eus des nominations aux distributions de prix. Je suis bachelier et j'ai déjà pris pas mal d'inscriptions à la Faculté de droit. Eh bien! je dois confesser la vérité, qui est que je me trouvai insuffisant pour tenir la place d'un employé de commerce. Vous connaissez l'anecdote de cet engagé volontaire, élève de l'école des Beaux-Arts et se targuant de savoir « manier le pinceau »; on lui mit un balai entre les mains et il s'acquitta assez mal de la besogne pour laquelle il était commandé. Il y a quelque chose d'analogue

dans mon cas. A en croire les romanciers,
l'employé est un être inférieur qu'on peut
recruter au hasard, les yeux fermés. Quand
ces messieurs ont quelque personnage, quelque décavé, quelque nullité qui les embarrasse,
ils la fourrent dans un bureau et cela fait le
pendant aux fameux « travaux d'aiguille » du
produit desquels ils ont nourri tant d'héroïnes
peu fortunées! Passe encore pour les administrations où l'on fait presque constamment la
même chose : on s'enroutine vite ; mais, quant
à être comptable de commerce, il y a, selon
moi, pas mal de normaliens, beaucoup d'écrivains à tant la ligne et un nombre respectable
de feuilletonnistes, chroniqueurs, morigeneurs
dès pouvoirs publics et instructeurs des masses
qui s'y trouveraient petits garçons, j'entends
sans quelque apprentissage. On me donna un
compte courant de banquier à vérifier et j'y
perdis mon latin. D'ailleurs, on ne potasse
guère la calligraphie dans les lycées, et c'est
encore un genre, pour les médecins, hommes
de loi et autres grands hommes, que d'écrire
illisiblement. A ce point de vue, j'avais un
peu de ce qu'il fallait pour arriver à la célébrité. Je fus remercié, c'est le terme consacré ;
mais, j'ai quelque idée que mon chef de bureau
ne croyait me devoir aucune gratitude pour le
mauvais sang qu'il se fit avec moi, pendant les

trois ou quatre jours que dura cet essai. Je me
retrouvai donc sur le pavé, Gros-Jean comme
devant et aussi assuré de mon avenir que les
héroïnes aux travaux d'aiguille peuvent l'être
du leur, quand elles ont frais minois. Bref,
pour parler plus positivement, je vis clairement
que la bonne volonté pouvait n'être pas, dans
certains cas, d'une efficacité absolue.

— Tout cela peut être fondé, mais vous
n'avez répondu qu'à la moitié de ma question.
Qui vous a dirigé vers moi?

— Voici, mon oncle. Je fus assez désappointé
de me trouver *cashiered*, comme disent les
Anglais, ce que l'on pourrait traduire par
saqué, qui est une abréviation élégante de
« donner son sac », comme *cashiered* l'est de
« passer à la caisse ». Dans mon dépit, j'accusai
le sort injuste qui me laissait seul, pauvre
orphelin, et séparé d'un oncle, mon suprême
appui, que je ne demandais qu'à connaître afin
de pouvoir lui rendre mes hommages. Mes
plaintes attirèrent l'attention de M. Carford...

— Et ce fut lui qui vous mit entre les mains
de son beau-frère, M. Nicquart!

Le neveu était aussi têtu que son oncle.

— Ce fut, répliqua-t-il, le digne et complaisant M. Carford qui voulut bien me donner
votre adresse et, en même temps, quelques
renseignements qui enlevèrent mes derniers

doutes à l'endroit de la certitude de notre parenté.

— Et comment parvîntes-vous à pénétrer dans cette habitation ?

— J'avais eu, plusieurs fois, l'honneur de vous écrire, mon oncle, et j'en étais à attendre votre bon plaisir ; mais, en attendant, il me fallait vivre. C'est alors que je songeai à entreprendre un grand travail sur un point théologique...

— Vous dites ?... fit M. Potin.

— ... théologique, reprit avec aplomb le jeune homme, comprenant bien que c'était ce seul mot qui avait excité l'étonnement de son oncle. On me parla de M. Corbeau comme versé dans la science sacrée et ses avis pouvaient m'être utiles : j'eus une lettre de recommandation pour lui. Me trouvant tout proche de vous, mon cher oncle, je sentis les liens de la parenté, la voix du sang se révéler en moi d'une manière plus énergique et plus impérieuse. Je ne pus y tenir davantage ; je m'élançai...

M. Potin lui fit un signe sur la signification duquel aucun être humain ne se serait mépris. C'était ce double mouvement de la main étendue, par lequel on arrête court le branle de la langue la mieux lancée. Chacune des protestations de respect ou d'amour de son neveu, avait le privilège de l'horripiler davantage et il n'en était pas dupe, le moins du monde. Ses

yeux lançaient des regards aussi perçants que
des vrilles, comme s'il eût voulu perforer le
cœur du jeune homme afin de pouvoir examiner ce qu'il recélait. Mais son neveu soutint
l'assaut avec un front imperturbable et M. Potin
ne réussit pas à percevoir, en lui, le moindre
indice de l'ironie qu'il devinait. Le moyen, dès
lors, de s'emporter contre un parent qui prétendait user de déférence ? M. Potin abandonna,
énervé et dépité, son interrogatoire au moment
même où, probablement, une dernière question
allait forcer son neveu dans ses derniers retranchements en l'obligeant enfin à prononcer le
nom de M. Nicquart. D'ailleurs, l'énoncé de
celui de M. Corbeau avait contribué à détourner
son attention.

— Je savais bien qu'il y aurait du jésuite
là-dedans, murmura-t-il entre ses dents, comme
s'il eût ressenti la conviction d'un admirateur
du *Juif Errant*.

Il resta un moment pensif. Il se trouvait
alors dans cette situation délicate qu'un grand
homme de guerre a appelée le moment psycho-
logique, et la résolution qu'il devait prendre
aurait, forcément, une importance capitale.
L'attaque était rude et la position critique ;
pourtant, au jugement des anciens preux,
M. Potin n'aurait pu se considérer comme définitivement vaincu, puisqu'il lui restait encore

la possibilité de lutter. Il avait là Jean à sa
portée, Jean qui avait été culbuté, par surprise,
mais qui n'en serait que plus enflammé à
prendre sa revanche. Il pouvait l'appeler et, à
deux, ils auraient vite fait d'empoigner l'intrus
et de le jeter dehors, en s'en débarrassant, une
fois pour toutes, par ce coup d'énergie. Mais,
c'est à peine si M. Potin s'arrêta, une seconde,
à ce moyen désespéré ; il se sentait comme
enlacé par la fatalité et il se trouvait sans force,
pour lutter davantage.

D'ailleurs, quelque dédain qu'il ressentit ou
qu'il affectât à l'égard des jugements du monde,
il s'en fallait qu'il les méprisât absolument, or,
s'il avait pu paraître ignorer son neveu, il ne
pouvait plus garder la même contenance, dès
l'instant où celui-ci s'était révélé à lui d'une
manière aussi péremptoire et il redoutait l'odieux
qui pourrait rejaillir sur lui, par l'effet d'un entêtement qu'on jugerait sans excuse. Ses
adversaires n'étaient pas gens, non plus, à se
payer de cette monnaie ; ils feraient du bruit,
du scandale, et qui pouvait prévoir les coups
qu'ils sauraient encore lui porter ? Tout compte
fait et la conscience jetant aussi sa note dans
ce débat, il ne vit aucun remède à sa situation ;
il devait se résigner à regarder les faits en face,
à leur faire tête et à en supporter, ouvertement,
les conséquences.

Ayant ainsi pris son parti, d'une manière définitive, il releva la tête.

— Vous êtes donc, dit-il, le fils de mon frère Alexis?

— Oui, mon oncle, répondit le jeune homme, et portant les mêmes nom et prénom que lui. Pourquoi faut-il qu'il ne m'ait été donné de vous connaître qu'après l'avoir perdu? Nous aurions été deux à vous aimer!

— Et à prétendre vivre à mes crochets, se dit intérieurement M. Potin. Et depuis quand avez-vous quitté votre père? reprit-il tout haut.

— Oh! j'étais encore en bas âge. Ma mère mourut en me donnant le jour et mon père, qui n'était pas encore fixé et qui voyageait presque constamment, ne pouvait me garder auprès de lui. A l'âge d'adolescence, je fus mis en pension à la Nouvelle-Orléans...

— Chez les révérends pères jésuites?

— Non, répliqua le jeune Alexis qui comprit l'insinuation, chez de graves docteurs protestants.

— Continuez, fit l'oncle.

— A seize ans on m'embarqua pour la France, muni d'une recommandation de mon père pour un de ses correspondants. Je fus placé à Henri IV et mes études suivirent le cours et la marche que j'ai déjà eu l'honneur de vous retracer.

— Et quel est le motif qui vous les a fait

interrompre ? La mort de votre père, je crois
et le manque de ressources.

— Hélas ! mon oncle, vous l'avez dit.
J'ignore si mon père serait jamais arrivé au
chiffre de fortune auquel il aspirait. L'autre
continent offre des chances, mais il y en a,
pour le moins, autant de contraires que de
favorables. Quoiqu'il en soit, les morts ont tort,
dans ces régions là et leurs héritiers n'ont
guère beau jeu, surtout à distance. Ce que
possédait mon père était engagé dans diverses
entreprises dont la liquidation forcément hâtée
occasionna de grandes pertes. Je reçus avis,
un jour, qu'il me revenait, tous comptes réglés,
une dizaine de milliers de francs ce qui, évidemment, ne pouvait me procurer un revenu
suffisant pour la continuation de mes études.
Dans les papiers qui me furent remis se trouvait une lettre de mon père pour vous, mon
oncle, et une note contenant des renseignements
sur ma parenté et mes origines. C'est alors
que je commençai mes recherches et un hasard
fortuné voulut...

— Cela suffit, interrompit M. Potin.

Il réfléchit encore un moment.

— Vous avez donc les papiers dont vous
venez de parler ? reprit-il ensuite.

— Pas sur moi..... je ne pensais pas.....
j'ignorais... Je les ai chez moi.

— Et bien ! il faut que je les voie d'abord.

Envoyez-les moi demain, avec votre adresse et revenez dans huit jours.

Un sentiment d'hésitation se manifesta visiblement sur la figure du jeune homme.

— Mon cher oncle, dit-il, vous savez combien il m'a été difficile de parvenir...

— Revenez dans huit jours, répéta impérativement M. Potin. C'est aujourd'hui mardi : soyez ici mardi prochain, à pareille heure.

Il n'y avait guère moyen de résister. Le jeune Alexis comprit qu'il ne pouvait, en somme, s'implanter de force. La loi n'impose aucune obligation pour les oncles en faveur des neveux et c'est sans nul doute, parce que ceux-ci doivent subir le bon plaisir des premiers qu'ils se montrent si prodigues de soins et de démonstrations, à leur égard. En toutes circonstances, dans une réunion de famille, c'est le cher oncle, l'oncle à succession, qui a la place d'honneur et qui l'emporte sur père et mère. A lui les chatteries, les calineries, les meilleurs morceaux. Tout s'efface devant lui.

Quel est l'enfant dénaturé qui ne pleure pas à la mort de son père ou de sa mère et quel est le neveu assez stoïcien pour ne pas être allègre, au fond, en suivant le convoi de l'oncle dont il hérite ? C'est la revanche des peines que l'on a dû se donner pour conquérir les bonnes grâces. Mais quelle entreprise de

conquérir celles d'un oncle tel que M. Potin !
Le meilleur et premier moyen devait être de
s'incliner devant sa volonté.

— C'est entendu, mon cher oncle, s'em-
pressa de répondre le jeune Alexis. Vos
moindres désirs seront toujours des ordres
sacrés pour moi.

Et estimant que cela pourrait lui valoir une
bonne note dans l'esprit de son oncle, il ne
prolongea pas davantage sa visite et se retira
après un salut respectueux.

Le lendemain arrivèrent les documents promis, sous pli soigneusement cacheté et recommandé. M. Potin trouva là un certificat de
baptême équivalant, au Mexique, à un extrait
de naissance, diverses lettres de l'homme d'affaires de Rouen, correspondant de M. Alexis
Potin et enfin une lettre de ce dernier à son
frère, lui expliquant sa vie entière, depuis son
départ de la maison paternelle.

Il se trouvait déjà établi et marié au Mexique lors de l'arrivée de l'armée française
venant réaliser « la plus haute pensée » du
règne de Napoléon III. Il est connu, maintenant, qu'un des résultats les plus certains de
cette néfaste équipée fut de faire prendre
en grippe et molester les sujets français déjà
établis dans ce pays. Fournisseur des gouvernements antérieurs, M. Alexis Potin s'était

vu confirmer ce privilège par l'administration
de Maximilien ; mais, pour cette raison aussi,
les vainqueurs définitifs se montrèrent sévères
pour lui. Or, en quel temps, dans quel pays,
sous quel régime, un fournisseur général a-t-il
pu et pourrait-il soutenir, d'un front serein,
un contrôle minutieux, voire même simplement impartial ? Répondez, *riz-pain-sel* que
Bonaparte, à l'armée d'Italie, regrettait de ne
pouvoir faire pendre, ne voulant pas, disait-il,
leur accorder la mort du soldat, dont ils étaient
indignes ; vous, émules de cet Ouvrard qu'il
chassa avec de sanglantes injures ; et vous aussi,
modernes fabricants de souliers de carton et
de draps d'étoupes ! Alexis Potin succomba
comme succomberaient, fatalement, tous ses
confrères, en pareille occurence. Créancier de
deux ou trois millions, on lui prouva, clair
comme le jour, que c'était lui qui était en
débet d'à peu près autant et il se trouva ruiné.
Avec cette ténacité que l'on acquiert en respi-
rant l'air du Nouveau-Monde, il avait recom-
mencé l'édifice de sa fortune et il y aurait
probablement réussi quand, se trouvant dans
une de ses fermes éloignée des centres et
située à San Pedro del Gallo, province de
Durango, lieu de naissance précisément de
son fils, il avait eu à subir l'attaque d'un parti
d'indiens maraudeurs. Sa propriété avait été

dévastée, brûlée et lui-même atteint d'une
blessure à la suite de laquelle il avait langui
encore six mois, sans pouvoir se rétablir. Se
sentant près de mourir, il avait songé à son
frère et à son fils. Ce dernier n'avait rien à
attendre de la famille de sa mère ; les parta-
ges avaient été faits, toutes affaires réglées et,
bien certainement, les oncles et tantes qu'il
avait de ce côté, ne lui auraient répondu qu'en
l'invitant à prendre sa part du vaste champ
d'activité ouvert à tout être humain. Chacun
pour soi, Dieu pour tous est une maxime
grandement en honneur sur l'autre continent.
Or, M. Alexis Potin devait reconnaitre, avec
regret, que son fils, bien qu'élevé sous le ciel
des Etats-Unis, manquait de cette superbe
possession de soi-même qui fait, qu'à son âge,
beaucoup de jeunes yankees sont déjà à la tête
de situations importantes, après s'être relevés de
deux ou trois tentatives infructueuses, euphémisme de faillites.

M. Alexis Potin ne faisait aucune difficulté
de reconnaitre qu'il n'avait, au point de vue
légal, absolument rien à réclamer à son frère.
De plus et sans qu'il y eût eu jamais brouille
prononcée et motivée entre eux, il était vrai
qu'ils n'avaient jamais entretenu de rapports
suivis. Toutefois, M. Alexis déclarait avoir,
constamment, gardé souvenir de son frère,

même au milieu de l'entraînement du tourbil-
lon des affaires et ç'avait été, affirmait-il, sa
pensée constante de revenir finir ses jours
auprès de lui. Mais, subjugué par ce sentiment
d'orgueil qui porte beaucoup de ceux qui ont
cherché aventures à ne revenir que prospères —
quelque chose comme le *mort ou victorieux*
— auprès de ceux qui les ont vus partir, il
avait constamment différé et, finalement, il
devait s'avouer vaincu.

Soit l'effet d'un hasard heureux, soit qu'il
connût bien le côté dominant du caractère de
M. Achille Potin, M. Alexis insistait encore
une fois et d'une manière précise, sur l'absence complète d'aucun droit à prétendre à quoi
que ce fût, de son frère. Mais, en lui envoyant
son fils, disait-il, il avait en vue de permettre,
à ce dernier, de présenter ses hommages
à celui qui devenait le chef et le doyen
de leur famille. Il terminait assez brièvement,
en homme qui comprend l'importance de ne
pas être ennuyeux par des protestations fati-
gantes et suspectes et en exprimant simplement son regret de ne pouvoir, avant de mourir, serrer la main de son frère.

Dans tout cela il n'y avait rien qui fût de
nature à choquer M. Achille Potin qui y trouva,
au contraire, un caractère assez probant de
certitude ; mais, il n'en voulut pas moins

exercer un certain contrôle à l'endroit des divers faits de cet exposé. En conséquence, il écrivit au collège Henri IV pour demander des renseignements sur un jeune homme nommé Achille Potin, qui y aurait étudié ; à M. Benoit, homme d'affaires à Rouen, pour obtenir des détails sur les rapports qu'il avait eus avec son frère et son neveu, et enfin il s'adressa à une maison de Paris, notoirement connue pour servir de lien officieux entre la France et le Mexique, durant l'interruption des rapports entre les gouvernements de ces deux pays, et il la pria d'avoir l'obligeance de prendre des informations sur la situation qu'avait occupée un sieur Alexis Potin, ayant eu établissement à San Pedro del Gallo.

Les réponses qu'il reçut ne lui donnèrent que médiocre satisfaction : le collège Henri IV l'informa qu'il y avait une règle constante, et suffisamment justifiée, dans les établissements universitaires, de ne donner aucun renseignement sur les élèves qui y avaient passé, les inconvénients qui pourraient résulter d'une indiscrétion ou d'une appréciation mal interprétée, pouvant aisément être prévus. M. Benoit accusa réception, en style de commerce et se borna à renvoyer M. Potin à l'un de ses confrères, M. Nicquart, demeurant rue Basse-du-Rempart, à Paris, chargé de ses intérêts

dans tout ce qui concernait cette ville. Enfin,
la maison qui avait des rapports avec le Mexique se mit, avec empressement, à la disposition de M. Potin, mais en l'avertissant, a
priori, que San Pedro del Gallo avait été, tout
récemment, détruit entièrement par une incur-
sion des Indiens. Dès lors, ce *pueblecico* n'exis-
tant plus, en fait, il était impossible de songer
à y commencer aucune recherche qui serait
infailliblement en pure perte. Il était donc
nécessaire de suivre une voie différente et M.
Potin aurait d'abord à fournir d'autres indications, permettant de retrouver la trace de son
frère.

La défiance hanta de nouveau l'esprit soup-
çonneux du pensionnaire de la Maison ; mais
il se ressouvint, à propos, de vieux papiers de
famille qu'il possédait, dans quelque coin, et
qu'il avait eus, tout empaquetés, de la succession de son père, sans que la curiosité lui
fût jamais venue de les examiner. Il espéra y
découvrir de l'écriture de son frère, et il retrouva, en effet, plusieurs lettres de lui. Ses
derniers doutes durent alors s'évanouir, car,
la comparaison qu'il en fit, avec la lettre en-
voyée par le jeune homme, lui démontra, d'une
manière irrécusable, que le tout était bien de
la même main.

Au jour fixé, le jeune Alexis ne manqua pas

11

do se représenter. Son oncle, de son côté, avait fait ses réflexions et arrêté une décision.

— J'ai, dit-il, pris connaissance de vos documents; ils me paraissent avoir un certain caractère de probabilité, je dirai même..... de véracité.

Le jeune Alexis crut devoir répondre par un salut formel.

— Votre père, continua M. Potin, me semble avoir envisagé et exposé nos situations respectives d'une manière à laquelle je n'ai rien à reprendre, ni à ajouter. La lettre qu'il m'a écrite, et que vous m'avez remise, était sous enveloppe non fermée, à dessein, je le suppose, que vous pussiez en prendre connaissance. Je présume que c'est ce que vous avez fait?

— Effectivement, mon cher oncle, et j'ai cru bien faire.

— Vous avez eu raison. Eh bien! quelle est votre opinion à ce sujet?

— Je pense, mon oncle, qu'elle contient une recommandation implicite que me fait mon père, d'avoir, pour vous et pour vos avis, tout le respect et toute la considération qui se doivent. J'ajouterai que je suis bien résolu à y avoir égard, jugeant même qu'elle était superflue, vu mes sentiments intimes.

M. Potin se mordit les lèvres et fronça le sourcil: la conversation ou, plus exactement, la

discussion ne suivait pas, absolument, le chemin sur lequel il entendait la maintenir, et le
neveu paraissait vouloir jouter avec lui.

— Enfin, et en deux mots, reprit-il, que
comptez-vous faire, si vous jugez qu'il me soit
permis de vous poser cette question?

— Oh! mon oncle, pouvez-vous bien formuler une pareille réserve?... Mes projets!... Je
n'en veux former aucun qui ne doive rencontrer votre approbation pleine et entière.

— Mais encore?

— Je sais ce que je dois au nom des
Potin...

M. Achille commençait à sentir l'impatience
le gagner.

— .... et je suis bien décidé à le porter
dignement.

— Continuez, fit M. Potin, ne voulant pas
permettre à son neveu de s'arrêter en route
et espérant bien, de cette manière, l'acculer
à la nécessité de conclure.

— En un mot, j'entends mener, irréprocha-
blement, la vie d'un parfait gentleman ou galant homme.

— Très-bien! Et ce genre de vie vous l'entendez?...

— Oh! de la véritable manière, n'en doutez
pas, mon cher oncle. Bien que venant d'un
pays encore quelque peu sauvage et bien

qu'ayant été absorbé par mes études, depuis
que je me trouve en France, je n'en ai pas
moins examiné, observé et pesé bien d'autres
choses que les savants préceptes de Barthole
et de Cujas. J'ai lu attentivement les journaux
du monde et les romans de mœurs et d'études,
principalement ceux-là que les critiques dé-
clarent « pris sur le vif » ; j'ai suivi les pièces
des auteurs en vogue et il n'y a aucun « succès »
dont je sois ignorant. Un galant homme est
l'individu qui va journellement au Bois, à
telle heure précise, qui fréquente certains
restaurants à la mode, fait courir ou tout au
moins a un intérêt dans une écurie, va à son
cercle ou, ce qui est mieux, à ses cercles, joue
avec estomac, se montre dans les ateliers
d'artistes en renom, cause peinture et bro-
cante en tableaux, est de toutes les premières,
sans en manquer une seule — ceci est essentiel — a ses entrées dans les coulisses, n'a
que des maîtresses d'un chic reconnu et fait
parade d'un scepticisme général, excepté pourtant vis-à-vis de la religion ; ce serait mauvais
genre, « cela ne se fait pas. » Il ne donne pas
dans les godans, ne s'emballe pas et n'a jamais
l'air de croire que c'est arrivé. Il sait y aller
de ses quelques louis avec les dames patro-
nesses et achète des cigares ou des fleurs aux
ventes de charité ; mais, au grand jamais, il

ne rasera l'auditoire d'un salon avec des considérations déplacées sur la question sociale.
Il peut suivre ou paraître suivre tel parti politique qu'il voudra, pourvu que ce ne soit pas
le parti républicain ou, tout au moins, en laissant entendre qu'il le trahira — cela se dit
qu'il le répudiera — à la première occasion
qui se présentera. Enfin, il est extrêmement
ferré sur tous les faits du sport, sans en omettre
ceux qui concernent l'Angleterre, et il figure
dans les listes de souscription du *Bigarreau*,
Voilà la vie d'un galant homme, ou je meure !

— C'est parfait, dit M. Polin, d'un ton ironique.

— Que l'on puisse ajouter, à ce croquis,
quelques autres traits accessoires, cela se peut
très bien. Ainsi, en même temps qu'homme du
monde, on peut être député, amiral, explora-
teur, banquier, maître de forges — très-bien
coté, le maître de forges — savant et enfin
tout ce que l'on voudra, pourvu qu'on ne s'occupe ni de questions législatives, ni de vais-
seaux, ni de voyages, ni de banque, ni de
fourneaux, ni de sciences, en un mot qu'on
ait tout son champ d'action à Paris et sur le
terrain du monde, à l'instar du paveur en
chambre du *Tintamarre*. Oh! je sais mes auteurs; j'ai médité sur l'œuvre de Xavier de
Massepain et je possède Durat fils en entier,

14·

pièces et préfaces. Je sais aussi que les temps
ont marché depuis Molière et ce qu'il a dit de
la coutume des gentilshommes, de ne rien
faire. L'homme gentle, le *gentleman* moderne
a appris que le travail est un magnifique présent de la Divinité à la créature, et il n'a
garde de s'afficher oisif quand même. Bref,
le moment approche de plus en plus, s'il n'est
déjà arrivé, où toutes les professions pourront
être avouées. Toutefois, il ne faut pas perdre
de vue que l'on sera toujours galant homme
quoique et non *parceque* travaillant.

— Voilà qui est bien, sauf un point que
vous avez omis de traiter.

— Lequel ? Mon oncle.

— La question des voies et moyens, le chapitre du nerf de la guerre, l'argent, en un
mot.

— Oh ! l'argent, vil métal que l'or a dignement remplacé, et encore le mieux est de n'en
pas faire mention. Le mot si vanté du magnifique marquis de Montcalm, s'informant si l'on
avait mis de l'or dans ses poches, gâte au
contraire, à mes yeux, une grande figure. Il
lui appartenait d'être étranger à une semblable préoccupation.

— Soit, fit M. Potin, qui se demandait s'il
n'avait pas affaire à un fou, mais qui continua
néanmoins la conversation, curieux de voir à

quoi tout cela aboutirait. Mais si un jour, fouillant dans votre poche, vous n'y trouviez plus rien, vous pourriez être amené à changer de manière de voir au sujet de la préoccupation du marquis et alors à qui s'adresser ? *That is the question.*

Le jeune homme prit un air de noblesse que lui aurait envié un fort premier rôle d'un théâtre de sous-préfecture.

— Vous êtes le chef de notre famille, mon oncle, dit-il, et je suis votre homme-lige. Je ne veux rien avoir que je ne le tienne de votre munificence.

L'oncle soutint le choc sans broncher d'une ligne et fixa froidement son neveu.

— Le malheur, dit-il, c'est que je ne suis ni duc, ni marquis, que je n'ai ni le droit, ni le désir d'avoir des hommes-liges et que je n'ai pas la fortune nécessaire pour doter la France d'un galant homme, à la manière dont vous l'entendez. Je crains bien, en ce qui est du travail, que vous ne puissiez être galant homme que *parce que* et non pas *quoique* travaillant.

En un clin d'œil, les traits du jeune homme se dépouillèrent de leur gravité affectée et, dans une pantomime, on aurait lu clairement, sur sa physionomie, l'annonce que l'on allait « passer à d'autres exercices. »

— Eh ! mon oncle, s'écria-t-il, ai-je dit quelque chose qui puisse faire croire que je sois ennemi du travail ? L'oisiveté est la mère de tous les vices ; travaillez, prenez de la peine... ; le temps passé ne revient plus ; *labor probus omnia vincit* ..... Je pourrais, tout d'une haleine, vous réciter vingt maximes en l'honneur du travail et je suis bien décidé à les mettre en pratique ; mais c'est un devoir, pour moi, de vous consulter. Au surplus, le champ qui s'offre à moi est vaste, car, ce que je sais est si peu de chose, qu'en bonne conscience je dois confesser que je ne sais rien et, dès lors, je suis en droit de prétendre à tout. *Ergo.* Voyons, mon cher oncle, que penseriez-vous de moi, comme attaché d'ambassade ?

Avant que M. Potin, qui ouvrait de grands yeux, eût pu placer un mot, le jeune homme continuait déjà :

— Oui, dit-il, je sais ce que vous allez m'objecter : je n'ai pas étudié à l'Ecole des Chartes, je ne connais rien au protocole et j'ignore, vraisemblablement, les formes de la diplomatie, ni plus ni moins que Lannes en Portugal ou le gaulois Brennus discutant, au Capitole, avec les commissaires romains. Cependant, ce serait une erreur de me croire tout à fait ignorant sur le terrain politique. Je sais par cœur, sans en omettre un mot, la tirade de Figaro ; j'ai vu et étudié attentivement Porel dans les *Danicheff*; enfin, je me sens le cœur, oui morbleu ! en un besoin, de manier « l'instrument nécessaire » préconisé par certain ministre des affaires étrangères. Avec cela, on m'a déjà assuré que je n'étais pas vilain garçon : un beau brun, c'est estimé en Russie et fussé-je blond que j'en serais quitte pour aller en Espagne ou en Italie. Je suis infatigable à la danse ; je saurai avoir de l'élégance ; je suis en état de soutenir, des heures durant, une conversation pour ne rien dire. Enfin, je puis être amoureux autant et plus qu'un autre. Ne ferai-je pas un parfait attaché d'ambassade ? ..... La grande Catherine m'aurait mis à l'épreuve et aurait été contente de moi, foi de lapin !

Il s'interrompit et secoua la tête.

— Si pourtant, dit-il, il manque quelque chose. Les ambassadeurs de la troisième République ne sont pas ceux de la première et, au milieu d'une foison de princes et de gens titrés, ils se sentent comme humbles et dépaysés. Si délicieux que puissent être les bonbons — et nos ambassadeurs ne sont pas toujours *bons bons* — ils n'en restent pas moins des bonbons, c'est-à-dire quelque chose d'un prix relativement modique, qu'il n'est pas hors de propos de rehausser d'un contenant

de valeur. C'est le rôle que joue le cadre ou
la suite d'une ambassade, composée toujours
de beaux fils pour atténuer, autant que possible,
le péché originel d'un gouvernement où il n'y
a pas de grand-maître de la garde-robe. Aussi,
la ganache la plus renforcée y sera-t-elle
accueillie avec faveur, pourvu qu'elle soit née
et il y a des familles qui ont la tradition de la
diplomatie, comme dans d'autres on est marchand de moutarde, de père en fils. Tel, a été
appelé à diriger les affaires de la France, qui
n'avait pas su gouverner les siennes et avait
vu crouler, sous lui, un nombre respectable
d'entreprises financières ou industrielles. Des
incidents de ce genre ne sont point pour faire
obstacle, pourvu que l'on soit quelqu'un. Or,
c'est justement ce qui me manque : Potin
tout court ! Le diable soit d'une infecte roture
qui empêche une belle carrière ! A quoi étaient
donc distraits nos ancêtres qui oublièrent d'a-
cheter une savonnette à vilain ?

— Grand dommage, en effet, fit M. Potin
qui commençait à s'amuser. Monsieur du
Potin ! ..... Cela aurait eu du succès dans un
salon.

— N'en parlons plus, dit le neveu en affectant un gros soupir et restons en France, pays
de l'égalité, où un chien a le droit de regarder
un évêque. Là, du moins, il n'y aura ni hidal-

gos, ni hobereaux, ni boyards pour me reluquer
sous le nez. Voyons autre chose. Si je me
portais du député ? .....

— Quelle folie ! .....

— Eh ! pourquoi non ? ..... Que d'autres
avant moi ! .....

— Soit ; mais vous, vous pouvez être certain, à l'avance, que vous ne seriez pas
nommé.

— Eh bien ! tant mieux ; c'est ce qu'il faut.
Cela me créera un titre sérieux à être choisi
comme sénateur inamovible.

— Comment cela ?

— Comment ? Eh ! comme cela s'est toujours fait et se fait encore, de quelque côté
que tourne le vent. Voyez Jambonneau et
Bahut, ces deux colonnes de la droite et voyez
Bridoux, dit le sympathique centre-gaucher :
des blackboulés !

— Pardon et *distinguo*. Jambonneau, Bahut,
Bridoux et d'autres encore furent blackboulés,
pour emprunter votre langage ; mais il y a une
nuance. Ils ne furent répudiés, par leurs électeurs, qu'après que ceux-ci les eussent déjà
vus à l'œuvre et, vraisemblablement, sans en
être enchantés. Depuis quelque temps, les
électeurs sont devenus de plus en plus en difficiles ; ils se mêlent de scruter et contrôler
les votes de leurs mandataires ; ils poussent

l'impertinence jusqu'à exiger qu'on suive son
programme, qu'on tienne ses promesses. L'élu
ne peut plus, avec sécurité, annoncer une
chose et faire le contraire. A un autre point
de vue aussi, il y a des actionnaires décavés
parmi les électeurs et M. Gogo est devenu
féroce. Il suffit qu'on ait trempé dans la moindre aventure financière, pour être rétendu
raide. Dès lors, le fait de redresser, par une
inamovibilité complaisante, le verdict intran-
sigeant d'un suffrage universel bégueule, constitue une sorte d'assurance mutuelle dont il
est superflu de démontrer l'utilité. Or, vous
ne vous trouvez pas, que je sache, dans les
conditions requises ; vous n'avez pas encore
pu user du « cher collègue » ; vous n'avez
encore mécontenté aucun de vos électeurs. En
un mot, avant d'être converti en pruneau, en
poire tapée, en fruit sec, il faut avoir été fruit
frais et c'est ce qui vous manque.

— Vous avez raison, mon oncle, dit le jeune
Alexis, et votre sagesse éclate en toutes
choses. Voyez, par là, combien vos avis me
sont nécessaires ! ..... Ce n'est pas, cependant,
que je ne me juge tout comme un autre, capable de mécontenter mes électeurs ; mais il faut
commencer par en avoir et c'est là le diable.
Au rebours de Petit-Jean, des *Plaideurs*, c'est
mon commencement qui va le moins bien.

Laissons donc la politique, source de tous les maux de la Société. Voyons, j'ai envie de me mettre critique.

— Critique de quoi ?

— Critique de tout ce qu'on voudra ; critique d'art, par exemple.

— Mais de quelle branche d'art ?

— De toutes, parbleu ! Est-ce que l'on fait de ces distinctions ? Voyez le grand Théophile, en son temps, voyez Loup-Saxon, voyez Théodore Pamphile, voyez tous les critiques..... Drames, tableaux, comédies, sculpture, prose, gravure, poésie, architecture, tout est de leur ressort. Ils analysent tout et prononcent sur tout, avec une aisance parfaite. Le doyen de la corporation des critiques dramatiques écrivait naguère, sur commande, des brochures financières et Decizième lui-même, qui depuis ..... la France et lui non plus ne prévoyaient alors ses hautes destinées, Decizième, en son jeune temps, y est allé aussi de son petit *Salon*, sans que cela l'ait empêché de devenir historien, économiste, orateur, homme d'état, stratégiste, voire même, dit-on, astronome. En un mot, c'est ma conviction, on devient peintre, graveur, sculpteur, par l'étude et par la pratique, très lentes hélas ! Mais on naît critique et c'est là l'un des beaux côtés du métier.

15

— Mais, dit M. Potin, encore est-il nécessaire d'avoir certaines connaissances. Or, en
ce qui est du théâtre, avez-vous étudié et ap-
profondi les maîtres : Eschyle, Sophocle, Euri-
pide, Aristophane, Shakespeare, Schiller,
Lopez de Vega, Calderon, Molière, Corneille,
Racine, Regnard, Lesage, Voltaire et dix autres, sans parler de la nombreuse phalange
des modernes ? Les possédez-vous à fond et
sur le bout des ongles pour prononcer, en
connaissance de cause, sur l'agencement et la
structure des pièces, selon les principes posés
par des modèles immortels ? Avez-vous l'érudition nécessaire pour comparer les procédés
et distinguer, sûrement, l'œuvre vraiment ori-
ginale comme aussi pour dénoncer le plagiat ?
..... Et quant aux arts proprement dits, avez-
vous étudié l'esthétique, l'anatomie, la perspective, le dessin, le clair-obscur, le coloris ?.....
Avez-vous parcouru les galeries et contemplé,
quelque dix ans, les chefs-d'œuvre des grands
maîtres? Savez-vous l'histoire du costume et
de la peinture elle-même ?..... Sauriez-vous
seulement dessiner un bonhomme ?

— Sur ce dernier point, c'est bien tout juste ;
mais, quant au reste, pourquoi se mettre en
peine ? Bon Dieu ! mon oncle, que de gens se
trouveraient empêchés, s'ils ne devaient parler
que de ce qu'ils savent !

— Vous ne faites pas exception des critiques,
dans cette théorie ?

— J'excepte tout le monde excepté les critiques et je suis fort à l'aise pour le prouver.
Un serrurier se montrera réservé pour disserter sur les talents d'un pâtissier et d'aucuns
n'auront pas la prétention d'enseigner, au
fumiste, l'art de ramoner les cheminées. Mais,
que l'on me cite donc une œuvre sur laquelle
un critique ait hésité à prononcer son jugement. Il jugera, vous dis-je, ni plus ni moins
que Brid'oison et parceque c'est son métier
de juger.

— C'est du joli, murmura M. Potin.

— Et du réel et du très-exact, mon oncle,
n'en doutez pas. A quoi bon, je vous le
demande, se casser la tête à acquérir l'érudition
d'un bénédictin, quand on peut se tirer d'affaire
avec un peu d'aplomb ou, s'il en est absolument besoin et dans quelques cas spéciaux,
quand on a la ressource des bibliothèques ?
Croyez-vous qu'à mille affaires diverses qu'ils
ont dans la tête, les critiques modernes iront
encore ajouter le surcroît d'apprendre et de
retenir ? ..... Tenez, une remarque, à cette
occasion. On s'est ingénié, bien des fois, à
rechercher pourquoi la conversation, les salons
ont disparu. Il ne faut pas aller bien loin pour
en découvrir les causes dont la principale est

que tel auteur brillant, réputé homme d'esprit, se trouve gêné s'il n'a point, sous la
main, la ressource précieuse de ses livres.
Nous n'avons plus de gens capables de citer
de mémoire, comme les beaux esprits de l'hôtel
de Rambouillet. On les a taxés de pédanterie.
Pédants, soit ! mais n'est pas pédant qui veut.
Mais, pour procéder avec ordre et nous rapprocher de nos moutons, est-ce que vous, par
exemple, mon oncle, ne vous croiriez-vous pas
capable de faire, tout comme un autre, votre
Salon?

— Heu ! fit M. Potin.

— Mais si, mais si. Que diable ! il ne faut
pas être si modeste. Je vais d'ailleurs vous
mettre à l'aise en ajoutant que, selon ma
conviction, dix mille, cent mille peut-être y
seraient également très-suffisants. Voyons,
vous avez d'abord le livret et ce n'est pas d'un
mince secours, car, sans cela, il y a beaucoup
de tableaux dont les plus fins critiques seraient
aussi embarrassés de diviner le sujet qu'il est
malaisé de connaître, à la seule audition d'œuvres symphoniques, les titres fantaisistes dont
certains croque-notes ont coutume de les affu-
bler. Pour le reste, allez-y franchement. Il y a
un certain nombre de clichés *ad hoc* dont on
acquiert, aisément, la routine. Ainsi, vous
pouvez parler de « figures expressives, » de

« sujets bien groupés » et de « proportions
bien observées. » N'oubliez jamais, d'ailleurs,
de mêler à cela quelques « mais » ou de « je
me permettrai cependant de lui faire observer..... » affichant ainsi et crânement la
prétention d'y connaître quelque chose. Si
vous louez le dessin, ne manquez pas de faire des
réserves, quant au coloris, et vice-versa. Tout
cela, c'est l'A, B, C du métier; le seul point
délicat consiste à savoir mijoter les sujets
lançables.

— Qu'appelez-vous sujets lançables ?

— Excusez-moi ; je ne devrais pas oublier
que vous êtes puriste. Je dis lançables pour
susceptibles d'être lancés. Faire de la critique
n'est rien ; Destouches l'a dit avant moi, en
son langage élégant. Ce qu'il importe, c'est
qu'elle soit fructueuse.

— Ah !

— Eh ! sans doute. Pourquoi la critique ne
se serait-elle pas perfectionnée, comme toutes
choses au monde ? Qui ne se souvient de ce
qui se passa, au temps de la grande querelle
des coloristes et des fervents de la ligne ? —
Barbares ! criaient les uns. Barbouilleurs ! répliquaient les autres. Tu dessines avec un
tireligne. Et toi, tu as étudié dans les fabriques
d'images, à Épinal. Et mille autres aménités
de ce genre..... Que tout cela était misérable !

Nous ne reverrons plus un pareil scandale et on n'a garde, à présent, de perdre ainsi son temps; on sait être pratique. Qu'y aurait-il à gagner en démontrant que notre temps manque de Poussins et de Véronèses? Rien du tout, et il est facile de calculer ce que bien des gens y perdraient.

— On ne saurait s'appauvrir en perdant des illusions trompeuses.

— D'accord; mais on se ruinerait infailliblement, en aidant à l'évanouissement de celles de son prochain, comme les hommes de loi seraient ruinés s'il n'y avait plus ni inculpés, ni plaideurs. L'art n'est pas ce qu'un vain peuple pense. Il y a des âmes candides s'imaginant qu'il s'agit seulement de faire de la peinture, bonne ou passable, pour la vendre, quand on en trouve l'occasion. Ça n'en va pas là du tout. Il y a les coulisses et les dessous du trafic d'art, comme il y en a dans l'agencement d'une scène, et il se fait, sur le marché des tableaux, des spéculations, sinon aussi importantes comme chiffre, du moins aussi hardies et aussi radicales qu'à la Bourse.

— Vraiment !

— Mais il s'agit de les préparer de longue main. Voici comment l'on procède : On fait choix d'un sujet ; il faut qu'il ait suffisamment de talent ou d'apparence de talent, de la facilité, de l'originalité ou de l'excentricité, ce qui souvent est tout un, aucune fortune — des dettes sont mieux encore — et qu'il n'ait encore vendu que peu ou pas du tout de ses tableaux. Ces points acquis, le marchand visite ses ateliers et fait une rafle de tout ce qui s'y trouve, j'entends des œuvres de l'artiste.

— Cela doit faire plaisir à celui-ci.

— Vous n'en doutez pas, mon oncle, quoique dans ces sortes d'opérations que les magasins de nouveautés appellent *sobler*, l'acheteur n'accorde toujours qu'un prix ultra-modique. Mais, en ce qui est de notre artiste, tout n'est pas dit pour lui et on passe, pour l'avenir, certain traité par lequel il s'engage à ne produire que tant de chefs-d'œuvre par an et à ne les remettre qu'aux mains exclusives du marchand.

— Eh ! mais le voilà assuré de son avenir et c'est une belle action à l'actif du marchand. Qui donc disait que notre temps manquait de Mécènes ?

Le neveu haussa, sans façon, les épaules.

— Il y a, dit-il, des milliers de Mécènes toujours disposés à acheter tant et plus d'œuvres d'art, pourvu qu'ils puissent concevoir l'espoir fondé de les revendre avec gros bénéfice Faut-il vous narrer l'histoire de Durat, surnommé le juif de Bagdad ?

— Passons, passons, dit l'oncle.

— Eh bien ! je poursuis. Toutes choses étant
ainsi réglées, le critique influent, qui est de
l'affaire, entre en scène à son tour et il s'agit,
pour lui, d'imiter La Fontaine prônant Baruch,
mais avec moins de candeur, cela va sans dire.
Là encore, il y a immense progrès sur le passé.
Voulant lancer un homme, on s'imaginerait
volontiers qu'il ne s'agit que de faire l'éloge
de sa manière, de son œuvre. Ça c'est le vieux
jeu ; on fait mieux maintenant. Il faut éviter,
en effet, d'écraser du pavé de l'ours, son sujet,
car, si j'ai dit tout à l'heure qu'il fallait qu'il
eût apparence de talent, j'ajouterai cependant
que cela n'est nullement indispensable et qu'un
croûtonneur peut parfaitement faire l'affaire.
J'ajouterai même qu'il sera le plus souvent
préféré, en raison de ce que ses exigences
devront, naturellement, être moindres que s'il
avait du talent et, partant, l'affaire donnera
plus de bénéfices. On dira donc qu'il est *très-
discuté*. Celui qui, le premier, s'est servi de
cette expression, en fait de critique, avait,
sans aucun doute, beaucoup médité sur les
Lettres provinciales, chapitre des opinions
probables et des docteurs graves. Discuté, entendez-vous bien ? C'est là un trait de génie !
— Quoi donc, se dit l'amateur, il y a donc
des œuvres sur lesquelles on diffère d'avis
d'une manière aussi radicale ? Le beau n'est

donc pas un et réel, quelque chose d'incontestable, qui s'affirme et qui éclate à tous les
yeux ? Il faut que je voie par moi-même. —
Premier point acquis ; la curiosité est excitée.
Mais, après avoir vu, l'amateur n'en est guère
plus avancé, car, s'il a cru apercevoir une
quantité d'épouvantables défauts, il n'ose cependant trop en rien dire, de peur de s'attirer
les sarcasmes de ceux qui, dans la discussion,
ont pris le parti de la louange. Et puis, que
d'exemples instructifs à se rappeler ! Delacroix
peignait des chevaux violets et dessinait des
membres proportionnés et attachés, comme
ceux d'un mannequin de tailleur ; cela n'empêchait pas qu'on le sacrât maître. Le grand
Théophile jetait feu et flammes sur les mécréants qui n'admiraient pas sans réserve. Il
y en avait d'autres, au contraire, qui érein-
taient de toutes leurs forces. Pour terminer,
Delacroix, entré maintenant dans la postérité,
est reconnu maître, en effet, par tout le monde,
soit que les chevaux violets et les membres de
mannequin constituent réellement la grande
peinture. soit que, plus vraisemblablement, le
peintre ait fait autre chose. Voilà pourtant un
homme qui fut discuté, si on le fut jamais.
Idem de Courbet, de Manet, de cent autres ;
idem dans les lettres et la musique ; *idem*
pour la mode ; *idem* aussi dans la politique ;

idem de tout au monde. Le paria du jour sera demain brahmine de première classe. Etre discuté est un pronostic certain d'une prochaine célébrité. Ainsi qu'on le voit, il s'agit beaucoup moins d'éloges que de tapage. Appliquant donc ces principes à l'entreprise du lancement d'un artiste, et supposant qu'il se nomme Brossefort, bientôt tous les échos retentissent de ce nom : Brossefort a fait ceci et Brossefort est en train de faire cela ; Brossefort par ci et Brossefort par là. Cela ne peut manquer d'attirer l'attention des bonnes âmes qui croient encore à la conviction désintéressée et se figurent qu'au siècle où nous sommes il se trouve encore des individus pour faire, gratuitement, de la réclame à un homme, par la seule raison qu'il a du talent. Et quels sont ceux qui s'y laissent prendre, le plus souvent? Ceux-là justement qui ont élevé la réclame à la hauteur d'un dogme, comme par exemple ces marchands américains qui, enrichis au trafic des cotons ou des saindoux, veulent se donner le genre d'une galerie. Or, voyant la critique délaisser les noms connus, arrivés, pour ne s'occuper, et minutieusement, que des Brosseforts — car vous sentez bien qu'il n'y a pas qu'un seul sujet à la fois sur le tapis, *non bis in idem*, et l'on en benjamine tout autant que l'on suppose le public en humeur d'en gober

— l'acheteur sérieux commence à éprouver
des inquiétudes. — *God bless me* ! s'écrie-t-il,
je crois bien qu'il manque quelque chose à ma
collection. Ne pas avoir un seul tableau de ce
(ou ces) Brossefort dont on parle tant ! Il y a,
en outre, ceux qui se tiennent dans le sillage
de cette spéculation, comme ces pontes de la
Bourse qui se placeront sur telle valeur, si
véreuse qu'elle soit, pourvu qu'ils aient ou
croient avoir l'assurance que des gros bonnets
ont des vues de ce côté-là : on a chance ainsi
de happer quelques bribes. Bref, c'est la vieille
histoire de Rodolphe le bohémien, forçant
l'abonnement à son journal le *Castor*, ou du
commis-voyageur en vins de Champagne qui
finit par faire prendre sa marque, à force de
la demander dans tous les endroits où il va.
Un beau jour, le peintre voit entrer un quidam
dans son atelier : — Monsieur Brossefort, s'il
vous plaît ? — C'est moi-même, monsieur. Que
puis-je pour votre service ? — Ici et après les
félicitations de rigueur, le visiteur fait comprendre ses intentions. L'artiste soutient bien
son rôle : il est fatigué, énervé, dégoûté ; il ne
travaille plus et songe à briser ses pinceaux.
En un mot, l'amateur est convaincu qu'il a,
devant lui, un être aussi fantasque que Sarah
Lasécheresse. Ces artistes ne ressemblent pas
au reste de l'humanité et ceux-là auxquels

tout déplait ne doivent pas beaucoup tenir à la
vie. Si Brossefort allait mourir ! C'est ça qui
donnerait de la valeur à ses œuvres : c'est un
fait connu et historique, depuis la petite ma-
nigance de David Teniers. Mais, où trouver
des tableaux ?... — De grâce, cher maître !...
— Ah ! je ne sais... voyez pourtant... la maison est au coin... de l'avenue. L'amateur y
vole, achète des brassées de Brossefort, paie
tout ce qu'on lui demande... et le tour est
joué. L'artiste, sans pouvoir s'empêcher de
songer que son Mécène gagne deux ou trois
cents pour cent sur son dos, considère cependant que, sans son intervention, il aurait
passé sa vie dans cet arrière-plan de limbes
où se confectionnent les portraits à bon marché et les chemins de croix commerciaux ; le
marchand ensache sa recette et quant à celui
qui nous intéresse, le critique lanceur, l'homme-
catapulte, croira qui voudra qu'il ait opéré
gratis pro Deo. Il en est, je n'en doute pas,
qui n'hésiteraient pas à prêter le serment de
n'avoir jamais touché *un sou* de ce chef; mais
Escobar n'en continuerait pas moins à les couvrir de son manteau, comme ses enfants légitimes, attendu que cela n'impliquerait pas
incompatibilité à l'endroit de certaines galeries formées, un peu à la fois, sans bourse
délier et que l'on pourra, quand on le voudra,

convertir en écus bien trébuchants. — Moi,
avoir trafiqué de ma plume! Fi donc! vous
m'insultez, monsieur, vous dirait superbement
Loup-Saxon. Je n'ai d'œuvres d'art, chez moi,
que celles que je dois à l'attachement ou à la
générosité de mes amis..... Eh bien! je n'en
demande pas davantage.

— A ce que je vois, dit M. Potin, et malgré
votre jeune âge, vous avez déjà perdu beaucoup de vos illusions.

— Si tant est, mon oncle, que j'en aie jamais
eu et cela tout à mon avantage. L'illusion est
la lymphe de l'esprit.

M. Potin ne répondit pas.

— Quant aux critiques dramatiques, continua le jeune homme, j'ai lu *Jérôme Paturot*
qui les raille agréablement en les accusant,
notamment, de conter des histoires en dehors
de leur sujet. C'étaient, apparemment, des
esprits de piètre ressource que d'être obligés
d'avoir recours à un pareil subterfuge, pour
remplir un pauvre petit feuilleton. Nous avons,
à présent, des gaillards qui, se trouvant à
l'étroit dans ce cadre resserré, ont imaginé
d'endosser le frac et de disserter, d'abondance,
sur les pièces nouvelles, tout comme les com-
mentateurs florentins de Dante et sans admettre
d'autres limites à leur éloquence, que la nécessité de ne pas occasionner une trop forte

dépense d'éclairage. C'est ce que l'on appelle le feuilleton parlé. Discourir, un ou deux tours d'horloge, gravement, avec toutes les apparences de la conviction, et sans jamais rester court, sur un sujet aussi palpitant que la grande machine de Balandard, c'est faire preuve, sans contredit, d'un joli talent. J'espère pourtant être de force à m'en tirer si quelquefois, je devais sortir un moment du rez-de-chaussée de mon journal pour faire, moi aussi, ma petite conférence. En dehors de cela il y a, dans le métier, certaines ficelles que je crois connaître. Ainsi, mon oncle, vous avez peut-être remarqué, comme moi, que dans le concert de la critique il n'y a plus de ces notes discordantes, comme au temps de la grande lutte des romantiques et des classiques, mais, au contraire, une certaine unanimité de jugement, si l'on en excepte peut-être François Sarcelle qui, assez souvent, fait bande à part et cingle ferme et juste. Mais, à part lui et si chacun a toute liberté, bien entendu, pour les floritures du style et le feu d'artifice des images, on peut noter un accord constamment parfait. Que de fois la critique a fait effort, en masse, pour *soutenir* une pièce qui n'en tombe pas moins, à plat, devant ce juge suprême que l'on appelle Monsieur Tout-le-monde ! Que d'exclamations enthousiastes, que de cris de

pamoison ont été poussés, en pure perte et
sans pouvoir éviter *l'ananke* fatal du « four » !
Je crois donc pouvoir conclure, de cette con-
formité d'avis et d'erreurs, à une sorte d'entente, expresse ou tacite, mais, dans tous les
cas, très effective. Les opinions probables ne
seraient pas de saison, en matière théâtrale et
produiraient, au contraire, un effet désastreux.
En tant que juges, les critiques n'ont pas eu
de peine à comprendre que le prestige de leur
sacerdoce s'en irait vite à vau l'eau, s'il donnait lieu à des différences radicales d'appréciation, qui pourraient faire tenir le raisonnement suivant, à un profane philistin. Celui-ci
dit blanc, celui-là dit noir; je puis donc, moi
aussi, me mêler de critique, car je suis certain
d'être toujours de l'avis de quelqu'un. En
échangeant entre eux leurs impressions, comme
les jurés dans leur salle de délibération, les
membres du Sanhédrin de la critique évitent
de donner le spectacle d'une discordance fâcheuse. « Rompons-nous ou ne rompons-nous
pas? » disent Marinette et Gros-René. Entre
ces messieurs de la férule, la question à décider est: Soutenons-nous ou ne soutenons-nous
pas? Je crois être, mon oncle, d'un cara. 'ère
assez docile et j'aurai soin d'emboîter fidèlement le pas à mes chefs de file, comprenant
très-bien qu'en dehors de la pièce elle-même,

il y a toujours différentes considérations pour
guider les consciences, si toutefois consciences
il y a. Ainsi, un tel a, aux yeux du critique
influent, le mérite d'être un bon garçon et
« d'aimer beaucoup sa mère »; un autre est
un intime ami; d'autres fois, c'est le directeur
auquel il ne reste que cette dernière carte,
pour ne pas déposer son bilan; c'est un ou
une artiste que l'on tient à ménager. Et que
de cajoleries, d'ailleurs, que d'intrigues mises
en jeu! La chair est faible; n'est-il pas plus
doux de se laisser fléchir quand, au surplus,
on peut considérer qu'on ne trompe qu'à moitié
le public habitué, depuis longtemps, à connaître la valeur des mots et à interpréter
« immense succès » en pièce de valeur moyenne
qui a beaucoup de chances d'être oubliée, dans
quelques semaines et « franc succès » en four
carabiné. La caque sent toujours le hareng et
l'on aura beau dire et beau prétendre, parler
d'art pur, prendre des airs dignes et profonds
et décorer tous les comédiens, en tas et en
bloc, il y aura toujours, dans tout ce qui
touche au théâtre, quelque chose de l'exagération du boniment débité par Paillasse, du
haut de ses tréteaux. Les confrères de la
Passion, ancêtres en ligne directe des *artistes*
modernes, faisaient l'annonce au son de la
caisse; ce sont, actuellement, les échotiers,

coulissiers, analyseurs ou critiques qui jouent le même rôle. Il n'y a rien de changé sous le soleil. Battre la caisse, cela ne me déplait pas. Il y a, je le sais, de ces écholiers et critiques qui ont élevé le roulement continu à la hauteur d'un principe, à l'instar du sauvage de l'ex-café des Aveugles. Eh bien! la bonne volonté ne me manque pas et je ferai de mon mieux pour les imiter. Qu'est-ce que je demande, après tout? D'être un original, un excentrique? Nullement. Je suis prêt à hurler avec les loups afin de goûter, comme les autres, aux petits profits du métier. Je veux parler en maitre dans les théâtres; y entrer, moi et tous les miens, la tête haute, comme dans ma maison; faire la leçon aux directeurs; déjeuner, diner et souper avec auteurs et acteurs; imposer les *ours* de mes amis, régner et pontifier; enfin, recevoir les mamours des divinités de la maison, jusque et y compris *l'et-cœtera*, en dépit de Marceline qui prétend qu'il n'y en a pas. Vive Dieu, l'honnête métier!...

Ma situation est critique;
Eh bien! je me fais critique.

—Sans vouloir apprécier, répliqua M. Potin, la compétence, que vous pouvez avoir pour faire le métier de critique, à la manière dont

vous l'entendez, il faut cependant que je vous
fasse une observation préjudicielle. Vous prétendez que le nombre de ceux susceptibles de
faire de la critique, suivant la formule ordinaire, est bien supérieur à celui des individus
qui s'en mêlent effectivement et je suis tenté
de vous donner raison, quand je considère que
dans les *Petites affiches* ou ailleurs il y a, à
profusion, des demandes de concierges, domestiques, employés ; que des états ont manqué de souverains et des gouvernements de
ministres, mais qu'on n'a jamais vu la moindre
annonce pour demander un critique, bien qu'il
n'y ait si mince feuille de chou qui ne tienne
à avoir le sien, d'où je soupçonne, non seulement que le recrutement en est facile, mais
encore, et très probablement, qu'il y a, à la
porte de chaque maison qui emploie des feuilletonnistes, un joli ruban de queue de postulants.
Vous vous souvenez du retentissement qu'eut
fameux traité sur « l'art d'élever des lapins
« et de s'en faire six mille livres de rente » ;
mais, croyez qu'il ne manque pas de gens pour
préférer, à cela, la science plus élégante de
s'assurer une vingtaine de milliers de francs
d'émoluments — pour ne rien exagérer — à
débiter, une fois par semaine, des phrases
creuses sous la seule condition d'avoir l'air de
les prendre au sérieux, soi-même. Il faut donc

suivre la file et faire la queue. Mais, faire la
queue, ce n'est pas là le moyen de trouver les
ressources immédiates dont vous paraissez
avoir envie et ce, d'autant plus que les titulaires de ces emplois ne se presseront pas
trop, c'est à craindre, de vous céder la place.
Il y a une complainte qui prétend que « ce
« n'est pas toujours les mêmes qui auront
« l'assiette au beurre »; mais, je suis prêt à
soutenir le pari que jamais ceux qui l'ont en
main ne la lâchent, de bonne volonté. Le
champ de la critique ne ressemble pas à la
vigne du Seigneur, où tous les ouvriers de
bonne volonté peuvent trouver, à toute heure,
à se faire embaucher et il y a des gens que
cela n'effraie pas d'occuper double place. Vous
avez comparé Loup-Saxon et certains de ses
confrères au juge Brid'oison; l'analogie serait
incomplète si vous n'y mêliez un peu de
Doublemain, son greffier-secrétaire, qui man-
geait à double ratelier, et si vous adressiez
requête, à ces critiques en partie double, pour
les prier de faire un choix, en vous laissant
l'autre part, ils vous riraient au nez en vous
répliquant, comme Bazile, que ce qui est bon
à prendre.....

— Triste affaire, mon oncle. C'est bien dommage; cela m'aurait été comme un gant et
d'autant plus que je me sens assez d'appétit

pour manger à tous les rateliers du monde.
Quand donc abolira-t-on le cumul? En attendant, il faut chercher autre chose..... Je sais
bien une place qui me sourirait assez; mais
je crains encore des objections.

— Quelle place?

— Celle de trésorier-payeur général, mon
oncle.

— Rien que cela! Je vous crois sans peine;
mais, comme vous le dites, il y a des objections.....

— Là! Voyez-vous?

— Dont l'une, entre autres, est que vous ne
connaissez rien de ces fonctions.

— Oh! pour cela, je vous arrête, mon
oncle, et je vous dirai, au contraire, que je
suis à même de raisonner de la question aux
points de vue historique, économique, politique, à tous les points de vue, en un mot, ce
que ne sauraient tous faire peut-être, j'en ai
quelque idée, les titulaires de ces emplois for-
tunés.

Et, sans attendre qu'on lui en donnât la
permission, il se lança sur ce sujet:

— Les trésoriers-payeurs généraux, dit-il,
sont une réminiscence directe de ces anciens
fermiers-généraux connus dans l'histoire pour
avoir inventé les petites-maisons et patronné
certaine édition célèbre et égrillarde qui

porte leur nom. Contrairement à l'opinion de
l'illustre Ricord et aux promesses qui émail-
lent la quatrième page des journaux, il y a
certaines lèpres contre lesquelles la thérapeu-
tique est encore impuissante : on transforme
la maladie; on ne l'extirpe pas. Les trésoriers
généraux sont le produit d'une de ces transformations. On put croire pourtant, un moment, à une guérison complète. Ce fut à cette
époque étonnante où un ministre déchaussait
ses commis et envoyait leurs souliers aux armées, prétendant que les plumitifs pouvaient
bien se contenter de sabots, quand des soldats
combattaient pieds nus ; à cette époque aussi
où l'on envoyait, à la victoire ou à la mort, des généraux à raison de deux cents francs par mois,
soit environ le dixième du cachet que touche
maintenant, pour une séance dans un salon,
Monologueur le grand artiste, que l'on décorera
quelque jour, par dessus le marché, sans quoi
il donnera sa démission de comédien ordinaire de la République française, — car c'est
là le moyen très-efficace imaginé de nos jours,
par Pasquin, pour se faire admettre dans la
légion des braves. Il ne faisait pas bon, en
ce temps-là, pour la maltote et d'aucuns financiers devinrent des Saint-Denis, qui se seraient passés volontiers d'un pareil honneur.
Avec des temps plus calmes, ceux qui avaient

conservé leur tête sur leurs épaules se hasar-
dèrent à la redresser. Phénomène bizarre, ce
fut précisément sous un homme qui nourrit,
toute sa vie, une défiance instinctive à l'égard
des gens de finance, sous Bonaparte, premier
consul. Mais les communications étaient longues, difficiles et peu sûres : une centralisation
départementale des finances parut offrir des
avantages, et d'autre part, Decizième, « notre
historien national, » relève comme précieuse,
dans la pénurie du Trésor, la ressource des
cautionnements dont les receveurs généraux firent le versement, en entrant en
fonctions. Depuis lors, l'institution s'est développée progressivement et géométriquement,
de même que l'écart entre les deux branches
d'un angle devient de plus en plus important,
à mesure qu'on s'éloigne davantage de son
sommet. Actuellement, les trésoriers-payeurs
généraux peuvent se dire, sans crainte d'être
démentis, les fonctionnaires les plus rémuné-
rés de la France entière et j'imagine que ce
ne doit pas être un mince sujet d'orgueil, pour
le misérable trimant au soleil, pour le marin
qui risque sa vie, pour le paysan criant misère, pour tous les gueux, en un mot, de considérer que s'ils ont de la peine, du moins ils
contribuent, pour leur quote-part, à entretenir
d'aussi gros personnages. Cicéron, revenant

faire un tour parmi nous, ne pourrait s'empêcher de s'écrier : — Dieux sublimes ! que de
gens ont sauvé leur patrie, en ce pays, pour
avoir mérité d'être aussi magnifiquement
récompensés ! — Erreur, mon vieux romain !
Ces héros sauvent la caisse, la leur, s'entend,
et pas autre chose. Particularité remarquable,
ils peuvent se montrer, à l'endroit de la fortune publique, aussi éclectiques que le sabre
fameux de M. Prudhomme. Si, en effet, on
construit des maisons, on dessèche des marais.
on défriche des landes, ils savent qu'ils s'en
ressentiront sous forme de commissions ou
remises, vu l'augmentation du chiffre des
rôles et d'autre part, si des désastres politiques nécessitent la création de nouveaux
impôts ou l'élévation de ceux déjà existants,
ils sont certains d'y participer, j'entends d'en
toucher leur part. La dernière guerre a doublé
leur situation ; c'est par centaines de milliers
de francs maintenant que comptent annuelle-
ment les moindres d'entre eux. Vienne une
nouvelle invasion et ils atteindront le million.
C'est mignon ! Ce sont, d'ailleurs, des personnages dignes, tranquilles et accommodants.
Rétribués à un taux vingt fois, cent fois,
mille fois plus élevé que tous les autres fonctionnaires, en allant du préfet au facteur rural
ou au cantonnier, ils n'en ont pas les peti-

tesses et lors des différents changements de
régime qui ont signalé notre siècle, il est sans
exemple qu'un seul membre de cette éminente
corporation se soit montré assez malappris
pour souffleter, de sa démission, les nouveaux
arrivants. Des esprits chagrins, de ceux-là qui
se mêlent de raisonner sur tout, à tort et à
travers, font remarquer que l'argent du contribuable va d'abord au percepteur, qui le trans-
met au receveur particulier d'arrondissement,
qui a affaire avec le trésorier-payeur départe-
mental, lequel, enfin, compte avec le Trésor.
Ils font observer que nous avons les chemins
de fer qui ont raccourci quelque dix fois les
distances, qu'il n'y a plus de compagnies de
Jéhu sur les routes et ils se demandent s'il
n'y aurait pas moyen de supprimer au moins
une des catégories de ces entremetteurs fis-
caux. Il ne faut pas s'arrêter, un seul instant,
à de pareils radotages; ils émanent, probablement, d'individus dans le genre de celui qui,
ayant entrepris de démonter sa pendule, ne
put jamais parvenir à la remonter complètement et resta toujours avec une roue en trop,
dont il ne sut trouver la place, ce qui n'empêcha pas, du reste, la pendule de marcher
comme précédemment, et même remarquablement mieux, ajoute l'histoire. Passe pour
une horloge; mais quelle témérité de songer

à supprimer un rouage dans le mécanisme
de cette admirable administration que l'*Europe nous envie*..... sans chercher à l'imiter!
Nous avons eu de savants mécaniciens financiers : Decizième qui contracta alliance dans
les rangs de trésoriers généraux; Magnanime
qui y fourra toute sa famille; Léon, petit-fils
de Jean-Baptiste, qui, quand il n'est pas ministre des finances, écrit tant et de si belles
critiques sur les finances; bien d'autres encore. Aucun n'a jamais songé, au grand
jamais, à la suppression de ce rouage, aux
dents longues et aigues des trésoriers généraux. Il faudrait, d'ailleurs, faire preuve de
la plus crasse ignorance, en matière de science
gouvernementale, pour ne rien savoir de
l'influence d'une place à donner, dans la
stratégie parlementaire. Cet appât, ménagé
habilement, a pu tenir en haleine, des mois
durant, tel législateur influent qui guigne les
fonctions pour quelqu'un des siens et il y a
telle dépense dont le vote était douteux et
qui a été autorisée, enlevée, à l'aide d'une
promesse de nomination. C'est ce qu'on pourrait appeler faire coup double sur le dos
du contribuable qui doit ainsi payer, et
l'impôt avec lequel on fera face à la dépense
et le haut fonctionnaire chargé de l'encaisser.
Le donnant, donnant, qui a fait l'accord entre

16

le ministre et le législateur, peut se traduire, pour le contribuable, bonne bête à tondre, par donner deux fois.

« Quant à craindre pour l'avenir des trésoriers généraux, ce serait puéril ; l'envie pourra bien élever ses critiques, cela ne prévaudra pas. On sait, d'ailleurs, quel sort est, d'ordinaire, réservé aux critiques, témoins ces sages discoureurs d'un congrès célèbre qui, arrivés au pouvoir, à leur tour, continuèrent religieusement à suivre le chemin tracé par leurs devanciers, sans s'en écarter d'une ligne. Je n'assistais pas au congrès décentralisateur de Nancy, mais je crois en savoir l'histoire posthume. Ira-t-on crier au parjure ou à la farce ? Quelle folie ! Il y a, au surplus, des précédents qui peuvent servir comme d'un utile enseignement. Dans *Andromaque*, Pyrrhus, recevant les représentations des ambassadeurs de la Grèce, se défend énergiquement de n'avoir vaincu « que pour dépendre d'elle. » De même il ne saurait convenir, à nos Pyrrhus modernes, de rester les prisonniers de leur virulence d'antan. — Quoi donc ! s'écrieraient-ils, n'avons-nous combattu les abus que pour qu'il nous soit interdit d'en profiter, à notre tour, après en avoir été si longtemps les victimes ?..... Plus souvent, par exemple ! Il faut être juste, que diable !..... En ce qui est

des connaissances à réunir pour être en droit
de prétendre aux fonctions de trésorier général, on se tromperait si, se basant sur ce
qu'il s'agit de chiffres, on se figurait qu'il y a
là quelque chose en parenté avec le calcul de
l'infini, de Newton, le calcul intégral et, en
général, toutes les hautes mathématiques,
comme aussi, en tant que maniement de fonds,
avec la sûreté de main et de coup d'œil d'une
caissière de bureau de tabac, à Paris, recevant
et rendant la monnaie dix fois en une minute, et ce, pendant seize heures chaque jour.
Toutes ces qualités ne peseraient d'aucun
poids dans la balance. — « Il fallait un calculateur; ce fut un danseur qui l'obtint, » dit
Figaro à propos de la place à laquelle il aspirait. Ici, danseur et calculateur se trouvent
exactement sur le même pied. L'amélioration
n'est pas mince, comme vous le voyez, au bout
de quelque cent vingt ans. C'est, en effet, un
des bienfaits de la Révolution que d'avoir consacré la doctrine de l'égale accessibilité à toutes
les fonctions, de tous les citoyens et, en particulier, à celles de trésorier général qui n'exi-
gent aucun grade, aucun examen préalable,
aucune preuve d'un savoir-faire quelconque.
Il suffit, pour y prétendre légitimement, d'être
en état de tracer son nom ou sa croix, au bas
d'une procuration à remettre à un fondé de

pouvoirs qui se chargera de tout, absolument de tout. On peut donc en conclure qu'on se tirera honorablement d'affaire, pourvu qu'on ait au moins autant de cervelle que ce qu'en renferme le crâne de l'invalide à la tête de bois. Bref, il ne s'agit, en aucune manière, d'intellect et l'histoire, qui a enregistré les refus pleins d'abnégation et de modestie opposés par Cincinnatus, Dioclétien, Godefroy de Bouillon et Washington, aux honneurs qu'on voulait leur décerner, ne saurait citer un seul trésorier-payeur général qui, à l'annonce de sa nomination, se soit récusé sous prétexte d'ignorance ou d'incapacité. Vous voyez par là, mon oncle, que je me trouve parfaitement dans les conditions voulues. Reste une misère, le cautionnement à fournir, quelques centaines de milliers de francs à verser, utile prescription qui a été imaginée, non pas seulement en vue de garantir la gestion du trésorier général, mais aussi pour empêcher que tout Français ne devint un postulant affirmé à ce bel emploi. Mais, à cet égard, je puis être tranquille, dès l'instant où j'ai retrouvé un bon parent qui veut bien s'intéresser à moi.

Cette conclusion gâta, pour M. Potin, le plaisir qu'il avait goûté à entendre la critique des trésoriers-payeurs généraux ; mais il évita d'y répondre directement.

— Quand vous en aurez terminé, dit-il, avec les positions auxquelles vous ne pouvez prétendre, vous voudrez peut-être parler des autres.

— Ce qui renferme, implicitement, un avis d'avoir à conclure, répliqua le neveu. Je ne demande pas mieux, mon oncle, et j'y tâche de toutes mes forces. Voyons : Relieur du Grand Livre de la dette publique ; c'est quelque peu tintamarresque.....Administrateur des chemins de fer de l'Etat : on a un gros traitement et aucun souci du dividende à donner, aucun actionnaire pour vous ennuyer ; une caisse inépuisable, qui est celle de l'Etat même et, à ce que l'on prétend tout bas, quelques etc. bien sentis ; mais, je parie de me proposer, même au rabais, et qu'on ne voudra pas de moi.... Hasteur du rôt du roi, l'emploi n'existe plus et c'est grand dommage.... Professeur de rhétorique du duc de Galimâfré-Masqué, écrivain *accadémique* ; mais le noble personnage se soucie de la rhétorique comme un poisson d'une pomme.... Répartiteur des libéralités de M. le baron de Plutus ; ce ne serait là qu'un emploi honoraire... Diable, diable, diable !....

Et le jeune homme, se grattant le front, parut livré à une énergique tension de l'esprit. Tout-à-coup, il dessina un geste, dans l'air :

16*

— *Eureka!* s'écria-t-il, je tiens mon affaire.

— Voyons, fit l'oncle.

— Comment n'ai-je pas songé à cela, du premier coup, au lieu de m'égarer sur des chimères? Où avais-je l'esprit? Oui, mon parti est définitivement pris. Vous ne devinez pas? continua-t-il, en fixant un œil étincelant sur M. Potin.

— Non, dit froidement celui-ci, qui persistait à se tenir sur ses gardes.

— Si j'avais l'éloquence de Madame de Sévigné, reprit le jeune homme, je vous dirais que c'est la profession la plus répandue, la plus fructueuse, la plus grande, la plus petite, la plus altière, la plus humble.....

— Dites-là donc tout de suite, fit M. Potin, avec un mouvement d'impatience.

— Eh bien! puisque vous donnez votre langue aux chiens... Une, deux, trois... Vous n'avez pas deviné?... Souteneur!

— Souteneur?

— Oui, mon oncle; souteneur!

M. Potin, qui avait eu un haut-le-corps, considéra un moment en silence, son neveu. A quoi pouvait bien tendre toute cette comédie? Il résolut de la suivre jusqu'au bout.

— Et vous avez, sans doute, compté sur moi, dit-il, pour vous fournir l'uniforme?

— Justement, mon oncle.

Celui-ci prit une pièce de vingt francs, dans son porte-monnaie et la tendit à son neveu, qui l'empocha sans sourciller et qui, alors, se croisant les bras :

— Ah ! mon oncle, dit-il avec un air de profond étonnement, qui aurait cru cela ? Un homme comme vous !.....

— Quoi donc ! fit M. Potin, d'un ton ironique. N'est-ce pas suffisant pour avoir une superbe casquette de soie ? Il vous restera encore de quoi acheter du cosmétique, pour les accroche-cœur de rigueur.

— Quoi ! continua le jeune homme, sans s'arrêter à ce sarcasme, avec un esprit d'élite comme le vôtre, mon oncle, vous vous trouvez dupe de semblables calembredaines ! Vous en êtes encore à croire que des individus, mis à l'index de la société ou ayant intérêt à se dissimuler, se parent néanmoins, d'attributs distinctifs ayant pour effet infaillible de les faire distinguer et piger d'une manière plus sûre : la casquette à trois ponts, la bande des foulards rouges, l'association des valets de cœur, Poisson du Terroir, Xavier de Massepain, les *anas* des petits écrivains, les poncifs des journaux folâtres, à court de copie... O mon oncle, mon oncle !...

— Il paraît que je me suis fourvoyé, se dit M. Potin.

— Il y a pourtant, poursuivit le jeune Alexis, une vieille histoire qui, à ce point de vue, est bien instructive. C'est celle du larron pris en flagrant délit. — Au voleur, arrêtez-le ! crie-t-on en le poursuivant. Et lui, courant devant et faisant de grands gestes, crie plus fort que tout le monde : — Arrêtez-le ! De sorte que personne ne songe à barrer le chemin à cet homme zélé et, finalement, il a la fortune de s'échapper. C'est ici la même chose. — Au souteneur ! crie-t-on sans cesse ; mais lequel, je vous prie ? J'en vois des milliers de milliers !

— Tous également méprisés... commença M. Potin.

— Que non pas, mon oncle, s'écria vivement le jeune homme. Diable, il ne faut pas confondre ! Qu'il y·ait des femmes pour chercher des amants de rencontre sur le trottoir, à défaut de pouvoir les recruter dans les salons ; qu'il y ait, dans leur cycle, des individus qui, si le ciel l'eût voulu, eussent été aussi du parti des *honnêtes gens*, c'est ce que je ne discute ni n'examine. La vindicte les poursuit, que m'importe ? c'est son affaire. Rude au pauvre, pleine de formes pour le riche, elle saura s'en arranger et n'ai que faire de m'en préoccuper. Mais, de même qu'il y a la haute et la basse pègre, il y a aussi des souteneurs de diverses catégories et je tiens trop à respecter

le nom que je porte pour ne pas me ranger
parmi le haut état-major. Or, où avez-vous vu,
mon cher oncle, que l'on ait jamais crié haro
sur les souteneurs de haute volée ?

— Mais, quels sont ces souteneurs dont
vous voulez parler ?

— Quels ? Je n'ai que l'embarras du choix ;
le tout est de bien choisir. Par exemple, je
puis offrir mes services au *Bigarreau*.

— En qualité de... ?

— En qualité d'écrivain à tout faire : c'est
très-goûté dans cette maison. Il est sans
exemple que le *Bigarreau* ait hésité à *soutenir* qui et quoi que ce fût, moyennant finances, bien entendu et c'est ce qu'il me faut.
C'est, vous dis-je, une profession très-répandue
que celle de souteneur. Jamais de crise ni de
morte-saison ; toujours de l'ouvrage à gogo.
Les compagnies de chemins de fer ont leurs
souteneurs à l'année ; les maisons de fournitures militaires ont les leurs et la compagnie
du gaz en a trouvé pour démontrer qu'elle
avait raison de ne pas baisser son prix. Tout
cela se paie comptant et à un taux progressif,
en raison directe du poids de la chose à soutenir. Il y a toujours eu des souteneurs pour
le turc en genèse d'emprunt et Bichon,
l'astronome des étoiles célestes et terrestres, a
soutenu ferme le Honduras, bien que sa mo-

destie s'effarouche quand on lui rappelle ce beau trait. Il n'est pas jusqu'au petit Henri de Lamontagne, qui n'ait eu sa notoriété, sur le boulevard, comme souteneur rempli de bonne volonté. Vous connaissez aussi, sans doute, comment le baron Etrangleur — d'Etrangleur en Allemagne — a soutenu le bey de Carthage?

— Mal, fit M. Potin.

— C'est une histoire qui mérite d'être contée. En ce temps là donc, c'est-à-dire il y a quelque vingt ans, un honnête et naïf bey de Carthage se tenait tranquillement dans son bardo, alors qu'Autrichiens, Espagnols, Turcs —j'en passe et des plus faméliques — faisaient rage sur la place et agitaient continuellement leurs sébilles. Cela ne pouvait durer plus long-temps, du moment qu'il y avait un baron Etrangleur sous la calotte des cieux. Un beau jour, il envoya par là un de ses plus habiles agents qui, manœuvrant adroitement comme il faut savoir manœuvrer dans les pays où l'on se coiffe du fez ou du turban, c'est-à-dire en jalonnant le terrain de cadeaux, parvint bien-tôt à s'insinuer dans les bonnes grâces du bey. Il loua le beau soleil du pays, la belle barbe du maître et, de confiance, la beauté des femmes du harem, qu'il ne lui avait pas été donné de contempler. Mais il insinua une cri-tique qui renfermait un avis :

« — Altesse, dit-il, il n'y a qu'une seule chose qui vous manque pour briller, comme vous le devez, au premier rang parmi les grands souverains.

« — Qu'est-ce donc? demanda le bey.

« — Vous n'avez ni trois, ni cinq, ni six pour cent, ni intérieure, ni extérieure, ni métalliques, ni rente papier, ni différées, ni converties ; vous n'avez encore affermé ni tabacs, ni moutons, rien en un mot. Bref, vous n'avez pas de dette publique. La dette publique, c'est la richesse d'une nation ; nous avons de savants économistes qui l'ont démontré péremptoirement.

« Le prince, qui n'entendit d'abord rien à ce qui, pour lui, était un étrange jargon, se fit répéter la chose et l'agent d'Étrangleur ne parvint pas sans peine, à lui faire comprendre qu'il y avait, de par le monde, une quantité de bons enfants toujours prêts à échanger des écus bien sonnants contre des carrés de papier à fond bariolé. Le bey objecta, cependant, qu'il ne saurait comment s'y prendre ; mais l'agent l'arrêta de suite :

« — Ne vous mettez pas en peine, dit-il, je me charge de tout. Signez seulement le traité.

« C'est ce que fit incontinent le bey et de sa plus belle écriture. Il n'eut point à se tourmenter d'autre chose. Le baron Etrangleur est un modèle de savoir-vivre et, avec une courtoisie parfaite, il se chargea effectivement de tout, épargnant au bey toutes démarches et tout dérangement. L'affaire fut lancée et *soutenue* de main de maître et, un beau jour, le Carthaginois reçut un sac d'un volume assez respectable. — Je vous envoie l'argent, lui écrivait, en même temps, Etrangleur qui y joignait ses félicitations pour le succès complet qu'avait eu l'emprunt, mais en se gardant bien d'ajouter qu'il en avait gardé les cinq sixièmes pour sa commission d'entremetteur. Un pleur d'attendrissement mouilla la paupière du bey.

« — Voilà un bien brave homme, dit-il à son premier ministre qui se trouvait près de lui, à ce moment-là. Allah permet sans doute qu'il y en ait quelques-uns, parmi les infidèles, pour nous faire honte de nos imperfections et nous piquer d'émulation.

« — Voire ! fit le ministre qui avait voyagé et y avait gagné de la défiance.

« L'altesse n'en serra pas moins l'argent dans son coffre, mais sans l'y oublier longtemps, car elle voulut que les dames du harem profitassent de l'aubaine et, durant quelques jours, il y eut, parmi elles, une abondante distribution de bijoux et de cachemires.

« Environ six mois après arriva une nouvelle lettre du baron Etrangleur. Le prince la baisa en la recevant.

« — Voyons, dit-il ensuite, ce que me mande mon bon ami le roumi.

« Ce n'était rien qu'une demande de fonds pour faire face au payement du coupon qui allait échoir.

« — Qu'est-ce que je disais ? ricana le ministre, qui avait son franc-parler.

« Le bey, lui, ne dit rien mais il se ressouvint de certain verset du Coran où reprendre est assimilé à prendre. Cependant, comme c'était la perle des beys, il gratta le fond du coffre aux écus, fouilla et retourna ses poches et enfin put réussir à compléter la somme réclamée par Etrangleur. Mais quand, six mois après, arriva encore pareille demande, le prince se fâcha tout de bon et voulut savoir le fin mot de la chose. Et quand on lui eut expliqué que la même comédie devrait se renouveler jusqu'à la consommation des siècles ; qu'il avait l'avantage de jouir, désormais, d'une dette perpétuelle, de posséder un Grand Livre, et que tous les six mois ses prêteurs auraient le plaisir de *détacher le coupon*, en son honneur, il entra dans une violente colère et jura qu'en fait de coupon, il ferait couper la tête à tous les roumis qui lui reparleraient de cette affaire.

17

« — Etrangleur n'est pas roumi, objecta quelqu'un.

« — Qu'est-il donc? demanda l'altesse.

« — Il est juif.

« Ce n'est pas mieux et c'est peut-être pire, répliqua le prince. Des juifs, j'en ai ici un certain nombre qui ne se réclament d'aucune nationalité et avec lesquels je suis assez à l'aise. Ça! qu'on leur donne le bâton pour le compte de leur coreligionnaire Etrangleur et que qui que ce soit tenant à son cou ne me parle plus de rien.

« Ainsi fut-il pendant quelque temps. Mais, de même que le jardinier qui a arraché un chardon n'est pas quitte, pour cela, de ce qui renaîtra de la graine qui aura eu le temps de s'en échapper, de même aussi, dans cette affaire, il y eut des repousses qui donnèrent lieu à de rudes exploits d'autres souteneurs politiques et financiers et qui enrichirent la géographie de la connaissance d'une peuplade jusqu'alors ignorée. J'ai nommé les Kroumirs, fameux désormais dans l'histoire de la spéculation et des souteneurs.

« Voilà! mon oncle, comment opéra Etrangleur, et il y aurait dix traits semblables à citer à son actif. Qu'en pensez-vous? »

M. Potin garda le silence.

— Vous parlerai-je maintenant, continua le

jeune homme, d'un autre souteneur fameux,
encore un baron, mais bon catholique celui-
là, le baron de Soupirons ? Si les souteneurs
à casquette de soie ont la spécialité des filles
perdues, Soupirons a celle des affaires destinées à se perdre. En a-t-il vu crouler sous
lui, le bienheureux ! Je dis le *bienheureux*,
remarquez-le bien, car ces écroulements ne se
produisaient pas par suite de tremblement de
terre ou de vétusté, mais bien par l'effet des
coups de mâchoire réitérés, donnés par Soupi-
rons-rongeur, plus acharné au travail que cinquante mille rats. Si le succès satisfait les petits
capitalistes, les gros font, au contraire, leurs
plus beaux coups en minant et ruinant. Il faut
excepter, cependant, une affaire dont il ne
put venir à bout, bien qu'il l'eût tellement
ébréchée qu'on s'attendit, à tout instant, à la
voir crouler aussi, comme tant d'autres. Je
veux parler du Crédit terrien, fondé pour
opérer au moyen d'hypothèques sur les propriétés françaises. Rien de plus précis et de
plus sûr, à l'apparence ; mais, voulant imiter
Bonaparte et son expédition d'Egypte, Soupirons débarqua dans ce pays, à la tête de
quelques centaines de millions empruntés aux
caisses du Crédit terrien, ce qui faillit causer
la mort de ce dernier. Heureusement, on eut
le temps de mettre le holà ; mais, dans le

monde financier, c'est une question qui a été
très-controversée que de chiffrer à combien se
monta la commission discrète qui revint à
Soupirons à titre d'entremetteur, de pour-
voyeur, de souteneur, en un mot, pour l'ex-
portation en Egypte, de l'argent du Crédit
terrien. On parle d'un cinquième ou d'un
quart ; que peut-on en savoir ? Il a des muets
en Orient et le Chef égyptien était trop galant
homme pour se laisser aller à un esclandre,
comme le boy carthaginois. Plus tard, quand
il se trouva dans la gêne, on lui mit les gardes
du commerce sous forme d'une commission
financière qui fit main basse sur l'argent, au
fur et à mesure qu'il se révélait et les fellahs
emboursèrent, à cette occasion, un redouble-
ment de coups de bâton. Est-ce à la chré-
tienté de se plaindre quand les infidèles
sont châtiés ? Le pieux Soupirons n'y a jamais
songé et la seule chose dont il ait eu du cha-
grin, dans toute cette affaire, fut l'obligation
de partager avec un sien compère. *J'en frémis
d'horreur.*

— Comment le nommez-vous ? demanda
M. Potin.

— Ah ! charmant le calembour, quoique
pas neuf ! Mais l'application en est de vous,
mon cher oncle, car, quant à moi, je n'ai
voulu qu'exprimer un sentiment. Mais, laissons

Soupirons. Aussi bien on n'en sortirait pas si l'on voulait parler, avec quelque détail, de tous les souteneurs éminents. Il y eut, sous l'Empire, un duc fier souteneur de bien des choses et notamment des affaires mexicaines. Nous avons maintenant, à tous les coins de rue, des échoppes qui sont les succursales de sociétés pour soutenir l'industrie, le commerce, le crédit, et en général, tout ce que l'on veut. Essayez de leur remettre un billet à l'encaissement ; fût-il revêtu de la signature de dix centmillionnaires, on met les fonds à votre disposition un mois plein après l'échéance, rien que cela, et ce fait, mille fois répété, fournit à ces sociétés un joli capital flottant, avec lequel elles soutiennent une quantité de bonnes affaires..... bonnes pour ces sociétés. L'Autriche soutient la Prusse, le baron de Plutus soutient l'Autriche et Léon, petit-fils de Jean-Baptiste, soutient M. de Plutus. La patrie française, dans ce concert, est soutenue comme le pendu l'est par la corde. Des souteneurs, mon oncle!.... J'en vois grouiller comme des puces dans la courte paille d'une vieille paillasse pisseuse. Lors du procès du grand Mirès, — une campagne perdue malgré l'héroïsme d'une armée de souteneurs — son avocat agitait, au-dessus de sa tête, une liste d'immense taille contenant, par milliers, les noms de tous ceux qui, moyennant subside, avaient soutenu son client. Quelle page dans l'histoire des souteneurs! — La voilà cette liste, s'écriait le défenseur; eh bien.... je ne la lirai pas! — Vous avez raison, diront les juges. — Vous avez raison, appuyèrent ferme ceux qui figuraient sur la liste. Et de fait, ce serait chose fâcheuse si, comme on le disait dans une pièce restée fameuse dans les fastes du drame, il n'y avait plus de sécurité..... pour les souteneurs. Grenier de Cassemajou père et fils, furent de rudes souteneurs de la cause impériale; ils ont, nombre de fois, protesté de leur dévouement, de leur foi, de leur fidélité à toute épreuve, et à tout cela je fais la grimace, ne voyant pas qu'il y soit question de profits et récompenses. Mais quand, d'après certains papiers retrouvés aux Tuileries, je vois que le dévouement inébranlable des Cassemajou fut coté jusqu'à cinquante mille francs par mois, cela me rassure et je suis tout prêt à leur emboîter le pas. Que d'autres Cassemajou d'ailleurs dans tous les partis! Foi, fidélité des convictions, dévouement immatériel à la chose publique, ce sont là les chimères de l'honneur au berceau. Avant tout, il faut avoir de l'argent; cela a été répété jusqu'à satiété et c'est une vérité devenue triviale. Le duc de l'Empire, souteneur mexicain, fut en son temps

et est encore maintenant, de par le souvenir
qu'il a laissé dans la bonne société, considéré
comme une sorte de modèle parfait des bonnes
manières et du galant homme. Citez-moi un
salon, une réunion, un lieu quelconque où
l'on ait claqué la porte au nez, comme indignes, à Etrangleur, à Soupirons et à n'importe quel financier de même aloi..... D'autre
part, est-ce que le *Bigarreau*, organe des
honnêtes gens, n'a pas secoué cent fois et de
verte main, les gens à casquette, à chapeau
mou, bref, tous ceux qui n'ont pas le fin gibus
de soie? Sera-ce une excuse pour eux de dire
qu'ayant confié leur argent à Etrangleur et
compagnie ou aux bonnes affaires soutenues
par le *Bigarreau* lui-même, ils se trouvent
quelque peu empêchés? Allons donc! Un beau
passe-temps, vraiment, que d'écouter les doléances des gens ruinés, de ceux-là qui, dans
un coup de balai politique, et financier, n'ont
pas l'esprit de se mettre du côté du manche!
Avec quoi, je vous le demande, paieraient-ils
leurs souteneurs? Pas de lièvre, pas de civet;
pas d'argent, pas de souteneur. Ça, mon parti
est pris. J'entre dans la corporation et je
brûle de m'y distinguer. *Vivat Mascarillus
fourbum imperator !*

— Monsieur, répliqua M. Potin, vous serez
ce que vous pourrez ou croirez devoir être;

je n'en prends nullement la responsabilité.
J'ai voulu seulement, obéissant à diverses
considérations, mettre à votre disposition un
certain appui pécuniaire.....

— Enfin, nous y voilà, se dit intérieurement
le jeune homme.

— ..... limité, bien entendu, à ce qui convient et selon les résultats. Ainsi, si vous
aviez voulu continuer vos études de droit, et
moyennant de justifier des inscriptions et
examens.....

— Je ne me sens plus aucun goût, interrompit le neveu, pour une profession basée
sur l'exploitation de la chicane.

— C'est, je le répète, votre affaire exclusive ; mais, il vous appartient aussi d'avoir, à
tous les points de vue, la responsabilité de
votre avenir et de votre vie. Tout ce que je
puis faire, c'est de mettre à votre disposition
un viatique de trois cents francs par mois et
ce, pendant six mois. Beaucoup se sont fait
un nom, qui étaient loin d'avoir pareille ressource. Après cela, si vous n'avez pas su vous
créer une position, ce ne sera pas à votre recommandation et vous n'aurez à compter sur
aucun autre appui de ma part. Et maintenant,
je vous demande pardon, mais j'ai affaire.....

Et, sans attendre de réponse, M. Potin se
retira dans une autre pièce, laissant le jeun e

homme s'en aller déconfit en voyant à quel
résultat assez piètre, à ses yeux, aboutissait
toute son éloquence.

Dès le lendemain, M. Potin envoya, par
avance, les trois cents francs mensuels qu'il
avait promis et, pendant quelques jours, il se
se trouva comme ragaillardi et assez satisfait,
en somme, de la manière dont les choses
avaient tourné. En vertu de la loi des contrastes,
il goûta le plaisir d'une tranquillité dont auparavant, il ne soupçonnait pas le prix. Mais
cette félicité fut de courte durée ; le neveu
écrivit peu après à son oncle, que la pension
qu'il lui avait octroyée suffisant étroitement à
ses besoins immédiats, ne lui laissait, par
cela même, aucune ressource disponible pour
tenter une entreprise sérieuse sur laquelle il
pût asseoir sa fortune. C'est alors que se succédèrent les propositions. Tantôt le jeune
homme voulait fonder une écurie de courses,
tantôt créer un journal ; c'était un théâtre
qu'il voulait reprendre, une banque qu'il voulait lancer et vingt autres *bonnes affaires* dont
les projets étaient développés en autant de
mémoires brillants et se terminant tous par la
demande d'une subvention. Parfois il faisait
écrire par des associés interlopes qu'il avait
trouvés et l'un d'eux alla même jusqu'à envoyer, à M. Potin, un traité rédigé en forme

17 ·

avec prière de le revêtir de sa signature. Tous
ces chacals flairaient l'oncle et se passaient la
langue avec gourmandise, en songeant au
grassouillet de ses dépouilles.

M. Potin soutint tous ces assauts sans broncher, ne répondit à aucune demande et maintint, plus que jamais, la consigne de n'admettre
personne auprès de lui. Rebutés sur le terrain
épistolaire, les assaillants essayèrent de se
rattraper au moyen de la voix publique des
journaux. Plusieurs fois M. Potin eut à écrire
pour rectifier, en ce qui le concernait, le récit
de faits peu flatteurs auxquels on le mêlait
malignement, entre autres quand on le repré-
senta comme ayant été appréhendé au collet,
au Bal de la *Boule noire* et conduit au poste,
pour danse scandaleuse. Son perfide sosie
avait fait naître, à dessein, la confusion et le
journaliste-reporter s'étendait en considérations
bien senties sur les quakers de la Maison,
hypocrites renforcés qu'il comparait à Caton,
s'enivrant en secret. Chaque fois que se produisait pareille méprise, le neveu ne manquait
pas d'écrire à son oncle pour s'excuser et rejeter la faute du quiproquo sur la légèreté
des nouvellistes. Mais il ajoutait que si c'était
un devoir, pour lui, de revendiquer la responsabilité de ses actes, il n'en pouvait pas
moins s'empêcher de considérer que le mal

serait coupé, dans sa racine, si des occupations sérieuses et réglées le mettaient à l'abri des entraînements de l'oisiveté.

Et toujours, comme conclusion, venait la sempiternelle demande d'argent.

M. Potin vit clairement et bientôt qu'il se trouvait en présence d'un complot d'exploitation organisée. Il se roidit et d'ailleurs, eût-il cédé une fois, qu'il ne se serait pas trouvé, évidemment, garanti contre la reprise ultérieure de cette persécution systématiquement réglée. C'est alors qu'il se souvint, tout à coup, qu'il n'avait jamais vu les fêtes si vantées du carnaval, à Nice. Enchanté d'avoir à se donner ce prétexte, il fit ses malles et, laissant son domestique à Paris, il affronta le terrible chemin de fer P.-L.-M, après avoir pourvu à ce que son neveu continuât à recevoir, durant son absence, sa pension mensuelle.

IX

Tandis que M. Potin se débattait contre les ennuis qui viennent d'être rapportés, d'autres avaient également les leurs contre lesquels ils devaient lutter. A chacun son lot : c'est la loi de ce monde!

Au nombre des plus préoccupés, dans le même moment, il convient de citer MM. Dumortier et Vernon, les électeurs influents ou, pour mieux dire, omnipotents de Villétrange.

La situation politique et électorale de Villétrange, à cette époque, n'est pas indigne d'une mention particulière.

Cela remontait à une soixantaine d'années auparavant, c'est-à-dire à la Restauration et aux premières années du régime parlementaire, en France.

Ce système ou régime offre ceci de particulier que, s'il présente des facilités incontestables pour les esprits d'élite, il ne laisse pas, en même temps, de se montrer engageant

et souriant pour ceux de moindre envergure.
Tel, qu'on aurait à peine accepté comme
substitut en Cochinchine, pourra prétendre
au titre de garde des sceaux, pourvu que
les électeurs en aient fait un honorable ; tel
autre qui, en son temps, eut besoin d'un
conseil judiciaire, se trouve parfaitement à sa
place aux Finances. Le portefeuille de l'Agri-
culture et du Commerce ne rencontre aucun
refus basé sur la modestie ou l'incompétence
et l'Intérieur, ce pont aux ânes des ministères,
revient de droit, non à telle ou telle personnalité, mais à tel ou tel groupe. On sait avec
quelle franchise M. Beugnot, bombardé ministre
de la Marine sous Louis XVIII, déclarait tout
d'abord, à ses commis, ne pas connaître le
premier mot des affaires de ce département
et notre époque, jalouse de lutter de comparaison, sur tous les terrains, avec celles qui
l'ont précédée, peut citer cet étonnant ministre
de l'Instruction publique, dont la sollicitude
voulait s'étendre jusqu'aux dortoirs du Collège
de France.

Parfois cependant — le hasard offre de ces
singularités — il se trouve que ceux-là sont
nommés qui, justement, étaient qualifiés pour
cela. Ce sont là des incidents de la stratégie
parlementaire. C'est ainsi que quelques années
après l'époque où le susdit M. Beugnot était

quelque chose, un ingénieur, ancien élève de
l'école polytechnique, fut intronisé au ministère des Travaux-Publics, doublé, il est vrai,
à cette époque, de deux ou trois autres, mais
il n'importe.

Grand émoi et grande joie chez tous les
« chers camarades » qui accoururent empressés. Ce fut, comme de justice, l'ancien copain
le plus intime du ministre qui arriva bon
premier. Ingénieur sans la moindre occupation,
il songeait parfois à se faire épicier, quand la
nomination de son ami l'Excellence vint lui
rendre l'espoir. On ne sait s'il se fit, à lui-
même, le serment d'obtenir quelque chose,
mais, ce qui est certain, c'est qu'il y employa
cette tenacité indomptable, qualité supérieure
du solliciteur, qui finit toujours par emporter
quelque bribe. On fouilla dans les cartons, à
son intention, et on réussit à trouver une commission sortable pour lui.

Il s'agissait d'études pour un canal projeté,
dans la région de Villétrange. Notre homme
partit, brûlant de se distinguer; mais. à la
première inspection des lieux, il ne put s'empêcher de faire la grimace. Le terrain était
d'une platitude qui lui rappelait la poitrine et
l'esprit de sa maitresse. Impossible, tout à fait
impossible il était de songer à appliquer, au
futur canal, les viaducs césariens, les écluses

prodigieuses et les ponts monumentaux dont
il avait déjà les projets tout dessinés, dans
ses cartons. Même, sur un certain parcours,
le cours d'eau existait déjà et il devait suffire
de l'approfondir et de l'élargir quelque peu.
Bref, tout pouvait se réduire au creusement
d'un vulgaire fossé ; un travail de dragueur sur
un point, une besogne de fossoyeur sur un
autre! Etait-ce la peine de s'être tant cassé
la tête, des années durant, pour trouver l'X?

Notre ingénieur se disposait à revenir dare-
dare, à Paris, faire une scène au « cher
camarade », quand, examinant le terrain avec
plus d'attention, il se reprit à concevoir quelqu'espoir. Le canal projeté devait s'appliquer
à la « région de Villétrange » ; mais, qu'est-ce
qu'une région? Quelle est son étendue géomé-
trique? A quels signes certains reconnaît-on
qu'elle doit se terminer là, plutôt qu'en deçà
ou qu'au-delà? Ce sont là des points pour
l'éclaircissement desquels nul géographe n'a
encore donné de formules précises. Or, à
quelque distance de là, se trouvaient justement des hauteurs et des accidents de terrain
très propices aux travaux d'art qui devaient
concourir à l'illustration du nom de l'ingénieur
bien intentionné. Conquérant généreux et pa-
cifique — il le croyait du moins — il résolut
de les annexer à la *région* de Villétrange.

On aurait pu lui objecter que ces hauteurs, formant un pays pauvre et infertile, sans industrie et d'une population très-restreinte, n'avaient que faire d'un canal; mais on ne lui fit pas cette objection par l'excellente raison qu'il ne s'ouvrit à personne de son projet et l'eût-on deviné, qu'il aurait pu répondre, superbement, qu'il ne faut pas mépriser les déshérités de ce monde, mais bien, au contraire, leur venir en aide. Il se mit donc à l'ouvrage et dressa, en catimini, un plan grandiose d'une sorte de canal aérien, donnant lieu à une multitude de ces travaux d'art auxquels il tenait tant et sans lesquels il n'y a point d'œuvre qui vaille, aux yeux des gens qui sont de la partie. Rien n'égale, en pareil cas, la rapidité d'un ingénieur ayant envie de se distinguer et, non seulement il parfit, en peu de temps, le plan complet du canal accompagné de toutes les études de détail correspondantes, mais encore il eut l'astuce d'en ménager un double, qu'il envoya au député de la circonscription dont dépendaient les hauteurs en question.

Au ministère, on ne se montra pas trop étonné de cette fantaisie technique; les vieux bureaucrates en voient de toutes les couleurs, au cours de leur carrière, et l'on se disposait à classer philosophiquement ce merveilleux

projet ; mais on comptait sans le député mon-
tagnard qui, d'abord surpris, n'avait pas tardé
à adopter, avec enthousiasme, le plan du canal
et avait fortifié sa conviction par l'achat de
tous les terrains qu'il put acquérir sur son
tracé encore ignoré du vulgaire. Or, il se
trouva que, par l'effet d'une manœuvre parlementaire, le ministère eut justement besoin, à
peine de tomber, de l'appui complémentaire
d'un petit groupe dont ce député était le chef
et celui-ci ne balança pas à mettre le marché
en main.

Situation perplexe ! En dépit de la « chère
camaraderie », le ministre des Travaux publics
avait, par amour-propre d'homme raisonnable
et consciencieux, des velléités de se refuser de
prêter les mains à l'exécution du plan baroque
qu'on prétendait lui imposer ; mais ses collègues se récrièrent vivement et taxèrent d'en-
fantillage ses scrupules. Ils lui prouvèrent
péremptoirement qu'il n'y aurait pas de gouvernement possible si l'on n'y mettait quelque
souplesse. Un des vieux routiers du conseil,
le prenant à part, lui démontra que leur collègue des Finances ne tenait debout que par la
volonté des banquiers, boursicotiers et raffi-
neurs de sucre, sorte de sainte alliance contre
laquelle il était inutile de songer à lutter ; que
leur collègue de la Guerre, vieille sabretache

aux jurons énergiques, n'était, en réalité, qu'une marionnette entre les mains toutes puissantes des fournisseurs ; que tous, sans exception, en étaient là, à tous les ministères ; qu'il en avait toujours été ainsi, dans tous les temps, et que la persistance de son refus n'empêcherait pas, d'ailleurs, la réalisation du plan projeté, attendu que le ministère venant à succomber, celui qui le remplacerait n'en serait pas moins anxieux de s'assurer l'appui du groupe de nuance ondoyante que dirigeait le député du pays avoisinant Villétrange et dont l'appoint était indispensable à la formation d'une majorité.

Il était impossible de résister à un semblable raisonnement. Par surcroît, il faut ajouter que le représentant de Villétrange n'avait aucune influence à la Chambre et, de plus, était éloigné et malade, dans le même temps. Villétrange fut sacrifié !

Ses habitants furent longtemps à vouloir croire qu'il seraient, définitivement, frustrés du canal après lequel ils soupiraient, depuis tant d'années. La signification des travaux qu'ils voyaient faire, chez leurs voisins, avec l'activité fébrile d'un larron craignant d'être arrêté au milieu de son entreprise, leur échappait totalement. Mais enfin, un jour vint où ils durent se rendre à l'évidence ; c'est quand le

perfide ex-pipo, manquant d'eau pour l'alimentation de son canal, dut, à grand renfort d'é-
cluses, s'emparer, en la détournant, de celle de
la petite rivière qui traversait Villétrange et
qui se trouva bientôt réduite à l'état de fossé
bourbeux. Qu'on se figure l'état d'esprit d'un
actionnaire caressant la perspective d'un gros
dividende et auquel on apprend, tout à coup,
que non seulement il devra s'en passer, mais
encore que le capital lui-même est entièrement
perdu!

La stupéfaction des villétrangeois se changea
bientôt en un sentiment de vive indignation,
avant-coureur certain et prochain d'un impla-
cable désir de vengeance. Trop d'intérêts se
trouvaient atteints d'une manière sensible et
directe: un moulin, une fabrique d'huiles et
une scierie mécanique, tous établissements industriels situés sur le territoire de Villétrange
et puisant leur force motrice dans les eaux
de l'ancienne rivière, se voyaient arrêtés; d'autres industriels avaient à déplorer la perte d'une
voie économique de transports, alors qu'au
contraire et depuis si longtemps ils en attendaient l'amélioration; des propriétaires rive-
rains, des aubergistes, des débitants, des négociants en toutes branches de commerce étaient
frustrés d'un espoir légitime et atteints dans
leur fortune. Enfin, l'orgueil de tout bon ci-

toyen villétrangeois recevait une rude atteinte
d'une pareille déception.

Le gouvernement avait dû s'attendre à une
certaine émotion, en présence d'une semblable
injustice; mais, s'il avait espéré qu'elle se
dissiperait, d'elle-même et assez facilement, au
bout de quelque temps, son calcul se trouva
absolument faux. Villétrange comptait alors,
au premier rang de ses habitants les plus considérés et les plus influents, un certain M. Dumortier, l'un des plus frappés relativement par
ce cataclysme, en sa qualité de propriétaire de
deux des établissements industriels réduits à
l'immobilité par l'effet du détournement des
eaux de l'ancienne rivière. Très riche, d'autre
part, il était de taille à supporter cette perte;
mais, incarnant en lui l'intérêt et en quelque
sorte la dignité de Villétrange, il fit des efforts
inimaginables et remua ciel et terre pour qu'on
lui rendît son droit, en abandonnant le malencontreux projet du polytechnicien. Malheureusement il avait à faire à trop forte partie et, non
seulement le député adverse conservait toute
son influence, mais celle-ci se trouva encore
accrue en ce sens qu'une combinaison parlementaire le porta lui-même, un beau jour, au
ministère.

Au contraire et pendant ce temps-là, celui
dont la nullité et l'apathie avaient, en grande

partie, la responsabilité de tous ces méfaits, le
député de Villétrange continuait à être ou à se
dire malade et, par l'effet d'une perfide complaisance pour le gouvernement, il refusait de
donner sa démission, ce qui aurait permis de
le remplacer par un mandataire plus ardent
pour la défense des intérêts villétrangeois.

Mais la justice imprescriptible, espoir suprême des persécutés, devait avoir son tour.
Ce fut aux élections générales qui suivirent.
L'ancien député de Villétrange fut balayé à
l'unanimité et celui qui le remplaça s'en alla à
la Chambre, appuyé d'un cahier électoral d'une
extrême clarté dans son énergique concision.
Il avait mission de demander, de réclamer
sans relâche, la réparation de la spoliation
dont Villétrange avait été victime. Cette réparation ne comportait pas deux alternatives et
était strictement limitée au comblement du
canal des hauteurs et à son remplacement par
celui auquel prétendait Villétrange. C'était
comme une résurrection du *delenda* du vieux
Caton, en dehors duquel il ne devait y avoir
ni compromission, ni trève. C'est réellement
de cette époque que date l'irréconciliabilité,
sinon le mot, du moins la chose. Le mandat
impératif du député consistait en l'obligation
qui lui était imposée d'une opposition impla-
cable, non pas cette opposition olympienne de

vieilles barbes croyant de leur dignité de ne
pas s'abaisser aux détails, et dont tous les gouvernements se moquent comme de colin-tampon,
mais celle-là qui, sans cesse et sur tous les
terrains, flaire, furète, aboye, jappe, mordille
et finit par emporter le morceau.

Les élections avaient eu pour résultat de
changer de place le pivot du gouvernement, et
le nouveau ministère, qui en fut la conséquence, se montra très-ennuyé d'une opposition découlant de faits dont il n'avait pas la
responsabilité. Mais que faire ? Accéder aux
vœux des villétrangeois était chose impossible;
on n'eût fait, par ce moyen, que remplacer un
mal par un autre au moins aussi intense, car, les
possesseurs du canal, qui y avaient pris goût,
n'auraient pas manqué, aussitôt, de se substituer à leurs rivaux dans leur opposition.
Amadouer le nouveau député de Villétrange ;
le gouvernement y songea, mais renonça bientôt à ce projet en apprenant qu'il avait dû
remettre, avant l'élection, sa démission avec
date en blanc, entre les mains de M. Dumortier. C'eût été de l'argent perdu. On essaya
quelques tentatives auprès de M. Dumortier,
lui-même, qui, avec un machiavélisme infernal,
parut prêter l'oreille aux propositions qui lui
furent faites, minauda, parlementa et fit tant
et si bien qu'il en arriva à ses fins, qui étaient

d'avoir en main de quoi compromettre publiquement les négociateurs de cette tentative de
corruption, à quoi il ne manqua pas, ce qui
fit grand tapage.

L'embarras du ministère redoubla ; le député
de Villétrange se montrait infatigable dans son
opposition et, vingt fois dans un mois, savait
trouver la pie au nid.

C'était alors l'époque de Missions; la France entière était couverte d'une nuée de convertisseurs
dont le programme était de lui faire expier le
péché du libéralisme. On en composa une es-
couade de choix qu'on dirigea sur Villétrange ;
mais, aux premiers mots d'un sermon dans
lequel il était question de la soumission due
aux gouvernements de la terre, images de celui de Dieu dans le ciel, les villétrangeois
mâles qui se trouvaient dans l'église sortirent
en masse compacte et unanime et les bons
pères se virent réduits à l'oreille des femmes.
D'aucuns pourront trouver qu'en les laissant
en tête-à-tête avec leurs moitiés, les bourgeois
devaient précisément combler les vœux des
pères ; mais, paillardise à part, ces prédicateurs
prenaient leur mandat au sérieux et ils travaillè-
rent consciencieusement à s'emparer de l'esprit
de leurs auditrices. Bientôt même ils jugèrent
avoir acquis assez d'influence sur elles pour
oser leur ordonner de refuser, à leurs maris

infestés d'un esprit pernicieux de rébellion, ce
tribut dont les hommes, assez dédaigneux
quand on leur en fait l'offre ouverte, sont précisément jaloux, quand on affiche quelque vel-
léité de le leur refuser. Mais ce moyen qui fait,
assure-t-on, partie des artifices secrets des
bons pères et que, de nos jours, une citoyenne
bruyante n'a point hésité à préconiser à son
tour, dans l'intérêt de la cause de la rénovation sociale des femmes, échoua complètement
à Villétrange. Assez surpris d'une résistance
à laquelle ils n'étaient pas accoutumés, les
villétrangeois se piquèrent d'amour-propre.
De fiers assauts furent livrés à des places qui
s'étaient signalées, jusqu'alors, par un nombre
infini de capitulations volontaires et, la piété
et les bons principes aidant, la résistance sut
se montrer à la hauteur de l'attaque. Mais,
quand les bourgeois de Villétrange parvinrent
enfin à connaître la cause et le mobile de cette
conduite toute nouvelle, il y eut grand émoi
dans les intérieurs ; maintes gourmades furent
appliquées, en guise d'arguments bien sentis ;
quelques roués, de ceux-là qui guettent et sai-
sissent toutes les occasions, usèrent de représailles, en découchant et il se trouva des jeunes
personnes remplies de complaisance pour affer-
mir les maris dans leurs sentiments de résistance. On ignore si, de leur côté, les pères

usèrent de charité en s'employant à donner
quelques compensations aux femmes ; mais
une douzaine de pères, si gaillards fussent-ils,
ne sauraient longtemps remplacer, dans leur
besogne conjugale, plusieurs milliers de maris,
et les femmes ne furent pas longtemps à s'apercevoir qu'elles supportaient seules tous les frais
de la guerre. Cette découverte les disposa à
signer, promptement, un traité de paix dont la
cause principale fut une interdiction générale
prononcée contre les églises, par les maris.
Les bons pères s'en revinrent quinauds.

Et pendant ce temps-là, le représentant de
Villétrange faisait rage à la Chambre, décon-
certant les projets les mieux conçus, discipli-
nant l'opposition, troublant la majorité, criblant
le gouvernement de ses sarcasmes journaliers,
se montrant infatigable, en un mot, dans l'exécution du singulier programme qu'il avait
accepté de ses concitoyens.

La persuasion et l'intrigue échouant, on songea bien aux moyens résolument coercitifs ;
mais, on eut beau chercher, on ne sut trouver
par quel bout s'y prendre. Villétrange et son
député étaient, dans leur opposition, des observateurs modèles de la légalité. D'ailleurs, s'il
est quelquefois possible de mettre à mal un
individu, en lui cherchant une querelle d'Allemand, ce n'est plus la même chose quand il

18

s'agit d'un pays tout entier. Les chats fourrés
et la basoche tout entière y auraient usé leurs
griffes.

Bref, le gouvernement des Bourbons tomba
que, loin que la rebellion de Villétrange eût
reculé d'un pouce, il semblait au contraire que
soutenue et guidée par la main de fer de M. Dumortier, elle ne fit que s'affirmer, chaque
jour, davantage.

Le député de Villétrange s'étant trouvé au
premier rang des adversaires du pouvoir précédent, le Gouvernement de Juillet espéra un
moment trouver, en lui, un de ses plus dévoués
partisans ; mais c'était compter sans le terrible
M. Dumortier.

— Voulez-vous, demanda-t-il, supprimer le
canal qui nous offusque et rendre son droit à
Villétrange ?

— Voyons, prenez d'abord un siège et cau-
sons, répliqua le gouvernement, à la manière
de don Juan accueillant M. Dimanche.

Mais, M. Dumortier était déjà loin ; ce que
voyant, le gouvernement songea aux compensations qui pourraient faire fléchir cette
grande colère. Il y avait, au pouvoir, des
hommes que les faveurs n'avaient jamais
trouvés inflexibles et c'était, dit-on, le trait
caractéristique du parti qui succéda aux Bourbons de la branche aînée. Ils mesurèrent,

à leur taille, les Brutus de Villétrange. Subventions, routes, objets d'art pour le muséo, encouragements de toute nature, exemptions de service militaire, pensions, embellissements, tombèrent drus comme grêle sur la circonscription de Villétrange. Tous les ministères furent mis à contribution et saignés à blanc; c'était la magnanimité d'Auguste accablant Cinna de ses bienfaits. Les non-décorés formèrent l'exception dans la ville. Pourvu d'un subside extraordinaire, le sous-préfet donna des dîners et des fêtes splendides. M. Dumortier était un grand amateur de fleurs; le receveur des finances lui en envoya, avec tous ses compliments, des espèces les plus rares. Ce fut, pendant six mois, une pluie ininterrompue d'une manne bienfaisante.

Les villétrangeois acceptèrent tout, mangèrent les dîners du sous-préfet, dansèrent à ses bals, burent ses rafraîchissements, ornèrent leurs boutonnières des décorations et, avec la plus noble indépendance, n'en continuèrent pas moins leur opposition acharnée, ce, pendant les dix-huit années du règne de Louis-Philippe. La révolution de 1848 et l'avènement du suffrage universel ne les firent point dévier de leur ligne de conduite; ils nommèrent un ultra-conservateur pour la Constituante, un néo-jacobin pour la Législative, mais toujours un opposant et, à son lit de mort, en chargeant son fils et M. Vernon, son gendre, de continuer son œuvre, M. Dumortier put avoir la satisfaction de se dire qu'il n'avait pas, un seul instant, failli au serment de revendication et de vengeance qu'il avait proféré. Sa constance égalait celle d'Annibal, mais avec un résultat bien autrement favorable.

Soucieux et prévoyant, pour la continuation de son œuvre, il ne manqua pas de faire, à ses héritiers, les plus expresses recommandations, dont l'une était d'avoir toujours soin de se tenir à l'écart de tout mandat officiel.

— C'est ainsi, dit-il, que j'ai pu réussir à créer, maintenir et augmenter sans cesse, pendant si longtemps et en dépit de toutes les attaques, l'influence que je vous lègue. Nul doute qu'il en eût été tout autrement si je m'étais laissé aller à accepter une dignité à propos de laquelle on m'a tant de fois pressé. C'était là un piège que j'ai su éviter. Qui sait ou plutôt qui ne sait pas de quel bois l'on se chauffe dans cet antre infernal que l'on appelle la Chambre, où s'atrophient les caractères les mieux trempés et où se dissolvent, d'une manière plus ou moins lente, mais progressive et sûre, les âmes les plus énergiques ? Que d'hommes de bronze on a vu finir par enfiler la culotte courte des courtisans ! Je

n'aurais point, probablement, évité ce sort
commun et fatal ; aussi, en me tenant obstinément à l'écart, je n'ai fait que lâcher les
vaines fumées pour conserver plus sûrement
la réalité du pouvoir. Faites de même ; servez-
vous d'un homme de paille dont la nullité vous
sera un réel garant de sa soumission absolue.
Il n'y a que la largeur de la Seine entre le
Palais-Bourbon et les Tuileries ; mais vous
l'empêcherez de la traverser si vous savez
tenir, d'une main ferme, l'autre bout de la
chaîne à laquelle vous l'aurez attaché. Bref,
avec un peu de fermeté, tout ira pour vous, à
souhait. Aussi bien, le temps s'approche, de
plus en plus, où tout titulaire de mandat ne
sera plus qu'une espèce de pantin dont un
comité fera jouer les ficelles. Les candidats
ont pu, au début, trouver commode cette innovation de comités, en raison des facilités
qu'elle leur offrait pour leur élection ; mais
c'est folie de croire que les membres des comités, modernes prétoriens, se contenteront
toujours du rôle purement passif de faire
l'élection. Donc, soyez vous-mêmes tout le
comité de Villétrange et vous détiendrez, vé-
ritablement, l'autorité.

Le duumvirat Dumortier-Vernon resta fidèle à ces enseignements ; mais les choses
n'en changèrent pas moins d'aspect, pour lui,

quelque temps après et l'honneur d'avoir amené cette révolution revient au duc de Morny. Cet aventurier de génie, après avoir remonté à la source des faits, s'aboucha avec les héritiers Dumortier et leur fit bientôt comprendre que les temps n'étaient plus du tout les mêmes. Il loua et glorifia la persévérance, l'abnégation et la hauteur de caractère de leur prédécesseur, mais il prouva clair comme le jour, à ses continuateurs, qu'ils faisaient fausse route et qu'ils s'entêtaient dans une voie sans issue. Il n'omit pas d'ailleurs de mentionner, bien que négligemment, certain décret dit de sûreté générale, à l'aide duquel on pouvait, le plus aisément du monde, se débarrasser de toute personnalité gênante. C'était là une nouveauté que n'avait pas connue M. Dumortier sous les gouvernements précédents. Qui pouvait dire s'il l'aurait affrontée ? Et en quoi en aurait-il été plus avancé ? Cela était de nature à donner à réfléchir à ses héritiers. Le duc, qui s'en aperçut bien, se montra alors de plus en plus insinuant :

— L'Empire, dit-il, c'est la paix, mais la paix aussi nécessaire à l'intérieur qu'à l'extérieur. Le temps des déclamations dans le vide est passé ; il faut maintenant des actes qui profitent et qui laissent des traces matérielles.

Que demandez-vous? La suppression du canal? C'est chose impossible; aucun gouvernement n'y consentirait et l'Empire, qui veut être fort et respecté, pour pouvoir remplir sa glorieuse mission, ne saurait se diminuer en paraissant céder à des injonctions. A part cela, je ne fais aucune difficulté de reconnaître que Villétrange a subi une odieuse spoliation et que sa longue résistance et l'énergie de ses revendications dénotent, chez ses habitants, une fermeté de caractère digne de l'admiration de tous.

Alors, avec une délicatesse parfaite, le duc entama le chapitre des compensations. Il avait, auparavant, si bien démontré, à ses interlocuteurs, la malléabilité du suffrage universel, à cette époque là; il les avait tellement étonnés en leur dévoilant et en leur faisant toucher, du doigt, les puissants moyens d'action du gouvernement, en matière électorale, que les pseudo-tribuns de Villétrange demeurèrent bientôt convaincus de la nullité absolue de l'influence dont, la veille encore, ils étaient si fiers. Mais le duc se montra bon prince : en ce temps où l'on criait — dans les lieux discrets où l'on osait crier, bien entendu — à la corruption et à la pression, le gouvernement était friand d'adhésions qui parussent toutes de conviction et parfaitement volontaires. C'est

une de ce genre que prépara le duc et la longue opposition de Villétrange, aux temps précédents, devait en rehausser singulièrement
la valeur. Il passa tacitement, avec MM. Dumortier et Vernon, une sorte de traité dans le
genre de celui que Hoche accorda à Charette,
Stofflet et autres chefs vendéens, c'est-à-dire
que, moyennant d'avoir la tranquillité, le gouvernement impérial se montra disposé à reconnaître l'influence des représentants réels de
Villétrange, en les faisant les trésoriers et dispensateurs de la somme des faveurs revenant à
cette ville, dans la répartition générale. Le député,
qui avait obéi longtemps au vieux Dumortier,
venait de mourir ; on fit choix, d'un commun
accord, pour le remplacer, d'un cousin de la
famille Dumortier, personnage inoffensif, absolument incapable de causer le moindre cha-
grin à qui que ce fût au monde. La transition
fut d'ailleurs ménagée avec habileté et le duc
se chargea de régler, lui-même, les diverses
périodes de cette volte-face en indiquant, au
nouveau député, les groupes auxquels il devrait graduellement se rattacher. Bref, le gouvernement ne déboursa là rien de plus qu'ailleurs et il y gagna le renfort d'un mameluck
rempli du plus beau feu.

Que dut penser, de ce tripotage, l'ombre
austère du vieux Dumortier ? Mais, qui s'in-

quiète de l'opinion des ombres? Et tout d'a-
bord, pouvait-on objecter, y a-t-il des ombres ?

Quant à ses successeurs, ils recueillirent
des avantages énormes de l'arrangement dont
il vient d'être parlé. Tout passait par leurs
mains et les fonctionnaires de la région, depuis
le plus petit jusqu'au plus grand, se montraient constamment leurs serviteurs zélés. Ils
n'étaient ni assez cyniques, ni assez nigauds,
pour exiger brutalement une rémunération directe en retour des grâces dont ils se faisaient
les répartiteurs; mais, par exemple, ils avaient
l'art de s'attacher des employés à demi-traite-
ment, en leur faisant avoir un bureau de tabac,
à titre de complément. Ils avaient, dans leurs
ateliers, de jeunes ouvriers travaillant pour
un bout de pain, maintenus par l'espoir d'une
exemption de service militaire et des enfants
des deux sexes occupés, sans souci de l'heure,
en dépit des réglements et sans crainte des
inspecteurs, à des travaux au-dessus de leur
âge.

Grâce à ces facilités sans limite, ils avaient
pu accaparer une grande partie de l'industrie
du pays et réaliser d'immenses bénéfices.
Quantité de monde, placé sous leur dépendance,
devait leur accorder la préférence, soit pour
l'achat, soit pour la vente des matières et den-

rées et cela, en quelque sorte, au prix qu'il leur
agréait. Le chemin de fer, remplaçant avantageusement le canal dont plus personne ne se
souciait, ni se souvenait presque, passa à l'endroit qu'ils désignèrent et sur des terrains à eux
appartenant, qui leur furent payés à peu près
ce qu'ils en demandèrent. Ils auraient pu former, de leurs obligés et de ceux placés sous
leur dépendance, un cortège aussi long que
celui qui figura au triomphe de l'empereur Au-
rélien rentrant à Rome, vainqueur de la reine
Zénobie. Nous avons eu, plus récemment, un
exemple fameux d'un pouvoir occulte et extra-
ministériel qui, des années durant, exerça une
influence d'autant plus omnipotente qu'elle était
irresponsable. Dans un cadre plus restreint, la
même chose existait à Villétrange et cette organisation était si forte, elle avait fait ses
preuves d'une manière tellement affirmative,
qu'elle avait survécu au duc de Morny, à tous
les hommes d'État qui lui succédèrent et à
l'Empire lui-même. La République, issue des
événements de 1870, vit la continuation de
l'influence de MM. Dumortier et Vernon,

L'idée ne serait venue, à aucun villétrangeois, d'essayer de battre en brèche une position aussi formidable. Une pareille hardiesse
aurait été taxée de folie devant amener d'in-
faillibles, promptes et rudes représailles.

Il fallut, pour cela, le passage fortuit, dans
Villétrange, de maître Connivant, jeune avocat du barreau de Paris, prenant la vie en patience tout en plaidaillant tant bien que mal et
tout prêt, comme quantité de ses confrères, à
mettre de côté « les droits sacrés de la défense » pour peu que la carrière politique voulût bien se montrer quelque peu souriante,
pour lui.

Assez étonné de voir qu'il y eût une circonscription, en France, où l'influence électorale
fût en des mains autres que celles de médecins
ou d'avocats, il examina les choses de plus
près et ne tarda pas à tomber dans de profondes réflexions.

Il y avait là, à ce qu'il lui parut, un terrain
propice pour l'éclosion d'une individualité politique et, en outre, on ne pouvait qu'acquérir
de la considération dans cette entreprise généreuse de délivrer toute une population du joug
sous lequel elle gémissait. La tentation était
forte ; néanmoins, le jeune avocat eut la sagesse de la surmonter, du moins en ce qui
le concernait. Ses vingt-huit ans ne lui parurent pas un âge assez rassis pour entamer,
avec chance de succès, une pareille lutte. Sans
doute Saint-Just était déjà Saint-Just à vingt-
quatre ans et président de la Convention à
vingt-six, et, d'autre part, on a vu, dans les

rangs de nos législateurs modernes, certains
jeunes gens précoces pour lesquels le titre
d'honorable n'a pas attendu le nombre des
années. Mais M. Connivant n'ignorait pas qu'il
y a un temps pour tout et pour tous, pour les
Saint-Just comme pour les autres et, d'un
autre côté, il ne se dissimulait pas que le principal mérite qui avait distingué, aux yeux des
électeurs, les éphèbes dont il vient d'être
parlé, consistait en ce qu'ils étaient les *fils de
papa*.

Mais, tout en s'abstenant pour son propre
compte, le jeune avocat conçut le projet de
s'essayer à la lutte pour le compte d'un autre,
ingénieux moyen de planter, en même temps,
un utile jalon sur le chemin de sa future carrière.

Quelques menues productions en fait de littérature lui avaient valu d'être présenté à
Madame Labertho, cet éminent bas bleu, cette
femme aux hautes conceptions, que les lettres et
la politique se disputent. Certes elle était redevable, autant à ses mérites propres qu'à ceux
de son cuisinier, de l'empressement d'une cour
distinguée et presqu'adulatrice. On lui prodi-
guait les surnoms de muse et d'Egérie de la
France ; mais, Madame Labertho se surprenait
parfois à trouver monotone et fade la musique
de cette monnaie courante de compliments.

Elle savait, ainsi que l'enseignent des exemples remarquables, combien est fragile et éphémère l'influence des muses et quant à la dignité de conseillère politique, elle se disait, à ce propos, que si sages qu'eussent été les avis de la déesse, elle n'en devait pas moins attendre, pour les donner, que Numa vint les lui demander. Or, c'est ce qui contrariait Madame Laberthe qui, non seulement croyait pouvoir donner des avis, mais encore le désirait vivement. Et voyez quel contretemps : c'était justement dans les moments de difficultés et de crises que ses amis s'abstenaient de l'approcher, donnant ensuite cette explication qu'ils se seraient fait scrupule de l'obséder du spectacle de misérables débats et qu'un esprit aussi élevé que le sien était fait pour planer, sans trouble, dans des régions plus pures et plus souriantes. Madame Laberthe devinait, à travers ces simagrées, qu'on l'entourait, qu'on l'écoutait par politesse et galanterie, mais qu'on se gardait bien de consentir à lui accorder la moindre part de l'influence qu'elle brûlait de posséder. Et de cela elle enrageait !

Madame Laberthe avait encore son mari, dont tout le monde répétait à l'envi : C'est un excellent homme ! Et de fait, c'est le privilège ordinaire des maris de femmes supérieures d'être déclarés *excellents hommes.*

19

Elle avait songé, bien des fois, à en faire un
député et par ce moyen se donner la faculté
d'agir sous son couvert. Le difficile était de
trouver une circonscription favorable. M. et
Mme Laberthe n'avaient rien à espérer de Paris
où l'on a quelque défiance vis-à-vis des individus qui, sous prétexte de neutralité ou de
tolérance, frayent avec les personnalités de
tous les partis. Quant à la province, le temps
est passé où l'article-Paris, en fait de candidats
électoraux, y était fortement demandé. Tout
cela n'était pas sans difficulté et c'était chose
pitoyable, déclarait, sans y voir malice, un des
habitués du salon Laberthe, qu'un homme
comme M. Laberthe n'eût point sa place à la
Chambre *où tant de médiocrités se prélas-
saient!*

Et les autres fidèles d'appuyer !

Dans tout cela, il n'y avait que des mots;
des faits étaient pour valoir davantage aux
yeux d'une femme telle que Madame Laberthe.
C'est ce que comprit M. Connivant qui, dans
une entrevue particulière qu'il obtint d'elle, en
tout bien tout honneur, s'entend, lui fit carré-
ment l'offre de la candidature, dans la circonscription de Villétrange, pour M. Laberthe.

Il faut croire que le jeune avocat fut assez
habile pour entourer cette offre du miroite-

ment de chances sérieuses de succès, car, après un examen attentif de la situation, Madame Laberthe donna son adhésion et, sans perdre un instant, se mit à l'œuvre.

Au surplus, cette détermination n'était pas aussi déraisonnable qu'on aurait pu le croire, au premier abord. M. Connivant avait été, préalablement, demander l'avis de M. Nicquart, qu'il avait pu expérimenter de bon conseil, en mainte occasion, et qui avait des ramifications dans Villétrange. L'homme d'affaires avait donné de précieux renseignements. Il avait appris, à M. Connivant, une chose ignorée probablement des Laberthe eux-mêmes, à savoir qu'un de leurs petits-cousins avait été trois ans receveur de l'enregistrement à Villétrange. On était donc fondé à se dire « attaché au pays par des traditions « de famille. »

Sans doute MM. Dumortier et Vernon étaient en relations d'affaires avec la maison Forestan et Carford et M. Nicquart, lui-même, avait été chargé de suivre, pour eux, quelques affaires contentieuses. Mais, sans souci de cette clientèle et soit qu'il eût déjà arrêté quelque plan dans sa cervelle, l'homme d'affaires n'en promit pas moins un concours actif et, assurait-il, d'une efficacité absolue en faveur de M. Laberthe, pourvu qu'on voulût bien le laisser agir à sa guise.

Sur son conseil et sous prétexte de villégia-
ture, nonobstant la saison, Madame Laberthe,
ayant pourvu son mari d'un nombre respectable
de feuillets manuscrits à mettre au net, alla
s'installer à Villétrange, chez une tante de
M. Connivant dont la maison fut, pour la circonstance, érigée en quartier général du comité
électoral.

Sans que Madame Laberthe affichât positivement ses intentions, au début, elle ne laissa
pas de se donner un certain mouvement. Les
relations de M. Connivant, originaire du pays
et peut-être aussi, pour une certaine part, le
renom de Madame Laberthe, elle-même, contribuèrent promptement à lui former un petit
cercle. Elle fut reçue à l'évêché, au titre de
diverses bonnes œuvres et chez plusieurs dé-
mocrates auprès desquels elle s'était fait re-
commander. Elle accepta et donna plusieurs
dîners et soirées, parut s'intéresser, très-vive-
ment, à toutes les questions concernant Villétrange, paya de sa personne, assista bravement aux expériences d'un nouveau système
de vidange, innovation d'un villétrangeois dont
la réussite préoccupait toute la ville et, par la
répartition d'un bureau de tabac et de quelques
places et menues faveurs, dont elle s'était
munie, à tout hasard, avant son départ de
Paris et que n'avaient pu lui refuser ses ga-

lants amis du ministère, elle démontra de la
manière la plus pratique, c'est-à-dire expérimentalement, que MM. Dumortier et Vernon
n'avaient pas le privilège d'influence exclusive
qu'on leur attribuait.

Cela fit ouvrir de grands yeux à tout le
monde, en même temps que naissaient certaines
espérances. D'actifs commentaires sur les premiers termes de la devise républicaine : Liberté, égalité... commencèrent à se produire.
Tout cela était encore bien timide, un mur-
mure, une rumeur contenue, mais c'était déjà
un indice remarquable. C'est ainsi qu'ont commencé toutes les révolutions. On se réveillait
comme d'un long sommeil et l'on se demandait
pourquoi, en définitive, en vertu de quelle
charte, par l'effet de quel contrat chacun devait se considérer comme homme-lige inféodé
à la puissance de la famille Dumortier. On répétait, en les approuvant, certaines propositions
ressortant de la conversation de Madame Laberthe, à savoir qu'un député ne devait être,
en réalité, que le mandataire pur et simple de
ses commettants, chargé d'énoncer et de soutenir leurs aspirations légitimes. La fibre des
intérêts qui vibrait énergiquement dans le
cœur de nombre de villétrangeois, leur donnait
l'intuition de ce qui, pour eux, devenait de
plus en plus une vérité, que ce ne serait que

justice si l'influence lucrative dont avaient joui, si longtemps, les Dumortier, passait enfin en d'autres mains, celles des honorables citoyens qui se faisaient ces belles réflexions. Bref on en était à ce moment particulier qu'un boulevardier aurait appelé l'heure du persil. Les appétits étaient allumés et un travail souterrain s'accomplissait dont M. Nicquart qui, dans la coulisse, en était le promoteur secret, aurait seul pu donner la clef.

Le sous-préfet de Villétrange suivait, d'un œil attentif, toute cette stratégie. Il n'avait pas été longtemps à deviner qu'il y avait quelqu'anguille sous roche. Assez embarrassé sur la ligne de conduite à suivre, il prit le parti de faire poser discrètement la question au gouvernement, par un ami haut placé qu'il avait à Paris.

Le ministère n'était pas non plus dans l'ignorance de ce qui se préparait et il avait déjà éprouvé quelques hésitations à ce sujet. D'un côté, c'était bien tentant d'arriver à se débarrasser enfin de l'autocratie insupportable des héritiers de M. Dumortier. Plusieurs membres du cabinet disaient qu'il ne fallait pas manquer une telle occasion ; mais d'autres répliquaient que se guérir des Dumortier par Madame Laberthe revenait à employer un remède pire que le mal et, à l'appui de cette assertion, ils citaient des exemples innombrables, ceux de

Cléopâtre, de Frédégonde et de Marie-Antoinette, en tête, où l'ingérence des femmes, dans les affaires publiques, avait exercé une influence désastreuse. Finalement, comme on ne put se mettre d'accord, on adopta le grand moyen usité en pareille occurrence : on décida l'abstention. Toutefois, le sous-préfet eut une bonne note pour n'avoir pas mis ses chefs dans l'obligation de lui donner une réponse écrite. Cette réserve délicate méritait d'être louée, car, combien de circulaires qualifiées de *très-confidentielles* se sont révélées ensuite au grand jour, pour le plus grand embarras de leurs rédacteurs !

Avec toute la bonne foi du monde, il est presque impossible d'observer une neutralité absolue. Un gouvernement composé d'hommes ne saurait s'empêcher de ressentir des sympathies et il se trouvera toujours des agents zélés pour les deviner. Dans l'espèce, cependant, il y eut une exception. Comprenant l'embarras de ses supérieurs, le sous-préfet s'appliqua à se désintéresser, de la manière la plus complète, de l'élection qui se préparait et, à l'aide d'un petit congé, d'une maladie, de quelques chasses et d'acharnées recherches archéologiques, il crut pouvoir réussir à passer indemne tout le temps de la période électorale.

Certes, Madame Laberthe n'avait pas espéré qu'on ferait revivre, en sa faveur, la candi-

dature officielle qui, tant de fois, avait été flétrie
dans son salon. Elle eût considéré une semblable pratique comme une véritable humiliation et une atteinte portée à la haute estima-
tion qu'elle faisait de ses propres mérites. Mais,
tout au moins, elle s'était crue en droit de
compter sur l'expression d'une sympathie toujours très utile en pareil cas et dont, infailible-
ment se dégage un certain nombre de votes
favorables, à travers le mystérieux travail de
la cuisine électorale. Il n'en fut rien cependant
et l'attitude du sous-préfet lui parut, manifestement, être *par ordre*. Trop fière pour se plaindre
et réclamer positivement de l'appui, elle ins-
crivit ce grief sur les tablettes de sa mémoire,
pour avoir son effet en temps opportun et résolut de poursuivre la lutte en prenant pour
devise le :

.... moi seule et c'est assez !

Hélas, c'était bien peu ! Elle ne s'est peut-
être jamais doutée, la savante dame, à quel
piteux résultat elle aurait abouti, nonobstant toutes ses hautes qualités, sans le concours de M. Nicquart qui, malgré les allures
modestes qu'il affectait à dessein et tout en se
tenant le plus possible dans l'ombre, n'en était
pas moins, de fait, le chef véritable et dirigeant
de la campagne.

Il s'était embarqué dans cette aventure avec l'espérance de pouvoir troubler l'eau pour y pêcher plus fructueusement et en s'en reposant sur son habileté pour retirer tout le profit possible des circonstances. C'est ainsi qu'après avoir assuré, d'une manière assez respectable, la position du citoyen Laberthe, il conçut le projet de rapprocher les deux partis au moyen d'une entrevue dont il aurait été le trait d'union et le principal bénéficiaire. C'est ce qui donna lieu a la présence de Madame Laberthe et de MM. Dumortier et Vernon au dîner des Carford ; mais cette tentative échoua complètement. Dans une petite conférence qui fut essayée, au cours de la soirée, on se tint, de part et d'autre, sur une froide réserve, en dépit des incitations et des avances que prodigua M. Nicquart. Il régnait, entre les rivaux, une sorte de malentendu qui constituait un obstacle primordial à toute entente. Madame Laberthe ne voyait, en MM. Dumortier et Vernon, que de petits tyranneaux de province n'ayant pu conserver, si longtemps, leur singulière puissance qu'en l'absence d'adversaires sérieux à combattre et, de leur côté, les deux potentats villétrangeois prenaient en parfait dédain ce cotillon ambitieux désertant le pot-au-feu, domaine naturel, à leurs yeux, de toutes les femmes. M. Dumortier ne s'en cacha pas et il énonça même, brutalement,

19*

cette doctrine en réponse à Madame Laberthe qui paraissait s'étonner de l'absence des épouses de ces messieurs. De son côté, M. Vernon affecta de regretter celle de l' « excellent » M. Laberthe, comme s'il eût été indispensable à la conclusion d'un arrangement. C'était là le plus sûr moyen de nier, de fait, la suprématie, la notoriété de Madame Laberthe et d'en faire bon marché.

Dans ces conditions, aucune entente n'était possible : on se quitta plus rivaux que jamais. Il en résulta toutefois un certain effet de simplification dans les positions respectives, en ce sens que M. Vernon, ayant percé à jour la tactique de ménagements et de bascule, dans laquelle prétendait se renfermer M. Nicquart, lui fit comprendre clairement, à quelque temps de là, qu'il n'en était pas la dupe. M. Dumortier, homme à la voix puissante et taillé en hercule, pouvait être pris comme une sorte d'Augereau civil, avec sa faconde intarissable et ses prétentions sans cesse exprimées à pourfendre et démolir. Avec de pareilles gens, on a facilement beau jeu, par le moyen de les laisser pérorer tout à leur aise, en paraissant les écouter avec intérêt ; mais M. Vernon était l'antithèse vivante de son beau-frère. Mince et réservé, il n'aventurait aucune parole inutile, ne se payait pas

de mots, et, sans en avoir l'air, menait son
beau-frère par le bout du nez. M. Nicquart,
qui n'avait pas encore eu, jusque-là, l'occasion de se rencontrer avec M. Vernon, vit
promptement qu'il aurait en tête un adversaire sérieux. Rejeté pleinement et presque
ouvertement, désormais, dans le parti Laberthe, il devait prendre la résolution de vaincre
à tout prix.

Cependant le décret de convocation des
électeurs de Villétrange venait d'être rendu.
Les Dumortier produisirent leur candidat, qui
était un de leurs anciens contre-maîtres, mis
hors de pair par le gain d'une prime de cent
mille francs, à un tirage d'obligations à lots.
Il se nommait Rusconnet et, malgré le hasard
heureux qui l'avait favorisé, n'en restait pas
moins sous la dépendance de ses anciens patrons qui l'avaient engagé dans une industrie
pour laquelle il avait besoin d'eux. C'était un
homme qui s'était toujours montré à leur complète dévotion et qu'ils avaient le moyen de
ruiner, si la fantaisie leur en venait, en lui
coupant le crédit dont ils l'appuyaient.

Au surplus, la personnalité de ce candidat
n'apparaissait que comme d'importance très-
secondaire. On sentait clairement que la lutte
était entre Mme Laberthe, femme importante
de la *capitale* et la famille Dumortier.

Bien que le parti Laberthe eût recruté un
certain nombre d'adhérents parmi les mécontents du pays ou les quelques-uns qui voulaient
faire preuve d'indépendance ; bien qu'aussi
on le sentit environné de réelles sympathies,
quoique tenues secrètes, on ne laissait pas
cependant de reconnaître que les chances
n'étaient pas égales et de pressentir que les
Laberthe ne réussiraient pas à ébranler ce
colosse de puissance formé par les mille ramifications d'influence de la famille Dumortier. Aussi, beaucoup demeuraient-ils pru-
demment à leur *a parte.*Quelques-uns pourtant,
se basant justement sur l'apparence débile du
parti Laberthe, et prétendant qu'il n'était
pas possible qu'on se fit illusion à ce point,
même sur sa propre cause, émettaient l'opinion qu'il fallait s'attendre à une intervention
inattendue, à quelque coup de théâtre qui
égaliserait les chances. Quoi ? On n'aurait su
le dire ; mais cela viendrait.

C'était aussi l'opinion intime de M. Vernon.
Tandis que son beau-frère s'en allait, semant
partout les échos de sa voix de tonnerre et ne
tarissant pas de sarcasmes sur le porte-jupon,
courtier électoral d'un candidat qu'on n'osait
pas montrer et qui, probablement, tricotait
des bas dans quelque coin ; tandis qu'il donnait cinq cents francs de subvention à une

troupe de comédiens qui se trouva sous sa
main pour jouer, au théâtre de Villétrange, la
Séraphine de M. Sardou, ce qui lui fournit
l'occasion de souligner, de ses applaudissements bruyants et ironiques, toutes les situations d'un mari dominé par sa femme, dont
cette pièce fourmille ; tandis qu'il excitait, de
la même manière, la muse des poétriaux de
Villétrange, en leur faisant composer, sur la
famille Laberthe, des couplets satiriques que
les gamins chantaient dans la rue, sur l'air de
M. et Mme Denis ; tandis qu'il ne reculait pas
devant les fumisteries les plus triviales en
demandant sérieusement : *Qui ça ? M. Laberthe ?* aux marchandes de poisson annonçant
leur marchandise par le cri de : *Il arrive, il
arrive !* Tandis enfin qu'il se grisait chaque
jour davantage de l'ivresse d'un succès certain, M. Vernon, lui, restait attentif et vigilant. Que Mme Laberthe s'aveuglât à ce point
sur ses propres mérites, c'est ce qu'il ne faisait
aucune difficulté d'admettre comme très-pos-
sible ; mais que M. Nicquart fût pareillement
dupe, c'est ce que M. Vernon se refusait à
croire, d'après ce qu'il connaissait de son
habileté. Tout au plus pouvait-il penser que
l'ex-avoué fût le conseil, le défenseur des
Laberthe, comme il s'en trouve toujours pour
toutes les causes, si mauvaises qu'elles soient

et ce, en vue des honoraires y relatifs. Mais, cette hypothèse ne le satisfaisait nullement et il jugeait M. Nicquart, homme à ne pas se contenter d'un rôle passif.

En cela il avait pleinement raison.

La bombe attendue éclata enfin. Un beau matin, les villétrangeois trouvèrent leurs murs tapissés d'une superbe affiche rose, par laquelle M. Rusconnet remerciait ceux de ses concitoyens qui lui avaient fait l'honneur de songer à lui pour la représentation de Villétrange, mais disait, après mûres réflexions, regretter de ne pouvoir accepter. Il était heureux toutefois, ajoutait-il, d'avoir coopéré à la création d'un comité qui s'était donné la mission d'examiner les titres des candidats dans les conditions d'une absolue liberté de jugement et en n'ayant en vue que le souci exclusif des intérêts de Villétrange.

Cette pancarte était contresignée des noms de tous les membres du nouveau comité, comprenant le petit nombre d'individus qui, dans Villétrange, se targuaient de n'être pas sous la dépendance des Dumortier.

C'était, bien entendu, M. Nicquart qui avait préparé cette manœuvre. Ayant apprécié l'homme des Dumortier comme une individualité, d'autant plus vaniteuse qu'elle était plus nulle, il se mit en rapports secrets avec lui et

l'éblouit en faisant miroiter, à ses yeux, la
perspective de supplanter ses anciens patrons
dans leur suprématie toute puissante et si
profitable. Quand l'homme d'affaires entrepre-
nait quelqu'un d'un ordre inférieur, c'était
avec la détermination arrêtée d'en venir à ses
fins. Il savait fasciner et subjuguer son audi-
teur d'une dialectique puissante et d'arguments pressants et irrésistibles. Il prévoyait
les objections et les arrêtait, en y répondant
à l'avance. Il possédait, au suprème, l'art de
s'identifier à la personne de celui qui l'écoutait et de paraître épouser ses intérêts, comme
s'il en eût fait sa propre cause. Il fallait être
doué d'un grand scepticisme ou être bien prévenu contre lui, pour tenir tête à une pareille
attaque. M. Rusconnet n'était pas, il s'en fallait, à cette hauteur, et il devait, par consé-
quent, succomber à la tentation. Il crut fermement qu'il pourrait former, avec M. Nicquart,
une association sur le modèle de celle Dumortier-Vernon, dans laquelle il aurait voix
prépondérante, ainsi qu'eut l'art dé le lui
faire espérer l'homme d'affaires. M. Nicquart
joua avec ce nigaud, comme avec un ballon de
caoutchouc qui, chaque fois, aurait rebondi
plus haut en attendant qu'il le maintint terre
à terre, dût-il pour cela le crever et l'aplatir.
La seule objection que dut faire, forcément,

M. Rusconnet, au milieu de ses rêves de future grandeur, fut qu'il était sous la dépendance de la maison Dumortier, en raison de certains engagements commerciaux dépassant ses ressources disponibles. Mais M. Nicquart le laissa à peine achever et fit table rase de cette préoccupation en déclarant se charger de pourvoir à tout. Il se doutait bien que Mme Laberthe ne reculerait pas devant une avance nécessaire et, à un autre point de vue, tout notaire tout homme d'affaires, sait que son intervention, dans les affaires de quelqu'un, est comme une greffe faite à un sauvageon, qui devra, un jour, produire des fruits.

Il n'y avait plus d'objection possible. L'accord fut définitivement conclu et M. Rusconnet se trouva attaché à la cause du parti Laberthe.

Ce *coup de Jarnac*, ainsi que le qualifièrent les Villétrangeois, eut une portée immense.

A propos de l'affaire Lesurque, le conseiller Zangiaccomi disait que la reconnaissance de cette erreur judiciaire avait causé un ébranlement de la société atteinte dans le respect et la foi nécessaires à l'une de ses colonnes, la justice. Il se produisit quelque chose de semblable, dans Villétrange. L'influence des Dumortier reposait principalement sur l'infaillibilité de la toute puissance qu'on leur attribuait ; mais, dès l'instant où il y avait quel-

qu'un d'assez audacieux pour les braver en
face, chacun se sentit devenir vaillant et leur
puissance, par suite, se trouva mise en question. Or, il est bien connu qu'un pouvoir
cesse, en quelque sorte, d'exister quand ceux
qui y étaient soumis en viennent à se permettre de discuter sur son essence, ses causes et
ses moyens. La tentative des Laberthe qui,
jusque là, avait passé pour une action folle, fut
dès lors considérée comme présentant des
chances sérieuses de succès. Tout ceux qui
croyaient pouvoir secouer le joug s'empres-
sèrent de faire acte d'adhésion au nouveau
comité qui prit le nom de *Comité Indépendant*, marquant ainsi sa tendance à jouer
le rôle d'arbitre suprême entre les partis. On
supputait tout haut à combien se montaient
les immenses bénéfices qu'avait valu à la
famille Dumortier la suprématie qu'elle s'était
arrogée et l'on se sentait des envies d'aller lui
demander, comme les grands vassaux à Hugues
Capet : Qui t'a fait roi ?

Le mouvement avait été trop subit et était
encore trop récent pour qu'on eût adopté un
plan ; mais on se trouvait dans cet état de vive
aspiration et de résolution que l'on peut
quelquefois remarquer, alors que chacun s'en
va répétant : Il faut un changement.

Dans le camp des Dumortier, le coup porta

en plein. La consternation s'empara de leurs
affidés les plus dévoués et ceux qui leur étaient
attachés par des liens moins étroits se mirent
à humer le vent avec inquiétude. Quant à M.
Dumortier, bouillant de colère, il saisit dans
le premier moment, une chaise par le dossier
et l'écrasant par terre, il jura qu'il briserait de
même le « misérable Rusconnet. » Il n'était
pas homme à ne s'en tenir qu'à des paroles et
l'on eut toutes les peines du monde à l'empêcher
de sortir, pour réaliser sa menace sur le
champ.

Seul, M. Vernon conservait son sang-froid.
Bien qu'il ne se dissimulât en rien l'importance
de l'échec que son parti venait d'éprouver, il
n'était pas fâché, en somme, que l'ennemi eût
démasqué ses batteries avant le temps où il
n'aurait plus été possible de les contrebattre et
de les ruiner. Néanmoins, la situation ne manquait pas de gravité ; le Rusconnet défaillant,
il fallait lui trouver un remplaçant et c'est ce
qui faisait l'objet principal des réflexions de
M. Vernon.

Certes, il ne lui paraissait pas difficile de
trouver, dans Villétrange, un autre Rusconnet
qui, celui-là, resterait fidèle dût-on, pour cela,
le tenir séquestré. Mais cet expédient ne donnait qu'à demi satisfaction au beau-frère de
M. Dumortier. Un esprit d'examen et de cri-

tique s'étant révélé dans Villétrange, il lui parut indispensable de se garder soigneusement de toute mesure mesquine ; on n'aurait pas manqué, lui semblait-il, de gloser sur ces doublures dont l'abondance même serait un indice de leur peu de valeur. Les exemples de l'histoire étaient là, d'ailleurs, pour démontrer qu'aucun gouvernement ne s'est sauvé quand, se trouvant en présence d'aspirations publiques, il imagine de remplacer son ministère issu de l'aile gauche du centre droit par un autre pris dans la droite du centre gauche. De semblables niaiseries étaient indignes d'un homme du caractère de M. Vernon.

Tout à coup ses yeux s'allumèrent, éclairés sans doute par le reflet d'une idée souriante. Il y eut ensuite une éclipse à ce rayonnement ; des objections venaient probablement l'intercepter de leur voile. Mais cette interruption fut de courte durée et la flamme de la conviction brilla de nouveau, de tout son éclat, dans le regard du potentat villétrangeois. De l'air dont il tira sa montre et quand il ouvrit la bouche, on aurait presque pu s'attendre à l'entendre dire, comme Desaix à Marengo :

— La bataille est perdue, mais il reste encore assez de jour pour en gagner une autre.

Il ne prononça cependant que quelques mots

brefs pour donner ordre qu'on avertit, chez lui, qu'il déjeunerait une heure plutôt que d'habitude. Puis, prenant son beau-frère à part, il lui fit comprendre qu'il n'y avait jamais eu de plus belle victoire au monde que celle de Polichinelle rossant le commissaire avec le propre bâton de ce fonctionnaire, c'est-à-dire ce que l'on exprime généralement par ce superlatif pompeux : Battre l'ennemi avec ses propres armes !

Que l'on pût attendre le triomphe de la seule force de l'influence des Dumortier, c'est ce que M. Vernon ne mettait pas en doute, concession habile à l'orgueil de son beau-frère. Mais, dans l'espèce et pour cette fois, le premier moyen valait mieux et, à titre d'argument complémentaire, il se souvint, à propos, d'une maxime qu'il avait retenue d'un vieux mélodrame, à savoir que si la colère du lion est bonne, celle du serpent est plus sûre — ce que Frédérick Lemaître prononçait *épluchure* aux temps lamentables de la décadence de sa mâchoire et de son talent.

M. Dumortier ressentait, au fond, une réelle déférence vis-à-vis de l'intelligence de son beau-frère et pour ses avis dont il avait pu reconnaître la valeur, en maintes occasions. Il était d'ailleurs flatté, intérieurement, du soin que prenait M. Vernon de lui concéder constamment la suprématie apparente dans leur association, à lui l'héritier du nom des Dumortier. Il n'opposa donc qu'une résistance courte et toute de forme avant de consentir à la promesse que lui demandait son beau-frère, de s'abstenir absolument de toute manifestation pendant les deux ou trois jours que durerait son absence. Moyennant cela, M. Vernon déclarait répondre de tout et se charger de conduire leur barque à bon port.

Tranquille de ce côté là, M. Vernon prit le train et arriva au Havre, dans le cours de l'après-midi.

Son premier soin fut d'envoyer, par un exprès, un petit mot à M. Forestan pour lui demander la faveur de quelques instants d'entretien, chez lui, car le Villétrangeois se souciait peu de se rendre au siège de l'association Forestan et Carford, où il aurait pu rencontrer ce dernier.

A l'heure indiquée, M. Vernon trouva M. Forestan qui l'attendait. Après les premiers compliments et s'étant prévalu de l'avantage qu'il avait eu de se trouver avec le négociant havrais, au dîner des Carford, le diplomate de Villétrange alla droit au but. Les conversations à la manière de certains romanciers, tirant ferme à la ligne, n'étaient pas son fait. Il sut, en quelques mots, mentionner l'influence qu'on attribuait à M. Dumortier et à lui, dans les affaires de Villétrange et qui était peut-être due à la connaissance qu'avaient leurs concitoyens de leur zèle et de leur dévouement pour les intérêts de leur pays. Une élection d'un député pour leur circonscription étant prochaine, un certain nombre d'électeurs marquants avaient chargé MM. Dumortier et Vernon du choix d'un candidat entre les mains duquel on pût déposer, en toute assurance, le mandat de défendre les intérêts villétrangeois. Ayant à cœur de répondre dignement à la confiance de leurs concitoyens, les deux beau-frères y avaient appliqué toute leur attention et, après mûres réflexions, ils s'étaient arrêtés à une personnalité qui, sans nul doute, ferait honneur à Villétrange. Il n'avait pas été, d'ailleurs, d'une moindre considération, pour eux, de savoir que la personnalité dont il s'agissait était des amis intimes de M. Forestan.

— Un de mes amis! Qui donc? demanda le négociant intrigué.

— Monsieur Potin.

— Lui!!!...

Ce simple pronom, du ton dont il fut accentué, valait dix pages de commentaires.

M. Vernon s'était cuirassé contre cette explosion de surprise. Il resta parfaitement calme tandis qu'il s'inclinait, en signe d'affirmation,

et il ajouta que, si minutieusement qu'ils eussent examiné cette question, son parent et lui,
ils n'en avaient pas moins voulu, avant de
prendre une détermination définitive, demander l'avis de M. Forestan, dont le jugement
éclairé leur était bien connu. M. Forestan
avait-il quelque objection à élever vis-à-vis du
projet qu'ils avaient conçu?

Le négociant était abasourdi. L'idée de
M. Potin, candidat et député, passait tout ce
qu'il aurait pu supposer de plus extraordinaire.
Pourtant, la question de M. Vernon était là,
nette et précise: Quelle objection?..... Les
objections étaient innombrables, selon M. Forestan; mais, il en avait bien plutôt l'intuition
qu'il ne lui était possible de les formuler d'une
manière bien positive. A la fin pourtant, il
avança que M. Potin était totalement étranger
à Villétrange.

— C'est tout à son avantage et aussi à celui
de notre cité, répliqua M. Vernon. Il y a longtemps qu'au point de vue de la sincérité et de
la dignité des élections, des esprits sages ont
déploré l'influence des traditions, liens de
famille et coteries. De nombreux votes ont été
émis, soit pour, soit contre, dans ce détestable
esprit, en négligeant absolument et la valeur
intrinsèque et la situation relative du candidat,
eu égard aux intérêts du pays et à ceux de ses

commettants. Ce que vous formulez comme une
objection a été, au contraire, envisagé par
nous comme motif favorable et déterminant.
Combien d'exemples d'individus étrangers à
une région et qui cependant lui ont rendu les
plus signalés services ! La loi, en n'exigeant
pas que le candidat se rattachât, par quelque
lien que ce fût, à la circonscription qu'il aspire
à représenter, a consacré une heureuse latitude
qui a illustré les fastes parlementaires de
nombre de célébrités dont la plupart, s'il n'en
avait pas été ainsi, n'auraient jamais pu se
révéler, en raison du vieux proverbe : On n'est
jamais roi dans son pays.

— Révéler n'est pas tout à fait le mot exact,
répondit M. Forestan. Que des individus, n'ayant
pu se concilier les suffrages, au lieu natal, aient
été mieux accueillis, souvent, dans une autre
région, c'est un fait indubitable et j'ajoute,
d'accord avec vous, heureux en raison des
conséquences qui en ont quelquefois découlé.
Mais vous conviendrez, tout au moins, qu'il
s'agissait, dans ce cas, de *notoriétés*, c'est-à-
dire de personnes se signalant, par un certain
passé, à l'attention publique. Or, ici, nous ne
nous trouvons pas, précisément, dans les mêmes
conditions. Qu'est Monsieur Potin?

— Un homme indépendant.

— Sans nul doute et l'on peut ajouter, avec

certitude, un esprit cultivé, un homme au sens
droit et éclairé, au cœur noble et généreux.
Mais, avec tout cela, au point de vue politique,
un inconnu, totalement inconnu.

— Mais c'est le *summum* du meilleur ! s'écria
M. Vernon avec chaleur. Notre *tant mieux* ne
rendrait que faiblement mon appréciation à cet
égard. Un inconnu ! mais c'est l'idéal ! N'avoir
pas de passé, quel atout dans son jeu ! Demandez à messieurs X, Y, Z combien d'ennuis, que
de froissements, d'humiliations et d'entraves
leur a valu leur passé, cette fameuse queue qui
persiste à rester toujours attachée par quelques fibres, voulût-on sincèrement la trancher
d'une manière radicale ! Est-il rien de plus
énervant, pour un homme politique, peut-on
imaginer pire supplice que d'avoir, constamment, à se montrer vigilant sur le moindre de
ses actes, sans pouvoir suivre les indications
sûres de son esprit mûri par l'expérience et ce,
à peine de se voir mettre aussitôt en opposition
avec soi-même et de s'entendre rappeler l'odieux,
l'infernal passé? Que d'idées généreuses se sont
trouvées, ainsi, étouffées dans leur germe ou ne
sont venues au jour que flétries et complètement dénaturées ! Allez donc avoir de l'originalité, dans des conditions pareilles ! Vous n'êtes
pas votre maître; vous ne vous appartenez pas ;
vous êtes le vassal de vos propres traditions et

20

les pierres que vous aurez lancées, étant de
l'opposition, vous retomberont sur le nez quand
vous serez arrivé, à votre tour. Sans doute, il
y a ceux-là, qui n'arrivent jamais, que jamais
rien ne satisfait et qui se vouent à une critique
aussi perpétuelle qu'elle est aisée ; ceux-là ont
moins à ressentir les inconvénients du passé,
mais ils ne sont pas pour nous agréer. Nous ne
demandons pas de coups de foudre olympiens,
mais notre idéal peut bien plutôt se condenser
en une théorie de progrès constamment soutenu. Nous préférons la réalisation d'une
série de petites mesures utiles — ce sont les
petits ruisseaux qui font les grandes rivières —
au discours, si éloquent qu'il soit, d'un dilet-
tante de la haute politique qui, en d'autres circonstances et sur des questions terre à terre,
dédaignera de descendre dans l'arène et se
retranchera dans la majesté de ses principes
transcendants. Les bardes ne valent guère sur
le terrain de la science gouvernementale... Un
inconnu, dites-vous? Mais de quoi donc, je
vous prie, était composée cette assemblée qui
se nomme dans l'histoire l'Assemblée constituante, qui, en deux années, sut accomplir
cette immense et étonnante besogne au souvenir de laquelle devraient pâlir de honte les
corps législatifs du monde entier, lesquels n'arrivent pas à voter leur douzaine de médiocres

lois, au cours d'une session? D'inconnus au premier chef ou, du moins, ce furent les inconnus qui y donnèrent le ton et la mesure, alors que les gens ayant nom, les hermines et les mortiers, les mitres et les crosses, les plumets et les panaches, ne demandaient qu'à ne rien faire du tout, si ce n'est mettre des bâtons dans les roues. Et plus tard, quand la patrie eut à subir le plus rude assaut qui se puisse imaginer, de toute l'Europe et même d'une partie de ses propres enfants égarés, par qui fut-elle sauvée? Par de parfaits inconnus. Des événements douloureux et à jamais déplorables, encore tout proches de nous, nous ont suffisamment édifiés sur la nullité des réputations. Laissons-là les fétiches. Pour faire les affaires d'un pays, il n'est besoin, à notre avis, ni de tranche-montagnes, ni d'orateurs démosthéniens ou cicéroniens, ni de barons à trente-deux quartiers, ni de ploutocrates suant l'or, ni d'extravagants, soit de conviction, soit par affectation, ni de Pierre, ni de Paul, quand ils prétendent s'imposer par la seule raison qu'ils s'appellent Pierre ou Paul. A toutes ces sommités, dont nous faisons bon marché, nous préférons un inconnu sachant comprendre, vouloir et exécuter. Voilà notre homme !

M. Forestan aurait eu beaucoup à répondre à cette théorie des mérites souverains de l'in-

connu. Il se sentait aussi la tentation de dire
quelques mots du mobile qui faisait agir la
famille Dumortier, n'ignorant pas le rôle qu'elle
s'était arrogé dans Villétrange. Mais il vit clairement que son interlocuteur avait son siège
tout fait. Ne voulant pas, dès lors, se lancer
dans une controverse dont le moindre défaut
aurait été qu'elle ne pouvait aboutir, mais soucieux d'éviter, à son ami, une aventure dont,
on pouvait le prévoir, il serait certainement
exaspéré au dernier des points, le négociant
formula une dernière objection qui, cette fois,
il le croyait, devait être sans réplique.

— Il ne m'appartient pas, dit-il, de disserter,
après vous, sur les qualités les plus recomman-
dables à désirer dans un candidat, pour répondre le plus affirmativement possible à l'idéal
conçu par les électeurs villétrangeois. Mais, en
ce qui est de M. Potin, mon opinion est que
vous vous heurterez, tout d'abord, à un obstacle primordial et préjudiciel qui suffira, à lui
seul, pour faire échouer votre projet.

— Et cet obstacle ?....

— C'est le refus invincible que vous opposera
M. Potin.

M. Vernon eut un sourire diplomatique ;
mais, intérieurement, il n'était rien moins que
rassuré. Il aurait voulu pouvoir répondre, à
M. Forestan, qu'il avait précisément compté

sur lui pour l'aider à décider M. Potin ; mais il vit clairement, dans les yeux du négociant havrais, que cette invite serait rejetée.

Heureusement, M. Forestan continuant, vint le tirer d'embarras.

— Et non seulement M. Potin n'accepterait pas votre proposition — je dis *n'accepterait*, remarquez-le bien — mais encore, il est douteux que vous puissiez avoir la faculté de la lui faire.

— Comment cela ? demanda M. Vernon étonné.

— Comment ? Je veux bien vous le dire, car cela viendra à l'appui de ce que j'avançais tout à l'heure. M. Potin, au fond est, je le répète, un homme d'une réelle valeur, recommandable par les dons de l'esprit et les qualités du cœur : mais, à l'apparence, on ne saurait nier qu'il ait quelque chose d'un misanthrope et de ce que l'on appelle ordinairement un original. Il me développait, un jour, cette curieuse théorie d'un homme s'isolant complètement du monde, vivant à son *a parte*, ne prenant part à rien de ce qui se passe au dehors, tenant à l'ignorer et, dans ce but, s'abstenant soigneusement, à de certains moments, de lire et même d'apercevoir les lettres et les journaux, toutes les communications qui lui seraient adressées, bref, tout ce qui a trait à la vie publique ou à

20*

celle d'autrui. C'est de la bizarrerie, sans contredit ; mais, si j'avais à en plaider les circonstances atténuantes, il me suffirait de passer en revue la liste, de taille respectable, de toutes les célébrités qui ont cherché à fixer l'attention sur leurs personnes par tel ou tel tic, par une singularité quelconque, ne s'en fiant pas exclusivement à leur talent, du soin de leur renommée. Soyez convaincu qu'il y a beaucoup de cela dans l'allure de ceux que l'on appelle des *caractères*. J'ajouterai, à la décharge de M. Potin, que non seulement il ne fait pas parade de son excentricité, mais encore qu'il n'en a pas le moins du monde conscience. Sa bonne foi ne peut donc faire l'ombre d'un doute et l'on ne saurait, sans injustice, le taxer de puffisme. Or, j'ai quelque raison de croire qu'il est précisément, en ce moment, en proie à un de ces accès de misanthropie car des lettres, des télégrammes même que je lui ai adressés tout récemment, sont restés sans réponse.

— En vérité, voilà qui est curieux !

— C'est l'exacte vérité, je vous l'affirme.

— Je n'en doute aucunement, croyez-le bien. Il ne me reste qu'à vous remercier de votre avis que je rapporterai fidèlement au comité.

Et sur cette conclusion, M. Vernon prit congé du négociant et se retira.

Avec la rapidité du grand Condé sur le champ

de bataille, il venait, à l'instant même, d'asseoir son plan. Il connaissait assez M. Forestan pour savoir qu'on pouvait se fier aveuglément à ce qu'il avançait : ce qu'il avait dit de M. Potin devait donc être considéré comme certain. Or, au lieu d'y voir un obstacle, M. Vernon envisagea l'isolement et le silence de M. Potin comme devant équivaloir, aux yeux du public, à un acquiescement tacite. Plus décidé que jamais à poser cette candidature, le villétrangeois trouvait de plus, dans l'état des choses, l'immense avantage de pouvoir agir sous le couvert du candidat qu'il proposerait, sans avoir à subir aucune entrave, sans se croire tenu de garder certains ménagements. Après l'élection, un dilemme se poserait. De deux choses l'une : Ou M. Potin accepterait le mandat qui lui aurait été décerné e' alors on verrait à *s'arranger* avec lui ; que si la chose était impossible, nonobstant l'exposé de principes fait lors du dîner des Carford et dont M. Vernon se plaisait à se souvenir, on en serait quitte pour patienter jusqu'à l'expiration de la législature et le renverser aux élections suivantes. Ou bien, M. Potin refuserait de siéger comme député de Villétrange, sans se laisser influencer par la tentation d'une élection toute réalisée ; mais, dans ce cas, la démonstration aurait produit son plein effet. Le parti

adverse se trouverait abattu et désorganisé; les
têtes qui se seraient relevées devraient se cour-
ber de nouveau et l'association Dumortier-
Vernon, n'étant plus talonnée par le court délai
et la révolte menaçante, pourrait faire choix,
en toute maturité, d'un candidat selon son esprit.

Cette décision une fois arrêtée, M. Vernon
ne perdit pas un seul instant pour travailler à
sa réalisation. Il lui restait à se donner, à lui-
même, la preuve expérimentale et irréfragable
de la valeur du système claustral pratiqué par
M. Potin. Sachant déjà, pour s'en être enquis
chez les Carford, que M. Potin était un des
habitants de la célèbre Maison, il rédigea sur
le champ, une lettre et une dépêche qu'il lui
envoya, sous forme recommandée, dans la
pensée qu'elles arriveraient ainsi jusqu'au des-
tinataire lui-même, vu l'obligation d'en donner
décharge à la réception. En cela, il était dans
l'erreur car, depuis longtemps, M. Potin avait
pourvu à ce que son système ne reçût aucun
accroc de ce côté-là, en munissant le fidèle
Jean, son domestique, d'une procuration pour
ce cas spécial.

Dans la même soirée, M. Vernon partit, lui-
même, pour Paris et le lendemain matin il se
présentait à la Maison où, demandant M. Potin, il n'obtint, pour réponse, qu'un unique :

« M. Potin n'est pas visible. » Il insista, parla
d'affaires de la dernière importance et des plus
urgentes, renouvela ses lettres et dépêches,
dans un style plus pressant encore, revint plusieurs fois à la charge, envoya des commis-
sionnaires et toujours sans plus de succès. Il
inséra le résumé d'une de ses lettres dans la
petite correspondance du *Bigarreau* et l'envoya à M. Potin, en la désignant spécialement
à son attention, par une mirifique étoile et un
double encadrement au crayon polychrome. Le
résultat fut constamment le même, c'est-à-dire
négatif quant à l'apparence, mais affirmatif,
probant et favorable au point de vue des réels
désirs de M. Vernon.

Certain, dès lors, que M. Forestan n'avait
rien exagéré, il revint à Villétrange et le lendemain on affichait, sur les murs de cette ville,
une communication du comité Dumortier re-
commandant M. Achille Potin aux suffrages
des électeurs villétrangeois.

La profession de foi était habilement présentée comme l'expression des opinions du
candidat. A part cela, c'était un morceau d'un
style banal, comme celui de tous les documents
de ce genre. M. Vernon l'avait même rédigé
avec une négligence voulue et affectée, sentant
bien et voulant que chacun sentit, comme lui,
que la question était plus haute et qu'il ne

s'agissait, en somme, ni de M. Achille Potin, ni de quelqu'autre que ce fût, mais uniquement du maintien ou de la chute de l'influence de la famille Dumortier.

On glosa bien un peu, dans le public ; on s'interrogea et on se demanda quel était ce candidat que personne ne connaissait et qui ne se montrait pas. Mais il y eut comme une sorte de consigne donnée, parmi les Laberthe, de ne mêler à ces propos aucune parole trop ironique, car les Dumortier pouvaient répondre aisément que M. Potin était retenu par de hautes occupations et des intérêts majeurs et, à leur tour, ils auraient eu beau jeu pour taper sur M. Laberthe, cet étonnant aspirant à la députation qui se faisait remplacer par sa femme, chose nouvelle dans les fastes électoraux, du moins en tant que manifestation publique.

Ayant affirmé leur candidat, les Dumortier parurent trouver que cela était suffisant et ils s'abstinrent soigneusement de toute action bruyante. Au contraire, les Laberthe commirent une faute grave et M. Nicquart, qui l'avait bien entrevue, mais qui devait s'absenter de temps en temps pour veiller aux affaires de son cabinet, ne put empêcher Madame Laberthe de la commettre.

En créant le comité indépendant, l'ex-avoué avait eu en vue de susciter le réveil d'un cer-

tain esprit de libre-examen, dans Villétrange.
C'était là comme une sorte de redoute avancée
élevée contre les Dumortier ; mais l'homme
d'affaires comptait bien l'enlever, au dernier
moment, d'un coup de main vigoureux et
l'englober tout entière dans la place d'armes
des Laberthe. Il fallait, en attendant, laisser
les adhérents du comité indépendant s'illusion-
ner et s'amuser avec le brillant jouet de leur
soi-disant libre arbitre.

Ce beau plan fut ruiné par l'intempérance de
Mᵐᵉ Laberthe qui, dans la vanité qui la dévo-
rait de s'affirmer, de se poser en libératrice, ne
sut rien comprendre à l'ingénieuse fiction imaginée par M. Nicquart. Ayant vu un mouvement se dessiner, contre les Dumortier, elle se
figura que cela était dû à l'influence de ses mérites et de sa renommée, sans rien apercevoir
de l'industrie et de l'habileté de l'homme d'affaires. Pour un peu, elle se serait écriée: ville
prise, ville gagnée! et en attendant, c'était de
la meilleure foi du monde qu'elle considérait
les membres du comité indépendant comme ses
partisans dévoués, ralliés sans condition et trop
heureux de pouvoir donner leurs votes à un
personnage aussi éminent que M. Laberthe,
dirigé par Madame son épouse. M. Connivant,
qui s'était installé en permanence à Villétrange
et qui s'y montrait aussi efficacement affairé

que la mouche du coche, accentua et força
encore la note en chantant, nuit et jour et sur
tous les tons, en l'honneur de Mme Laberthe,
des louanges qu'on commença à trouver éner-
vantes par l'effet de leur trop fréquente répétition.

C'était là ce que guettait M. Vernon. Il n'est
si haute montagne et réaction si accentuée dont
on n'atteigne enfin le point culminant, après
quoi il faut forcément descendre et décliner.
N'ayant pas rencontré de résistance apparente
chez les Dumortier, l'esprit frondeur des villétrangeois s'était quelque peu assoupi. D'autre
part, M. Vernon avait introduit secrètement,
au sein du comité indépendant, un certain
nombre d'électeurs restant invinciblement dévoués à la famille Dumortier. Dirigés par
M. Vernon et quand ils se sentirent un certain nombre, ils commencèrent à élever la
voix.

Ils firent observer que le comité indépendant, procédant d'une idée excellente lors de
son origine, avait complétement dévié de son
programme, depuis; que sa raison d'être et sa
force résidaient tout entières dans son indépendance même, qui lui donnait la faculté
d'examen et de discussion; mais que tous ces
avantages disparaissaient dès l'instant où l'on
devait le considérer comme inféodé, *de plano*,

à l'opinion du parti Laberthe. Qu'avait-on stipulé, cependant, dans l'intérêt de Villétrange? Quelles garanties s'était-on réservées? Rien, absolument rien! C'était là, on en conviendrait, une étrange confiance, sinon, une plus étrange légèreté. A quoi bon, dès lors, faire une levée de boucliers et affronter le ressentiment des Dumortier? Que pouvait-on, dans ces conditions, espérer gagner au changement et que ne risquait-on pas d'y perdre?

Ces observations, dont chaque mot portait, firent une profonde impression. On se regarda, on discuta et l'on convint, presqu'unanimement, qu'on avait été trop loin et qu'on s'était laissé entraîner.

Le revirement fut soudain et considérable; les partisans les plus avérés des Laberthe commencèrent à être regardés en défiance et si l'on n'alla pas jusqu'à les exclure du comité, du moins ils y perdirent toute influence et l'on ne se gêna pas pour leur faire entendre que, du moment que leur conviction se trouvait déjà assise, ils n'avaient que faire dans une association qui cherchait encore à s'éclairer et à s'inspirer. Le mot *indépendant* exerçait un effet magique et il fit naître quelques douzaines de Brutus qui, confessant qu'ils s'étaient laissés surprendre, se promirent de veiller atten-

21

tivement sur eux-mêmes, afin que le même fait ne se renouvelât plus.

Par suite naturelle, les secrets partisans des Dumortier, qui avaient fait lever ce lièvre, en gagnèrent d'autant d'influence, au sein du comité. Bref, après une absence de quelques jours, M. Nicquart, revenant à Villétrange, trouva les dispositions générales considérablement refroidies vis-à-vis de Mme Laberthe qui cependant, ne s'apercevant de rien, continuait à afficher les mêmes allures triomphantes que devant, toujours accompagnée, de plein effet, par l'avocat Connivant aussi aveugle qu'elle.

Soit que son attention fût sollicitée par d'autres affaires plus pressantes, soit qu'il eût ses raisons pour se rassurer, M. Niquart ne parut pas trop ému de l'aspect des choses. Il faisait preuve, en cela, d'une certaine fermeté de caractère, car il venait justement d'éprouver un échec complet dans une tentative qu'il avait risquée et qui, si elle avait réussi, aurait porté un coup mortel au parti Dumortier. L'absence de M. Potin et ce qu'il connaissait de son caractère lui avaient donné à penser qu'il pouvait bien se faire que sa candidature eût été posée sans son assentiment et à son insu. Ç'aurait donc été un coup de partie que de l'avertir de ce qui se passait et de provoquer un désaveu public de sa part. Avec l'assistance

de M. Corbeau, l'ex-avoué put encore une fois
pénétrer dans l'intérieur de la Maison; mais,
toutes ses tentatives pour arriver jusqu'à M. Potin furent absolument en pure perte. Il ne
parvint même pas à savoir s'il était absent ou
présent, chez lui, à ce moment-là et ses inven-
tions les plus ingénieuses n'eurent d'autre résultat que de lui faire perdre un temps précieux que ses adversaires, eux, mettaient à
profit.

Néanmoins, il sut montrer un front serein
en se retrouvant à Villétrange. Il rassura et
raffermit ceux qui, s'étant trop compromis
dans le parti Laberthe pour pouvoir songer
à faire volte-face et désirant ardemment, pour
cette raison, son triomphe définitif, se montraient d'autant plus inquiets de la tournure
que prenaient les choses. Il leur recommanda
de ne pas se troubler et de conserver leur sang-
froid jusqu'à la fin. Il dédaigna d'adresser des
remontrances à Mᵐᵉ Laberthe et à son acolyte,
l'avocat Connivant; il les laissa continuer leurs
démonstrations tapageuses. Malgré l'extrême
proximité du jour du scrutin, il annonça qu'il
allait encore s'absenter, mais en ajoutant qu'il
serait de retour, pour le grand jour du vote. Ce
fut par le seul effet de la bonne éducation que
Mᵐᵉ Laberthe se retint de lui répondre qu'il
pouvait en prendre à son aise et que sa pré-

sence n'était plus indispensable à Villétrange,
pour le succès de l'élection. C'était là du moins,
si elle ne l'exprima pas, sa conviction intime.

Pendant ce temps-là, M. Vernon agissait
avec la plus grande activité. Rongeant son
frein et s'énervant de ne pouvoir donner libre
cours à l'effervescence de son caractère, le
bouillant M. Dumortier s'ingéniait, de son
côté, à trouver des occasions d'intervenir et de
se mêler des affaires. C'est ainsi qu'il présenta,
un jour, à son beau-frère, deux journalistes
qu'il avait fait venir, tout exprès, de Paris.
Ils avaient déjà *fait des élections* et se donnaient des airs d'importance. M. Vernon les
interrogea sur leur manière de procéder; ils
lui répondirent par l'exposé d'un programme
dans lequel il était question de professions
de foi, de réunions publiques, de discours, de
polémique de presse, bref toutes les herbes de
la Saint-Jean des élections, selon la formule
ordinaire. Le villétrangeois haussa les épaules
et congédia les deux scribes, avec une indemnité
pour leur dérangement.

Il s'agissait bien de cela, en vérité. C'était
bon pour Mme Laberthe et le jeune Connivant
de s'étourdir du bruit de leur faconde infatigable et de couvrir les journaux d'immenses
tartines pour la digestion desquelles personne
ne se sentait assez d'estomac. M. Vernon n'a-

vait garde de donner dans de semblables
travers et d'y perdre son temps. Il possédait
une liste complète et soigneusement annotée
de tous les électeurs de Villétrange et elle
équivalait, pour lui, à un plan entre les mains
d'un ingénieur faisant le siège d'une place.
Son action procédait de la sape et de la mine.
Il y avait des électeurs vis-à-vis desquels il
fallait agir par la persuasion et d'autres qui né-
cessitaient une énergique pression. Le nerf de
la guerre, d'ailleurs, ne faisait pas défaut et
les deux beaux-frères étaient d'accord pour ne
pas le ménager, faisant passer, avant toute
chose, la satisfaction de leur vanité. A cet égard,
les millions de la famille Dumortier constituaient une grosse artillerie capable de briser
les blindages les plus épais. Toutefois, M. Vernon mettait une sorte de coquetterie d'artiste
à n'y avoir recours que dans les cas extrêmes.
Il faisait jouer mille ressorts secrets qui, tous,
produisaient leur effet et il sut manœuvrer de
telle manière que l'influence des Dumortier se
trouva bientôt reconstituée, de toutes pièces.
Elle n'apparaissait plus avec les allures tran-
chantes et omnipotentes du passé, mais elle se
révélait par le moyen de mille fils dont les bouts
étaient tous dans la main de M. Vernon.

Toutes les apparences étaient, de nouveau,
en faveur des Dumortier et, celui qui aurait pu

examiner le fond et l'ensemble des choses, n'aurait pas hésité à substituer le mot *certitude* à celui *d'apparences*. En l'absence de M. Nicquart, le parti Laberthe n'avait plus, à sa tête, que deux écervelés avec lesquels M. Vernon pouvait jouer, comme le chat joue avec la souris et il ne s'en privait pas.

Il voulut même se donner la satisfaction de battre ces beaux esprits sur leur propre terrain. A cet effet, il fit suggérer, à l'un des membres principaux du Comité indépendant, l'idée de donner une soirée-conversazione qui équivaudrait à une sorte de réunion privée et il se promettait bien d'y faire naître l'occasion de passer Mme Laberthe aux verges d'un vigoureux persiflage.

Au jour dit, tous les électeurs marquants de de Villétrange se trouvèrent réunis dans le salon de celui d'entre eux qui avait lancé les invitations. Mme Laberthe y fit une entrée à sensation et s'empara, sans coup férir, du dé de la conversation. Un esprit aussi éminent que le sien, n'était pas pour prendre le change sur un sujet banal, et elle ne tarda pas s'élever dans de hautes considérations sur l'art, la poésie, les lettres, en les envisageant au point de vue de leur influence sur les mœurs, la société et la politique. Le sujet était vaste, mais singulièrement approprié à l'auditoire de choix

qui se pressait dans le salon, car il s'y trouvait des personnages dont l'esprit avait assez de
haute culture pour posséder tout le répertoire de
Paul Henrion, sans préjudice de certains morceaux plus délicats, comme *la canne à Canada*
et *Fricotin le garçon d'honneur*. En fait d'art,
ils n'en pouvaient guère parler qu'approxi-
mativement, comme le fusilier Pitou, de truffes. Néanmoins, lors du voyage obligatoire
à Paris, que presque tous avaient fait, ils
avaient consciencieusement arpenté les musées
et galeries, prenant en patience les torticolis
et éblouissements qu'ils y gagnaient. Le salon
même où se pressait cette société d'élite, était
orné de deux superbes cadres dorés, achetés,
avec les toiles qui les garnissaient, chez un
brocanteur de la rue Notre-Dame-de-Lorette, et
près d'eux ne faisaient pas trop mauvaise contenance, un Laocoon et une tête de guerrier
romain avec son casque, dus au crayon de
l'aînée des demoiselles de la maison.

Mme Laberthe s t se montrer digne d'un
pareil entourage. En pleine possession de son
sujet, elle traça de magistrales esquisses de
ces époques éblouissantes que l'on a appelées
le siècle de Périclès, le siècle de Léon X et le
siècle de Louis XIV. Elle montra que ces temps
fameux devaient leur renom, dans l'histoire, à
la prépondérance salutaire qu'y avaient exercée

les arts et les lettres. Par un retour naturel, elle dauba ferme sur le siècle présent qu'elle accusa d'un odieux prosaïsme, funeste aux émanations délicates de l'âme. Elle flétrit le souci des intérêts mesquins et les préoccupations terre-à-terre. Et cependant, le plus barbare était quand même, qu'il le voulût ou non, sous la domination du culte de la beauté de la forme et de la poésie des images. Est-ce qu'un breuvage, quel qu'il fût, ne gagnait pas, pour tous, à être présenté dans une coupe fine et élégante, au lieu de l'être dans une argile grossière? Est-ce que pour les chansons, même les plus triviales, on n'avait pas recours à la poésie, jugeant toute prose, quelle qu'elle fût, indigne de cette autre sublimité, la musique? La littérature, empruntant le domaine de la fiction, montrait à l'homme ce qu'il devait, ce qu'il pouvait être ; les chefs-d'œuvre des arts serviraient de modèles pour épurer et former le goût. Au dire de l'éminente conférencière, le culte des lettres, la familiarisation avec les arts, avaient pour effet immanquable de mettre en fuite les conceptions baroques et de réformer les idées obtuses. Quand chacun serait bien pénétré de ces immortelles vérités, la société se trouverait régénérée, transformée de fond en comble et les rapports sociaux seraient imprégnés d'un parfum ineffable de grâce et de charme. Ce fut un exposé complet d'un système de socialisme poétique dans lequel Mme Laberthe n'oublia pas de mentionner le rôle de la femme qu'elle qualifia, d'emblée, de poésie de la vie. Continuant à mettre l'histoire à contribution, elle mentionna un certain nombre d'événements fameux dûs, soit à la femme, soit à l'influence qu'elle avait exercée.

— Ces exemples, s'écria-t-elle, pourraient être multipliés à l'infini. Pas de Raphaël sans Fornarine; pas de Dante sans Béatrice; pas de Pétrarque sans Laure!...

— Pas d'Abeilard sans Héloïse! fit, dans son coin, un loustic du clan Dumortier.

Mais cette remarque irrévérencieuse passa inaperçue. Dans le même moment, en effet, Mme Laberthe concluait en revendiquant, pour la femme, la juste part d'influence nécessaire, selon elle, au progrès social et au développement, à l'épanouissement de l'esprit humain.

Les villétrangeois avaient écouté, bouche béante, cette harangue qui, eu égard à leur condition de bourgeois prosaïques, au premier chef, équivalait à un véritable réquisitoire prononcé contre eux. Devant cette abondance de paroles et la sûreté du débit, ils avaient éprouvé quelque chose de l'admiration de Jean Hiroux pour l'éloquence de l'avocat général requérant contre lui. Un cordonnier de seconde classe

21*

qui, depuis longtemps, avait perdu l'habitude
de lire, et un marchand de cochons, qui n'y
avait jamais été grand clerc, se montrèrent les
plus chaleureux dans leur approbation, de même
que les passages les plus pathétiques d'un mélodrame ou les romances les plus sentimentales
soupirées, les yeux humides, par un ténor du
cru, ont le don d'émouvoir particulièrement la
fibre sensible des titis et des demoiselles du
trottoir.

Pour laisser à la réunion l'apparence d'une
soirée, on y avait admis l'élément féminin, et
les deux filles d'un huissier, auxquelles leur
père reconnaissait assez de talent littéraire
pour leur confier la rédaction de certains de
ses actes, firent taire le sentiment de jalousie
invétéré dans le cœur de toute fille d'Ève et
applaudirent, avec une vigueur qu'aurait re-
marquée un chef de claque, celle qui venait
de revendiquer si énergiquement les droits de
leur sexe.

Quelques regards ironiques furent lancés du
côté de M. Dumortier qui mâchonnait, entre
ses dents, les mots de *bagou, jargon, jacas-
serie de commère*..... Mais un compère ayant
demandé, à M. Vernon, ce qu'il pensait de ce
qui venait d'être dit, le villétrangeois saisit la
balle au bond.

— Hé ! Monsieur, fit-il en affectant de pren-

dre en mauvaise part la question qui lui était
adressée, me croyez-vous donc un barbare?
Vous pouvez vous fier, dans son affirmation
du contraire, au dire d'un homme qui relit encore, tous les jours, Rabelais, Pascal, Labruyère
et Rousseau. Il y a tels morceaux délicats
comme les fables de Lafontaine, Molière, les
Plaideurs, de Racine, les contes de Voltaire,
d'autres encore que je ne me lasse pas d'ad-
mirer et qui sont, à mes yeux, des joyaux précieux de la couronne littéraire de la France.
Et quant aux modernes, je ne leur fais jamais
le même reproche qu'au vin nouveau et je les
déguste avec plaisir, quand ils ont du bouquet.
Toutefois, je le confesse, il m'est impossible de
dépouiller entièrement le vieil homme et,
homme d'affaires, je ne puis m'empêcher de
ressentir un faible pour la vieille maxime :
Chaque chose à sa place, une place pour chaque chose ! Elle est la sœur jumelle de cette
autre : A chacun son métier, les vaches seront
bien gardées ! C'est pourquoi, tout en me dé-
lectant à l'odeur suave des parfums, je saurais
pourtant mauvais gré, à ma cuisinière, si elle
s'avisait de fourrer de l'opoponax dans mon
miroton et du vinaigre de Bully dans ma salade. J'estime qu'il y a place, pour tout et pour
tous, sous la calotte des cieux. Me direz-vous,
dès lors, pourquoi les artistes et les gens faisant

commerce d'esprit, qui mangeaient la desserte
des tables, dans ce siècle du roi-soleil que l'on
vient d'exalter devant vous et que l'on bâton-
nait encore, au temps de Voltaire, se sont mis,
de nos jours, à pratiquer à leur tour l'envahis-
sement, l'intransigeance et l'oppression, alors
qu'ils avaient été à même d'en reconnaître, expérimentalement, l'injustice? De gais et courtois compagnons qu'ils étaient et que l'on était
heureux de trouver, pendant et après boire,
ils sont devenus les plus mauvais coucheurs du
monde et prétendent tirer à eux toute la couverture. Un beau jour, piqués de je ne sais
quelle mouche, on les vit lancer l'anathème sur
tous ceux qui n'étaient pas de leur église, les trai-
tant de barbares, de philistins, d'épiciers et de
bourgeois. Bourgeois était le superlatif absolu
de cette kyrielle. Pasques Dieu! ce ne fut pas
une petite affaire et la colère biblique du Dieu
d'Israël ou celle du Jupiter tonnant de l'Olympe,
n'était que de la moutarde auprès de l'ire superbe des fiers seigneurs de la fiction et de la
fantasia, montés sur leurs grands chevaux. Ce
fut — du moins on pourrait le croire — un
écrasement complet, car la lutte n'était pas
égale, à l'apparence. Le bourgeois, puisque
bourgeois il y avait, ne pouvait riposter que
difficilement et, maintenant encore comme
alors, je n'augurerais pas bien, comme réussite,

de la démarche d'un bourgeois qui, ayant à
dire certaines petites vérités aux porte-plumes
en faveur, songerait à demander, pour cela,
aux journaux, l'hospitalité de leurs colonnes.
Si l'on a reconnu, depuis longtemps, qu'il est
faux de dire que les loups ne se mangent pas
entre eux, du moins, il est toujours exact
qu'ils soient très-jaloux de ne pas se laisser
manger par d'autres espèces que la leur.

« Donc, les philistins furent vite réduits au silence et ce n'est pas d'aujourd'hui qu'il y a des
gens qui hausseraient les épaules si l'on mettait
en doute, devant eux, que les gens d'esprit, les
artistes, le fameux *Tout-Paris*, constituent
réellement l'élite, la crème de la société. Cette
idée que l'on puisse opposer au génie de M. Ca-
bolin, artiste s'il vous plaît, le mérite qui doit
être restreint, puisqu'il ne fait pas de bruit, de
tel ou tel vulgaire industriel, négociant ou savant ! Cela n'a pas le sens commun, en vérité.
Sarah Lasécheresse est un plus *grand homme*,
à elle seule, que MM. Wurtz, Berthelot, Pas-
teur, Edison et il n'en est besoin d'autre preuve
que le retentissement qu'elle a, comparé à
celui des travaux et découvertes de ces messieurs.

« Pendant ce temps-là, le philistin qui
était assez audacieux pour ne pas vouloir se
jeter, de bonne grâce, dans le néant vers le-

quel on le poussait, le philistin continuait son
petit bonhomme de chemin et si ce n'était
abuser d'une citation pompeuse, je dirais qu'il
ne se vengeait qu'à la manière du Dieu-Soleil
du poète, versant

> .… des torrents de lumière
> Sur ses obscurs blasphémateurs.

« Il n'était si infime masure dont la démo-
lition ne f'; pousser des cris de paon en détresse aux tenants de l'art et de la poésie. Le
bourgeois vandale n'en continuait pas moins à
cogner ferme de sa pioche, l'infernale « pioche
du démolisseur » (cliché numéro.....). Il tra-
çait des avenues aérées aux lieu et place des
cloaques vénérables et antiques et bâtissait des
maisons qui n'avaient rien d'ostrogothique. Et
voyez quelle contradiction ! Il est resté, quand
même, dans Paris, quelques échantillons de ce
poétique moyen-âge, si cher à des fantaisistes
dont les ancêtres, peut-être, y pourrissaient
dans quelque horrible réduit, les rues de Venise, de Brantôme, Taille-Pain, Brise-Miche,
pour n'en citer que quelques-unes. Eh bien,
le croiriez-vous? les admirateurs des siècles
passés paraissent les ignorer et préfèrent ha-
biter les grandes rues modernes tracées par le
bourgeois stupide. Le philistin construisait des
chemins de fer en dépit de ce qu'on lui cor-

nait aux oreilles, qu'il allait supprimer le
charme, la poésie des voyages et des paysages.
Les chemins de fer construits, ceux qui les
dénigraient devinrent les plus intrépides quémandeurs de billets pour y circuler gratis *pro
Deo.* S'occuper de la question des sucres était
synonyme de la manifestation la plus caractéristique du crétinisme ; il y a peu de tireurs à
la ligne qui ne s'en soient gaudis. Le bourgeois
obstiné continua à piocher ferme la question
des sucres et il a fait tant et si bien qu'il est
à peu près arrivé à mettre, à la portée
des bourses les plus modestes, cette denrée
éminemment salutaire et dont ne font pas fi les
poètes, je pense, malgré toutes les douceurs de
leur ambroisie. Le philistin a percé des isthmes
et des montagnes, creusé des canaux, construit
des steamboats, éclairé et assaini les villes. Il
s'est, par contre, refusé à revenir aux chausses
et hoquetons et a repoussé, énergiquement, les
vêtements mi-partie.

« Pendant ce temps-là, on ne restait pas
inactif, non plus, dans l'autre camp : il
faut en croire, du moins, le tapage qu'on
y faisait. Les vrais artistes travaillaient
en silence : mais les autres !..... Ah ! les autres ! !..... Bobêche est mort, messieurs, mais
il a laissé de fameux élèves..... Pas de croûte
barbouillée, pas de rapsodie, pas de grimace

inédite qui ne fit pousser des cris de pamoison.
De graves personnages s'improvisèrent docteurs ès-science artistique et littéraire et se
livrèrent à des variations, à perte de vue, sur
toutes les belles choses qui éclosaient avec la
facilité et l'abondance de champignons dans
une prairie, après la pluie. Ce fut, c'est encore,
plus que jamais, une fameuse et continuelle
fête pour les joueurs de flûte, batteurs de caisse
et claqueurs de toute espèce. Parfois, un
coup de tam-tam plus vigoureux se détache,
dans ce concert. On fait savoir qu'on a trouvé
un homme ; c'est un caractère, un esprit d'élite
qui vient de se révéler..... Chaque fois j'y suis
pris. — Bon, me dis-je en moi-même, un caractère !..... Voilà sans doute celui qui va
trouver la direction des ballons ou résoudre la
question sociale. — Patatras ! quelque temps
après, l'esprit d'élite accouche d'une comédie
ou d'un roman ou encore se donne en spectacle aux romains..... de la claque, comme
Jean Bellemiche. Misère de nous ! ..... Tant il
se fait qu'à la fin, me souvenant du vieux proverbe : *A bon vin pas d'enseigne*, je me
prends à douter de la valeur intrinsèque et
réelle des productions de ces grands maîtres
qui, toute leur vie ne peuvent marcher sans
lisières ni tambours. J'établis une comparaison
qui me vient naturellement à l'esprit. Par

exemple, entre la locomotive initiale de Robert
Stephenson qui faisait six milles à l'heure, en
trainant quatre ou cinq wagons et celles que
nous avons maintenant, auxquelles on accroche
une file interminable de voitures et qui par-
courent gaillardement leurs vingt-cinq ou trente
lieues dans le même temps, entre ces deux
termes, il y a eu l'intervention de milliers
d'hommes de génie qui ont cherché, combiné,
inventé et trouvé, tout cela « sans bruit »
comme l'homme du peuple de la *Canaille* que
célébrait Mme Bordas. Leurs noms ? Ils
sont tous aussi inconnus de nous que les morts
qu'ils enterraient l'étaient pour les fossoyeurs
interrogés par Hamlet et les chroniqueurs du
siècle ne s'en soucient pas davantage, dans ce
pays où un *Monsieur de l'orchestre* est un
personnage et où Marie Pigeon, auteur expert
en fait d'érotisme, obtient les honneurs de la
préface, ni plus ni moins que s'il s'agissait de
l'œuvre d'un nouveau Labruyère ou d'une Sévigné moderne. Nous n'en connaissons pas un,
dis-je. Le moyen, au contraire, que l'histoire
ignore les moindres contorsions du moindre
des bouffons de la farce quand cent analystes
sont là, la plume aux aguets, pour les noter en
détail, sur leurs tablettes? C'est futile et bête,
j'en suis d'accord avec vous ; mais cela se fait
sans mal ni douleur, cela *tient de la plache,*

cela fait de la copie, cela rapporte de l'argent.
Un écho, trois ou quatre lignes sur Monologueur, Sarah Lasécheresse, ou n'importe quel
queue-rouge en vogue, sa femme, sa fille, son
petit-cousin, son concierge, son chien ou son
perroquet, cela se paie quelque chose comme
la journée de dix bons laboureurs. — Que voulez-vous? dit-on ; le public aime cela ; le public le réclame, l'exige !..... Eh ! qui donc appelez-vous le public, je vous prie? Seraient-ce,
d'aventure, vos odieux boulevardiers, cette en-
geance malsaine de viveurs aux os vidés et à la
cervelle fondue ?..... Ah ! si Gringoire, l'auteur
dépenaillé, est quelque part à nous regarder,
il doit ouvrir de bien grands yeux. Ce doit être,
j'en jurerais, un fier soulas pour lui de voir
son confrère posthume, M. Victorien Pastiche,
archi-millionnaire dans un siècle où Barthé-
lemy Thimonnier alla mendiant le long des
routes, en portant sa machine à coudre et où
Sorel ne sut pas trouver un morceau de pain,
pour prix de sa découverte de la galvanisation
du fer. Tenez, je me promenais, un jour, aux
Champs-Elysées, avec un familier des théâtres,
qui revenait de l'enterrement de je ne sais
quelle célébrité des planches et qui ne tarissait
pas de détails sur toute la vie de cet *artiste*. Il
sut me détailler, de mémoire, la liste chrono-
logique des rôles qu'il avait créés, de ceux

qu'il avait repris, de ceux dans lesquels il avait
excellé, et ceci, et encore cela, et des dates, des
bons mots, des anecdotes, des gestes, des into-
nations !..... Quel malheur, disait mon homme,
que tout cela soit perdu ! Quelle injustice,
quelle ingratitude envers ces artistes sublimes
qui prodiguent « leur âme, leur sang, leur vie,
tout leur être » et qui, bientôt, tombent dans
l'oubli !..... Vraiment, à ma place et si vous
aviez eu un Panthéon en poche, vous vous
seriez empressé de le mettre à la disposition de
ce héraut des grands acteurs. Mais j'ai le malheur d'être sceptique. Je tirai mon homme, un
peu à l'écart, vers le Palais de l'Industrie. —
Mon ami, lui dis-je, on a inscrit, au fronton de
ce monument, les noms des véritables grands
hommes qui ont illustré l'humanité. Ce que
nous sommes, ce que nous savons, le bien-être,
les facultés nouvelles, la civilisation dont nous
jouissons, c'est à eux que nous en sommes redevables. Toi qui protestes, si éloquemment,
contre l'oubli immérité, fais-moi le plaisir de
me rappeler la vie de ces hommes éminents
qui devraient avoir un temple dans la mémoire
de tous. — Ah dieux puissants ! si vous aviez vu
quelle faillite ! Je n'eus pas dix pour cent. Il
faut convenir, au reste, qu'on ne peut pas tout
savoir et je reconnais qu'il y avait perfidie, de
ma part, à interroger un homme qui n'avait

aucun livre sous la main. Mais je suis persuadé que c'est là une expérience qu'on pourrait renouveler à l'infini, toujours avec le même résultat. Ceux-là qui passent leur vie au théâtre n'ont guère le temps d'apprendre autre chose.

« Nonobstant tout cela, nous sommes bons diables et nous prendrions assez aisément notre parti de l'état des choses. Est-ce qu'il n'y a pas eu toujours des enfants gâtés ? Nous n'en sommes pas jaloux. — Pourquoi écrire encore, se demande George Sand dans la préface d'une de ses paysanneries ? — Ecrivez, écrivez encore, dirons-nous à ceux qui se feraient aussi la même question. On ne peut pas toujours travailler, que diable ! et un peu de fiction n'est pas pour nous déplaire, au repos. Si elle est amusante, nous sommes tout prêts à rire et si elle est touchante ou émouvante, nous la goûterons également car, sortant de la représentation d'un drame qui nous a fait pleurer, nous n'en déclarons pas moins nous être *bien amusés*. Mais il s'en va bien d'autre chose ! Il n'est plus question ni de distraction, ni d'amusement, ni de contes des *Mille et une Nuits*, ni de *Peau d'Ane* qui causait « un plaisir ex-« trême. » Que Paul Salière, après dix mille autres, trouble encore le repos de Richelieu et de Mazarin et y gagne la croix d'honneur ; que les fidèles de la cape et de l'épée se pren-

nent encore au sérieux ; que les fournisseurs en titre des feuilletons entassent les
horreurs sur les absurdités, pour le plus grand
délassement des cinq cent mille portiers, gobeurs
et commères de Paris et de toute la France ;
que Xavier de Massepain se distingue dans
cette carrière et que Fortuné du Beaugalbe le
dispute au pavot, comme influence soporifique,
tout cela n'est rien. Ce sont les bagatelles de la
porte ; c'est la fiente de l'esprit qui vole, pour-
rait-on dire après Victor Hugo. Le grand état-
major vise bien plus haut ; il ne s'agit de rien
moins que d'enseignement, de thèse, de prédi-
cation, de réforme. Le *castigat ridendo*..... est
pris au grand sérieux. On s'est moqué de
ce savant-vulgarisateur qui avait imaginé
d'écrire des comédies scientifiques ; les grands
écrivains dont je parle ne font pas autre chose,
dans leur genre..... Et quelle suite dans les
idées ! Comme tout cela est pensé, pondéré,
coordonné ! Quelle sagesse d'esprit préside à
l'exécution de ce plan de rénovation ! Tout à
coup, on entend des cris féroces ; ils sont de
Durat, Durat fils, un de nos magisters en
chef. « C'est une ci..... c'est une là..... ;
« n'hésite pas ! Tue la !!! » Par contre, les
filles faciles trouvent, en lui, des trésors de
commisération et de parure poétique. Ce bon
faiseur les encadre d'une bordure de nullités

imbéciles et de viveurs répugnants, qui leur
sert comme de repoussoir ; puis il brode, là-
dessus, une préface où il nous dit : Comparez.
Le procédé, pour être vieux, n'en est pas moins
poncif. Faire un choix dans un tas d'ordures,
voilà une proposition engageante, en vérité !
Que si, ébahis, nous demandons des explications, on nous répond que nous sommes des gens
bornés et qu'au surplus on n'a pas à discuter
avec nous. On veut nous instruire et pas autre
chose. Si nous ne savons pas en profiter, tant
pis pour nous. D'autres vont encore plus loin,
d'ailleurs, dans leur affectation de science et
d'analyse et je ne crois pas qu'il se soit produit
rien de plus fort, dans ce genre, que l'acte
d'Adolphe Belot écrivant *Monsieur Auguste*,
qui est un traité de sodomie expérimentale et
comparée et le dédiant.... je vous le donne en
mille..... aux pères de famille ! Après cela il
semble qu'il faille tirer l'échelle ; il ne faut pas
oublier, cependant, de mentionner les profonds
psychologues qui examinent penchés, « le scal-
« pel à la main » (style consacré). On étend,
sur la dalle, une femme que l'abus des romans
a rendue hystérique ou une fille écœurée de
faire la noce et voilà que commence la leçon
d'anatomie sociale. Les *analyseurs* et préfaciers
y jouent le rôle de jurés, mâtinés de carabins
et jamais il n'y eut, au tribunal ou à l'amphi-

théâtre, de société plus sérieuse. Pour la moindre histoire bébête, on prend des airs profonds à faire mourir de rire et à propos de *Fanny*, que son auteur qualifie « d'étude », ne vous déplaise, et qui est le récit le plus abracadabrant qu'on puisse s'imaginer de chagrins d'un jeune béjaune ayant la prétention d'empêcher une femme de coucher avec son mari, Jules Janin délaie trente pages du style que vous savez et nous demande ensuite — c'est exact, je vous le garantis — si nous avons bien saisi, bien compris ! ..... Des romanciers, des vaudevillistes, il n'y en a plus. Fi donc ! Pour qui prenez-vous ces messieurs ? C'est comme si vous demandiez à Lesseps de mettre un fût en perce ou à eux-mêmes de rééditer les contes de la Mère-l'Oie. Sachez, chétifs, que vous avez devant vous, maintenant, des PENSEURS ! .... Et quels penseurs ! Quels dentistes ! ..... Parbleu, c'est trop se moquer du monde, à la fin ! Si vous êtes malades, vous et vos héros, allez prendre des douches, mais laissez-nous en repos, gens de travail et de famille que nous sommes. D'autres fois, on nous entretient en langage de lapidaire ; on fait miroiter, devant nos yeux, le style étincelant, les descriptions chatoyantes, les perles, les rubis, et les lèvres de corail, et les yeux d'émeraude, et la carnation de marbre, et les mains d'albâtre ou

d'ivoire, et les cheveux d'ébène..... tout un
commerce de joaillier ou de marchand de curio-
sités. On entreprend d'*allumer* le monde par un
choix de sous-entendus d'allure mystérieuse
qui tendent à faire croire, même aux débauchés les plus expérimentés, qu'il est encore
certaines choses dont ils sont ignorants et qu'ils
finiront par comprendre, à force d'étudier cette
littérature instructive. Si, après cela, nous
montrons encore quelque froideur, on nous
porte un dernier coup par le chiffre des éditions
démontrant le grand succès et, conséquence
naturelle, la haute valeur de ces œuvres. *Vox
populi, vox Dei,* c'est connu. Succès ! c'est
maintenant la raison démonstrative, la preuve
péremptoire de la valeur d'un ouvrage. Succès,
soit ; mais, bons apôtres que vous êtes, faites-
moi donc le plaisir de supprimer, de ces œuvres étincelantes, certains passages que vous
savez ; supprimez de *Fanny,* de *Mademoiselle
de Maupin* et des chefs-d'œuvre de même aca-
bit, les *clous* érotiques qui font accourir les
amateurs du cru et vous verrez ensuite ce qu'il
restera de ces beaux succès. Il ne faut pas
voir seulement cela, répondra-t-on hypocrite-
ment. Il ne faut pas, a dit le grand Théophile,
imiter les cochons qui vont tout droit donner,
du groin, sur ce qu'il y a de plus sale. Soit ;
mais alors, supprimez donc les saletés où

qu'elles se trouvent ! Conçoit-on votre hésitation puisqu'il vous restera la magie du style,
le scintillement des images, toute la joail-
lerie?.... Et quelle plus belle occasion d'en faire
ressortir la haute valeur et l'influence irrésistible ? ..... Bref, s'il fallait en croire ces éton-
nants professeurs, le monde ne serait plus qu'un
théâtre où des fantoches énervés, abêtis, mor-
phinisés, tout à fait rejetés de la noble et saine
conception de l'intérieur et de la famille, bor-
neraient toutes leurs aspirations, la femme à
perpétuer une vie de galanterie, l'homme à al-
terner des tripots aux boudoirs et coulisses.....
Bourgeois, mes frères, j'en appelle à vous, ce
n'est pas vrai, n'est-ce pas ? Il n'est pas vrai
que nous, les descendants des Gaulois au cœur
fier et des Francs dont le nom est devenu un
qualificatif honorable, il n'est pas vrai que nous
soyons descendus à un tel point de décrépitude
sociale ! ..... Quant à la femme.....

— Oui, voyons ; qu'allez-vous dire de la
femme ? interrompit Madame Laberthe qui,
jusque-là, n'avait pu se contenir qu'en arrachant, un à un, les boutons de ses gants qui en
avaient une bonne douzaine.

— J'ai à en dire ce qu'en disait Napoléon :
La meilleure est celle qui fait le plus d'enfants
et j'ajouterai, certain de compléter sa pensée,
celle qui sait les élever et en faire de vigoureux

22

citoyens pour la patrie. Regardez! Tandis que
l'on considère, comme une preuve d'influence
et de suprématie, la présence, chez nous, de
quelques débauchés étrangers venant y faire la
noce et y important le supplément de leurs propres
vices ; tandis qu'on est flatté de les voir aux
pieds de nos actrices, dont ils apprécient les
talents d'alcôve, comme naguère, à la veille de
désastres épouvantables, on s'enorgueillissait
d'apprendre qu'un empereur hypocondriaque
avait télégraphié, à deux cents lieues de distance,
pour retenir une loge à l'un de nos petits théâtres ;
tandis qu'il y a maintenant, dans la patrie de
Bernard Palissy, de Denis Papin et de Lesseps,
des *illustres* barytons, des comiques *célèbres*
et des jeunes premiers qualifiés *grands*, tout
comme Alexandre et Louis XIV ; tandis que
les efforts combinés de tous ceux qui sont incapables de s'occuper de choses sérieuses ont réussi,
chez nous, à élever la farce et la pasquinade à la
hauteur d'un culte ; tandis que les sources de
la fécondité se tarissent dans notre société im-
prégnée d'une littérature malsaine qui célèbre
les coquettes vicieuses et les désœuvrés jouisseurs ; tandis qu'on ne fait plus d'enfants dans
ce pays de Gaule d'où nos ancêtres allaient autrefois, s'épandant au dehors « cherchant la terre » ;
tandis que nous avons des écrivains et des ca-
ricaturistes *gens d'esprit*, se gaussant, à l'envi,

des mères-gigognes allemandes et anglaises, et
de leur nombreuse progéniture; tandis qu'enfin l'anémie sociale est arrivée, chez nous, à
l'état aigu, pendant ce temps-là l'anglo-saxon
prend des airs de commisération insultante, en
parlant de nous, tout en ne laissant pas échapper une occasion de nous berner et quarante-
cinq millions de teutons, ricanant en nous appelant la « grande nation », étreignent notre fron-
tière en attendant qu'ils la broient, d'un effort
suprême, dont ils calculent mathématiquement
le moment, par la diminution continuelle de
notre nombre et l'accroissement progressif du
leur. On écrira alors *Finis Franciæ!* sur la
tombe de ce peuple qui eut sa capitale à Aix-
la-Chapelle, au temps de Charlemagne. Voilà
ce qu'il advient de la France, sous l'influence et la direction des « esprits d'élite », des
« penseurs », des charlatans, des cabotins et
de leurs thuriféraires. Si elle doit être sauvée,
ce ne sera que par nous, gens de travail et de
famille.

Un tonnerre d'applaudissements salua le discours de M. Vernon. Il avait su chatouiller,
au point sensible, l'amour-propre de ces pay-
sans, de ces bourgeois renforcés, et personne
ne s'avisa de lui faire remarquer que ces austères paroles n'auraient fait que gagner à se
trouver dans une autre bouche que celle d'un

autocrate tel que lui. Le marchand de cochons, qui avait admiré l'éloquence de Mme Labertho, fit volte-face, sans la moindre vergogne et poussa deux ou trois vigoureux: A bas les *poètres!* qui mirent la réunion en gaité.

C'est en vain que Mme Labertho tenta de répliquer ; l'effervescence était trop forte ; on ne put ou on ne voulut l'entendre. Elle comprit qu'on l'avait attirée dans un piège. Il ne lui restait donc qu'à se retirer et c'est ce qu'elle fit, escortée du jeune M. Connivant pinçant les lèvres et tous deux commençant à concevoir de sérieuses inquiétudes, quant à la réalisation de leurs ambitieuses espérances.

X

La veille du grand jour qui, à l'appréciation de Mme Laberthe, devait décider de l'avenir politique de la France, d'après le résultat de l'élection de Villétrange, le soleil se coucha, comme d'habitude, sur cette cité et il ne se trouva aucun Josué pour le mettre à la raison.

C'eût été pourtant le cas ou jamais pour un miracle ; mais notre époque en est devenue singulièrement chiche, comparativement à l'abondance des temps anciens. C'est une source qui s'est tarie, d'une manière lente mais sûre.

Déjà, au siècle dernier, les élans de foi des visiteurs du cimetière Saint-Médard, n'aboutissaient qu'à d'assez piètres résultats, témoin ce quatrain dû à la plume de la duchesse du Maine :

Un décrotteur à la royale,
Du talon gauche estropié,
Obtint, par grâce spéciale,
D'être affligé de l'autre pié.

22·

De nos jours c'est pire encore. Plus de morts ressuscités, plus de muets parlants, plus de pains multipliés. Une certaine imitation du miracle des noces de Cana, à Bercy et dans les caves des *mastroquets*, amis d'un feu grand homme politique, mais qui ne donne aucune satisfaction aux consommateurs; le jeûne de quarante jours et quarante nuits dans le désert, renouvelé par le docteur Tanner qui ne vécut pas longtemps après pour en triompher; le menu fretin des grâces obtenues et des exorcismes fructueux et voilà à peu près tout le bilan de la foi, à notre époque troublée. Il faut y ajouter un certain nombre de cures extra-thérapeutiques telles que celles de gastralgies, dyspepsies, consomptions, constipations et toute la kyrielle des maladies de l'intérieur, pour lesquelles les eaux des fontaines miraculeuses le disputent à la délicieuse revalescière. Mais de faire repousser le moindre orteil coupé, c'est ce dont il faut désespérer. La grâce n'agit plus qu'à l'état interne.

Il faut, tout de même, que nous soyons devenus de fiers mécréants !

Mais si Phœbus se mit dédaigneusement au lit, il n'en fut pas de même des villétrangeois et un moment d'attention suffisait pour faire percevoir, par toute la cité, sous les ombres de la nuit, les mille rumeurs d'une activité fébrile.

Des goins plus nombreux et plus précipités
que de coutume s'échappaient des caves des
boulangers ; dans d'autres on remuait des fu-
tailles, des brocs et des bouteilles. On installait,
devant les boutiques des débitants, des tables
et des bancs supplémentaires formés de planches brutes que l'on clouait bruyamment, à grand
renfort de marteaux. De nombre de maisons
filtraient, par les fentes, des buées de cuisson
et d'acres odeurs de choux et de salaisons. Des
garçons épiciers brûlaient du café en plein air.
On sciait et on tranchait énergiquement, chez
tous les bouchers. Une certaine tolérance paraissait avoir été accordée aux détaillants de
boissons et, par leurs portes entrebaillées, ce
n'était qu'une allée et venue de travailleurs
venant puiser de nouvelles forces sous les espèces de café et de petits verres, et s'en retournant ensuite plus empressés à leur besogne.
Des voitures roulaient par toute la ville, avec
un bruit de tonnerre. Tous les ouvriers des
imprimeries y avaient été retenus, à la fin de
la journée, et il n'était pas une seule presse
qu'on n'y fit *gémir*, sans relâche ni merci.
Dans toutes les rédactions de journaux on était
affairé au possible et même quelque peu effaré.
Le sous-préfet, continuant le rôle qu'il s'était
tracé, se plaignait de douleurs aiguës et venait
d'envoyer quérir un médecin par lequel il s'é-

tait fait prescrire un repos absolu. Le maire,
créature des Dumortier, suivait le conseil impératif qu'ils lui avaient donné, de se tenir coi.
Les locaux des comités, y compris celui du
comité indépendant, étaient éclairés *a giorno*.
M. Dumortier ne tenait pas en place ; M. Vernon donnait ses ordres avec calme ; M. Connivant et Mme Laberthe griffonnaient avec acharnement ; M. Rusconnet, qui commençait à être
assez inquiet de l'avenir, restait dans un coin
en contemplation devant le bout de son nez ;
M. Nicquart s'était mis au lit et dormait le plus
tranquillement du monde. On achevait, par
l'adoration nocturne, à la maison de noviciat des
apprentis ermites, une neuvaine qu'on y avait
commencée pour le succès de la bonne cause,
et les pensionnaires veillaient deux par deux,
à tour de rôle, dans la chapelle, en se trans-
mettant un jeu de cartes et quelques bouteilles
de spiritueux qu'ils avaient pu se procurer à
bon compte, c'est-à-dire gratis, à la veille d'un
jour où tout allait se trouver en dix fois plus
grande abondance qu'aux célèbres noces de
Gamache. L'attrait de cette aubaine devint
tel, pour eux, qu'ils prétendirent tous prolonger leur temps de veillée. On fit rapport de
cet accès de ferveur, à M. Corbeau, qui s'en
montra très édifié... Parfois une rue était envahie tout entière, par une armée de travailleurs

portant des échelles, des seaux pleins de colle
et des monceaux d'affiches. Répartis le long
des murs, grimpant, s'accrochant à tout, il
leur suffisait de quelques minutes pour tapisser
toutes les places disponibles, sans souci des
interdictions, leur excuse pouvant être d'ailleurs qu'il leur était difficile de les distinguer
à la lumière douteuse de leurs lanternes.
Des tailleurs terminaient des vêtements. Des
femmes lavaient et empesaient avec acharnement. Quelques rares individus qui s'étaient
couchés, se retournaient en tous sens sans parvenir à trouver le sommeil et désiraient, de
toutes leurs forces, la venue du jour.

Au fur et à mesure que les ombres se dissi-
pèrent, l'émotion ne fit que s'accroître. Les
murmures devinrent des bruits; les rumeurs
se changèrent en clameurs. Les premiers trains
amenèrent des flots de parents et amis invités
à venir prendre leur part de la ripaille qui se
préparait. D'autres individus, de mine louche
et que personne ne connaissait dans le pays,
allaient silencieusement et par petits groupes
se mettre à la disposition des comités où ils
paraissaient attendus. Des files de voitures,
venant des villages environnants, amenaient
de puissants renforts de victuailles. On disait
les premières messes dans des églises sombres
et absolument désertes. Les bouchers, charcu-

tiers, boulangers, aubergistes, cafetiers, débitants, tous les tenants du boire et du manger,
ouvraient à l'envi leurs boutiques, faisant
claquer leurs volets et échangeant des interpellations. Il fallait en excepter, toutefois, une
de ces maisons dans laquelle une vieille grand'-
mère était morte dans la nuit. Jamais évène-
ment n'avait été envisagé comme plus intem-
pestif. Comprenait-on un pareil guignon?
Comme si on avait le temps de s'occuper des
morts, en un pareil jour!

*Il y a de ces gens qui n'en font jamais
d'autres!*

Enfin quand le soleil, malgré qu'il en eût,
se montra de nouveau sur Villétrange, ce fut
pour éclairer le plus étonnant spectacle qui ait
jamais été décrit dans l'histoire des rastels.

Une infinité d'affiches, de toutes les gran-
deurs et de toutes les couleurs, tapissaient les
murs du ras du sol jusqu'au faîte des toits. Pas
une porte et pas un volet qui eussent été épar-
gnés. Villétrange semblait avoir été transformé
en une immense cité de papier. Et cela n'avait
pas été jugé suffisant. Des colonnes et des
kiosques d'affichage avaient été édifiés, pour
la circonstance, à toutes les places disponibles;
des hommes-affiches — une nouveauté pour
Villétrange, — circulaient dans les rues, em-
prisonnés dans des caparaces si volumineuses,

qu'elles auraient fait l'admiration des *cocknoys*
de Londres, bons juges en pareille matière.
Des voitures appropriées au même objet cha-
riaient des charpentes hautes comme des tours.
Des banderolles de calicot imprimé étaient
tendues d'un toit à l'autre. Par un acte d'une
véritable hardiesse on avait attaché, au sommet des hautes cheminées de l'usine Dumortier, d'immenses oriflammes sur lesquels, malgré l'éloignement, les mots: *Votons tous pour
Achille Potin!* se lisaient en lettres de quatre
pieds de hauteur. On se pressait à la porte
d'un charcutier qui, sans souci du qu'en dira-
t-on, avait reproduit, très artistement, la même
devise en lettres élégantes formées de jus
rose et jaune, de morceaux de truffes, de grains
de pistaches, de bouts de saucissons de Lyon,
de petits cornichons, sur le fond d'un énorme
bloc de saindoux. Cet exemple fut bientôt suivi
par les autres boutiquiers, tenants respectifs
des deux candidats, qui se mirent à les re-
commander à leur étalage en lettres formées
de fleurs, de légumes découpés, de caramels,
de pastilles de chocolat et de toutes sortes de
marchandises. A tous les pas on se heurtait à
des distributeurs qui vous fourraient des poi-
gnées de circulaires, de photographies, de
biographies et surtout de bulletins de vote.

   Une particularité à noter c'est que tandis

que les murs des maisons bourgeoises étaient
recouverts, indifféremment, des affiches des
deux candidats, selon les hasards de l'affichage, les auberges, cafés et débits étaient,
au contraire, réservés exclusivement à un seul
nom. C'était là une indication que chacun
avait comprise, sans qu'il fût besoin d'explication complémentaire. De cette manière, non
seulement on mangerait, on boirait, on fume-
rait, on emplirait son ventre, sa tête par contre-
coup et même ses poches, sans bourse délier
aucunement, mais encore on saurait sur le
compte duquel des deux partis s'opéreraient ces
agapes. Des gens allaient donc, multipliant
les invitations à leurs amis, et établissant des
comparaisons expérimentales entre le cognac
Polin et le genièvre Laberthe. Des amateurs
éclectiques s'empiffraient de tripes à la mode
de Caen sur le dos de l'un et aidaient à la
digestion en absorbant ailleurs une montagne
de choucroute garnie, aux frais de l'autre.
D'autres, plus sédentaires, étaient déjà ins-
tallés à la place où ils comptaient passer toute
la journée.

Par la suppression du paiement et du maniement d'argent, on épargnait un temps considérable qui profitait à la rapidité du service.
Le vin, la bière, le cidre, le café, les liqueurs
coulaient en un flot ininterrompu, comme celui

d'une cascade. On avait exhumé, du fond des armoires, des verres aussi grands que la botte de Bassompierre. Le bock, effroi des francs-buveurs, ce vase caractéristique d'une époque où les boudinés succèdent aux poisseux, aux gommeux et aux petits crevés, le ridicule petit bock de la décadence, peu connu d'ailleurs à Villétrange, avait dû, ce jour-là, se cacher honteusement.

Les journaux, qui furent distribués partout, gratuitement, vinrent apporter de nouveaux éléments aux discussions qui s'étaient établies chaudes et animées. Le *Bigarreau* de Villétrange, l'*Impartial*, la *Chronique* étaient pour les Dumortier; l'*Indépendant*, la *Vérité*, la *Gazette* et le *Progrès* naviguaient, toutes voiles dehors, pour les Laberthe. Quant au comité indépendant, les *Débats* de Villétrange, parfait organe du juste milieu, à travers tous les âges, lui étaient revenus comme par une sorte de droit naturel. Ils ne faillirent pas, en cette circonstance, à leur méthode traditionnelle et ils publièrent, d'abord l'éloge de M. Laberthe et l'éreintement de M. Potin, mais, dans une deuxième édition, l'éreintement de M. Laberthe et l'éloge de M. Potin. Le tout, d'ailleurs, très décemment et dans le style académique et châtié, dont on conserve encore le secret en cette respectable feuille.

23

Au reste, qu'on ne s'y trompe pas, tout cela
n'avait qu'une valeur absolument relative et
l'on aurait bien fait rire un villétrangeois en
lui proposant, ce jour de gigantesque ripaille,
de goûter à ce mets réputé, lourd et indi-
geste, que l'on appelle article de fond. Cette
idée que toutes les périphrases, si savantes
et si ingénieuses qu'elles fussent, pussent soutenir la comparaison avec une aune
de boudin aux oignons ou une tranche de
jambon ! Tous ces beaux efforts d'intelligence,
reproduits en lettres noires sur des monceaux
de papier blanc, n'avaient tout juste que la
valeur d'une démonstration. C'était néanmoins
quelque chose.

La démonstration, cette remarquable conception de la diplomatie moderne n'est pas,
comme pourraient le croire d'irrévérencieux
profanes, une fumisterie d'hommes politiques
en peine de distractions. Utilisée à propos
elle a, maintes fois, donné de bons résultats.
C'est aussi la démonstration par l'air digne et
convaincu qui fait trouver des dupes aux au-
gures, prêtres et imposteurs de tous les temps
et de tous les cultes; c'est la démonstration par
l'aplomb qui fait attribuer un caractère profond aux soi-disant observateurs, publiant des
obscénités sous prétexte d'art, de style et d'é-
tude; c'est la démonstration par l'effronterie

qui procure des clients aux charlatans vendant fort cher des eaux et des drogues malfaisantes qu'on ne leur achèterait pas, s'ils les annonçaient à bas prix. C'est encore la démonstration qui soutenait les Enfantin, les Allan Kardec, les Humo, dans leurs exercices de haut puffisme. La démonstration est une puissance.

M. Vernon l'avait bien compris. Aussi avait-il laissé, à ses adversaires, l'*Indépendant*, la *Gazette* et le *Progrès*, journaux graves dans lesquels Mme Laberthe et son acolyte, le jeune Connivant, épanchaient, depuis plus d'un mois, à plume que veux-tu, les images et les périodes, accumulant les figures, la catachrèse sur l'hypotypose, s'en donnant à cœur joie d'écrire, et étonnant même les polémistes jurés des susdits journaux, qui pourtant avaient fait leurs « premières armes » sous Girardin.

Au contraire, c'est à dessein que M. Vernon avait choisi l'*Impartial* et la *Chronique*, deux feuilles de mince prétention politique, mais affectionnées surtout des amateurs de faits divers, et des gourmets en fait de feuilletons rocamboliens. Mais, le beau-frère de M. Dumortier avait tenu essentiellement à s'assurer le *Bigarreau* de Villétrange, non qu'il crût le moins du monde que la faconde des Imanus et des Saint-Génièvre de ce journal pût exercer

quelque influence sur les électeurs, mais parce
qu'il sentait bien qu'une réflexion, une sorte
de calcul s'opèrerait, à cette occasion, dans
leur esprit.

— Les Dumortier ont le *Bigarreau* ; mâtin,
ils doivent savoir ce que cela leur coûte !
devait-on se dire. Paraître ne vouloir rien
négliger, était le but auquel visait M. Vernon
et c'était réellement d'une grande importance
dans un moment où les appétits des villétrangeois se trouvaient si violemment excités.

C'est en vertu de la même régle que les Dumortier avaient pourvu à tous les autres frais
de l'élection, c'est-à-dire très largement, sans
marchander. A ce point de vue ils l'emportaient, incontestablement et haut la main, sur
leurs adversaires. Leurs affiches étaient de
grandeur étonnante et trois fois plus nombreuses
que celles des Laberthe ; ils avaient accaparé
les trois quarts des débits et cabarets de Villétrange ; presque toutes les innovations étaient
leur fait ; leurs agents, de toutes catégories,
faisaient aussi beaucoup plus de bruit et montraient une plus grande assurance. En tout,
en un mot, se révélait, à leur actif, une puissance supérieure d'organisation et d'action.

Ils ne négligèrent pas non plus de faire
quelques niches à leurs adversaires. Ainsi, un
Appel suprême aux électeurs, fruit de la der-

nière veillée de Mme Laberthe, passa tout entier entre les mains des agents des Dumortier,
qui firent de l'obstruction et se renouvelèrent,
auprès des distributeurs de cet imprimé, à la
façon des combattants dans les anciennes pièces
militaires du cirque.

De son côté, M. Vernon fit afficher par toute
la ville, en un clin d'œil, par une vingtaine de
gaillards au coup de brosse magistral, un épouvantable factum contenant, contre M. Laberthe, des accusations de la gravité desquelles
on se fera une idée quand on saura qu'il y
était traité d'aigrefin, de ladre, de fesse-ma-
thieu et de pingre, allégations d'une portée
immense dans la circonstance. Et quand Mme
Laberthe, suffoquant de colère, voulut répondre,
on lui apprit qu'il ne restait plus un seul ouvrier dans les imprimeries acquises à son comité et que ce serait pure chimère que d'espérer en recruter, ce jour-là, à quelque prix
que ce fût, pour travailler. Au contraire,
M. Dumortier en tenait, sous clef, une escou-
ade à l'aide de laquelle il produisait une nouvelle pancarte, toutes les demi-heures, sans
négliger le crescendo dans le ton du style. Et
l'on riait de ce bon tour, dans la foule.

C'est tout ce que voulaient les Dumortier.

On placarda également le croquis d'un superbe monument capable de rivaliser avec le

beau château d'eau dont Marseille est fière,
à juste titre. On en fut d'abord d'autant plus
intrigué, dans le public, que ce dessin ne portait aucune légende explicative ; mais des
agents Dumortier allèrent, de groupe en groupe,
disant mystérieusement que c'était là le projet
d'une fontaine que M. Potin ferait édifier, à
ses frais, après son élection. Quelques-uns
ajoutaient même qu'elle coulerait, le jour de
son inauguration, du vin et d'autres bonnes
choses, dont chacun pourrait puiser, à volonté.
Cette perspective produisit la plus grande impression.

Il n'y avait guère qu'un seul et franc succès
dont pût se flatter le parti Laberthe et la
haute culture intellectuelle de Mme Laberthe
n'y était pour quoi que ce fût. C'était d'avoir
pu s'attacher un certain Samuel Kalyski, plus
connu sous le nom de père Samuel, le propriétaire du plus important des débits-res-
taurants de Villétrange.

Ce Samuel était un Cracovien naturalisé et,
à ce qu'il apparaissait, juif mâtiné de protestantisme. Au reste, très disposé à faire l'abandon de sa croyance ou, pour parler plus exactement, de son indifférence religieuse, pourvu
qu'il y trouvât quelque profit.

M. Corbeau avait flairé là une conversion
édifiante à réaliser et l'occasion d'un baptême

à grand spectacle. Depuis deux ans donc, il avait entrepris de catéchiser cet intéressant infidèle qui, à cet effet, se rendait deux fois par semaine au noviciat des ermites de Villé-trange. Mais, craignant sans doute que la foi n'agît pas, d'une manière assez efficace et à défaut des moyens coercitifs de la Sainte-Inquisition, M. Corbeau avait jugé à propos d'en employer d'autres d'une nature plus engageante. C'est ainsi qu'il avait concédé, à son catéchumène, une notable partie des fournitures du noviciat et que, tant par son influence que par celle de son compère, le duc de Rougefaucol, il lui avait procuré, dans le monde des gens bien pensants, un certain nombre de clients, lesquels, dans l'intérêt de la bonne cause, achetaient au débitant quelques pièces de crus équivoques, pour leur livrée, s'entend.

En outre et en attendant sa conversion, le père Samuel en opérait d'autres, à l'insu de M. Corbeau, c'est-à-dire qu'il transformait, en tabac et boissons spiritueuses, la menue monnaie que les novices parvenaient à se procurer en cachette, Dieu sait par quels moyens !

Tout cela était pour lui plaire et craignant que son commerce ne subît quelque ralentissement, dès qu'il serait définitivement entré dans le giron de l'église, il s'appliquait à retarder, le plus possible, ce moment-là en proposant continuellement, à M. Corbeau, des doutes qui démontraient en même temps, et l'état de son âme et la ténacité du démon. A cet exercice il était devenu d'une certaine force en controverse théologique, outre qu'il mettait parfois son instructeur dans l'embarras.

M. Nicquart ayant eu l'adresse d'intéresser M. Corbeau à la candidature de M. Laberthe — ce qui lui avait été d'autant plus facile que l'austère réformateur en vouait à M. Potin, à l'influence duquel il attribuait le ton épicurien qui avait prévalu dans l'organisation de la Maison — le père Samuel avait dû, par suite naturelle, se ranger sous les enseignes que lui avait désignées son directeur spirituel. Cela d'ailleurs lui avait été absolument indifférent et, avant de servir les consommateurs qui affluaient dans son bel établissement, il n'avait garde de leur faire prononcer leur *shibboleth* ou, pour employer un langage moins biblique, de leur demander pour lequel des deux partis ils penchaient.

Dans tout cela, le Comité indépendant faisait pâle figure. Il était bien déchu du beau rêve qu'il avait eu de s'ériger en médiateur et arbitre suprême de l'élection. Il n'avait pas prévu les puissants moyens d'action des Dumortier, l'infatuation et l'entêtement de Madame Laberthe. Il n'y avait personne, dans ce comité, pour aventurer les grosses dépenses des deux partis adverses. Et pour quel résultat, d'ailleurs ?

Si, à s'en rapporter à la liste de ses membres, le Comité indépendant conservait encore un nombre respectable d'adhérents, chacun de ceux-ci n'en était pas moins en défiance, vis-à-vis de tous les autres. L'enthousiasme, l'ardeur, la confiance des premiers temps avaient complètement disparu. C'est à peine s'il restait trois ou quatre douzaines d'électeurs dont la conviction ne fût pas encore définitivement assise et sur lesquels l'influence de l'un ou l'autre parti n'eût pas encore réussi à s'exercer.

Néanmoins, s'obstinant à ne pas mourir et voulant réaliser, jusqu'au bout, son programme, le Comité indépendant avait organisé, pour se tenir dans la salle du théâtre, le jour même du vote, une grande réunion de tous les électeurs. En vue de tourner la loi qui impose, immédiatement avant le scrutin, un certain temps de recueillement durant lequel les réunions publiques sont interdites, le meeting fut annoncé sous forme de réunion privée. Il est vrai que partout se trouvaient, en abondance, des cartes d'entrée pour tous les amateurs désireux d'y assister.

23'

Sur la scène transformée en bureau prirent place les membres principaux du Comité indépendant. On y appela aussi deux membres de chacun des autres comités. M. Connivant ne négligea pas cette occasion de se pavaner en public. Il fut accompagné d'un sien cousin nommé Bondurand, qui s'était rallié au parti Laberthe et qui, sans coup férir, s'était attribué la surintendance du service des victuailles et boissons. Il s'en était occupé avec une ardeur dont témoignait son air enluminé et l'on pouvait parier, à coup sûr, qu'il avait prêché d'exemple, auprès des électeurs.

Quant à MM. Dumortier et Vernon, méprisant une vaine parade, ils s'étaient fait représenter, sur l'estrade, par deux de leurs employés, estimant préférable, quant à eux, de pouvoir conserver toute liberté d'aller et de venir et de donner leurs ordres, suivant la nécessité des circonstances. Néanmoins, M. Dumortier était ostensiblement présent dans la salle, entouré d'un état-major d'auxiliaires de choix.

Madame Laberthe y était également, dissimulée dans une baignoire. Enfin M. Nicquart s'était réservé une avant-scène de premier étage ; mais les yeux les plus perçants n'auraient pu l'y découvrir et elle ne paraissait garnie que de quatre ou cinq de ces individus

à physionomie particulière, grands amateurs
de théâtre, s'il faut s'en rapporter aux nombreux bravos qu'ils distribuent, dans le cours
d'une représentation, au signal d'un centurion
de l'enthousiasme.

. Prétextant une indisposition mais, dans la
réalité, s'étant senti défaillir à l'idée de se
retrouver, face à face, avec le terrible M. Dumortier, l'ex-candidat Rusconnet avait cédé le
fauteuil au vice-président du Comité indépendant, épicier de son état qui, en ouvrant la
séance, prononça le petit discours ci-après,
d'une voix qu'il s'efforça de rendre aussi
déclamatoire que possible.

— Messieurs et chers concitoyens, entre
deux candidats également disposés, je n'en
doute aucunement, à concourir à la prospérité
de notre cher pays et qui avaient déjà rallié,
l'un et l'autre, un nombre respectable de partisans convaincus, il y avait un rôle tout indiqué pour les hommes impartiaux dont la conviction n'était pas encore assise et qui avaient
à cœur de s'éclairer, dans une conjoncture
aussi sérieuse. Tel est le but que s'est proposé, lors de sa formation, le Comité indépendant. C'est à ce dessein également qu'il a pro-
voqué cette suprême réunion, dans laquelle
les mérites des deux candidats pourront être
discutés avec toute la liberté et, j'ose le dire,

toute l'impartialité que l'on puisse désirer.
Nous aurons donc constamment à l'esprit,
messieurs et chers concitoyens, que nous sommes réunis ici, non pour nous combattre, mais
pour nous éclairer mutuellement, en vue du
plus grand bien des intérêts de Villétrange.
J'ajoute, certain d'être votre interprète fidèle,
que tel est, assurément, le vœu général de nos
cœurs.

Des applaudissements unanimes saluèrent
cette réclame en faveur de la concorde. Cela
n'engageait à rien. On passa alors à l'appel
des orateurs inscrits, au nombre formidable
de cent quatorze.

Dès l'annonce de la réunion, une quantité
de Villétrangeois avaient senti se révéler, en
eux, des talents oratoires dont il leur semblait qu'ils étaient tenus de faire la preuve au
profit de leurs concitoyens ; mais il fallut en
appeler quarante-deux avant qu'il s'en présen-
tât un. Quant aux autres, ils n'avaient probablement pas prévu qu'ils pussent être retenus
par des occupations plus importantes. En fait
ils étaient attablés, à droite, à gauche, dans
les cabarets et ne paraissaient nullement disposés à se déranger, leur eût-on promis le
renom et la statue d'un Berryer.

Le premier qui aborda la tribune aurait
tout aussi bien fait de rester là d'où il venait

manifestement, car il n'avança qu'en titubant
et l'on eut toutes les peines du monde à lui
faire quitter un bout de pipe qu'il prétendait
conserver entre ses dents, disant que cela ne
le gênait pas.

Installé, tant bien que mal, devant une petite table figurant la tribune, il commença par
se verser un plein verre du contenu d'une ca-
rafe laissée généreusement à la discrétion des
orateurs, pensant que c'était de l'eau-de-vie
blanche. Il reconnut son erreur après en avoir
absorbé une lampée et ne marchanda pas un
regard de profond mépris aux membres du
bureau. Cependant, rafraîchi temporairement,
bien que malgré lui, il put s'écrier, d'une voix
encore pâteuse et avinée :

— Messieurs citoyens !..... j'suis un brav'
homme, moi..... j'veux pas d'mal à personne,
moi ; .... aussi, j'vas vous dire tout'ma politique. Attention !..... Une, deusse, trois !.....
Viv' Laberthe, viv' Potin !

Ce speech fantaisiste qui avait le mérite de
résumer, en deux mots, toute la tactique du
comité indépendant, obtint un vif succès d'hilarité et, peu s'en fallut qu'en retournant à
sa place, l'ivrogne ne fût porté en triomphe.

L'appel qui continua constata encore de
nombreuses abstentions et l'on en arriva, ainsi,
au numéro quatre-vingt-sept et au nom de

M. Connivant le jeune avocat, inscrit pour parler au nom du comité Laberthe.

L'expectative de ce discours avait été envisagée, par lui, comme un des plus précieux avantages qu'il comptât retirer de cette campagne électorale. C'était là, sans contredit, une de ces occasions capitales dans la vie d'un homme aspirant à la carrière politique. De là allaient marquer ses débuts dans la vie publique. Si Mazeppa s'est trouvé roi à la suite d'une course de steeple-chase, que d'hommes, de nos jours, sont devenus plus puissants encore, par l'effet d'un simple discours ! On n'a demandé, à ces rhéteurs, ni ce qu'ils étaient, ni ce qu'ils savaient. Ils avaient jargonné, vociféré, hurlé, agité les bras ; ils avaient charmé ces badauds de l'auditoire que les parades des tréteaux ne laissent jamais froids, à condition qu'elles soient bruyantes ; ils avaient fait preuve de faconde et d'aplomb en un temps où le charlatanisme est une puissance et où la grosse caisse et le tam-tam produisent plus d'effet sur la multitude que la lyre divine d'Orphée n'en produisait sur les fauves. Dès lors, tout leur appartenait ; guerre, finances, politique, administration devenaient, de plein droit, leur domaine et ils avaient, en toute liberté, le choix du département ministériel dans lequel il pût leur plaire de devenir grands hommes.

Voilà ce que sentait M. Connivant, comme tous ses camarades ayant passé par l'école de droit et ce que des exemples fameux ont démontré, d'une manière éclatante. Aussi, le jeune avocat avait-il pris ses précautions. Nul doute que les grands journaux ne détachassent des correspondants chargés de rendre compte de la réunion. L'occasion était donc solennelle.

Il s'avança d'un air étudié, fit quelques manières, condiment obligé de l'art oratoire, jeta négligemment devant lui, comme s'il n'en avait que faire, un dossier de volume respectable qui, dans la réalité, renfermait tout l'espoir de sa mémoire peu assurée et commença enfin d'un ton de voix qui donnait assez l'idée du son d'une grande flûte, dans l'intérieur de laquelle des miettes de pain se seraient égarées.

Il s'excusa d'abord d'oser, lui si jeune, prendre la parole dans une réunion où étaient présentes tant de personnalités distinguées. Il espérait, cependant, qu'il lui serait donné de dire quelques mots utiles. Il comptait, d'ailleurs, sur la bienveillance connue des honorables citoyens de Villétrange.

Bref, tout le boniment ordinaire des débutants de l'ancienne école y passa.

Ces prémices posées, l'orateur se lança dans

un discours embrouillé dans lequel il était question de lui, des affaires d'Orient, de l'éloquence antique, de Cicéron beau diseur mis en parallèle avec Démosthène fomentateur, du libre-échange et de la protection, des droits féodaux comparés à la suprématie moderne de la richesse, des anciennes corporations et de la théorie du droit au travail, de tout enfin, excepté du nommé Laberthe.

Cette harangue dut, à son caractère encyclopédique de pouvoir se continuer jusque vers sa fin, sans interruption de la part de l'auditoire, chose réellement remarquable, en pareille circonstance. Il faut dire que jusque là, devant les discours inoffensifs prononcés par l'épicier-président et même par l'ivrogne qui lui avait succédé, les cohortes de claqueurs à la solde respective des deux comités et composées chacune d'une centaine de gaillards à la paume sonore, n'avaient pas encore eu l'occasion d'engager sérieusement l'action.

Quand M. Connivant parut à la tribune, on s'apprêta, de part et d'autre, qui pour applaudir à tout rompre et les autres pour chuter de toutes leurs forces. Mais le chef de claque qui *occupait* pour les Dumortier était un praticien expérimenté qui possédait plus d'un tour et il jugea bien vite que le discours lamentable qui se débitait, pour les Laberthe, était plutôt de nature à leur nuire, l'ennui opérant. Aussi, contenant l'ardeur de ses troupes, il leur imposa le silence le plus religieux.

Quant à la claque opposée, elle n'attendait que la simple énonciation du nom de Laberthe, pour éclater en bravos formidables. Mais ce fut en vain; ce nom ne fut pas, une seule fois, prononcé et ignorant, d'autre part, si les particuliers appelés Démosthène et Cicéron étaient des amis ou des ennemis du *patron*, elle jugea prudent de s'abstenir.

Il en résulta un froid glacial qui s'étendit bientôt par toute la salle et la retraite d'un certain nombre d'auditeurs incapables de surmonter l'ennui qui les gagnait. Les paroles monotones du jeune Connivant produisaient le même effet énervant-que des gouttes de pluie tombant, à intervalles égaux, sur le zinc d'une gouttière et madame Laberthe, qui comprenait tout l'effet désastreux qu'il en résultait, pour sa cause, se tordait les mains d'impatience et fut vingt fois sur le point d'ordonner, à ses claqueurs, de faire quelque tapage qui coupât la parole à son maladroit champion.

Comme toutes choses en ce monde, ce discours ennuyeux eut pourtant une fin et celle-ci se trouva accélérée par un rire universel qui éclata à l'audition d'un ronflement sonore s'élevant du milieu des membres du bureau.

C'était le cousin Bondurand qui regrettant, mais trop tard, de s'être fourvoyé dans un endroit où l'on ne consommait rien, avait pris le parti de faire un somme.

L'orateur, déconcerté, balbutia encore quelques mots et se retira sans avoir conclu.

Mais ce discours incolore avait jeté quelque confusion dans l'esprit de plusieurs auditeurs et une sorte de Prudhomme de Villétrange dit à un de ses amis, faisant partie, comme lui, des quelques douzaines d'électeurs incorruptibles :

— Il me semble que les mœurs électorales sont en véritable progrès, dans notre belle France. Vîtes-vous jamais une réunion aussi calme que celle-ci ?

— Non certes, répondit l'autre et ce partisan de M. Potin a parlé dans des termes remarquablement modérés.

M. Connivant avait peut-être prononcé, une ou deux fois, le nom du concurrent de M. Laberthe. C'est ce qui causait l'erreur des deux Prudhomme.

Mais, les choses changèrent d'aspect avec M. Dumortier qui succéda au jeune avocat.

M. Vernon avait estimé que la voix puissante, l'aplomb imperturbable et l'élocution, toute d'élan et d'apostrophe, de son beau-frère étaient particulièrement appropriés à la circonstance

et il n'avait pas hésité à lui laisser le soin de
porter la parole, au nom de leur parti. Or,
comme les grands gestes, les coups frappés
sur la tribune, les éclats sonores, s'accordent
moins avec la défense qu'avec l'attaque, M. Dumortier imita le préopinant en ce qu'il laissa,
de côté, le candidat qu'il venait défendre et
il se lança, à corps perdu, dans une atroce
diatribe contre le malheureux M. Laberthe,
rééditant, en les amplifiant, tous les sarcasmes
de ses pancartes de la matinée et ne tarissant
pas de verve dans l'énonciation des griefs
qu'il jugeait devoir être considérés comme les
plus graves, par les électeurs de Villétrange.

Ce fut alors, dans la salle, un tumulte in-
descriptible. D'un côté, à chaque phrase, partaient des cris formidables d'approbation et
des applaudissements roulant comme un tonnerre. De l'autre, on y répondait par un vacarme épouvantable et des hurlements dans
lesquels chaque animal de la création était représenté.

Mais l'orateur dominait tout, ennemis et
amis. Doué de poumons incomparables et d'une
voix de stentor, carré sur sa base comme Mirabeau, aussi maître de lui-même que Dupetit-
Thouars à Aboukir, il ne se laissait arrêter par
quoi que ce fût et sa parole s'élevait au-dessus
de tout. On en venait aux mains sous ses yeux;

il en prenait occasion pour déclarer que M. Laberthe était un fauteur de désordre et un
pleutre qui n'osait s'y montrer, après l'avoir
organisé. En proie à une rage indicible et oubliant que son sexe ne lui permettait guère
d'assister autrement que dissimulée à une réunion électorale, Madame Laberthe se penchait
en dehors de sa baignoire, pour menacer, du
poing, M. Dumortier. Aussitôt celui-ci, saisis-
sant la balle au bond, la désignait du doigt,
la comparant, en même temps, à une furie antique et à une poissarde du marché. Puis,
sans se donner la peine de ménager la transition, il la renvoyait écumer son pot au feu.

Bientôt la mêlée devint générale. D'innombrables horions tombèrent, à tort et à travers et
les indépendants en eurent leur bonne part. Le
Prudhomme qui, un moment auparavant, s'ex-
tasiait sur le calme de la réunion, eut son chapeau aplati sur sa tête et son compère, l'œil
poché. Ils n'hésitèrent pas à en rendre responsable le parti Laberthe dont le chef venait
d'être taxé, par M. Dumortier, d'homme de désordre et dès lors, leur conviction se trouva assise sur leur ressentiment.

Qui saurait faire le compte des votes qu
ont été émis, dans des conditions moins pro-
bantes ?

Le président sonnait sans relâche, de sa

cloche, mais en vain et, désespérant d'obtenir
la fin du tumulte, il allait se résigner à lever
la séance, quand un événemen'. étrange, inattendu, se produisit.

Un individu venait de tomber ou de s'élancer de la loge d'avant-scène que s'était réservée M. Nicquart et avait rebondi sur le
théâtre, manquant d'écraser deux ou trois des
membres du comité indépendant.

Au même instant et au signal strident d'un
coup de sifflet qui traversa toute la salle, les
Laberthe suspendirent toutes hostilités et se
transformèrent soudain en anges de silence et
de tranquillité.

De leur côté, manquant de contre-partie,
leurs adversaires durent également s'abstenir
et, intrigués, ils ouvraient les yeux à ce qui allait se passer, non sans un soupçon d'inquiétude.

Sans le moindre embarras, l'individu qui
fixait sur lui tous les regards s'approcha de la
tribune.

— Êtes-vous inscrit pour prendre la parole?
lui demanda le président.

— Non ; mais j'ai, tout de même, le droit de
parler, répondit une voix jeune.

— Qui êtes-vous?

Hélas! si M. Achile Potin avait été présent
à la réunion, il n'aurait pas eu besoin d'attendre de réponse à cette question, car, à l'im-

mense fourrure qui l'enveloppait des pieds à
la tête, à son chapeau en pain de sucre et surtout au cor de chasse qui formait une bandou-
lière étincelante autour de son corps, il aurait
reconnu, de suite, le neveu fatidique dont la
venue avait si profondément troublé son existence.

— Je me nomme Alexis Potin, dit-il, et je
suis le propre neveu de M. Achille Potin.

— Et avez-vous mandat de lui pour parler
en son nom ?

— Je ne me crois pas obligé de répondre à
cette question ; mais, après que des étrangers
ont pu porter la parole, d'une manière aussi
violente — et il désigna, d'un geste, l'avocat
Connivant — denierez-vous au plus proche parent de l'un des candidats, le droit de dire
quelques mots ?

— Il a raison. Parlez ! fit une voix partie des
rangs des Labertho.

L'inquiétude s'accrut dans le camp des Dumortier.

— Je n'ai, dis-je, que quelques mots à
dire, reprit le jeune homme, mais ils seront
pratiques. Je viens simplement vous déclarer,
Messieurs, bourgeois ou citoyens, qu'en votant
pour mon oncle, M. Achille Potin, esprit
d'élite s'il en fut, vous perdriez votre temps
car il m'a confié qu'il était absolument décidé

à ne jamais siéger à la Chambre, comme représentant de cornichons de votre calibre.

— C'est une infamie..... une manœuvre indigne !..... rugit M. Dumortier exaspéré.

Mais, cette fois il fut vaincu. Les Laberthe démasquèrent une puissante réserve
qu'ils avaient tenue cachée, jusqu'alors. Par
les deux portes de l'orchestre firent soudain
irruption cinquante à soixante individus, ayant
fait main basse sur les instruments des musi-
ciens du théâtre et qui se mirent à souffler,
battre et racler avec une fureur épouvantable.
Leurs camarades du parterre, sortant de leurs
poches des sifflets, des trompettes, des cré-
celles, des cornets à bouquin, firent leur partie
dans cette atroce cacophonie. Six gaillards,
armés chacun d'un manche à balai, corsaient
une basse infernale en raclant contre les portes
et les boiseries. Les protestations, les cris de
fureur des Dumortier, les exclamations d'épouvante des indépendants, la cloche du président
sonnant un tocsin perpétuel, ajoutaient encore
à ce vacarme indicible qui atteignait à la hauteur du charivari resté célèbre donné, Louis-
Philippe régnant, par toute la ville de Nantes
à son préfet, M. Maurice Duval.

M. Dumortier, l'écume aux lèvres, la face
violacée, les yeux qui semblaient près de
bondir hors de leurs orbites, articulait encore :

— C'est une indignité...., une infamie !.....

Mais personne ne pouvait l'entendre. Dix
fois il s'élança pour écraser, du poing, le misérable qui ruinait et déshonorait sa cause, par
cette manœuvre inqualifiable ; chaque fois, un
bataillon de Labertho lui opposa un rempart
impénétrable et bientôt, on dut l'emporter lui-
même, frappé d'une congestion. Au même instant, M. Vernon tombait assommé d'un maître
coup de poing qui lui ensanglanta toute la
figure.

Des feux de Bengale, qui furent soudain allumés dans les coulisses, éclairèrent de lueurs
fantastiques la scène sur laquelle les membres
du bureau n'étaient occupés qu'à se garantir
des ruades que distribuait, à tort et à travers,
le démon qui gambadait autour d'eux, sautant
pieds joints au-dessus de leurs chaises, faisant
le poirier sur la table-tribune, jonglant avec
tous les chapeaux, se désarticulant en coups de
poing et de savate, qui portaient dans le tas et
agrémentant le tout de fanfares infernales de
son cor de chasse. Le jeune Connivant reçut,
pour sa part, un coup de tête qui l'envoya
rouler à dix pas et le cousin Bondurand un
énergique coup de chausson qui, sonnant le
creux dans son estomac, lui rendit, du moins,
le service de lui apprendre qu'il s'y trouvait du
vide et que sa digestion était chose accomplie.

Trois huissiers-appariteurs, aux ordres du bureau, pour la police de la réunion, avaient fui des premiers et il ne restait, à l'épicier-président, pour rétablir l'ordre, que le seul secours de son influence et de son caractère, c'est-à-dire rien du tout dans la circonstance. Aussi, les yeux fixés au ciel comme pour lui reprocher de l'avoir laissé vivre assez long-temps pour qu'il pût être témoin d'un pareil scandale, il leva la séance. Mais, en homme qui connait les usages et qui tient à faire les choses dans les règles, il se couvrit et, ironie du sort, le chapeau qui lui servit à cet effet et qu'il saisit au hasard, dans le tumulte, se trouva être le petit pain de sucre du jeune Potin, ce dont résulta l'effet le plus grotesque, sur la figure en pleine lune de l'épicier.

La foule s'écoula alors au dehors et s'épandit par toute la ville, les Laberthe vociférant des cris de triomphe, leurs adversaires en complet désarroi.

La famille Dumortier venait donc, enfin, de rencontrer son Waterloo. Privés de leurs chefs, ses plus dévoués partisans ne constituaient plus qu'une masse sans cohésion, sans direction et tout à fait découragée. C'était encore là un des effets caractéristiques de la puissance de la démonstration. Les Laberthe pa-raissaient supérieurs, vainqueurs ; dès lors, la multitude de ceux qui s'orientent sur le succès se ralliait à eux, à grand facas.

Sans doute, dans le parti des Dumortier, il y en eut qui, trop compromis pour conserver l'espoir d'accomplir une volte-face fructueuse, tinrent bon jusqu'à la fin, appelant à leur aide ce dédain superbe, cette amertume qui trouve de la volupté à braver l'infortune, cette grandeur d'âme des cœurs fidèles qui soutient les vaincus dans la défaite, ce stoïcisme supérieur à tous les événements. Sans doute aussi le chef de leurs auxiliaires, vieux *romain* bronzé au feu de cent batailles et qui, dans le cours de sa carrière, avait su couvrir plus d'une retraite et tenir bon devant plus d'une déroute, dans les parterres où l'appelaient ses fonctions, ce légionnaire de valeur réussit à maintenir, jusqu'au bout, sa cohorte dans une remarquable discipline et lui et ses hommes allèrent partout criant : « Vive Potin, à bas Laberthe ! » se battant d'ailleurs les flancs, faute de mieux.

Mais ces efforts de mouches du coche mercenaires ne pouvaient guère avoir d'effet. La direction, la confiance, la *poigne* en un mot, tout faisait absolument défaut. Et qui serait là, d'ailleurs, pour ramasser les ivrognes et les conduire émettre un vote aussi valable et aussi efficace que celui d'un Aristide ou d'un Caton ?

Qui saurait empêcher les défections et en fomenter chez l'ennemi? Qui aurait qualité et pouvoir pour distribuer le subside suprême qui abaisse définitivement le plateau de la conviction dans les âmes vacillantes?

Rien de tout cela n'était négligé dans l'autre camp et, pour mieux dire, on n'y avait que la peine de moissonner. Aussi les bulletins Laberthe tombaient-ils drus comme la grêle, dans les urnes. Encore quelques instants et, sans nul doute, la France allait être dotée d'une Égérie libératrice, en la personne de Madame Laberthe, par l'élection de son mari.

Au reste, là encore, la conception de cette dame éminente n'avait, en rien, participé à ce résultat et le triomphe était survenu au moment même où elle voyait la défaite s'accuser comme inévitable. C'était, on l'a deviné, M. Nicquart qui, sans s'en ouvrir à personne, avait préparé le coup de théâtre qui avait modifié si radicalement l'état des choses.

Dans les cabarets, on toastait sans relâche. Les agents des Laberthe commençaient à s'y montrer, pour racoler les buveurs et les mener au scrutin. Mais, il s'en fallait que ce fût là la partie la plus facile de leur tâche. On vit encore une fois, à cette occasion, se vérifier le vieux dicton de: Merlin *Tel cuyde engeigner autrui, qui souvent s'engeigne lui-même*, et,

entraînés par l'exemple, il arrivait maintes fois
que ces moniteurs du vote oubliassent leur mission et devinssent, à leur tour, les plus insou-
ciants des buveurs.

Le cabaret du père Samuel n'avait cessé de
regorger de monde et la consommation y avait
été énorme. Toutefois, en commerçant expérimenté, le propriétaire de cet établissement re-
cherchait le *chiffre* et, dès lors, il ne pouvait se
défendre d'un certain mépris intérieur vis-à-vis
de consommateurs de mince aloi et aux sentiments vulgaires qui, au lieu d'aborder les boissons de luxe, en un jour où tout était gratis,
s'obstinaient à s'en tenir au petit vin et à la
bière des jours ordinaires, à deux sous la
chope, ventes sur lesquelles, avec la meilleure
volonté du monde, il était impossible, au père
Samuel, de gagner quinze centimes. Qu'on se
figure les restaurateurs du boulevard voyant,
une nuit de bal à l'Opéra, leurs cabinets enva-
his par des quidams qui prétendraient s'y faire
servir des demi-setiers du broc, au tarif ordinaire des comptoirs de zinc !

Au contraire, il réservait toute sa sympathie
et ses soins les plus attentifs pour cinq ou six
consommateurs de choix, voyageurs de commerce que les hasards de leur tournée avaient
amenés, ce jour-là, à Villétrange et qui, en
gens d'aplomb et d'expérience, s'étaient trouvés

de suite à la hauteur des circonstances. Ils ne
votaient pas, mais ils consommaient ; c'était le
point le plus intéressant, aux yeux du père
Samuel. Après un copieux déjeuner, au cours
duquel ils avaient passé en revue toute la cave
de la maison, ils entretenaient leurs loisirs au
moyen d'un cru champenois qui avait fixé leur
attention et dont leur hôte avait soin de ne pas
les laisser manquer.

M. Pertemont était du nombre de ces amateurs d'élite et sa principale préoccupation était
de savoir si le Potin, candidat du jour, ne serait pas, par hasard, le même individu que le
critique discoureur qui l'avait si fortement intéressé, lors de son voyage au Hâvre et dont
il avait appris le nom quand M. Nicquart, à la
gare, l'avait salué d'un bonsoir nominatif.
Dans tous les cas et qu'il y eût réalité ou
simple homonymie, il accordait, par provision,
toute sa sympathie au Potin quel qu'il fût, le
tout d'ailleurs sans perdre une bouchée ou une
rasade, sur le compte de son adversaire.

Cette remarquable société se tenait dans un
cabinet particulier et, malgré tous les soins
dont il était accablé, le père Samuel trouvait
encore un moment, de temps en temps, pour
y venir dire quelques mots des incidents de la
journée, au fur et à mesure qu'ils se produisaient. C'est ainsi qu'il arriva, la figure rouge

24 *

d'indignation, rapporter le scandale de la réunion électorale.

— Croyez-vous cette insolence? s'écriait-il; nous faire traiter de cornichons! Il n'a pas besoin d'avoir peur; personne ne votera pour lui. Il est enfoncé, coulé, fumé!..... A bas Potin!....

Tout le monde s'associa à cette protestation, non toutefois sans une pointe d'ironie. Il faut en excepter M. Pertemont qui, après avoir vidé son verre, regarda en face le débitant.

— Les paroles sont des paroles, dit-il, les faits valent mieux. En supposant que M. Potin ait tenu le propos, d'ailleurs mensonger, qu'on lui attribue, il y aurait un excellent moyen, pour les villétrangeois, de faire la preuve du contraire : ce serait de voter tous, en masse, pour lui.

— Comment cela? fit le père Samuel interloqué.

— Eh! sans doute. Vous démontreriez ainsi, victorieusement, votre intelligence, car, M. Potin n'acceptant pas le mandat que vous lui auriez donné, on recommencerait l'élection et ce serait là le plus beau de l'affaire pour vous. Est-ce que, par hasard, vous n'aimeriez pas à voir se renouveler une pareille aubaine?

— Tonnerre!..... exclama le débitant en s'administrant un splendide coup de poing en plein front.

Il resta quelques secondes immobile.

— Pourvu qu'il ne soit pas trop tard!..... murmura-t-il ensuite.

Et, sans rien ajouter, il s'élança au dehors.

Rencontrant, sur son chemin, deux de ses garçons, il les emmena à un laboratoire mystérieux dont il gardait la clef sur lui et dans lequel il s'enfermait, de temps en temps, pour se livrer à une alchimie mystérieuse et redoutable, dont il mettait le produit en bouteilles, à l'intention de ses clients.

Ils en revinrent bientôt, croulant sous le faix d'une énorme chaudière de cuivre qui fut installée au milieu de la salle principale de l'établissement.

Justement, elle était sur le point de se vider. Un renfort d'agents, les plus sérieux, au service des Laberthe, était survenu et, après avoir fait verser le coup de la fin, suivi du coup du départ et de celui de l'étrier, sans préjudice de quelques autres rasades d'un caractère aussi *in extremis*, ils étaient parvenus, patience aidant, à former une colonne qu'ils allaient mener au scrutin.

— Mes amis, s'écria le père Samuel, nous irons voter tous ensemble et cela dans quelques minutes. Mais, auparavant, il faut que nous buvions le vrai coup de l'amitié. Je vais vous faire un punch, comme on n'en a jamais

vu. On en parlera dans les journaux. Voilà le
vase !.....

Et, d'un geste éloquent, il montra sa chaudière.

Tout le monde éclata en bravos formidables.
Il n'y avait voté qui tint en face d'une pareille
amorce ; en un clin d'œil la colonne fut rom-
pue et chaque buveur regagna sa place. Les
agents, eux-mêmes, partagèrent l'enthousiasme
général.

Ils étaient hommes, après tout.

Les voyageurs de commerce étaient venus
dans la grande salle, attirés par le bruit des
acclamations. Le père Samuel s'approcha de
M. Pertemont.

— Puis-je compter sur vous pour les amuser un moment ? lui demanda-t-il à voix
basse.

— Parbleu ! fit le voyageur qui le devinait ;
allez donc sans crainte.

Le débitant se dissimula adroitement et,
moins d'une minute après, se trouva dehors.

Au même moment débouchait, devant sa
porte, la tête du troupeau des ermites de Villétrange se rendant au scrutin. M. Corbeau
marchait en avant, comme un nouveau Pierre
de la croisade et les surveillants, placés en
serre-file, faisaient bonne garde en vue de

prévenir toute tentative d'écart ou de
désertion.

Au reste, cette armée de néo-croisés présentait le plus étrange aspect et avait bien plutôt
l'apparence de revenir du combat que de s'y
rendre. En effet, cinq à six béquillards devaient
jouer ferme de leur bâton pour se maintenir
au pas de la colonne ; d'autres éclopés se
trainaient, tant bien que mal, non sans geindre
activement. Enfin, une charrette renfermait
ceux qui n'avaient pu faire usage de leurs
jambes. Dans son zèle pour le succès de la
bonne cause, M. Corbeau n'avait permis à
personne de s'absenter.

A cet aspect, le père Samuel ressentit ce
frémissement dont, à ce que l'on assure, ne
put se défendre Napoléon, au retour de l'île
d'Elbe, en rencontrant, entre Vizille et la
Mure, les premières troupes envoyées contre
lui. Ces soldats venaient pour le combattre et
il fallait, au contraire, qu'il les fît passer sous
ses drapeaux.

A force de se faire prêcher et catéchiser, le
père Samuel avait acquis quelque chose de
cette élocution redondante, bourrée de citations
et d'exclamations aussi à leur place, la plupart
du temps, qu'un peloton de dragons dans un
pensionnat de jeunes filles et que l'on appelle
maintenant l'éloquence sacrée, dans la patrie de

Bourdaloue et de Massillon. Il possédait, d'ailleurs, de jeunesse, la Bible, mine inépuisable
de textes et d'exemples. A l'aide de ces ressources, il n'hésita pas, un seul instant, à faire
tête au danger.

— Frères, dit-il d'un ton déclamatoire, soyez
les bienvenus, sur cette terre de Chanaan. Le
Seigneur vous a armés de l'épée de Gédéon
avec laquelle vous combattrez et vaincrez les
Amalécites, les Gabaonites et les Madianites.
Vous leur couperez les extrémités des pieds et
des mains, comme Caleb en agit avec Adoni-
besech ; vous leur enfoncerez des clous dans
la tête, comme Jaël, femme de Haber, le fit à
Sisara, général du roi Jabin ; ils seront châtiés
dans leur orgueil et réduits à l'état de la bête,
comme Nabuchodonosor ; ils tomberont en
pourriture, comme l'impie Antiochus. Frappez-
les sans pitié ! Ce sont des Edomites, des renards et des léopards ; des loups nocturnes
qui sucent la moelle ; des chiens perfides ;
des taureaux furieux de Basan ; des serpents
venimeux alliés au grand dragon rouge. (Apocalypse, chapitre XII, versets 3 et 4). Oui,
périssent Dagon et ses adorateurs ! Que la malédiction de Séméi les accable !..... Le Seigneur a livré, entre vos mains, ces enfants de
Babel pour qu'ils soient écrasés contre la pierre.
(Psaume CXXXVII, verset 9.) Frères, hon-

neur à vous qui avez ceint vos reins pour le bon
combat ! Mais, au moment de vous élancer à
la victoire, vous ne repousserez pas la demande
de celui qui voudrait pouvoir se faire soutenir
les mains pour prier pour vous, comme Moïse
pendant le combat. Rebecca, pour un peu
d'eau donnée à Eliézer, le fidèle serviteur, se
vit récompensée dans son union avec Isaac ;
Zachée le publicain reçut le Seigneur dans sa
maison et, en retour, fut comblé de bénédictions. Entrez donc chez moi et accomplissez la
parole de celui qui a dit : « Vous mangerez et
vous boirez ce que l'on vous présentera. »
Voyageurs sur la terre de Dieu, venez, par
votre présence, sanctifier mon humble demeure,
afin que je puisse chanter le cantique de Siméon
à la louange de celui qui dirige toutes nos
actions.

Un frémissement irrésistible parcourut toute
la colonne qui avait surtout été frappée des mots
de *manger* et de *boire*.

Soit qu'il craignît de ne pouvoir dominer
l'émotion de son troupeau, soit que, charmé
des comparaisons du père Samuel, il voulût
l'en récompenser, soit enfin qu'il eût la tentation d'en imposer aux Gentils de l'intérieur,
par le contraste de la tenue sévère de sa tribu
sacrée, M. Corbeau ne sut opposer aucun refus
à cette invitation et, à la seule apparence de

son hésitation, sans plus attendre, les ermites s'engouffrèrent dans l'établissement où M. Corbeau les suivit.

Le père Samuel s'effaça, comme par politesse, pour les laisser passer, mais d'un clin d'œil énergique il retint, parmi les derniers, un des pensionnaires du noviciat avec lequel il avait noué des relations particulières.

C'était l'ex-zouave, amateur d'alcool.

Dès qu'ils furent seuls, le débitant l'empoigna vivement par le bras.

— Cent sous à gagner, dit-il d'une voix brève et un bon déjeuner à la première occasion !

— Dix francs ! dit le zouave qui, sans savoir ce dont il s'agissait, surfaisait par l'effet d'une habitude invétérée.

— Dix francs, soit, mais faisons vite. Tu vas courir à la mairie ; tu te posteras devant la porte et, à tous ceux qui se présenteront pour voter, tu diras qu'il y a réunion générale chez moi, que nous allons boire un punch d'honneur de deux cents litres flambants et qu'ensuite nous irons au scrutin, en colonne serrée. Dis leur, d'ailleurs, tout ce que tu voudras ; agis de tes pieds et de tes mains, mais ne laisse plus passer personne et tiens bon un quart d'heure.

— Suffit, dit le zouave qui partit en courant.

De son côté, le père Samuel entra dans le premier cabaret qui se trouva devant lui. Marchant droit au patron de l'établissement, il lui dit à voix basse, quelques mots qui furent écoutés avec attention ; puis, les deux confrères se serrèrent la main, le maître de la maison paraissant remercier ou féliciter le père Samuel et tous les deux partirent aussitôt, mais chacun de son côté.

La même manœuvre se renouvela partout et, comme chaque fois le nombre des émissaires s'accroissait à la suite de toute nouvelle initiation, tous les débits, toutes les boutiques de la bouche se virent pourvus, en moins de cinq minutes, d'une mystérieuse consigne qui en tous endroits, chez les Potin comme chez les Laberthe, avait été accueillie avec une faveur unanime et marquée.

Tranquille de ce côté là, le père Samuel se rendit au Comité indépendant. On y était toujours dans le même désarroi et la même nullité. Jusqu'au dernier moment on avait attendu, espéré une bribe d'agacerie, de la part des Laberthe. On se serait contenté de quelques paroles polies, d'une simple démarche, de la moindre promesse. Mais rien n'était venu et, ayant reconquis toute sa fierté, Madame Laberthe était plus que jamais convaincue que les Villétrangeois seraient encore en retour de

25

gratitude, pour la façon magistrale dont ils allaient être représentés. Par caprice de femme adulée et en dépit des enseignements de la politique, elle s'obstinait à s'imposer par la force et le prestige, plutôt que de vouloir conquérir et gagner par la séduction. C'était trop, pour elle, d'avoir dû lutter et failli succomber, alors qu'elle avait prétendu au triomphe en prenant, au pied de la lettre, la phrase célèbre de César, c'est-à-dire par le seul effet de sa présence à Villétrange. Assurée, désormais, du succès, elle gardait souvenir et se montrait sans pitié.

En attendant on agitait, au sein du comité indépendant, deux questions touchant la ligne de conduite à tenir. Voter quand même pour Laberthe, c'était crispant, en vérité; mais s'abstenir ou voter blanc ne valait pas mieux, car il en serait résulté la démonstration numérique du peu d'importance du parti neutre.

De voter pour Potin, il n'était même pas question.

Un point sur lequel tout le monde était d'accord, c'était pour déplorer les scandales du jour. On ne tarissait pas de lamentations sur ce chapitre; un Jérémie s'en serait délecté.

— Jamais on n'avait vu pareille ignominie.

— Villétrange est déshonoré.

— Nous allons être un objet de honte pour la France.

— Pour l'Europe.

— Pour le monde entier.

— C'est épouvantable!

— Horrible !

— Affreux !

— I-ni-ma-gi-nable !

— J'en suis tout bouleversé.

— Je n'oserai plus me montrer nulle part, au dehors.

— J'en ferai une maladie, c'est sûr !

C'est à ce moment-là qu'arriva le père Samuel.

Il prit, à l'écart, celui qui se prédisait une maladie et qui, pour l'instant, paraissait se porter assez bien, à en juger par la vigueur de poumons qu'il déployait pour exhaler ses plaintes. C'était un marchand de salaisons et l'un des membres les plus influents du comité indépendant.

—Tout ça c'est des bêtises, dit vivement le père Samuel. Vous perdez là votre temps à rien, pendant que nous agissons. Il faut, avant tout, songer à ses intérêts.

— Certainement, fit l'autre d'un air embarrassé. Vous êtes un homme que j'estime, père Samuel et la crème des clients. Mais, voyez-vous? les Laberthe agissent mal avec nous.....

— Qui est-ce qui vous parle des Laberthe ?
Nous votons tous pour Potin.

Et tandis que le marchand de salaisons ouvrait de grands yeux.

— Eh oui ! continua le débitant ; vous ne comprenez donc pas le raisonnement ? Si Potin est nommé, il refusera et alors on recommencera..... Vous m'avez fourni vingt-cinq jambons, des jambettes, des andouilles, des cervelas, des saucisses, pour cette fois-ci. Il n'en reste plus et je vous en prendrai autant et plus pour la prochaine fois. Qu'est-ce que vous dites de cela ?

Et, sans attendre de réponse, le père Samuel s'élança au dehors.

Cette retraite précipitée était un trait d'adresse. Il n'y avait aucun profit à retirer en restant témoin des capitulations de conscience des membres du Comité indépendant et l'on n'aurait pu que les gêner, ce faisant. Il est, on le sait, des conversions qui s'accomodent mieux du recueillement et du mystère. Mais le rusé débitant était assuré que le calcul dont il venait d'énoncer les termes ne pourrait manquer d'exercer une influence décisive sur les esprits positifs des membres du Comité indépendant composé, en grande majorité, de bouchers, charcutiers, marchands de vins en gros et autres commerçants qui, tous, avaient leur part dans les bénéfices des opérations électorales. Les affaires avant tout ; c'est l'évangile bien connu des commerçants.

C'était sur la grand'place et en face même de l'hôtel de ville-mairie, qu'était situé le local du comité indépendant. En en sortant, le père Samuel aperçut le zouave au haut des marches de l'édifice communal, aussi tenace qu'un Horatius Coclès, mais néanmoins en grand danger de succomber sous le flot d'assaillants qui le pressait de toutes parts. Il y avait là des gaillards que l'on était parvenu, non sans peine à amener au scrutin et qui avaient hâte de retourner à leurs occupations principales qui étaient, ce jour-là, de boire sans relâche. Exaspérés de l'obstacle qui se dressait devant eux et qui leur causait la perte d'un temps précieux, ils poussaient à tout rompre.

C'est en vain que le zouave multipliait l'annonce du punch fantastique ; sa voix, qui s'était éraillée, à force de crier, n'avait plus la puissance de percer les clameurs. Il avait, d'ailleurs, à se défendre contre le cousin Bondurand qui, plus indigné que personne, cherchait à le prendre au collet. De l'autre côté M. Connivant lui faisait, d'une voix agaçante dans sa monotonie, l'énumération effrayante des peines dont il se rendait passible, par l'entrave qu'il apportait à l'exercice du droit des citoyens.

C'est à ce moment-là que survint le père
Samuel. Fendant la presse, d'un élan énergique,
il arriva jusqu'à ceux qui serraient le zouave
de plus près.

— Prenez garde, dit-il à voix basse, en em-
poignant, chacun par un bras, MM. Bondurand et Connivant, il y a de la trahison ; on a
changé des bulletins. Il faut vérifier ça.

Puis, profitant habilement d'un moment de
silence, il fit, d'une voix retentissante, l'annonce de son punch et, sans leur donner le
temps de la réflexion, il entraîna, vers sa
maison, les deux chefs du comité Labertho
que la foule, passant de la colère à l'enthousiasme, suivit sans difficulté.

— Il faudrait voir pourtant..... dit en chemin
M. Connivant.

— Oui, oui, interrompit le débitant. Laissez-
moi faire ; nous allons voir, examiner ?...

— Mais, comment avez-vous su.....

— Je vous expliquerai cela. L'important,
c'est que plus personne ne vote pour le quart
d'heure.

On était arrivé devant le cabaret. Le père Samuel y enfourna son monde, MM. Bondurand
et Connivant en tête ; mais, lui-même, trouva
encore moyen de s'esquiver.

Il courut, à quelques pas de là, chez un de
ses intimes amis, pharmacien qui venait, tous
les soirs, faire sa partie dans son établissement.

C'était certainement, on pouvait le dire, le seul marchand de produits à consommer qui, ce jour là, dans Villétrange, ne se ressentit guère de la circonstance. Quelques réactifs à administrer à des buveurs tombés ivres-morts ; quelques meurtrissures à teinter d'arnica : une dizaine de têtes fêlées à border de diachylum et c'était là, à peu près, toute sa vente de la journée. C'était maigre, on en conviendra, pour un pareil jour. L'honorable apothicaire s'en consolait en escomptant, dans son esprit, les promesses de l'avenir. Après une pareille consommation, la balance inéluctable des choses de ce monde devrait faire se révéler la nécessité d'un certain nombre de purgations. Il faudrait des émollients, des rafraîchissements ; peut-être même surviend ait-il une bonne petite épidémie. Chacun aurait son tour : il faut de la justice, en ce monde.

— Qu'est-ce que tu viens chercher ici ? dit-il en voyant entrer son ami. Est-ce que tu n'as pas, dans ta cave, de quoi empoisonner tout Villétrange? Te faut-il encore, avec cela, de l'arsenic?

Le cabaretier bredouilla, vivement et à voix basse, quelques mots qui jetèrent l'apothicaire dans un accès d'hilarité bruyante.

— Fameux, bien trouvé! s'écria-t-il, en se donnant deux ou trois claques sur la cuisse.

En voilà une riche idée ! Enfoncés les jésuites !
Je vais te préparer cela *presto*, *subito*. Dans
cinq minutes, je te le porterai moi-même.

— Je compte sur toi, dit le père Samuel qui,
sans perdre une seconde, retourna chez lui.

Il y avait de l'espace, dans son établissement, en salles, cabinets et hangars ; mais
tout cela avait été jugé insuffisant en présence
de l'affluence de la foule et c'est en plein air,
dans la cour de vaste étendue, qu'avaient été
rassemblés les éléments du fameux punch.
Grouillant sur le sol, entassés aux fenêtres,
perchés au faîte des murs, accrochés aux arbres, partout où ils avaient pu trouver une
place, deux mille individus en suivaient, avec
avidité, tous les préparatifs.

Dans l'immense chaudière on avait versé,
sans façon, toute une pièce d'un alcool aussi infidèle que le maître de la maison, ce qui revient
à dire qu'il n'avait, non plus que lui, reçu encore le baptême de l'eau. Des rondelles décou-
pées dans des pains de sucre se dressaient en
une énorme pyramide et formaient un pic
émergeant du flot jaunâtre, comme le géant
Ténériffe du sein de l'Atlantique. Pour re-
muer on s'était précautionné d'une pelle de
foyer de machine, essuyée tant bien que mal :
le feu purifie tout.

Près de là on avait disposé, sur des tables,

un immense alignement de verres présentant tous leur orifice béant. Douze sommeliers de bonne volonté, munis chacun d'une grande cuiller, étaient déjà tout prêts à les remplir. Tout cela avait été apprêté, très intelligemment, par M. Pertemont et ses confrères en voyages.

Il ne restait plus qu'à mettre le feu; cet honneur fut dévolu, tout naturellement, au révérend M. Corbeau et, en même temps que la flamme, deux mille exclamations frénétiques, s'élevèrent dans les airs. M. Bondurand se distingua, entre tous, par son enthousiasme en jetant en l'air son chapeau qui faillit retomber dans la chaudière; M. Connivant nota, dans sa mémoire, ce moyen déterminant du punch pour le temps où il aurait à *chauffer* sa propre candidature et quant au père Samuel, il sut trouver quelques heureuses allusions au lévite Aaron, ainsi qu'aux impies Coré, Datan et Abiron, qui sonnèrent agréablement aux oreilles de M. Corbeau. Il y avait d'ailleurs, dans l'assistance, de plus émus qu'eux; c'étaient les élèves ermites qui, les yeux brillants, frémissants d'impatience, pouvaient à peine tenir en place, bien qu'ils eussent déjà pris quelques à comptes variés et peut-être à cause de cela même.

L'alcool flamba environ un quart d'heure.

25 *

Ce n'était que bien juste pour que le punch
fût à point; mais il était difficile qu'on fît attendre, plus longtemps, la foule houleuse et
alléchée.

D'aucuns étaient préoccupés de la manière
dont on s'y prendrait pour éteindre une flamme
haute de plusieurs mètres et de nature à braver l'effort le plus puissant des poumons de
Borée. Mais M. Pertemont fit interposer, avec
ensemble, deux ou trois larges solives et le
brasier, privé d'air, se trouva immédiatement
étouffé.

Aussitôt, les douze cuillers se mirent à travailler, avec frénésie, à remplir les verres.
Elles furent bientôt aidées par des auxiliaires
de bonne volonté qui, ne pouvant se contenir
davantage, se mirent à puiser à même le flot,
au moyen des verres et en ayant soin de ne
pas choisir, pour cela, les plus petits. Comme
les mêmes individus revinrent trois ou quatre
fois à la charge, la cuve commença à se vider
avec une promptitude effrayante et il devint
bientôt manifeste qu'il n'y en aurait pas pour
tout le monde. Le père Samuel y para par
l'addition d'un autre tonneau d'un liquide ap-
prochant, qu'il alla chercher dans sa réserve.

Mais, avant toute pollution, les personnages
marquants de la société avaient reçu leurs
verres et toasté. On ne put jamais découvrir

de qui MM. Corbeau et Connivant tinrent les
leurs; mais, ce qui n'est que trop certain, c'est
que, quelques minutes après avoir bu, ils se
trouvèrent pris, en même temps, d'atroces
tranchées qui les forcèrent à courir sur une
pelouse voisine, à défaut des locaux spéciaux
occupés dans le même moment.

Dix fois ils tentèrent, se croyant hors d'affaire, de se relever de leur position accroupie;
autant de fois ils durent la reprendre au plus
vite et ils purent se croire, pour un bon moment, investis de la plus gênante des inamo-
vibilités.

N'ayant pas eu, dans leur précipitation, le
choix du terrain, ils n'avaient pu imiter les
généraux expérimentés qui, dit-on, en toutes
situations, ont pour principe essentiel d'assurer
soigneusement leurs derrières et, ce qui ajoutait à leurs angoisses, c'était la présence d'une
foule gouailleuse qui s'était formée en cercle,
tout autour d'eux.

Quelle épouvantable situation pour un personnage du caractère de M. Corbeau, pour
un homme d'un esprit aussi éminent que celui de M. Connivant!

Et malgré leurs souffrances réelles, les rires,
les lazzis, les brocards, tous les propos de
circonstance tombaient sur eux, drus comme
grêle. Impossible de garder aucune retenue,

do conserver la moindre déférence, en présence d'un pareil spectacle. Quelques-uns eurent de tels accès de rire que, malades le lendemain, ils prétendirent, avec une conviction absolue, que c'était des suites de leur hilarité et nullement de ce qu'ils avaient absorbé la veille.

D'autres discutaient, conseillaient, recherchaient les causes. On interrogea les deux patients, sur ce qu'ils avaient mangé dans la journée et ils purent répondre, entre deux gémissements. C'était, pour M. Corbeau, un morceau de bœuf avec du riz et des œufs durs en salade. Quant à M. Connivant, en vue de ménager son souffle et la pureté de son organe, pour le discours qu'il avait préparé, il n'avait pris, de tout le jour, qu'un léger potage, avec un ou deux verres de Bordeaux.

Il n'y avait là rien, au contraire, de nature à avoir pu occasionner le déplorable état dans lequel ils se trouvaient; pourtant, M. Pertemont fut d'un avis différent. Il déclara, avec aplomb, que les effets laxatifs de l'alcool brûlé, se trouvant en conjonction avec le riz, aliment astringent, étaient un fait acquis pour la science et prouvé par de nombreux exemples. Un de ses confrères l'appuya en prétendant en avoir fait, par lui-même, la pénible expérience.

Pour quant à M. Connivant, il ne devait s'en prendre qu'à lui-même. Rester presqu'à jeun, sous le poids des fatigues d'un pareil jour et boire du punch par là-dessus, c'était une imprudence inconcevable. Il n'en fallait pas davantage pour se trouver mal à l'aise.

Mais M. Bondurand fut celui qui exprima son opinion, de la manière la plus concise, par le seul mot de *femmelettes!* accompagné d'un dédaigneux haussement d'épaules. Il avait bu une demi-douzaine de verres du punch et ne s'en trouvait ni plus incommodé, ni moins altéré.

Un des voyageurs l'approuva de la tête et le prit un peu à l'écart. Tout cela, lui dit-il, n'était que de la *gognotte*. Il avait fallu faire quelque chose pour amuser le populaire; c'était naturel, c'était juste. Mais il n'y avait moyen, dans de pareilles conditions, de préparer rien de soigné. Ils allaient maintenant, en petit comité, confectionner un gentil petit punch au kirsch, qui serait bien autre chose.

M. Bondurand adhéra chaleureusement à cette proposition. Le scrutin n'entrait que pour une très faible part dans ses préoccupations et, en ce qui était des malades, il déclara qu'on n'avait jamais suspendu une bataille pour deux blessés et que ceux qui étaient hors de combat n'avaient qu'à se rendre à l'ambulance.

Et là-dessus, il partit avec trois ou quatre des commis-voyageurs et tous ensemble allèrent s'installer dans le cabinet réservé à ses nouveaux amis.

Le père Samuel restait donc maître du terrain; il se hâta d'en profiter. Sous prétexte de délivrer, de leur présence, MM. Corbeau et Connivant, il entraîna les buveurs plus loin. Ses paroles avaient un grand poids d'autorité, auprès d'un pareil public, et il sut se faire écouter.

Il exposa, en quelques mots, la nécessité d'être un moment sérieux. Il ne fallait pas rire des accidents; il pouvait en arriver autant à chacun. Cela se passerait, d'ailleurs; mais, pour l'instant, le plus urgent était de penser à voter. Il fallait se débarrasser, au plus vite, de cette corvée afin qu'il n'en fût plus question. Ensuite, on reviendrait finir la journée, tous ensemble et l'on trouverait bien moyen de boire encore quelque chose de *ch'nu*.

Cette péroraison produisit, à elle seule, plus d'effet que tout le reste du discours et chacun se montra plein de bonne volonté. M. Pertemont, qui se multipliait, le zouave, qui était de retour de la Mairie où sa présence était devenue inutile et quelques autres personnes zélées, distribuèrent les bulletins tout pliés et la fameuse colonne du cabaret Samuel se mit

enfin en marche, en poussant des cris que
Mme Laberthe, qui la vit passer sous ses fenêtres, prit pour des vivats à son adresse.

Elle se grossit, en chemin, de quelques autres détachements conduits par des confrères
du père Samuel, avec lesquels celui-ci échan-
geait des signes d'intelligence.

Libérés de toute surveillance par l'indisposition de leur directeur, les novices ermites se
faisaient remarquer par leur effervescence.
Allongeant vigoureusement leur béquille, les
boiteux voltigeaient sur les flancs de la colonne, comme des éclaireurs de cavalerie lé-
gère. On n'avait eu garde d'oublier les éclop-
pés de la charrette, pas plus qu'ils ne s'étaient
oubliés, eux-mêmes, sous le rapport des liba-
tions, ainsi qu'il apparaissait à la puissance
de gosier avec laquelle ils rendaient les couplets d'une chanson d'un monachisme très ra-
belaisien :

> Un jour le bon frère Etienne
> Suivi de frère Pancrace.....

et, autour d'eux, les piétons donnaient ferme,
au refrain :

> Ce jour-là les couvents
> N'étaient remplis que de.....

Par contre, le père Samuel s'était débarrassé

de tous agents des Labertho. Les uns s'étaient ralliés, avec M. Bondurand, autour du punch au kirsch ; d'autres, qui paraissaient plus tenaces à l'endroit de leurs devoirs, furent envoyés au loin, dans les faubourgs, sous prétexte de quelques électeurs récalcitrants à déterminer.

Toutes les opérations du scrutin avaient été centralisées à la mairie, où l'on avait installé huit sections de vote, entre lesquelles devaient être répartis les électeurs, par lettres alphabétiques. Tel était le mode usité à Villétrange.

Ce ne fut pas une petite affaire que de trier les électeurs amenés par le père Samuel et de les diriger chacun sur sa section respective. Mais, les chefs de colonne s'y employèrent avec tant de zèle, chacun avait tellement hâte d'en finir, pour en être quitte au plus vite, que cette opération s'accomplit en un temps relativement court. On sut éviter toute cohue ; rangés par files de quatre, les électeurs défilaient en bon ordre, montraient leurs cartes électorales, étaient conduits chacun à sa section et s'en allaient par une autre porte. On fit, de cette manière, beaucoup de besogne en peu d'instants.

Et maintenant, s'il était permis de se former la conception d'un génie clairvoyant, possédant

huit paires d'yeux, à raison d'une par chaque
urne, on peut se douter qu'il aurait été à même
de faire de singulières remarques sur les fluc-
tuations du scrutin.

Dans les premières heures de la journée, les
suffrages étaient venus variés, un peu plus
nombreux, pourtant, en faveur de M. Potin.
Puis, dans l'après-midi, il était tombé une
énorme quantité de bulletins Laberthe, qui
semblait devoir maintenir définitivement la
balance en faveur de ce parti ; mais sur la fin
et par un revirement dont le génie n'aurait pr
saisir la cause, ayant toutes ses facultés concen
trées sur les urnes, cette action fut compensée
par une avalanche de votes Potin qui ébranla
et fit même osciller le plateau opposé. Il est
vrai que, ce dernier flot passé, la supériorité
du poids paraissait être encore du côté des
Laberthe ; mais cette supériorité, si elle existait réellement, était si peu sensible que le génie en question n'aurait pas manqué de désirer
en avoir le cœur net et, vérification faite, il aurait trouvé qu'il existait, en réalité, au dernier
moment, une voix de majorité, pour M. Laberthe.

Le père Samuel semblait avoir l'intuition de
cette situation tendue. Certes, il pouvait se
rendre cette justice de n'avoir rien négligé
pour le succès de ses desseins, dès l'instant où

ils avaient été conçus. Mais, cela n'était pas pour lui suffire. Il n'était pas de ceux-là qui se consolent, stoïquement, avec un : *Fais ce que dois, advienne que pourra*, plus ou moins justifié par la manière dont ils l'ont mis en pratique ; il n'était pas non plus de ces Pangloss de pire aloi, qui n'ont de science que pour plaider les circonstances atténuantes de leur insuccès ; encore moins était-il avec ceux qui exaltent les *retraites en bon ordre* et affectent de s'en féliciter, symptôme caractéristique à une époque qui a oublié la vieille devise : *La victoire ou la mort !* des armées de la Convention. Il n'admettait qu'une seule chose, le succès et il avait cette ténacité, cette foi ardente, ce zèle prévoyant, cette activité confiante et imperturbable qui savent l'assurer.

Il avait fait des prodiges et renouvelé les miracles de l'Evangile. A sa voix, les boiteux avaient marché, les aveugles avaient vu, les malades s'étaient levés, les infidèles avaient été convertis, les idiots avaient recouvré une raison, fictive peut-être, mais d'une efficacité absolue quant au vote qu'ils avaient émis. Au dernier moment, il s'était souvenu d'un affreux crétin, galeux et quasi-lépreux, à force de saleté, que personne n'avait eu intérêt à faire interdire, par la raison qu'il ne possédait rien et qui, dès lors, jouissait, dans toute leur pléni-

tude, de ses droits de citoyen. Il l'avait envoyé
quérir par deux hommes de bonne volonté qui,
moyennant le don d'un paquet de tabac,
n'avaient eu aucune peine à le déterminer.

Tout avait été mis en œuvre ; il ne restait
plus rien à faire et, malgré cela, les Laberthe
l'emportaient d'une voix, cette voix puissante
et décisive qui, à une certaine époque, décida
du destin et de la constitution d'un état de
trente-six millions d'individus.

Et qu'aurait-on dit de cela, chez les Dumortier, où l'on croyait la défaite écrasante et irré-
médiable ? M. Vernon, qui était couché et
qu'on avait dû saigner, se serait levé aussitôt,
en dépit des médecins ; les membres raidis
de M. Dumortier se seraient trouvés galva-
nisés.

Mais aucun génie ne vint les avertir. Encore
quelques instants et la longue influence de la
famille Dumortier se trouvait définitivement
abattue ; encore quelques instants et Madame
Laberthe allait pouvoir faire ses débuts, dans
l'exercice du pouvoir: l'étoile de M. de Bismarck
allait pâlir à l'aurore de cet astre étincelant ;
les vieux diplomates, des deux mondes, allaient
avoir à se bien tenir. Jamais — cet avis fut
exprimé plus tard par les familiers de la maison Laberthe — jamais la France ne se trouva
plus près d'une rénovation triomphante.

Tout à coup et au moment où l'aiguille abordait la dernière minute avant six heures, parurent deux électeurs auxquels personne n'avait pensé. C'étaient les deux Prudhomme qui avaient reçu des horions, au meeting de l'après-midi et qui en rendaient responsable la violence du parti Laberthe. Ils en avaient gardé rancune et, s'arrachant des bras de leurs épouses, qui craignaient quelque nouvelle algarade pour eux et voulaient les retenir, ils tinrent à aller émettre un vote vengeur, en faveur de M. Potin.

Immédiatement après, l'heure ayant sonné, le scrutin fut déclaré clôturé et l'on se mit aussitôt à en faire le dépouillement.

A une voix de majorité, M. Potin se trouvait élu député de Villétrange.

XI

A quelques jours de là, M. Potin réintégrait ses pénates de la Maison.

Il avait fait un voyage magnifique. Originaire de la région nord de la France et assez casanier, par caractère, il n'avait guère bougé, jusqu'alors, et il se montrait fortement sceptique à l'égard des récits faits par les méridionaux à tête ardente, de leur contrée ensoleillée.

Il avait, comme tout le monde, feuilleté la *Graziella* de Lamartine, livre qui peut être considéré comme le chant le plus vibrant, le plus enthousiaste de la vie presque contemplative du Midi et cette prose brûlante et extra-poétique l'avait laissé froid. Plus franc que bien d'autres, il n'éprouvait aucune honte à s'avouer que cela manquait, à ses yeux, de potages crème d'asperges et de chaufroix, de tapis épais, de fauteuils commodes, de lits moelleux, de tout ce confortable, enfin, qu'il

prisait à un si haut degré. Le pain sec mangé
à l'odeur des orangers, la frugalité qui rime
avec félicité, le ciel bleu qui dispense de l'abri
d'un toit, l'onde pure qui l'emporte sur le Léo-
ville, tout cela lui paraissait trop à sa place,
dans la poésie, pour qu'on l'y ôtât ; mais, pour
quant à la réalité, il trouvait que ce serait
faire là maigre chère et ces cantiques d'allé-
gresse, entonnés à propos de riens insigni-
fiants, le rendaient d'autant plus méfiant encore que, quelquefois et se rappelant la vie
réelle et matérielle de quelques-uns des élé-
giaques les plus éthérés... dans leurs écrits, sa
raison lui disait bien, pourtant, que poètes et
poésie étaient, en somme, deux termes bien
différents.

La vue de Nice, au moment où le soleil levant irisait les flots bleus qui la baignent, ses
villas somptueuses, son climat d'une douceur
ineffable alors que le contraste des montagnes
à la cime neigeuse, qui la dominent, fait souvenir qu'il y a un hiver et du froid ailleurs,
le suave parfum dont elle est embaumée, les
fruits dorés dont les arbres y sont partout
chargés, l'absence de la boue spéciale aux
grandes villes, tout cela fut comme une révé-
lation pour M. Potin et il se dit intérieurement que celui-là était heureux, en définitive,
qui, de par sa fortune, pouvait, à son gré, en

se déplaçant, changer le cours des saisons. Il
dut s'avouer aussi que cela l'emportait, sinon
en richesse effective, du moins en agréments,
sur les fumées d'usines et les carrés de bette-
raves de sa contrée natale.

Toutefois, dès le lendemain, il était déjà re-
froidi. C'est qu'il avait retrouvé, à chaque pas,
dans Nice-la-Jolie, tenant le haut du pavé et
primant d'autorité, cette population de viveurs,
de joueurs, de boulevardiers et de filles, qui
lui était si odieuse à Paris et qui ne lui paraissait nullement améliorée par l'addition du
nombreux contingent des *pifferari* et *mendi-
canti* locaux.

Le pèlerinage de rigueur qu'il fit, à Monte-
Carlo, n'eut pour effet que d'accentuer encore,
chez lui, cette impression. Fier, en lui-même,
de se dire qu'il ignorait, absolument, les règles
les plus élémentaires des jeux, au point qu'il
n'aurait su de quelle manière poser son argent,
sans paraître gauche et emprunté, il se con-
tenta d'observer et il vit très-bien que les râ-
teaux de l'administration ramenaient, à tout
coup et invariablement, trois ou quatre fois
autant d'or que les croupiers en répartissaient
aux joueurs gagnants. Il n'en conçut que plus
de mépris pour la folie persistante d'entêtés
dissipateurs, s'acharnant à venir perdre leur
avoir, à grand renfort de battements de cœur

et d'émotions malsaines, alors que la fortune scandaleuse des fermiers des jeux, l'alliance de leurs filles recherchée par des princes, de par la toute-puissance de leurs millions, leurs ventes de bijoux en trente-six séances, sont là comme autant de démonstrations impudentes et de preuves mathématiques de l'inanité des chances de gain laissées, par eux, à leur clientèle.

Il se trouvait donc désœuvré et ennuyé, méditant de s'en retourner, quand il songea à une petite excursion en Italie. Il suivit la vieille route encaissée entre l'Apennin et la mer et alors, ses idées prirent un autre cours.

Il vit Gênes, cette ville étrange peuplée, en majorité, de pauvres et d'ouvriers et qui n'est bâtie que de palais; Pise et ses merveilles; Florence et ses incomparables chefs-d'œuvre; Rome qui devait émouvoir cet esprit cultivé, nourri de souvenirs classiques; Naples et ses enchantements. Il traversa bravement le détroit et aborda la Sicile où, à chaque pas, il trouva des sujets d'étonnement et d'admiration.

Il revint en arrière et remonta jusqu'à Venise, qui lui parut imposante dans sa majesté de reine déchue et enfin il rentra en France par Milan, Turin et le Mont-Cenis.

Ce voyage impromptu, cette succession de

panoramas différents qui sollicitaient continuellement l'attention, le déplacement, le mouvement, le changement, en un mot, tout avait
contribué à modifier les idées de M. Potin qui
se retrouvait, encore une fois, avoir pleine
conscience de son indépendance absolue et qui
prenait presque en pitié ses terreurs et ses
tourments, à propos du neveu qui lui était
tombé du ciel. Ce n'était pas là, il s'en fallait,
le moindre des effets bienfaisants de son excursion, d'autant plus qu'il continua à se faire
sentir, chez M. Potin, au moment où il posa,
de nouveau, le pied sur le pavé de Paris.

Il regagna, sans crainte et sans précautions,
avec toute la désinvolture d'un homme libre,
son logis de la Maison, goûta, sans trouble et
sans arrière-pensée, la joie de se retrouver
dans son intérieur, alla et vint, prit plaisir à
déballer et étaler quelques bibelots qu'il avait
rapportés, fit acte de présence dans les salons
de la Maison où il recueillit, sur son *heureux
succès*, des félicitations qui lui parurent exa-
gérées, car, après tout, se disait-il, son retour
sain et sauf n'était pas là une chose si merveilleuse et il ne lui paraissait pas qu'il eût
affronté de si grands périls.

— Ils croient peut-être encore aux bandits
romains ou calabrais, pensa-t-il en souriant
ironiquement.

26

Enfin il se coucha avec plaisir, dans son lit dressé suivant les préceptes d'un art raisonné, chose qui lui avait fait défaut dans les hôtels et le lendemain, s'étant réveillé avec des idées riantes, se trouvant frais et dispos, content de vivre, ce fut d'un ton dégagé qu'il demanda s'il était venu *quelques* lettres, pendant son absence.

— Je vais les apporter à Monsieur, répondit Jean.

Il revint bientôt portant, à deux mains, un grand plateau à rafraîchissements, chargé d'une pyramide de plusieurs centaines de lettres, qu'il versa sur la table, car, dit-il, il avait besoin du plateau pour aller chercher le *reste*.

Et de fait, il en apporta encore à peu près autant, à son second voyage.

Cela fait, il s'informa si, nonobstant les ordres antérieurs de Monsieur, le désir de Monsieur était qu'il remit dorénavant à Monsieur, les lettres qui arrivaient à chaque courrier.

M. Potin le congédia d'un geste, sans lui répondre.

Ses traits qui, d'abord, avaient reflété la stupéfaction, s'assombrissaient, maintenant, à vue d'œil.

— Qu'est-ce encore que cette nouvelle polissonnerie? murmura-t-il,

Il ouvrit une lettre; c'était une demande de
bureau de tabac. Une autre; elle renfermait
les offres de services et un devis estimatif d'un
maître-maçon, pour la « fontaine ». Une troisième; elle contenait les chaleureuses félicitations de M. Pertemont, mais qui le priait de
ne pas oublier ce qu'il affirmait en toute sincérité, à savoir que *tout* était dû au père Samuel et qu'à lui seul revenait le mérite d'avoir
changé en *victoire*, une *défaite* qui paraissait
inévitable. Tout au plus se laissait-il aller à
glisser, modestement, en quelques mots, que
lui-même avait été l'inspirateur du père Samuel.

Envahi, tout entier, par une agitation nerveuse, M. Potin se mit à déchirer les enve-
loppes, d'un mouvement fébrile. Son regard
transmit, à son esprit de plus en plus brouillé,
des requêtes à fin d'exemption du service militaire; des demandes de places par douzaines;
les doléances d'un distillateur auquel la Régie
avait fait un procès et qui comptait sur l'intervention de *son député* pour arranger cette affaire; les congratulations de nombreux marchands exprimant en même temps l'espoir que
M. Potin ne les oublierait pas, la *prochaine
fois*; des tarifs de jambons, salaisons et de
toutes sortes de victuailles, au bas desquels
était la mention que c'était « aux plus justes

prix » ; des considérations très clairement dé-
veloppées, par un tisseur de toiles, sur l'urgente nécessité d'abaisser les droits à l'entrée
des fils et de surélever ceux sur l'importation
des tissus étrangers ; deux ou trois progammes
de réforme sociale ; six pétitions pour des routes
à ouvrir ; une cantate, poésie et musique, avec
dédicace très respectueuse ; des variations de
haute morale sur ce thème : « Rendez à Dieu
» ce qui lui appartient, comme étant l'arbitre
» souverain de toutes nos actions » transcrites
sur du papier portant cette manchette :

NOVICIAT MONACAL

de

VILLÉTRANGE

et affirmées par une soixantaine de signatures
et de croix tracées par des mains peu exercées.

Et toujours d'ailleurs et par-dessus tout, des
demandes, des requêtes, des sollicitations, une
mendicité effrénée et sans vergogne.

— Est-ce que je rêve ou bien est-ce que je
deviens fou ? se dit M. Potin, de plus en plus
ahuri.

Il se replongea, avec rage, dans le dépouillement de cette étrange correspondance.

Le hasard amena, sous sa main, trois lettres
qui lui parurent encore plus caractéristiques.

La première émanait de M. Vernon. Il l'informait que son beau-frère était maintenant hors de danger ; que lui-même se trouvait à peu près remis et il lui demandait de vouloir bien lui fixer quel jour il pourrait aller lui présenter ses félicitations et, s'il le jugeait à propos, s'entendre avec lui *quant à la ligne de conduite à adopter.*

La deuxième était de son ami Forestan :

« Mon cher député, disait-il, je serais tenté
» de m'écrier, comme les musulmans fatalistes :
» C'était écrit !... Et pourquoi non, d'ailleurs ?...
» La France a besoin, plus que jamais, d'hom-
» mes à l'esprit élevé et au caractère noble-
» ment indépendant ; aucun choix, dès lors,
» ne pouvait mieux tomber que sur vous-même.

» Quant aux bruits que l'on a fait courir et
» qui courent encore, de votre non-accepta-
» tion, je ne veux pas y ajouter foi. Un refus,
» qui aurait pu se justifier, avant l'élection,
» serait inexcusable après que la grande voix
» du peuple a parlé. Je veux, au contraire,
» vous remercier dès maintenant, comme fran-
» çais, des services que vous allez rendre à
» notre chère patrie... »

— Député, moi !... balbutia M. Polin dont les tempes battaient et qui ne savait plus ce qu'il faisait.

La troisième lettre, renfermée dans une

26*

grande enveloppe à allures cérémonieuses, était l'œuvre d'un délégué du Comité indépendant. Elle était ainsi conçue :

« A monsieur Achille Potin, élu député de la circonscription de Villétrange, au scrutin du...

» Monsieur,

» Au cours de la séance de la réunion orga-
» nisée par le Comité indépendant de Villé-
» trange et qui a précédé, immédiatement, le
» scrutin qui s'est terminé par votre nomina-
» tion, s'est présenté un jeune homme étran-
» ger à notre ville et se disant votre parent,
» qui, sur la demande que nous lui avons
» adressée, de nous dire s'il était autorisé à
» parler en votre nom, a déclaré ne vouloir
» répondre, mais a ajouté qu'élu vous n'accep-
» teriez pas le mandat qui vous aurait été dé-
» cerné.

» Nous ne releverons pas ici les paroles of-
» fensantes, pour notre ville, dont était, en
» outre, accompagnée cette déclaration; nous
» aimons à croire que vous y étiez totalement
» étranger ; d'autre part, en présence de votre
» abstention, durant toute la période électo-
» rale, ce que l'on venait nous annoncer, com-
» me étant votre détermination, était bien fait
» pour nous jeter dans une grave perplexité.

» Dans cette situation, nous nous sommes
» décidés à voter en masse sur votre nom et à
» engager ceux de nos concitoyens, sur les-
» quels nous avions quelque influence, à nous
» imiter. Il nous a paru, en présence de l'in-
» cident inattendu qui se produisait, qu'il im-
» portait à la dignité de Villétrange et à la sin-
» cérité du vote, qu'un nouveau scrutin s'ef-
» fectuant, dans des conditions plus normales,
» prononçât d'une manière définitive. Nous
» nous sommes, dis-je, déterminés à voter
» tous pour vous, nous confiant dans ce que
» l'on nous annonçait de votre résolution et
» nous réservant, d'ailleurs, d'en appeler à
» votre loyauté par la présente déclaration
» qui, je me hâte de le dire bien haut, ne pré-
» juge absolument rien, quant à nos votes
» ultérieurs, pour le cas où vous vous décide-
» riez à vous représenter devant notre col-
» lège.

» Etant donné l'infime majorité d'une voix,
» à laquelle vous l'avez emporté, nous croyons
» qu'il serait superflu d'insister sur le rôle dé-
» terminant qu'ont joué nos suffrages et nous
» nous en rapportons, en toute confiance, à la
» détermination définitive que vous dictera
» votre conscience.

» Veuillez agréer, Monsieur, l'assurance de
» ma considération très distinguée.

» Le vice-président du comité indépendant de Villétrange, ayant présidé la réunion générale du...,

» VACHELADE. »

« Membres adhérents :

Suivaient les signatures de tous les hôteliers, débitants, restaurateurs, bouchers, charcutiers, marchands de comestibles, victuailles et boissons de Villétrange, le père Samuel en tête.

M. Potin sentit que la tête allait lui manquer s'il restait, une minute de plus, en face de ces lettres infernales. Il eut, heureusement, assez d'influence sur lui-même pour sortir.

Il fit deux fois le tour du jardin, but un verre d'eau sucrée à la buvette, et alors, plus calme, il rentra chez lui.

Il retrouva toute sa correspondance dans l'état où il l'avait laissée. Il palpa et froissa les lettres ; elles ne s'évanouirent pas, en fumée, comme dans les contes fantastiques. Il avait donc la preuve qu'il n'avait pas rêvé.

Alors, faisant appel à cette saine méthode d'observation, d'analyse et de logique, dont s'était imprégné son esprit au cours de son éducation, il posa, de la manière suivante, les termes du problème qu'il s'agissait de résoudre :

Etant donnée la présence palpable et indis-

cutable d'une volumineuse correspondance,
par laquelle on lui annonçait qu'il venait d'être
nommé député, il fallait déterminer :

1° S'il n'y avait pas là, simplement, une fumisterie organisée en vue de lui faire prendre,
comme réel, un fait absolument faux.

2° Dans le cas, au contraire, où la réalité de
sa nomination serait bien établie :

A. Quel était le mobile qui avait guidé les
promoteurs de cette campagne ?

B. Quels étaient-ils ?

C. Comment avaient-ils opéré ?

Abordant de suite le premier point, M. Potin
sonna.

— Apportez moi les journaux, dit-il à Jean
qui apparut.

Le domestique revint bientôt, chargé de
deux corbeilles, une moyenne et une grande,
cette dernière remplie jusqu'aux bords.

— Voici, dit-il en présentant la première,
les journaux que Monsieur reçoit d'habitude
et en voici d'autres, qui sont venus supplé-
mentairement.

— Quels sont ces journaux ?

— Monsieur comprendra que je ne me suis
pas permis..... Je n'ai fait que m'en rapporter
aux bandes, qui sont manuscrites au lieu d'être
imprimées, comme pour les journaux auxquels
Monsieur est abonné.

— Bien, cela suffit.

M. Potin prit, au hasard, un numéro dans le tas de ceux venus, il ne savait d'où.

C'était une feuille conservatrice. Les premiers mots qui frappèrent son regard furent ce titre bien senti d'un article de fond :

LES SCANDALES DE VILLÉTRANGE,

Le journaliste bien pensant avait retrouvé les verges de Némésis pour fustiger ce qu'il appelait la corruption libérale.

« Les voilà donc, s'écriait-il, dans toute leur
« beauté, dans l'épanouissement radieux de
« leur cynique nudité, les bienfaits merveil-
« leux du régime parlementaire ! C'est pour
« cela que la postérité de quatorze siècles de
« rois a été chassée, que l'Europe a été boule-
« versée, que des milliers d'hommes se sont
« fait une guerre sauvage, au plomb, au fer,
« à la guillotine !... Pensez donc : il fallait un
« remède énergique et prompt. Louis XIV
« avait été superbe, orgueilleux, « grand » ;
« Louis XV avait reçu le titre de « bien-
« aimé » ; Louis XVI ambitionnait d'être le
« père de son peuple. Cela criait vengeance !
« La justice voulait que le Peuple souverain
« cessât de manger son pain à l'odeur de la
« cuisine des autres. Que ne lui a-t-on dit, en
« effet, de soupers-régence, de débauches

« royales, de chasses amoureuses dans un en-
« droit appelé le Parc-aux-Cerfs dont, entre
« parenthèse, personne ne peut expliquer où
« c'était. Cela l'a mis en appétit. Qu'est-ce
« qu'un festin dont on ne peut prendre sa
« part ?...

« On a, disons-nous, assez jeté les hauts
« cris sur les prétendues orgies secrètes de la
« monarchie. Vive Dieu ! ce ne sont pas les
« villétrangeois qu'on pourra accuser de dissi-
« mulation et d'hypocrisie, dans leurs ripailles.
« C'est au grand jour qu'ils boivent et leur vin
« et leur honte. Oui, pendant vingt-quatre
« heures, on a eu ce spectacle instructif de
« plusieurs milliers d'électeurs, se gavant, se
« goinfrant, hurlant, orgiant, exerçant leurs
« droits de citoyens !... Quels précieux ilotes
« de la politique, s'il y avait encore des yeux
« pour voir et des consciences pour appré-
« cier !... »

Puis une réminiscence de l'apostrophe célèbre du *Gendre de M. Poirier* était venue à
l'esprit de l'écrivain qui maniait cette plume
vengeresse.

« Savez-vous, disait-il, pourquoi Clovis vain-
« quit à Tolbiac et Philippe-Auguste à Bou-
« vines? Pourquoi le roi Jean, à Poitiers, com-
« battit à genoux, refusant de se rendre?
« Pourquoi Jeanne d'Arc reconquit la France?

« Pourquoi Henri IV fut, de ses sujets, *le*
« *vainqueur et le père ?* Pourquoi le génie de
« Louis XIV enfanta *(sic)* les Turenne, les
« Condé, les Catinat, les Luxembourg, les
« Colbert, les Villars?... Pourquoi la France
« l'emporta, de bravoure et de courtoisie, sur
« les anglais à Fontenoy?... C'est pourqu'un
« sieur Achille Potin, qui n'est même pas épi-
« cier, devienne souverain en participation du
« beau pays de France, tel que l'ont fait tous
« ces grands hommes. Ses seuls mérites con-
« nus sont d'être un émule de Vestris et un
« chorégraphe d'une notoriété marquée aux
« bals des anciens boulevards extérieurs. On
« a même été jusqu'à lui dénier les susdits
« talents, de sorte qu'il ne lui resterait aucune
« qualité. Il faut espérer que l'on a été trop
« sévère. Un danseur ! c'est là une recrue qui
« n'est pas à dédaigner. Il se trouvera, à la
« Chambre, en bonne compagnie..... »

M. Potin eut un rire amer et prit un autre
journal.

Celui-là était du genre dit sérieux. La virulence, l'apostrophe, les sarcasmes, le style incisif, étaient, pour lui, choses totalement incon-
nues. Il était coutumier des dissertations posées,
raisonnées consciencieuses.

Les faits qui s'étaient passés, à Villétrange,
étaient envisagés, par lui, comme une sorte de

cas pathologique du suffrage universel. Il fallait l'étudier pour trouver le remède à appliquer et d'abord remonter aux causes premières. C'est ce que faisait l'analyste, sans se douter qu'il écrivait pour l'instruction du principal intéressé qui commençait, grâce à cet exposé, à saisir l'a, b, c, de cette étrange aventure.

Après avoir platiné, durant l'espace de deux ou trois colonnes, l'écrivain concluait, très à propos, en émettant cette opinion qu'il ne fallait pas jouer le rôle de son propre accusateur et proclamer ses défauts et ses erreurs, en présence de tiers malveillants qui en triompheraient, mais bien plutôt laver son linge sale en famille, comme le voulait Napoléon et imiter la piété de Sem et de Japhet couvrant, de leurs manteaux, la nudité honteuse de leur père.

Les autres feuilles que consulta M. Potin exécutaient également leurs variations sur tous les tons de la gamme de la polémique. Il y avait les journaux villétrangeois, tout bouillants du feu de la bataille et qui ne mâchaient pas leurs mots ; d'autres moins directement intéressés, comme étrangers à la localité et qui appréciaient les faits à un point de vue plus général : d'anciens juste milieu qui ricanaient en rappelant tout ce qui a été écrit sur la « corruption censitaire » ; des bonapartistes qui pre-

naient leur revanche de la « pourriture impériale » ; des gens prudents qui jugeaient sensé
de ne pas fermer la porte au nez au nouveau
député, pour le cas où il voudrait entrer dans
leur église et qui, dès lors, pesaient leurs termes ; d'autres, plus circonspects encore, qui
se bornaient à la simple proclamation des résultats du scrutin.

L'idée vint, à M. Potin, que ces journaux
avaient peut-être été fabriqués, de toutes pièces, pour l'induire en erreur et en vue de la
persécution dont il se croyait l'objet. Pareille
chose s'est vue quelquefois et ne lui paraissait
pas, dans tous les cas, plus extraordinaire que
cette élection opérée à son insu. Mais les journaux auxquels il était abonné, venus avec
bande imprimée à son nom, n'avaient certes
pu être falsifiés et ils levèrent ses derniers
doutes, car ils annonçaient tous, d'abord sa
candidature, puis les résultats du scrutin après
avoir, entre temps, dit quelques mots sur les
différentes phases de la lutte. Il n'était pas
davantage possible d'admettre l'hypothèse d'une
homonymie, d'une confusion d'individus :
c'était bien de lui qu'il s'agissait ; on donnait,
avec son nom, son prénom, son adresse, son
origine et presque sa biographie.

Et d'ailleurs, la lettre de M. Forestan, qui
avait un caractère irrécusable d'authenticité,

était là comme un supplément de preuve, s'il
en était besoin.

La chose était indubitable et la solution du
premier terme du problème qu'il s'était posé
était qu'il devait, sans doute possible, se considérer définitivement comme élu député de
Villétrange.

Restait le second terme, en trois points, qui
lui parut beaucoup plus difficile à éclaircir. Il
jugea ne pouvoir y jeter quelque lumière qu'en
reprenant le dépouillement de son volumineux courrier. Il tomba, de cette manière, sur
les lettres et télégrammes de M. Vernon, qui
lui offraient la candidature d'une manière qui,
d'abord engageante et persuasive, avait pris
ensuite la forme d'une sorte de pression, en
émettant la prétention d'interpréter son silence
comme un acquiescement. Il se rappela, à ce
propos, le dîner des Carford où il avait eu les
deux beaux-frères pour voisins de table ; ce
qu'on lui avait dit de leur position, de leur
influence dans Villétrange et du rôle autocra-
tique qu'ils y jouaient, par une sorte de tradition de famille. Ces messieurs, ayant besoin
d'une créature, d'un homme de paille, avaient
donc fait tomber leur choix sur lui, lui
l'homme, par excellence, de l'indépendance !...

Il trouva aussi les avis de M. Nicquart le
prévenant de sa candidature posée à son insu,

ainsi que l'avait présumé l'homme d'affaires. Puis enfin, d'autres lettres qui, toutes relatives à l'élection, lui permirent de se former un peu à la fois, une conception coordonnée de ce qui s'était passé.

Cependant, bien des choses restaient encore obscures pour lui, dans cette aventure extraordinaire et il comprenait, de plus en plus, qu'il ne réussirait pas, lui seul, à se les expliquer, quand Jean lui présenta une nouvelle lettre qui venait d'arriver, à l'instant.

C'était une demande d'audience d'un villétrangeois nommé Lefineur qui, se disant de passage à Paris, aspirait à présenter ses hommages à « son député. »

— Voilà ce qu'il me faut, murmura M. Potin.

Et il écrivit, à l'individu, qu'il le recevrait le lendemain.

Il employa le reste de la journée à continuer le dépouillement et l'étude des pièces de cette affaire et la nuit à réfléchir sur la position toute nouvelle qui lui était faite.

Le villétrangeois fut exact à la convocation et, après de cérémonieuses congratulations, il apprit à « Monsieur le député » qu'il était propriétaire, cousin germain du père Samuel et père d'un fils se destinant au *préceptorat*. M. Potin le laissa parler, tant qu'il voulut, se

contentant de le remettre, de temps en temps,
dans le droit chemin, par quelques questions
habiles.

Ce Lefineur était un observateur, qui avait
deviné le fin mot de bien des choses. M. Potin apprit ainsi comment il avait été porté par
les Dumortier, à la suite de la défection de
Rusconnet, le rôle qu'avait joué M. Nicquart,
l'organisation du comité indépendant, le mouvement que s'était donné Madame Laberthe,
les diverses péripéties de la lutte.

Le villétrangeois n'oublia pas de rapporter,
en détail, l'intervention du père Samuel et d'appuyer sur l'efficacité absolue qu'elle avait eue.

— Vous savez, dit M. Potin, que je suis
resté à l'écart des faits de l'élection. De graves
intérêts me retenaient éloigné : ce sont MM.
Dumortier et Vernon qui se sont chargés de
de tout. De retour, tout récemment, il y a certains incidents que je n'ai pas encore eu le
temps d'approfondir. Ainsi, voudriez-vous, s'il
vous plait, m'expliquer ce qui a porté M. Samuel, que je n'ai pas l'honneur de connaître
et d'abord, paraît-il, opposé à mon élection, à
se montrer soudain aussi zélé en ma faveur,
tandis que, nouveau revirement, je trouve
maintenant sa signature au bas d'une espèce
de pétition qui m'a été adressée par l'ancien
Comité indépendant, pour m'engager à donner
ma démission ?

Après avoir montré quelque hésitation, le villétrangeois s'écria qu'il ne savait pas mentir et qu'il ne connaissait que la vérité. Il déclara donc qu'il lui était impossible d'approuver, en cela, son cousin. Le père Samuel espérait que M. Potin n'accepterait pas et qu'on recommencerait; c'est sur cette espérance qu'il avait rangé, à son avis, tous les membres du comité indépendant. Eh bien! ils avaient tort et le père Samuel tout le premier. Il ne fallait pas vouloir trop avoir, d'autant plus qu'il avait gagné plus que tout le monde, d'abord par son débit, qui avait été énorme et ensuite — cela M. Lefineur le savait de bonne part — parce qu'ayant rapporté secrètement, aux Dumortier, toutes les phases de son intervention, ceux-ci, pour l'en remercier, lui avaient envoyé deux beaux billets de mille francs. De plus, il avait été assez adroit pour conserver les bonnes grâces de M. Corbeau, car, n'avait-il pas averti qu'il y avait trahison, qu'on avait changé des bulletins? Les résultats l'avaient bien prouvé. Si tout le monde avait vu aussi clair que lui, on l'aurait emporté, haut la main.

Voilà ce qu'il avait dit et il avait su le faire croire.

M. Lefineur ajouta que Madame Laberthe était restée installée à Villétrange et que l'on prenait déjà, par toute la ville, des dispositions pour le prochain vote; mais lui, refusait d'y croire et il s'était séparé, avec éclat, du Comité indépendant dont il avait été un des membres principaux. Il flétrit, d'un beau mouvement, le lucre éhonté, les appétits insatiables de boutiquiers qui, dans un intérêt mercantile, ne reculaient pas devant la perspective d'agiter, de troubler encore une fois leur pays qui, au au contraire, avait tant besoin de calme et de tranquillité.

M. Lefineur le comprenait mieux que personne comme étant père d'un jeune homme qui avait « son chemin à faire. » Et alors, en s'étendant complaisamment sur ce sujet, à l exclusion de tous autres désormais, il livra, à M. Potin, le secret de son zèle qui devait tendre, la chose perça clairement, à obtenir une recommandation, en faveur de l'aspirant percepteur. Très-désintéressé, en sa qualité de rentier, au sujet du plus ou moins d'activité du commerce de Villétrange, M. Lefineur lâchait les boutiquiers et travaillait pour son compte personnel.

Tel était, sans aucun doute, le but de son voyage à Paris.

M. Potin tira encore le plus de renseignements qu'il lui fut possible, de ce rapporteur complaisant ensuite de quoi, faisant ses débuts dans sa nouvelle carrière d'homme influent, il sut le congédier en lui donnant pour récompense, un espoir que, d'ailleurs, il n'avait nullement l'intention de réaliser.

Il possédait, dès ce moment, la solution complète de son problème et il ne lui restait plus qu'une détermination à prendre quant à l'avenir. C'est ce qu'il fit avec une promptitude relative et réellement remarquable, vu le caractère compliqué et bizarre de l'aventure dont il se trouvait le héros.

Il considéra l'affront que lui faisaient les Dumortier en le jugeant susceptible de devenir un pantin, entre leurs mains ; il prit en parfait dédain les niais du Comité indépendant qui, ayant été les dupes de tout le monde, au cours de la campagne électorale, prétendaient maintenant qu'il devînt, lui, la leur ; il se complut à l'idée de faire pièce à Madame Laberthe dont la personnalité, qui ne lui était pas très-sympathique, à titre général, auparavant, n'avait pas gagné, à ses yeux, en raison des ardeurs de la polémique à laquelle elle s'était livrée et au cours de laquelle, ainsi qu'il avait pu s'en apercevoir, en parcourant ses journaux, elle avait, nombre de fois, essayé de l'égratigner, du bec de sa plume ; il pressentit des sourires ironiques, des insinuations malveillantes, des cancans de tous genres et en nombre immense.

Pardessus tout il eut honte, à ses propres yeux, de recommencer à rompre et à se dérober. Il se sentit la virilité nécessaire pour rendre coup pour coup, lutter en face contre ses adversaires et les écraser de toute la hauteur de son dédain, ni plus, ni moins que feu Guizot.

On avait voulu agir, avec lui, comme avec une sorte de marionnette ; il prouverait à quel point on s'était trompé.

Pour commencer et sans perdre de temps, il se mit en mesure de s'adjoindre un secrétaire, auxiliaire précieux, indispensable même, pour ceux qui ont à énoncer certaines choses comme étant l'expression de leurs sentiments, mais sans vouloir, pourtant, les écrire de leur propre main, moyen commode de se mettre en mesure de les désavouer ultérieurement, si besoin en est.

Il trouva promptement ce qu'il désirait, car son idéal n'allait pas, pour ce qu'il entendait en faire, au-delà d'un copiste ayant une écriture lisible et une orthographe suffisante. Aussi, dès le lendemain, il intronisait, comme son secrétaire, un ancien écrivain de bandes manuscrites à l'administration Bidault, qui crut, tout bonnement, sa fortune faite en se voyant attaché, d'une manière aussi inespérée, à la personne d'un député.

27*

Le scribe eut, pour ses débuts, à transcrire comme venant de lui-même, le brouillon d'une lettre par laquelle, en sa qualité de secrétaire de M. Potin et aux lieu et place de celui-ci rentré fatigué de son voyage, il témoignait d'abord, à M. Vernon, toute la part qu'il prenait à son heureux rétablissement ainsi qu'à celui de M. Dumortier et l'informait ensuite que M. Potin était visible, tous les matins, jusqu'à onze heures.

Une autre lettre fut adressée, toujours sous le même couvert, au vice-président du comité indépendant de Villétrange, pour lui faire savoir que sa communication serait mise sous les yeux de « Monsieur le député » qui y donnerait la suite qu'elle comportait.

Enfin, un avis conçu dans le même style de banalité affectée fut imprimé avec célérité et adressé, sous bande, en réponse à chacune des lettres qui étaient venues.

Pendant ce temps-là, le nouveau député se rendait, pour la visite de rigueur, chez le président de la Chambre, qu'il ne rencontra pas chez lui et chez lequel il laissa sa carte. Puis, dans l'après-midi, il se présenta hardiment au Palais-Bourbon et prit place au milieu des « chers collègues », soutenant bravement les regards qui, de tous les coins, se portèrent sur lui.

Cette prise de possession eut un grand retentissement, surtout dans Villétrange. En même temps qu'elle faisait s'évanouir, avec accompagnement de lamentations et de récriminations, les rêves intéressés des boutiquiers, elle ranimait les espérances de M. Vernon, qui accourut à Paris mais qui, bientôt, dut reconnaître qu'il s'était illusionné, comme autrefois le connétable de Richemont à l'égard de sa créature, la Trémoille. M. Potin se tint constamment, avec lui, sur le pied d'une réserve froide et attentive, à peine mitigée de quelques expressions de gratitude qui avaient toute la valeur d'un pur persiflage, et resta obstinément sourd aux insinuations du villétrangeois touchant une entente particulière à établir entre eux. Il s'empara de la profession de foi que M. Vernon avait rédigée en son nom et soulignant, avec un grand sérieux, tout ce qui y était affirmé des services importants qu'il était à même de rendre à son pays, il affecta de croire que cette assertion avait été le motif déterminant de son succès. En revanche, il évita de dire le moindre mot des frais occasionnés par l'élection.

Bref, M. Vernon comprit, à n'en pouvoir douter, qu'il était battu, ou du moins, qu'il n'avait remporté que cette demi-victoire dont il avait, en lui-même, accepté l'éventualité au moment épineux où tout lui semblait préférable au triomphe des Laberthe. .

Aux yeux de tous, toutefois, il paraissait vainqueur; le prestige des Dumortier sortait entier et reconstitué de la lutte; c'était là l'essentiel pour le moment. Ce serait à eux de préparer leur action et d'assurer solidement leurs moyens, en vue d'une revanche ultérieure qui, d'ailleurs, dans l'état d'avancement de la législature, ne devait pas se faire trop attendre.

Restait une dernière formalité, la vérification de ses pouvoirs par laquelle M. Potin devait passer avant de se voir investi, d'une manière définitive, du titre d'honorable. Il l'affronta fièrement, s'abstenant de toutes démarches et de toutes intrigues, affectant, au contraire, de se confier exclusivement aux faits de la cause.

Pourtant la situation pouvait être, sans exagération, considérée comme critique. Il y avait, au dossier, de quoi justifier l'annulation de cinquante élections, dans les conditions ordinaires de la doctrine. Mais, sans le solliciter le moins du monde, il eut le secours de la chaleureuse intervention d'un collègue qui avait Mme Laberthe en grippe et qui ne craignait rien tant que de la voir s'immiscer, d'une manière plus effective, dans les affaires

de la Chambre. C'était là aussi, au surplus,
le sentiment intime de bon nombre de députés
qui tenaient en médiocre estime cette supériorité, réelle ou prétendue, de femmes éminentes
qui n'aboutit, comme résultat éclatant, qu'à
les faire se vouer, corps et âme, aux cancans
et popotages politiques, alors qu'elles pourraient faire de si bonnes confitures et présider à de si belles lessives, dans leur intérieur.

Il ne se trouva donc personne pour dispu-
ter sérieusement, au défenseur volontaire de
M. Potin, le rôle de rapporteur qu'il brigua
et la situation s'en trouva simplifiée d'autant.
Il y avait, d'ailleurs, un fait capital à relever
en faveur de l'élu et le rapporteur n'y manqua
pas; c'est qu'il s'était tenu absolument à l'é-
cart, pendant toute la lutte. Rien de ce qui
s'était passé ne pouvait donc lui être imputé,
à titre personnel.

Au contraire, le rapport s'étendit, avec complaisance, sur l'intervention active de Mme Laberthe à propos de laquelle se trouvait tout
indiquée une allusion maligne aux mœurs
guerrières des amazones s'emparant des fonctions viriles et abandonnant, à leurs époux,
les soins plus paisibles du foyer domestique. Ses démarches et intrigues, l'ardente
polémique à laquelle elle s'était livrée, les
violences exercées contre MM. Vernon et Du-

mortier, l'organisation de colonnes d'électeurs
par ses agents, l'obstruction de l'abord des
sections de vote par un pensionnaire du noviciat de Villétrange, foyer de partisans avérés
de M. Laberthe, tout fut mentionné avec un
soin jaloux et le rapporteur profita amplement
de cette occasion exceptionnelle qui s'offrait à lui
de dauber ferme sur Mme Laberthe.

Dans un ordre d'idées plus général, il posa
en fait la convenance d'examiner, à un point
de vue tout spécial, la situation politique de
la cité de Villétrange, toute vibrante encore
au souvenir des injustices dont elle avait été
victime. Ce serait, dit-il, se montrer presque
injuste que d'exiger, de ses habitants, le calme
et le sang froid qui coûtent si peu à ceux qui
n'ont jamais eu à subir aucun préjudice.

Au surplus, le rapporteur faisait en sorte,
en y revenant souvent, qu'on ne perdit jamais
de vue cette considération supérieure et déterminante que M. Potin avait été étranger
aux faits de son élection, tout comme le vertueux Bailly en 1789. C'était là un terrain sur
lequel il se sentait comme invincible : son
sans dot !

Qu'il se fût produit, en dehors de cela, des
faits regrettables et irréguliers, voire même
des scandales, le défenseur ne faisait aucune
difficulté d'en convenir ; mais il en rejetait la

presque totalité sur les Laberthe et, dès lors,
il était à l'aise pour affirmer, avec certitude, que
la Chambre ne consacrerait pas cette étrange
jurisprudence consistant à rendre responsable
un candidat des manœuvres illicites qu'auraient employées, vis-à-vis de lui, ses adversaires.

Cette lumineuse dissertation produisit une
telle impression qu'elle entraîna la validation,
à une immense majorité.

Ce n'est point ici le terrain propice pour
rapporter, en détail, les divers incidents qui
signalèrent la carrière parlementaire de M.
Potin. Il suffira d'en indiquer quelques traits
principaux.

Tout d'abord il se tint coi, examinant, ob-
servant et, à ce que l'on crut, flairant le vent.
Aussi, les racoleurs des groupes jugèrent-ils
que ce serait faire œuvre charitable, envers
lui, que de guider son inexpérience, en lui
montrant la voie.

L'un d'eux, qui l'aborda le premier, eut vite
fait de lui démontrer comment la pratique de
la vie parlementaire avait amené les membres
des assemblées législatives, non seulement aux
temps modernes, mais, sans nul doute aussi,
à toutes les époques, à se constituer en réunions, suivant leurs opinions, afin de pouvoir
plus aisément combiner leur action, étudier et,

en quelque sorte, dégrossir les questions, enfin
éviter les malentendus, les surprises et les
pertes de temps. Il y avait, l'histoire en té-
moigne, une droite, une gauche et des centres,
aux sénats de Rome et de Carthage.

M. Potin ne fit aucune difficulté d'acquiescer
à cette théorie.

Encouragé par ce premier succès, le re-
cruteur nourrit, plus que jamais, l'espoir
d'embaucher, pour son groupe, le nouveau député. Il entama, dare dare, l'exposé de son
programme :

— Nous sommes, dit-il, pour la politique
des résultats. Nous dirions volontiers : un bon
tiens vaut mieux que deux tu l'auras. On a
essayé de nous tourner en ridicule avec un
qualificatif que nous acceptons, au contraire,
fièrement. Oui, nous sommes pour l'opportu-
nité en toutes choses. A quoi nous servirait
d'entendre un astronome nous vanter les délices de l'existence dans telle ou telle autre
planète, s'il ne nous donnait, en même temps,
les moyens d'y accéder? De même, nous es-
timons que les aspirations idéales, les déclamations dans le vide, les programmes miro-
bolants sont choses aisées, mais que tout cela
s'évanouit constamment et fatalement devant
la réalité. On célèbre avec emphase les principes immuables, les convictions invariables,

les vérités imprescriptibles, que sais-je encore?..
Mon Dieu! cela est très joli. Quel est l'homme
politique n'ayant pas prôné son programme?
Mais aussi quel est celui qui, arrivé au pouvoir, n'a pas dû le modifier, suivant les né-
cessités du moment? Il faut savoir se plier
aux circonstances. L'illustre Darwin nous fait
descendre du singe. Mais les singes ont une
queue; un niais serait embarrassé de cet objection. Eh bien! ils ont *coupé leur queue*,
voilà tout; c'était là de l'opportunisme, au premier chef. C'est ainsi que l'on devient homme.

— Et, qui plus est, homme politique, répliqua M. Potin. Oui, certes, j'en suis d'accord avec vous, il faut, en tout, de la mesure.
De ce que le vin d'Alicante et le quinquina
sont des reconstituants de premier ordre, il
ne s'en suit pas qu'on doive en administrer,
aux convalescents, des doses immodérées. Le
remède serait pire que le mal. Le tact, le jugement, une certaine délicatesse de touche
sont les facteurs essentiels de la science gouvernementale. Un jour, feuilletant le diction-
naire français-italien de M. le chevalier
Briccolani, je tombai sur le mot *parlementer*
qu'il rend par *capitolare*. Est-il besoin de faire
ressortir l'éclatante signification de ces expressions? *Parlementer* exprime l'action, la raison d'être du mot *parlement*. D'autre part

capitolaro, capituler; vous voyez cela d'ici. Et,
sans grande prétention au savoir étymologique,
on peut distinguer, en outre, dans le lointain,
comme la vague silhouette d'un Capitole réservé à ceux qui sauront, le mieux, pratiquer
le *capitolaro.* Dès ce moment, j'entendais la
politique.

Le racoleur ne vit, là-dessous, aucune ironie et il alla, tout fier, annoncer qu'il avait
fait une nouvelle recrue. Mais, à quelqu.
temps de là, M. Potin causa un scandale
inexcusable.

Un des membres de la droite avait inter-
pellé le ministère et celui-ci se défendait, tant
bien que mal. Cependant il s'en serait tiré,
sans trop d'égratignures, quand le député de
Villétrange parut à la tribune, révéla de nouveaux faits, produisit de nouveaux arguments,
fut mordant, incisif, cruel et fit tant et si bien
qu'il mit le Ministère à deux doigts de sa
perte.

Il n'avait dit pourtant que la stricte vérité,
d'un bout à l'autre et il avait fait preuve, pour
son début, d'une réelle éloquence. Mais il s'en
fallut qu'il recueillît, suivant l'usage, les félicitations de ses voisins.

— Avait-on jamais vu chose pareille ?...
C'était incroyable, inouï, sans précédent !...
Qu'est-ce donc qu'il lui avait pris ?... Qu'est-

ce qui l'obligeait à parler ?... Il y avait des moments où le silence était plus qu'une vertu, une nécessité... On n'était pas des enfants, que diable !... Ce qu'il avait fait là était impardonnable !...

Et M. Potin essayait de se justifier par un dilemme, une des formes favorites de sa dialectique :

Si ce qu'il avait dit n'était pas fondé, cela ne tirait pas à conséquence et l'émotion qui en était résultée ne se comprenait pas. Si, au contraire, il avait dit vrai, cette émotion témoignait, d'elle-même, qu'il y avait lieu à réforme.

Mais cela n'arriva à convaincre personne.

— Oui, ou non, lui dit-on, est-ce le renversement du Ministère que vous voulez ?... Est-ce le moment ?... Sommes-nous préparés pour cela ?...

— Je ne veux nullement, dit M. Potin, la mort du pécheur ; mais son amendement, sans calembour.

Mais on lui tourna le dos en haussant les épaules et quelques-uns dirent tout haut, de Villétrange, comme M. Renan assure qu'on disait de Nazareth, chez les Juifs : Qu'il ne pouvait, décidément, rien venir de sensé de cette ville-là.

Bref, le nouveau député apprit, par cette

incartade, que les ministres, sous un régime parlementaire, font exception à la règle de perfectibilité constante révélée par Fourier et qu'ils doivent, ou subsister avec tous leurs défauts, ou mourir avec eux : *Sint ut sunt aut non sint.*

Mais, si M. Potin fit des mécontents, dans la gauche, il trouva ailleurs des collègues pour lui faire belle mine. En somme, il n'avait pas d'antécédents politiques ; il habitait sous le même toit que le révérend M. Corbeau, cette illustration théocratique. Peut-être les libéraux s'étaient-ils abusés en le croyant un des leurs.

C'est là le raisonnement que se tint un zélé conservateur qui entreprit, à son tour, de faire entrer M. Potin dans le giron de son Eglise.

Il était temps, dit-il, de mettre un terme au funèbre carnaval de fantoches qui prenaient les oripeaux de leur déguisement pour un changement, un progrès, une réformation et dont les faibles têtes tournaient au seul bruit aigrelet de leurs marottes de fous. Assez de far.. comme cela. Il fallait enfin revenir s'abriter sous l'égide de ces grands et immortels principes, « la religion, la propriété, la famille » en dehors desquels il n'est aucun état social qui puisse être considéré comme solide,

stable, rassurant. C'est à cette noble tâche
que se dévouaient toutes les honnêtes gens
« tous les hommes de cœur et d'honneur. »
Avec son esprit élevé, son éminente et saine
appréciation des choses, M. Potin avait sa
place marquée au milieu d'eux.

— Oui certes, dit le député de Villétrange,
il faut des principes. Ils sont aussi nécessaires, dans l'ordre moral et social, que les
fondations aux constructions. Les soi-disant
chefs-d'œuvre de peintres qui n'ont jamais
appris le dessin, les écrits profonds d'observateurs en froid avec la syntaxe, les côtés pré-
tendus sensibles et poétiques des héroïnes de
canapé vendant du plaisir, aucune de ces conceptions extra-fantaisistes ne m'a convaincu
du contraire. Il en est de même et à plus forte
raison sur un terrain plus élevé. La religion,
la propriété, la famille sont essentiellement
des principes d'ordre supérieur et respectable.
C'est agir témérairement que de les compromettre.

— C'est indubitable ; vous avez mille fois
raison, s'écria le droitier ravi.

— La religion d'abord, continua M. Potin.
Heureux ceux qui croient ! a-t-on dit excellemment. En somme, entre un sceptique et un
fervent, le choix ne saurait être douteux ; ce
sont, à toutes les époques, les croyants seuls

qui ont fait les grandes choses. Le pessimisme
et le scepticisme, malgré les allures de haut
dédain qu'ils affectent, ne sont, après tout,
que de pures négations, des quantités négli-
geables, des coefficients que j'appellerais mal-
faisants, si ce qualificatif pouvait trouver place
à côté de termes de mathématiques. Pour une
immense personnalité comme Giordano Bruno,
souffrant toutes les affres de la mort, la mort
même et tenant ferme dans la conviction de
son incrédulité, que de génies, les Raphaël,
les Michel-Ange, les Bramante, mille autres
inspirés et soutenus par la foi ! Quel trésor
pour les malheureux, les chétifs, pour tous
ceux qui, à tort ou à raison, se croient au
nombre des déshérités ! C'est un progrès immense que d'être arrivé à pouvoir croire en
toute sécurité, sous quelque forme que ce soit
et même sans aucune forme :

> Oui, je viens dans son temple adorer l'Éternel !

dit, dans *Athalie*, le général Abner, en y mettant une certaine crânerie, comme s'il voulait
dire : Voyons qui osera m'en empêcher ! De
nos jours on a toute liberté d'aller

> ..... même à la messe.

au temple, à la synagogue ou aux réunions
de libres-penseurs et il ne se trouverait plus

ni taureau furieux pour sainte Blandine, ni
bûcher pour Jean Huss. Il faut, dis-je, respecter scrupuleusement la foi de chacun, comme
un bien précieux et insaisissable. Aussi et
dans cet ordre d'idées, ne saurait-on avoir
assez de blâme pour ceux qui compromettent
un aussi heureux état de choses en faisant
payer aux uns, les frais de culte des autres,
exposant ainsi ces derniers à être quelquefois
molestés au cri justifié de : Rendez l'argent !
C'est là, sans contredit, une imprudence coupable. La conviction doit aller jusqu'à la bourse
inclusivement ; l'équité l'exige.

« La propriété est, je le crains, encore plus
compromise. « La propriété c'est le vol ! » a
dit brutalement Proudhon. Il ne manque pas
de gens qui ne s'expliquent pas bien ce qu'il
entendait par là ou qui, du moins, sont ignorants des raisons et des preuves dont il s'inspirait. Peut-être songeait-il à ce Brissac qui
vendit Paris, à Henri IV, pour la bagatelle
d'un million six cent quatre-vingt-quinze mille
quatre cents livres ; à ces sœurs galantes
Mailly, Vintimille, Chateauroux qui entrèrent,
tour à tour et même deux à la fois, dans le lit
de Louis XV, à charge pourtant de compter
des profits avec leur père, qui en tenait registre ; à ce duc de Bourbon qui créa la plus
grande partie des magnificences de Chantilly

avec le produit de ses déprédations dans le
système de Law et de la pension secrète
qu'acceptait des Anglais ce prince du sang, premier ministre de la France ; à dix mille autres
encore, aussi historiques que peu recomman-
dables. Il se disait sans doute que tout cet argent était toujours, aux temps modernes, en la
possession des héritiers de ces personnages
qui s'en servaient, sans y employer de pin-
cettes, pour tenir bonne maison. Si, à ces
considérations, on en ajoute d'autres d'origine
plus contemporaine, comme par exemple celle-
ci que Soupirons, Etrangleur et leurs émules
sont de gros bonnets dans une société où ils
devraient être bonnets verts, on comprend, on
excuse presque les attaques auxquelles est
en butte la propriété, de nos jours. Mais, en
laissant de côté ces incidents de sa constitution,
on ne saurait trop flétrir l'égoïsme monstrueux
et le cynisme atroce de dirigeants qui, jouant
avec le mot égalité, chargent d'impôts les moindres consommations, les besoins les plus impérieux, les fonctions les plus indispensables
de ceux qui ne possèdent rien et qui, en même
temps et toujours ·d'après le même principe
d'égalité, l'invitent, le contraignent à venir
« défendre ses foyers » à grand renfort
d'ivresse patriotique, dans des guerres suscitées
par l'intérêt criminel ou la folle incurie de ces

gouvernants. Eh ! quels foyers voulez-vous
qu'ils aient à défendre, puisque vous arrangez
toutes choses pour qu'il leur soit impossible
d'en posséder jamais ? Mais, chose fatale et
inévitable, l'injustice produit la réaction et des
excès en sens contraire. Parfois, le malheureux
se rue, affamé, sur cette propriété étalée impu-
demment et imprudemment devant lui et dont
les origines l'exaspèrent. Qui sait s'il ne bri-
sera pas ses fers, un jour, comme le carnassier brise quelque fois les barreaux de la cage
à travers lesquels on l'a agacé et mis en furie ?
Vraiment, c'est jouer gros jeu et compromettre,
bien témérairement, faute d'un peu de justice
égalitaire, la doctrine salutaire du respect
que mérite, quand même, la propriété.

« Quant à la famille, c'est peut-être là le
principe le plus essentiel de la société.
Que dire, dès lors, de la sottise de ceux
qui, sans intérêt justifiable, par l'effet d'un
entêtement fatal ou je ne sais quels préjugés
surannés et absurdes, persistent à imposer
l'état de communauté à ceux auxquels il est
devenu à charge, sans revirement possible ?
une union, un engagement qu'ils ne respectent
plus, dont ils cherchent à s'étourdir par la
débauche, dont, trop souvent, ils tenteront de
s'émanciper par le crime ? Peut-on, plus béné-
volement, déconsidérer, compromettre, prosti-

28

tuer un état respectable, sacré entre tous,
dans l'intérêt de ce qui devient alors une chimère qui n'en impose à personne et dont
découlent les exemples les plus foncièrement
scandaleux ?

« Oh ! oui ils sont bien légers ou bien cou-
pables ceux qui affaiblissent, de telle manière,
la croyance en ces grands et salutaires principes de la religion, de la propriété et de la
famille ! »

Le droitier qui, d'abord, était resté tout interloqué, avait fini par se remettre et s'était
éloigné en lançant, à M. Potin, un regard foudroyant.

Le représentant de Villétrange eut encore à
subir, venant d'autre part, une ou deux autres
tentatives qui se terminèrent à peu près de la
même manière, jusqu'au moment où, le jugeant
un original, un irrégulier indisciplinable, on
prit le parti de le laisser tranquille.

Mais il s'en fallut que lui laissât, de son côté,
les autres en repos.

Ayant tout à fait abandonné le système de
discrétion et de réserve dont il se faisait une
loi autrefois, il incarna, en quelque sorte, en
lui un esprit de critique incessante, sans trêve,
merci, ni pitié et se constitua le censeur infatigable de la Chambre. Personne, plus souvent
que lui, ne réclama l'appel nominal ; personne

n'était aussi ardent pour demander la continuation de la séance, quelle que fût l'heure ;
personne ne se montra aussi implacablement
opposé aux ajournements, demi-moyens ou
compromissions. Un projet, qui était dans l'air,
de demander l'augmentation de l'indemnité
des honorables, dut être retenu devant l'intention qu'il manifesta hautement de déposer un
contre-projet instituant un système de jetons
de présence, avec signature obligatoire et journalière d'une feuille de contrôle et pénalités
pécuniaires en cas d'absence. Salaire oblige,
répétait-il souvent. Le système parlementaire
se meurt du défaut d'assiduité et d'un stock
énorme de lois indigérées.

Enfin, au moment où les jours étant dans
leur plus long devaient, à l'appréciation de
M. Potin, imposer à tous une plus grande
somme de travail, il ne put se contenir quand
il apprit que le Gouvernement allait, dans la
même journée, rendre un décret clôturant la
session et il proposa, sur le champ, un projet de
vœu pour la modification de la constitution en
ce sens qu'il appartînt, désormais, aux seuls
pouvoirs législatifs de prononcer sur l'époque
et la durée de leurs sessions.

Les considérants de sa motion, qu'il déve-
loppa à la tribune, auraient fait passer un
mauvais quart d'heure à un certain nombre de

ses collègues si, depuis longtemps, ils n'avaient
décidé commodément, dans leur for intérieur,
qu'il convenait d'envisager ses dires comme
ne tirant à aucune conséquence.

Il avait fait, dit-il, ce calcul, que si la Chambre dont il avait l'honneur d'être membre avait
eu à accomplir la besogne de l'Assemblée
constituante de 1789, elle y aurait employé
environ cent cinquante années sur la base de
l'intensité et de la puissance de travail dont
elle faisait preuve, au temps présent

Cela était significatif étant donné qu'il y
avait en suspens, en souffrance, des réformes
non moins urgentes, non moins essentielles, à
présent comme alors.

Et pourtant, il se trouvait à la Chambre des
industriels, des agriculteurs, des négociants,
des propriétaires, bien peu d'individus, en
somme, qui n'eussent des commis, des ouvriers, des gens à leur service. Ils ne le démen-
tiraient pas s'il disait que l'usage était d'accorder des permissions à ces auxiliaires, à la
condition toutefois que leur service n'en souf-
frit pas et qu'ils *rattrapassent le temps perdu*.
Eh bien ! eux, députés, les commis de la
France, pourraient-ils, en toute conscience, se
rendre la même justice ? Leur besogne était-
elle au courant, dans un état satisfaisant ?
Avaient-ils bien fait tout ce qu'ils devaient, ce

qu'ils pouvaient ? Avaient-ils gagné un congé,
des vacances ? Étaient-il bien sûrs de n'avoir
pas, au contraire, mérité une de ces retenues
que l'on inflige aux écoliers qui n'ont pu présenter en temps leur version ?

L'orateur laissait à la conscience de chacun
le soin de répondre.

Mais, abandonnant le terrain du doute, pour
s'installer fermement sur celui de la certitude,
il s'éleva avec virulence contre le cumul auquel il appliqua le qualificatif d'éhonté et
qu'il rendit responsable de tout le mal. C'était,
dit-il, faire injure à la France que de la supposer en déficit d'hommes capables pour toutes
les fonctions. Ce prétexte hypocrite ne trompait
personne. Le service de la patrie ne devait pas
céder le pas aux convenances personnelles et
à l'ambition insatiable d'odieux accapareurs.

Il demanda, avec insistance, pourquoi ayant
interdit aux instituteurs d'améliorer leur modeste condition par des occupations accessoires
— bien qu'ils pussent y subvenir sur les lieux
mêmes de leurs fonctions principales — on
admettait qu'un sénateur ou un député fût
en même temps maire, conseiller général, juge,
général, tout ce qu'il voulait à cent ou deux
cents lieues de distance. Cette fiction d'ubiquité
cachait-elle autre chose qu'une détestable
simonie ?

28*

— Il ne faut pas que l'on dise de nous'
s'écria-t-il en terminant, que nous ne briguons
de mandats que pour 'n écarter d'autres aspi-
rants mieux qualifiés que nous pour les remplir. Travaillons, tandis que la besogne est là
qui nous tend les bras ou bien, si nos forces
et notre courage sont épuisés, faisons place à
d'autres plus robustes et plus vaillants.

Ce discours, si contraire aux usages établis,
excita un tumulte épouvantable. M. Potin se
vit rappeler à l'ordre en raison des termes
irrévérencieux dont il s'était servi et il s'entendit dire, en face, par un collègue plus indigné que tous les autres, en sa qualité de va-
cançard intrépide, qu'il pouvait donner sa
démission, si cela lui convenait et que, bien
certainement, personne n'en pleurerait. Il répliqua non moins vertement et peu s'en fallut
qu'une rencontre ne s'en suivit.

La dispersion et les vacances de la Chambre
contribuèrent pourtant à étouffer cet embryon
d'affaire.

Quelques jours après la séance de clôture,
M. Potin, se voyant des loisirs, prit le train
pour se rendre au dîner d'inauguration d'une
charmante villa que M. Forestan, songeant à
s'accorder quelque repos en initiant son fils,
aîné à ses affaires, venait d'acheter près d'Argenteuil.

XII

M. et Madame Forestan avaient, pour cette solennité, fait un choix d'invités parmi leurs amis les plus intimes. Déjà se trouvaient réunis, au salon, madame Bertenet, M. Corbeau, M. et madame Dawson, leurs nièces, et quelques autres personnes. Le seul M. Potin manquait encore à l'appel.

Cependant, l'heure fixée passa sans qu'on le vît apparaitre. Ce fut là une occasion naturelle pour quelques faciles plaisanteries; on voulut voir, dans cette inexactitude, l'influence irrésistible des mœurs parlementaires. Mais bientôt les minutes s'ajoutant aux minutes, on dut avoir recours à des conjectures moins frivoles. On se rappela que M. Potin, très exigeant sur le chapitre de la ponctualité, en donnait toujours, lui-même, l'exemple et cela ne pouvait que contribuer à augmenter l'étonnement.

Enfin il vint un moment où, sans manquer

aux égards dûs à leurs autres convives, M. et Mme Forestan ne pouvaient prolonger plus longtemps l'attente et ils allaient faire servir quand, à la sollicitation même des invités présents, on s'accorda encore un quart d'heure de grâce; mais ce fut inutilement.

Le dîner se ressentit de cet incident et M. Forestan ne put se défendre de quelques soupçons d'inquiétude. M. Dawson qui s'était promis un plaisir de féliciter le nouveau député sur quelques-uns de ses discours, M. Corbeau qui avait préparé les éléments d'une controverse qu'il voulait engager avec lui, touchant un point intéressant de la grave question des rapports de l'Eglise et de l'Etat, d'autres personnes dont la curiosité était éveillée à l'endroit du déjà célèbre député de Villétrange qu'elles ne connaissaient pas encore, tout le monde se trouva regretter son absence.

La première réception dans la nouvelle maison de M. Forestan, revenant de droit aux gens graves, posés, rassis, ne pouvait être compliquée des démonstrations assez bruyantes, bal, concert, qui devaient être le lot naturel d'une autre série d'invités plus jeunes. C'est pourquoi il ne se passa pas beaucoup de temps, après la fin du dîner, sans qu'on songeât au départ.

M. Forestan reconduisit ses hôtes à la gare

et c'est là qu'il lui revint certaines rumeurs sur le sauvetage d'un Monsieur qu'on aurait retiré de la Seine, quelques heures auparavant. Au même moment, il eut plus de détails de la bouche d'un médecin qui s'était trouvé là, par hasard, et qui avait donné les premiers soins.

D'après ce que le praticien expliqua de la tournure de l'individu, M. Forestan ne douta pas qu'il ne s'agit de son ami et, en proie à la plus vive anxiété, il courut à la maison qu'on lui indiqua comme étant celle où le noyé avait été déposé.

Ce fut bien, en effet, le malheureux M. Potin qu'il retrouva, vivant sans doute, mais dans le plus triste état.

De ce qui fut rapporté à M. Forestan et ce qu'il devina à travers le récit forcément incomplet que faisaient ceux qui avait été plus ou moins témoins de l'accident, il apparaissait que le futur immergé était descendu à la gare d'Argenteuil, vers cinq heures et demie et avait suivi le chemin latéral à droite, sur la rive droite de la Seine. Après avoir marché un bon moment, il s'était enquis de la villa de M. Forestan, à un passant qui la lui avait indiquée juste en face, sur la rive gauche où elle se trouvait effectivement située, bordant le chemin dit d'Argenteuil, entre Colombes et Gennevilliers.

Le voyageur avait paru extrêmement contrarié en reconnaissant qu'il s'était trompé et
qu'il aurait à revenir sur ses pas pour prendre
le pont et ensuite à refaire, sur la rive gauche,
le même bout de chemin qu'il venait de faire
inutilement, sur la rive droite, ce qui ne devait pas laisser que d'exiger un certain temps.
C'est alors qu'il avait demandé, à un batelier
qui se trouvait là, de le passer dans son
bachot.

Au beau milieu de la rivière, ils avaient été
abordés par un gig manœuvré par quatre
jeunes et vigoureux rameurs, qui les avait
coulés d'une secousse effroyable, tous, sans
exception d'ailleurs, ayant été jetés à l'eau, du
même coup.

Au cours de la discussion qui s'était élevée
ensuite, pour établir la part de responsabilité
de chacun, dans cet accident, les rameurs du
gig avaient prétendu qu'il y avait eu imprudence, de la part du batelier, à traverser l'eau
au moment où arrivait leur embarcation lancée
à toute vitesse et qu'eux d'ailleurs, ramant face
arrière, ne pouvaient rien apercevoir de ce qui
se passait à leur avant. Le batelier, de son
côté, objectait que le pont du chemin de fer
traversant la Seine, lui avait masqué la vue
du gig et il attaquait violemment, comme responsable de tout, le barreur de cette embarca-

tion qui, faisant face à l'avant, n'avait pas la
même excuse que les rameurs et était certainement coupable d'une fausse manœuvre. Mais
il était difficile de le pousser vigoureusement,
sur ce point, en raison du courage dont il
avait fait preuve en plongeant, par trois fois,
au fond de la rivière, ramenant à la dernière
le corps inanimé de M. Potin et lui-même à
moitié suffoqué, tandis que tous les autres,
canotiers et batelier, avaient tout d'abord songé à leur propre sûreté.

Finalement, on avait transporté M. Potin
dans une maison proche de là, dont les maîtres
étaient absents et où ne se trouvait qu'un
couple de vieux domestiques.

Ordonnés et dirigés par le médecin qui s'était
trouvé là si heureusement, les secours avaient
été administrés d'une manière intelligente et
bientôt efficace. Mais certes, ç'aurait été aux
yeux de M. Potin, la pire des conséquences de
ce malheureux accident, s'il avait pu se voir
étendu sur une grande table de cuisine, entièrement nu et son corps blanc et potelé, dont il
prenait tant de soin, livré au contact grossier
et à la pollution de gens du commun, de ma-
riniers, de maraîchers et même de deux ou
trois commères qui le frictionnaient de toutes
leurs forces, écorchant sa peau au contact de
leurs mains calleuses, massant, pétrissant ses

membres, sa poitrine, son ventre et obligés de se relayer toutes les cinq minutes, tant ils y mettaient d'ardeur.

Son retour à la vie avait été accéléré par la mise en pratique d'un procédé que le barreur, jeune homme à l'aspect très déluré, avait dit être en usage dans son pays, et qui consistait, en collant ses lèvres sur celles de la victime, à lui insuffler de l'air. C'est ce qu'il avait fait lui-même, d'une manière décidée et peu d'instants après, le noyé avait enfin rouvert les yeux. Mais, en apercevant le jeune homme encore penché sur lui, il avait poussé un grand cri et s'était évanoui. Depuis ce temps-là il avait une fièvre ardente et le délire. Le médecin craignait une affection cérébrale.

Tel fut le triste récit que recueillit M. Forestan et on peut deviner à quel point il en fut affecté.

S'étant fait connaître il assuma, dès ce moment, d'autorité, la direction de tout le service des soins. Il commença par congédier, en les remerciant et en les assurant d'une marque de gratitude, les trop nombreux témoins et auxiliaires qui ne pouvaient, désormais, qu'être importuns. Il envoya prévenir chez lui, prit connaissance des prescriptions du médecin et veilla à ce que rien ne manquât pour qu'elles fussent observées scrupuleusement.

Puis, très-décidé à veiller cette première nuit, il vint s'asseoir au chevet du malade.

Des paroles entrecoupées s'échappaient continuellement des lèvres de celui-ci. Parfois elles devenaient plus précises et étaient prononcées avec une énergie plus accentuée. On le voyait alors faire effort pour se dresser sur son séant et étendre les mains en avant, comme pour repousser quelque vision effrayante.

— Va-t-en, s'écriait-il, va-t-en, démon infernal !..... Ce n'était pas assez, pour toi, d'avoir troublé ma tranquillité ; c'est à ma vie que tu en veux, maintenant..... C'est l'espoir de t'enrichir de mon héritage qui te pousse à me tourmenter sans cesse..... Eh bien ! ton calcul est faux, mauvais écolier...., Du papier, une plume !..... Je veux faire mon testament..... Je ne te céderai ni une pierre, ni un pouce..... Je vais déposer mon plan chez un notaire..... Le gouverneur de Paris ne capitulera pas..... Je serai, à la fois, mort et victorieux...., Je vous rappelle à l'ordre..... La censure..... l'exclusion temporaire..... l'exclusion perpétuelle à ce mauvaise drôle..... Gendarmes, faites votre devoir !..... Ah ! ah ! ah ! ah !.....

Et ici les mots redevenaient inintelligibles.

Pendant six jours, M. Potin fut dans l'état le plus critique. Sa bonne et saine constitution et aussi les soins vigilants et dévoués dont il fut l'objet, de la part de tous les membres de la famille Forestan, prirent enfin le dessus, à l'immense joie de ces cœurs d'élite. Le négociant qui avait veillé presque jour et nuit, pleura de joie quand son ami, recouvrant ses esprits, le reconnut et lui tendit la main.

On aurait voulu alors qu'il pût être transporté à la villa Forestan ; mais le médecin fut d'avis qu'on attendît encore quelques jours.

Au reste, les propriétaires de la maison où se trouvait le malade avaient envoyé l'ordre précis que tout, chez eux, fût mis à sa disposition et qu'aucun soin ne lui manquât. D'autre part il valait peut-être mieux, pour la tranquillité de M. Potin, qu'il ne se trouvât pas, à ce moment là, chez son ami Forestan.

En effet, à la première nouvelle de l'accident, Madame Bertenet était accourue avec une formidable cargaison de remèdes et spécifiques dont elle voulait aller faire, sur le champ, l'application à M. Potin, n'ayant pas oublié sa prétendue courtoisie, au Havre. Il avait fallu que M. Forestan excipât d'une interdiction formelle prononcée par le médecin et encore, la bonne dame ne laissait pas de le charger, chaque jour, d'une quantité de ses drogues, toutes plus efficaces, les unes que les autres.

D'autre part M. Corbeau, venu également, émettait l'avis que ce serait le moment opportun pour prononcer quelques paroles de morale et de religion, appropriées à l'état du malade et son ex-tuteur avait dû user d'autorité pour le tenir à l'écart. Le pieux personnage essaya, comme Madame Bertenet, d'établir une sorte de compensation en remettant, à M. Forestan, pour M. Potin, un choix de « bons livres » correspondant, dit-il, à la circonstance et dont en devait infailliblement attendre le meilleur effet. Puis, pour ne pas perdre tout-à-fait les fruits et l'onction de ses méditations, il en régala Mlle Julie Forestan et les deux nièces du doyen Dawson.

— La chambre d'un malade, leur dit-il, est le champ de bataille le plus favorable que puisse rencontrer une femme intelligente. Vous reconnaitrez cette vérité, mes chères demoiselles, quand vous serez entrées dans les liens du mariage, si toutefois Dieu ne vous fait pas la faveur, que je vous souhaite, d'un état d'une plus haute sélection. Certainement, votre mari aura, de temps en temps, quelque fièvre ou, s'il est homme du monde, officier de l'armée, notaire, ou encore dignitaire de l'église anglicane, une attaque de goutte deux ou trois fois l'an.

— J'espère que non, Monsieur Corbeau, fit avec le plus grand sérieux, Mademoiselle Rachel, tandis que ses compagnes comprimaient, avec peine, une violente envie de rire.

— J'espère que si, mademoiselle..... Tout au moins, ajouta-t-il, voyant qu'il était peut-être allé trop loin, le cas pourra se présenter. Mais, permettez-moi de poursuivre. Si, en doctrine générale, la conversation doit toujours être instructive et moralisatrice, combien, à plus forte raison, n'en doit-il pas être de même quand un frère, un parent, un époux est malade ! Je crois que ma visite aurait été d'une grande efficacité morale pour M. Potin si, considérant trop exclusivement les besoins du corps, au détriment de ceux incomparablement plus impérieux de l'âme, on n'avait empêché cette démarche. Les avantages qu'offre la chambre d'un malade sont, je le répète, considérables, immenses. Combien de fois n'a-t-on pas vu des hommes hausser les épaules et sortir quand une personne pieuse commençait à prononcer quelques paroles édifiantes ! J'en ai vu d'autres, en pareil cas, tousser, ricaner, chantonner, siffler même..... Rien de tout cela ne leur est possible quand ils sont confinés dans leur chambre de malade ou de convalescent. Ils ne sont pas, alors, les plus forts et pourraient s'exposer à des représailles faciles, comme retranchement de nourriture, tisanes plus amères, etc., etc. Peut-être voudront-ils détourner la conversation sur les nouvelles du jour ou les propos frivoles ; mais vous ne devrez le permettre, en aucun cas et sous aucun prétexte. Celui qui se trouve dans la situation de réaliser une conversion a, par suite et en quelque sorte, charge d'âme et il assume une grave responsabilité s'il ne profite de cette occasion que lui offre le ciel. Bénissez la main qui vous frappe ! Tel était le sujet que je me proposais de développer devant M. Potin et, sans nul doute, cette instruction aurait porté fruit.....

Cependant, tout danger paraissait définitivement écarté et la convalescence du député de Villétrange faisait de rapides progrès. Aussi, délivré de toute inquiétude, M. Forestan crut pouvoir accepter l'invitation pressante qui lui avait été faite d'assister à une soirée à l'occasion de la signature du contrat de mariage d'une de ses nièces, à Paris.

M. Potin avait d'ailleurs, auprès de lui, son fidèle Jean et le repos paraissait être ce dont il eût le plus besoin, désormais.

Les deux nièces du docteur Dawson étaient restées à la villa.

L'aînée, Mademoiselle Rachel, allait se mettre au lit quand elle aperçut, de sa fenêtre qui donnait sur la Seine, une lueur vive et anormale, tout vis-à-vis, sur l'autre rive. Elle appela sa sœur et toutes deux tombèrent d'accord qu'il s'agissait d'un incendie qui paraissait avoir éclaté justement à la maison où se rouvait M. Potin. Elles perçurent distinctement, au milieu du calme d'alentour, un bruit, des clameurs, des cris d'appel.

Sur le champ, elles réveillèrent et mirent sur pied tous les domestiques que ces filles énergiques n'hésitèrent pas à guider elles-mêmes, pour porter du secours sur le lieu du sinistre. Mademoiselle Rachel fit prendre des échelles, des cordes, des seaux, tous les ustensiles pouvant être utiles en pareil cas.

En vue d'éviter le détour du pont, on détacha, de la rive, un bateau que M. Forestan avait acquis pour son usage particulier et, traversant l'eau en droite ligne, on économisa ainsi un temps précieux.

C'était bien, en effet, la maison servant d'infirmerie à l'infortuné M. Potin qui brûlait.

Dans la soirée une bande de jeunes gens très en train s'était présentée, de retour d'une partie de canotage. Il s'y trouvait, notamment, le même équipage qui avait causé la catastrophe dont avait été victime le député de Villétrange et tous étaient entrés, d'autorité, à la suite d'un de leurs camarades, fils des maîtres de la maison.

En vain les vieux domestiques avaient-ils

objecté que le repos et la plus grande tranquillité étaient recommandés au malade. Les jeunes gens avaient promis de ne pas faire de bruit mais, bien entendu, vu leur état, sans tenir cet engagement.

M. Potin avait bientôt été réveillé par un vacarme, des cris, des chants et comme tout cela se produisait sous sa chambre, il distingua très-bien les voix parmi lesquelles celle plus perçante que toutes les autres du jeune barreur, cause de son malheur, et qui n'était autre — on l'a sans doute deviné — que son fatidique neveu.

Son courageux domestique avait voulu descendre pour essayer d'imposer le calme ; mais le député lui avait, au contraire, intimé l'ordre de tenir toutes les portes soigneusement fermées et verrouillées.

A un certain moment ils avaient entendu une explosion de cris plus accentués bientôt suivis de plaintes, de gémissements, d'appels au feu. Alarmé, Jean avait ouvert la porte et avait aperçu le bas de l'escalier déjà tout en flammes, tandis que la fumée commençait à envahir la chambre.

C'étaient les jeunes gens du bas qui étaient cause de ce nouveau malheur. Après avoir péroré, jargonné, crié, hurlé, appelant cela une imitation des scènes de la vie parlementaire

qui leur parut de circonstance dans le voisinage du député de Villétrange, ils avaient eu
l'idée de reproduire le punch gigantesque dont
les journaux n'avaient pas manqué de faire
mention, avec force détails. Malheureusement,
ils n'avaient pas l'aplomb et l'expérience de
M. Pertemont, non plus que les moyens et l'installation du père Samuel. Leur récipient avait
culbuté ; l'alcool enflammé s'était répandu al-
lumant l'incendie partout, en un clin d'œil et
plusieurs d'entre eux, cruellement brûlés,
avaient dû être retirés de la flamme, non sans
peine, par leurs compagnons subitement dé-
grisés.

Jean avait ouvert la fenêtre et joignait ses
appels désespérés à ceux des gens du bas.
Par malheur, la maison était isolée et il devait
se passer trop de temps avant que les secours
pussent arriver de Colombes, d'Argenteuil ou
de Gennevilliers. Le dévoué serviteur songeait
à descendre son maître au moyen des draps
noués et attachés à la fenêtre, ce qui ne laissait pas de présenter une certaine difficulté, vu
l'état de faiblesse du malade. D'autre part, il
devenait de plus en plus urgent de prendre un
parti ; la flamme dardait davantage, chaque minute, à travers les fenêtres du bas et le danger grandissait à vue d'œil.

Parmi les jeunes gens, les uns ayant été at-

teints par le feu se tordaient dans leurs souffrances ; les autres restaient comme hébétés et
les deux vieux domestiques ne savaient que
pousser des cris, sangloter et répéter continuellement :

— Quel malheur, quel malheur !... Qu'est-ce
que monsieur va dire de sa maison brûlée?

C'est à ce moment-là qu'apparurent mesdemoiselles Harriet et leur équipe.

Mademoiselle Rachel fit, sur le champ, dresser une échelle et y aurait peut-être grimpé
elle-même, en présence de l'affolement général, si l'un des jeunes gens, le barreur des canotiers, ne s'y était élancé avant elle.

En moins d'une minute il eut attaché, par
le milieu du corps, M. Potin qui fixait sur lui
des yeux hagards, et, maintenant la corde d'en
haut, tandis que Jean soutenait son maître le
long de l'échelle, il l'avait heureusement et
sans secousse amené à terre.

Mais, sur le point de descendre lui-même,
un violent jet de flamme avait surgi, au-dessous de lui, des fenêtres du rez-de-chaussée,
rendant désormais impossible l'usage de l'é-
chelle. La position aurait pu être considérée
commé critique, pour tout autre que lui ; mais,
sans se troubler, il monta sur l'appui de fenêtre et, tenant la corde par son extrémité, il
s'élança hardiment, en décrivant une parabole

29*

pour franchir la flamme. Malheureusement,
sous l'effet de la secousse, la corde, qui était
vieille, se rompit, ce qui contraria l'élan du
jeune homme, lequel retomba à moitié roussi
et se démit le pied.

Au même instant arrivèrent, des environs,
les premiers secours et voyant qu'il n'y avait
plus à redouter, désormais, que des dommages
matériels, mademoiselle Rachel jugea que son
rôle devait se borner, dès ce moment, aux soins
réclamés par l'état de M. Potin, tout en laissant
cependant une partie de son monde pour coopérer aux secours qui commençaient à s'organiser.

S'excusant, d'une manière charmante, de l'i-
nitiative qu'elle avait cru devoir assumer, elle
invita donc le député à prendre place dans la
barque et il s'y laissa conduire docilement, soutenu par Jean et un autre domestique. S'ar-
mant chacune d'une rame, les deux vaillantes
sœurs conduisirent, sans encombre, leur passager jusqu'à l'autre rive où se trouva justement M. Forestan rentrant de Paris et qui,
sans avoir pris le temps de quitter sa toilette de
soirée, accourait haletant aux premiers mots
qu'on lui avait rapportés de ce nouveau malheur.

Peu d'instants après, M. Potin se retrouvait
dans un état relativement calme et satisfai-

sant, couché dans un bon lit, tandis que toute
la famille Forestan, félicitait vivement mesdemoiselles Harriet, de leur intrépidité.

On redoutait une influence défavorable de
cette nouvelle secousse sur l'état de M. Potin;
mais il n'en fut rien et on pourrait même ajouter, au contraire. En effet, comme on avait,
jusque-là, évité de lui parler de son immersion
avant qu'il en parlât lui-même, il s'était persuadé que son neveu, qu'il avait parfaitement
reconnu dans l'équipe du gig, avait agi perfidement à son égard et en voulait désormais à
sa vie, dans un but intéressé. Il se voyait donc,
pour l'avenir, voué à une existence pleine de
terreurs, semée d'embûches, sous l'effet desquelles il devait finir par succomber.

Mais l'empressement et le dévouement qu'a-
vait déployés le jeune homme pour le sauver
de l'incendie et ce qu'on lui apprit de la manière courageuse dont il l'avait retiré de l'eau,
modifièrent considérablement sa première impression. Devant ces faits patents et non équivoques, il se sentit disposé à le considérer
comme un écervelé, coupable sans doute dans
sa légèreté, mais non criminel, comme il l'a-
vait redouté.

Cette découverte exerça un effet éminemment salutaire sur l'état de M. Potin et, quelques jours après, il se trouva si bien qu'il put

descendre au salon où il fut accueilli, par tous,
avec la joie la plus franche et les démonstrations les plus sympathiques. Lui-même remer-
cia tout le monde, avec une émotion sincère,
des soins qu'on lui avait prodigués et il eut
des expressions de gratitude toute particulière
pour les deux charmantes sœurs Harriet qui
avaient, si énergiquement, contribué, pour leur
large part, à la conservation de son existence.
Le contentement brillait dans tous les yeux,
récompense ineffable réservée aux nobles cœurs
de leur propension constante au bien.

On avait eu aussi des nouvelles des jeunes
gens blessés dans l'incendie. Ils allaient aussi
bien que possible, y compris le jeune Potin
dont la remise sur pied exigerait toutefois un
temps assez long. M. Forestan, qui avait toutes
les délicatesses, veillait en secret à ce qu'aucun soin ne lui manquât, dans un pavillon voisin où il avait été transporté avec les autres
blessés.

L'incendie, quoique violent, avait pu être
heureusement concentré et comprimé, ce qui
avait empêché l'entière destruction de la maison. Les dégats se trouvaient donc être beaucoup moindres qu'on aurait pu avoir à le déplorer. Néanmoins M. Potin ne pouvait se défendre de quelques scrupules à cet égard. Il
se demandait s'il y aurait eu également sinis-

tre, lui non présent dans la maison et s'il n'en
était pas dès lors, à un certain degré, la cause
indirecte, bien qu'absolument involontaire.

C'était aller trop loin dans la voie de la délicatesse et M. Forestan, bon juge en pareille
matière, le lui fit comprendre. Au même moment, d'ailleurs, arriva la visite des propriétaires de cette maison, désireux de faire leurs
excuses, à M. Potin, du danger auquel il s'é-
tait trouvé exposé, chez eux, et ne voulant pas
entendre parler d'autre chose que d'en rendre
responsable, à l'exclusion de tous autres, leur
fils qui, en résumé, paraissait avoir été effectivement l'instigateur et le fauteur de tout le
mal. Le jeune Potin, lui-même, sortait indemne
et son oncle éprouva la sensation toute nouvelle, pour lui, d'en entendre faire l'éloge en
raison du courage dont il avait fait preuve et
sans lequel on aurait pu avoir à déplorer un
malheur bien autrement grave.

L'amélioration se continuant dans l'état de
M. Potin, il énonça bientôt l'intention de retourner à son domicile de la Maison ; mais M.
Forestan n'en voulut pas entendre parler pour
le moment et son ami se résigna assez facilement à se laisser faire violence.

Au reste, une modification profonde semblait s'être opérée dans tout son caractère et il
parut bientôt éprouver autant de goût, pour la

société, qu'il prenait soin auparavant de s'en
tenir éloigné. Il ne chercha pas à se dérober aux visites qui lui vinrent, tant de personnes sympathiques, que de simples curieux.
Il supporta, sans trop d'impatience, les conseils
et les instructions de Madame Bertenet et de
M. Corbeau qui réussirent enfin à l'aborder.
On remarqua aussi que, bien que peu joueur,
par goût, il montra une certaine complaisance à
faire la partie du doyen Dawson qui était revenu passer quelques jours sous le toit hospitalier de M. Forestan.   En rattachant, à cet
indice, celui plus significatif encore qu'il paraissait rechercher la présence et la conversation de Mademoiselle Rachel, les observateurs ne pouvaient s'empêcher d'échanger,
entre eux, des sourires mystérieux et en-
tendus.

Toutefois, le négociant rencontra, un matin,
dans le jardin, son ami qui paraissait de nouveau assombri. Il tenait un journal à la main.
M. Forestan y avait déjà lu une assez sotte
plaisanterie par laquelle, faisant allusion à la
mésaventure du député, on émettait cette opinion que, de ce double traitement par le feu
et par l'eau, ressortirait peut-être quelque bien
pour son caractère. Il pensa que ce propos
railleur avait dû causer une certaine irritation
à l'esprit de M. Potin qui n'avait pu cesser, si

vite et si radicalement, d'être ombrageux et irascible. Mais le député ne fit même pas mention de cette taquinerie.

— Ce jeune homme, dit-il sans préambule, est un singulier composé de quelques bonnes qualités et de tendances étonnamment légères. Le courage dont il a fait preuve, à mon endroit, efface bien des faits antérieurs; il devrait avoir un peu de patience et comprendre que mon intention n'est pas d'oublier tout cela. Il n'avait qu'à attendre que lui et moi fussions tout à fait remis sur pied. Eh bien ! non. Concevez-vous qu'il se mette à recommencer ses folles agaceries ? Et dans quel but ? A quoi cela peut-il l'avancer ?...

Et M. Potin tendit, à son ami, le journal à la quatrième page duquel s'étalait le même avis qui l'avait déterminé, quelques mois auparavant, à s'abstenir de la lecture des feuilles publiques.

« M. Achille Potin dont le frère, Alexis
« Potin, est décédé, il y a quelque temps, fer-
« mier et négociant au Mexique, est prié de
« se présenter en l'étude de Mᵉ Adron, no-
« taire à Paris, pour une communication
« importante. »

— Voilà qui est bizarre ! fit le négociant.

— Et qui marque un entêtement rare.

— D'autant plus que votre... neveu, sans

donner pourtant d'inquiétude touchant son rétablissement définitif, ne s'en trouve pas moins
dans un état sérieux dont la complication résulte d'une imprudence à laquelle l'a entraîné
l'impatience que lui causait son état. Il a dérangé son appareil en voulant marcher trop
prématurément et, depuis quelques jours, il
est en proie à une forte fièvre qui, je vous
l'assure, ne lui laisse guère la faculté de
s'occuper d'insertions dans les journaux.

— Mais alors, il faudrait supposer qu'en
dehors de lui certaines influences étrangères...

— Rapportez-vous en à moi et surtout ne
vous en tourmentez pas davantage, dit M. Forestan. Je veux éclaircir ce qu'il y a au fond
de tout cela.

Dans l'après-midi, le négociant revint de
Paris où il était allé voir le notaire Adron. Il
avait l'air réfléchi et préoccupé, Il prit à part
M. Potin.

— Connaissez-vous ceci ? lui dit-il en lui
mettant une photographie sous les yeux.

— Paul Servais, mon meilleur ami !...
s'écria le député.

— Excusez-moi, reprit-il en tendant la
main au négociant ; je n'avais pas encore appris à vous connaître.

— Vous n'avez pas besoin d'excuse, mon
cher Potin, répliqua M. Forestan. Un carac-

tère tel que le vôtre est fait pour fixer plus
d'une amitié sincère. Au surplus et malheureusement, je n'aurais pas sujet d'être jaloux.....

— Paul n'est plus ?

— Depuis un an environ.

Quelques larmes mouillèrent les yeux de
M. Potin. Elles avaient du prix chez un
homme de son caractère. Personne, assurément, ne l'avait vu pleurer depuis qu'il avait
atteint l'âge d'adulte.

— Nous avions cessé de correspondre depuis à peu près quatre ans, reprit-il au bout
d'un moment. Atteint par de graves revers de
fortune, mais doué d'une délicatesse exagérée
et d'une susceptibilité ombrageuse, il n'avait
accueilli aucune de mes offres de services. Il
voulait, m'écrivit-il alors, se vouer tout entier
à une grande entreprise dont il me donnerait
connaissance quand elle serait tout à fait lancée. N'avez-vous rien appris à cet égard ?

— Le notaire était absent et je n'ai pu voir
qu'un de ses clercs assez peu au courant de
cette affaire; mais on doit m'envoyer demain,
afin que je vous le transmette, le dossier complet ainsi qu'une note explicative. Je sais toutefois, dès maintenant, que l'avis dont vous
vous tourmentiez n'émanait nullement de la
source que vous pensiez et qu'il était fait dans
l'intérêt d'une fille de votre ami, revenue en
France...

— Cela suffit, interrompit M. Potin. Je sais qu'elle promettait d'être la digne fille de son frère ; elle sera ma fille adoptive. Ne suis-je pas déjà bien d'âge à avoir des enfants? ajouta-t-il avec un sourire.

Son ami lui serra la main.

— Je ne vous félicite pas, mon cher Potin, lui dit-il. Il y a longtemps que je sais, mieux que vous-même, ce dont vous êtes capable.

Le dossier promis arriva exactement le lendemain. Une note expliquait, d'une manière préliminaire, que la jeune personne n'avait besoin d'aucun secours, ayant retiré un petit patrimoine de la succession de son père et le revenu qu'elle en obtenait étant complété par le produit d'une occupation honorable qu'elle avait su se créer. En se mettant à la recherche de M. Potin, elle n'avait fait que se conformer à la recommandation de son père, de la part de qui elle devait lui remettre quelques souvenirs.

Il était rapporté ensuite comment M. Paul Servais s'était rendu au Mexique pour réaliser une grande entreprise industrielle et comment il y avait rencontré M. Alexis Potin.

M. Potin admira le hasard de cette rencontre et le singulier concours de circonstances qui le constituait, lui-même, le protecteur de deux jeunes gens venant d'un même et lointain pays.

Mais, ce qui lui parut plus extraordinaire

encore, c'est que son ami s'attribuât bon nombre de faits et aventures que son neveu lui avait exposés comme se rattachant à M. Alexis Potin. Ainsi en était-il, par exemple, pour la destruction de la ferme de San Pedro del Gallo, par les indiens, pour la blessure reçue par son propriétaire et pour sa mort qui en avait été la malheureuse conséquence.

D'autre part il apparaissait, au contraire, d'après M. Paul Servais, que M. Alexis Potin avait quitté la vie sans lutte ni combat, mais assez tranquillement dans son lit, entouré de ses quatre enfants auxquels il léguait une grande fortune et une situation brillante. De l'un d'entre eux nommé Alexis, qui aurait été élevé aux États-Unis, puis en France, il n'était pas le moins du monde question. Bref, sur quantité de points, il y avait incompatibilité absolue entre les deux récits.

En proie à une émotion indicible, M. Potin commença à soupçonner qu'il avait été la victime d'une audacieuse supercherie. Il eut, toutefois, la force de se contenir, sans s'ouvrir à personne de ses soupçons qu'il voulait auparavant éclaircir, d'une manière catégorique.

Prétextant la nécessité absolue d'une course, il partit le lendemain pour Paris, non sans qu'on lui eût fait promettre, formellement, de revenir le même jour.

Il se rendit au collége Henri IV où sa qualité de député lui fit obtenir, de suite, les renseignements qu'on lui avait refusés quand il
n'était que M. Potin tout court. On consulta les
listes des anciens élèves et l'on reconnut qu'il
n'y avait eu dans l'établissement, au temps
qu'il indiqua, aucun élève du nom d'Alexis
Potin.

Mais on se souvint parfaitement, en revanche, correspondant aux indications qu'il donna, d'un certain Alexandre Botin qui s'était
fait remarquer, tant par sa vive intelligence,
que par son caractère étourdi et indisciplinable.

Ce fut là un trait de lumière pour M. Potin
qui n'avait pas oublié l'indécision causée par
le rhume de cerveau du jeune homme, lors du
voyage du Hàvre, touchant les noms de Potin
ou Botin. Tout se découvrait enfin !

Si M. Potin, réconcilié avec la vie normale
et résigné à en subir les exigences, les tracas
et les luttes n'éprouva pas cette joie immense
qu'il aurait ressentie, autrefois, si on lui avait
annoncé tout à coup qu'il était débarrassé de
son turbulent neveu, du moins, il ne trouvait pas
assez de charme à cette parenté pour ne pas
ressentir comme une sorte de soulagement à la
voir s'évanouir.

Malgré toutes les apparences, il ne voulut

pas encore se réjouir, sans réserve, avant
d'avoir obtenu certitude pleine et entière. Mais
tout confirma, d'une manière éclatante, l'opinion qu'il venait de se former.

On se souvint parfaitement, chez le notaire
Adron, de la visite d'un individu qui, prétendant pouvoir fournir des indications touchant
M. Achille Potin, avait obtenu la permission de
compulser le dossier détenu à l'étude, dans
l'intérêt de Mlle Servais. Le député devina aisément de quelle part et dans quel but s'était produite cette démarche.

De plus, dans une entrevue qu'il eut, le
même jour, avec la jeune demoiselle, elle lui
confirma une foule de détails touchant M.
Alexis Potin et notamment l'existence de ses
quatre enfants, deux filles et deux garçons, ces
deux derniers nommés Francis et Alfredo,
tous deux gros négociants. Mais elle n'avait
jamais entendu parler d'un autre enfant appelé
Alexis.

Enfin il fit lancer, par un de ses amis, un
télégramme avec réponse payée à M. Benoit, à
Rouen, pour lui demander où l'on pourrait rencontrer M. Alexandre Botin et l'homme d'affaires, qui ne voulait sans doute pas se compromettre, répondit qu'il fallait, pour cela, s'a-
dresser à M. Nicquart, à Paris.

Ce dernier trait était péremptoire et donnait
la clef de tout l'imbroglio.

M. Potin put, dès lors, jouir avec toute certitude des joies de ce qu'il considérait comme
un triomphe éclatant et inespéré. Cependant
il attendit encore quelques jours jusqu'au rétablissement à peu près complet de son pseudo-
neveu et alors, étant allé le voir, il le salua
avec calme d'un :

— Bonjour Monsieur Alexandre Botin !

Le jeune homme devint soudain très pâle et
se cacha la figure dans ses mains.

M. Potin lui parla, d'un ton sérieux, de la
gravité de l'acte qu'il avait commis en usurpant
un état civil. Il exigea, avant toute décision,
qu'il lui fît le récit sincère de toute la machi-
nation.

En le complétant de ses propres inductions,
il obtint enfin une lumière à peu près absolue
sur les moindres incidents de toute cette étrange
affaire.

Ainsi que l'avait deviné M. Potin, c'était
bien M. Nicquart qui avait été le moteur de
tout. Il avait dû être frappé, comme lui, de
l'incertitude régnant au sujet du nom de Potin ou Botin et, d'autre part, il avait pu y voir
aussi un rapprochement avec la situation, qui
lui était connue du frère de M. Potin. Mais
cette incertitude s'était bientôt évanouie ; il
avait rejoint le jeune homme à Rouen et il l'a-
vait entendu articuler, très nettement : Botin.

Néanmoins, il l'avait fait entrer, par l'in-

fluence de son beau-frère, dans la maison Fo-
restan-et Carford où, comme par une sorte de
confusion, on l'avait inscrit sous le nom de
Potin. Il n'y avait rien d'étonnant à ce que ce
détail eût passé inaperçu pour M. Forestan.

Entre temps, les recherches de M. Nicquart
lui avaient appris que le jeune Botin, neveu
d'Amérique, n'avait rien à espérer de son oncle
de France qui était vieux, infirme et sans ressources.

Le charivari du Hàvre avait été purement
l'effet du hasard, mais n'avait pas déplu à
M. Nicquart, que surveillait dans la coulisse
M. Jaborandy.

Plus tard, l'homme d'affaires qui, en cette
qualité, suivait toutes les annonces, avait rencontré celles qui avaient été insérées dans l'intérêt de la demoiselle Servais. Il avait envoyé
aux informations un de ses agents secrets chez
M. Adron, et ce qu'il avait appris lui avait
donné l'idée d'abandonner le terrain de la
fantaisie pour embrasser une conception plus
vaste.

C'est alors qu'il avait fait congédier le jeune
Botin de la maison Forestan et Carford et qu'il
lui avait donné connaissance, en même temps,
du résultat de ses recherches, touchant l'oncle
véritable.

Se voyant sans ressources, le jeune homme

n'avait pas eu la force de résister aux sugges-
tions de l'homme d'affaires qui lui avait proposé
de se présenter à M. Potin, comme son neveu.
Il ne s'agissait d'ailleurs, à ce qu'il assura,
que d'une pure mystification et, à ce sujet, il
lui avait appris la singulière mission qu'il tenait de M. Jaborandy. Au reste, M. Nicquart
avait eu soin de ne se compromettre en rien.
Le jeune homme ne possédait, de lui, aucune
lettre, pas le moindre papier et les documents
qu'il avait produits à son oncle supposé lui
avaient été remis par un individu dont il ignorait le nom, qu'il n'avait jamais revu depuis
et dont la connivence avec l'homme d'affaires
aurait été impossible à prouver, encore qu'on
la sentît très pertinente.

On s'était servi habilement, pour les établir
et leur donner un caractère de plus grande
authenticité, de données puisées dans le dossier
exposé chez Mᵉ Adron.

Tout le reste s'expliquait suffisamment.
L'homme d'affaires se doutant bien que l'édifice de sa supercherie, reposant en somme sur
une pointe d'aiguille, ne résisterait pas à une
investigation sérieuse ou au choc de quelque
incident amené par le hasard, avait poussé le
pseudo-neveu à demander à M. Potin, sous
prétexte d'établissement à créer, un secours
une fois donné, comptant bien en avoir sa

part. On sait qu'il n'y avait pas réussi et
M. Potin apprit, non sans plaisir, que le jeune
homme ayant mené la vie large et recouru
plusieurs fois à la caisse de l'homme d'affaires,
se trouvait son débiteur de deux ou trois milliers de francs.

Il ignorait toutefois que cette avance fût couverte et compensée par la provision qu'avait
versée M. Jaborandy.

M. Potin, ne pouvait nourrir, un seul instant, la pensée de châtier sévèrement celui
qui avait été reconnu publiquement, pendant un
certain temps, comme son neveu et qui, somme
toute, lui avait, par deux fois, sauvé la vie.

Au reste, le jeune homme comprenait maintenant toute la gravité de la situation dans
laquelle il s'était placé. La leçon fut rude et
porta ses fruits. Il s'amenda d'une manière
tellement radicale, qu'il obtint de nouveau, par
la suite, la protection de M. Potin qui lui faci-
lita la reprise d'une charge d'huissier. A propos d'une petite fête qu'il donna un jour, un
échotier, qui y avait assisté, alla jusqu'à l'incor-
porer dans la grande tribu des « sympathiques. »
Un huissier sympathique ! Cela peut constituer,
sans contredit, un maître quine au jeu des
combles.

A quelque temps de là, M. Potin, complètement rétabli et l'esprit désormais libéré de

30

toute préoccupation absorbante, annonça à
quelques amis l'intention où il était de résigner
son mandat de député. Cette détermination fut
vivement combattue par plusieurs d'entre eux.
On lui objecta que la législature n'avait plus
qu'un temps restreint à courir avant d'arriver
à son terme ; qu'il allait causer une nouvelle
et fâcheuse agitation du pays de Villétrange ;
qu'il en aurait, jusqu'à un certain point, la responsabilité ; qu'il était sain et salutaire de
montrer, à la Chambre, quelques personnalités
indépendantes telles que la sienne, leur nombre n'étant hélas que trop restreint ; que son
influence et son vote pourraient être d'une utilité déterminante dans certaines conjonctures
délicates qu'on pouvait prévoir ; qu'il n'avait
pas le droit de commettre ce qui constituerait
une véritable désertion en privant le parti libéral de son concours ; que la politique avait ses
exigences et ses lois, comme la nature a ses
exceptions ; que la théorie des deux morales,
sur laquelle on a tant péroré, n'en était pas
moins une vérité absolue ; que l'exercice du
système parlementaire serait tout à fait impossible si l'élu devait constamment se préoccuper
de l'opinion des électeurs, ces derniers ne se
prononçant que trop souvent d'une manière
téméraire et sans connaissance suffisante des
faits ; enfin mille autres raisons aussi fondées,

A tout cela M. Potin répliqua que son premier tort avait été d'accepter le mandat de député dans des conditions qui prêtassent tant à la critique ; qu'il ne pouvait y avoir, en aucun temps, de motif pour justifier un mandataire se constituant et se perpétuant contre le vœu des mandants ; que c'était là l'atteinte la plus sensible que l'on pût porter à la sincérité et à la dignité si nécessaires au système représentatif.....

Et comme on l'engageait à chercher, tout au moins, à se faire nommer sénateur inamovible, il eut un mot superbe :

— Me prenez-vous, dit-il, pour un Jambonneau ou un Jules Lesuisse ?

Cette fière réponse mit fin à la controverse.

En revanche, l'ex-député brigua un suffrage d'un ordre différent et, complètement réconcilié avec la vie normale, il devenait, quelque temps après, l'heureux époux de la charmante Mademoiselle Rachel Harriet.

La suite de son existence fut celle d'un bon citoyen *parceque* travaillant. Il implanta, en France, une industrie dont jusque-là la perfide Albion avait eu le monopole et trouva un secret plaisir à chasser, de notre pays, les produits correspondants de ces compatriotes de son premier adversaire, M. Jaborandy.

Entre temps et comme s'y étant pris tardivement, il mit les morceaux doubles pour rattraper le temps perdu et augmenter la population de la France de huit beaux et vigoureux
enfants. Tout cela, élevé dans un état sain et
patriotique, fera souche à son tour, perpétuant
et développant la lignée d'un misanthrope
converti. Aussi, adoptant la doctrine de M.
Vernon, on peut avancer que la France se
trouverait certainement régénérée, sauvée,
exaltée et triomphante, si l'exemple de M. Potin suscitait tout-à-coup, sur notre territoire,
quelques millions d'émules de l'ex-député.

Et maintenant, pour terminer à l'ancienne
manière, qui est peut-être aussi la bonne, il y
a lieu de dire quelques mots de la vie
postérieure des autres personnages de cette
histoire.

Les Forestan continuent à être eux-mêmes.
C'est le plus bel éloge qu'on puisse faire
d'eux.

Mlle Marie-Louise Carford s'est mariée avec
un homme du monde qui lui a déjà mangé les
trois quarts de sa dot, au grand désespoir de
ses parents.

M. Nicquart poursuit et développe ses opé-

rations ordinaires. On peut prévoir que sa situation deviendra considérable s'il vit assez
pour être témoin de la réforme, toujours projetée, de la procédure et de la suppression des
avoués, objet de tous ses vœux.

Le jeune M. Connivant entra dans la magis-
trature. Il se distingua en obtenant, en enle-
vant brillamment la condamnation d'un prévenu que tout le monde jugeait innocent et
qui, en fait, l'était probablement. Ce beau
succès le fit considérer comme « très fort » et
une belle carrière judiciaire paraissait s'ouvrir
devant lui; mais il l'a délaissée, du moins
momentanément, pour devenir, à son tour, député de Villétrange, sous l'influence reconstituée toute puissante de la famille Dumortier.

Le père Samuel, ayant épuisé toutes ses
ressources de controverse, fut enfin déclaré,
par M. Corbeau, suffisamment instruit dans les
préceptes de la vraie foi et se vit acculé à la nécessité du baptême en grande pompe. Mais, au
dernier moment, le démon reprit le dessus et,
au grand scandale de toutes les âmes pieuses,
le débitant se déclara libre-penseur. Riche
maintenant et au-dessus de toutes ces petites
roueries, il est le chef de la loge franc-maçon-
nique de Villétrange. Il a une fille qui est devenue la femme d'un neveu de M. Vernon.

Mme Laberthe continue à régaler ses fidèles

de diners recherchés, assaisonnés d'une littérature prétentieuse.

M. Corbeau enfin eut un moment de grande joie. Il avait obtenu, d'un maire clérical d'une petite ville du Midi, la permission d'exhiber publiquement, pendant la semaine sainte, une Passion à personnages vivants, dans le genre de celle qui se célèbre, si pompeusement, tous les ans, dans les rues de Séville. Sans perdre de temps, il s'était occupé de la composition de sa troupe sacrée. Il avait fait choix, au noviciat des ermites de Villétrange, de deux larrons nature, d'un très beau Simon-le-lépreux et d'un superbe Barrabas. Pour quant aux autres comparses, scribes, pharisiens, miliciens juifs et bas peuple, il n'avait eu qu'à puiser dans le tas. Enfin, un établissement à patente spéciale avait mis à sa disposition, dans les prix ordinaires du tarif des sorties, autant de Madeleines qu'il en avait voulu, sauf toutefois qu'elles n'étaient pas repenties du tout.

Malheureusement pour la réalisation de son programme, M. Corbeau tomba de lire, dans le même temps, le *Roi vierge* de M. Catulle Mendès, dont le titre lui avait paru devoir s'appliquer, manifestement, à quelque ouvrage d'édification et de haute piété. Il y trouva le récit du crucifiement exécuté d'une main ferme, par l'auteur — l'intérêt supérieur de l'art justifie tout — d'un moderne et fantaisiste roi de Bavière.

Ce fut un trait de lumière pour l'ardent personnage qui proposa, sur le champ, le même rôle, dans les mêmes conditions, à son noble ami le duc de Rougefaucol. Quel beau triomphe, lui écrivit-il, résulterait, pour la foi, de ce sublime sacrifice ! Quel exemple à opposer aux sceptiques qui prétendaient que les croyances s'affaiblissaient, qu'il n'y avait plus de fidèles prêts à verser leur sang pour leur affirmation ! Quelle nouvelle illustration allait se répandre sur le beau nom des Rougefaucol, produisant un nouveau confesseur et martyr !... Que les farouches admirateurs du jacobinisme pur vinssent, après cela, exalter le dévouement sauvage de leur Grangeneuve qui voulait se faire égorger pour faire pièce à la cour et abattre, d'un seul coup, la royauté ! Le duc de Rougefaucol pouvait être tranquille ; M. Corbeau serait là pour leur répondre et leur river leur clou.

Le duc parut applaudir à ce beau projet ; mais, en lui-même, il le trouva un peu fort de propagande et il ne crut pas commettre un péché en vouant au diable M. Corbeau, M. Catulle Mendès et tous les individus à imagination ardente et ultra-fantaisiste.

En même temps, il fit avertir secrètement le préfet du département, qui ne balança pas un moment à interdire, de haute autorité, la manifestation projetée.

Depuis ce moment, M. Corbeau ne cesse de crier, plus que jamais, à l'intolérance et à l'impiété. Le duc de Rougefaucol fait chorus avec lui.

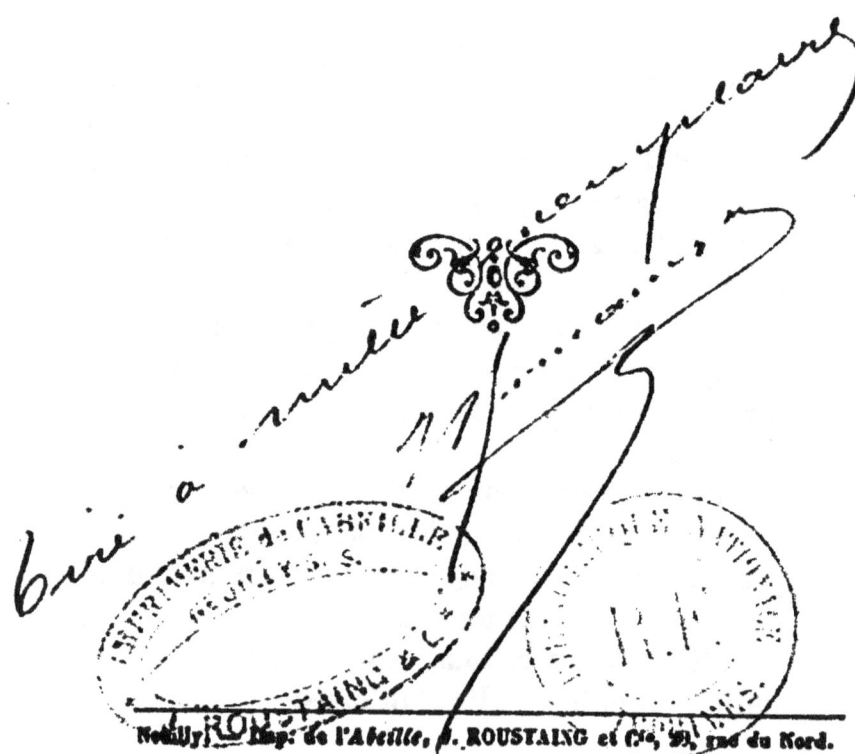

Neuilly. — Imp. de l'Abeille, S. ROUSTAING et Cⁱᵉ, 29, rue du Nord.

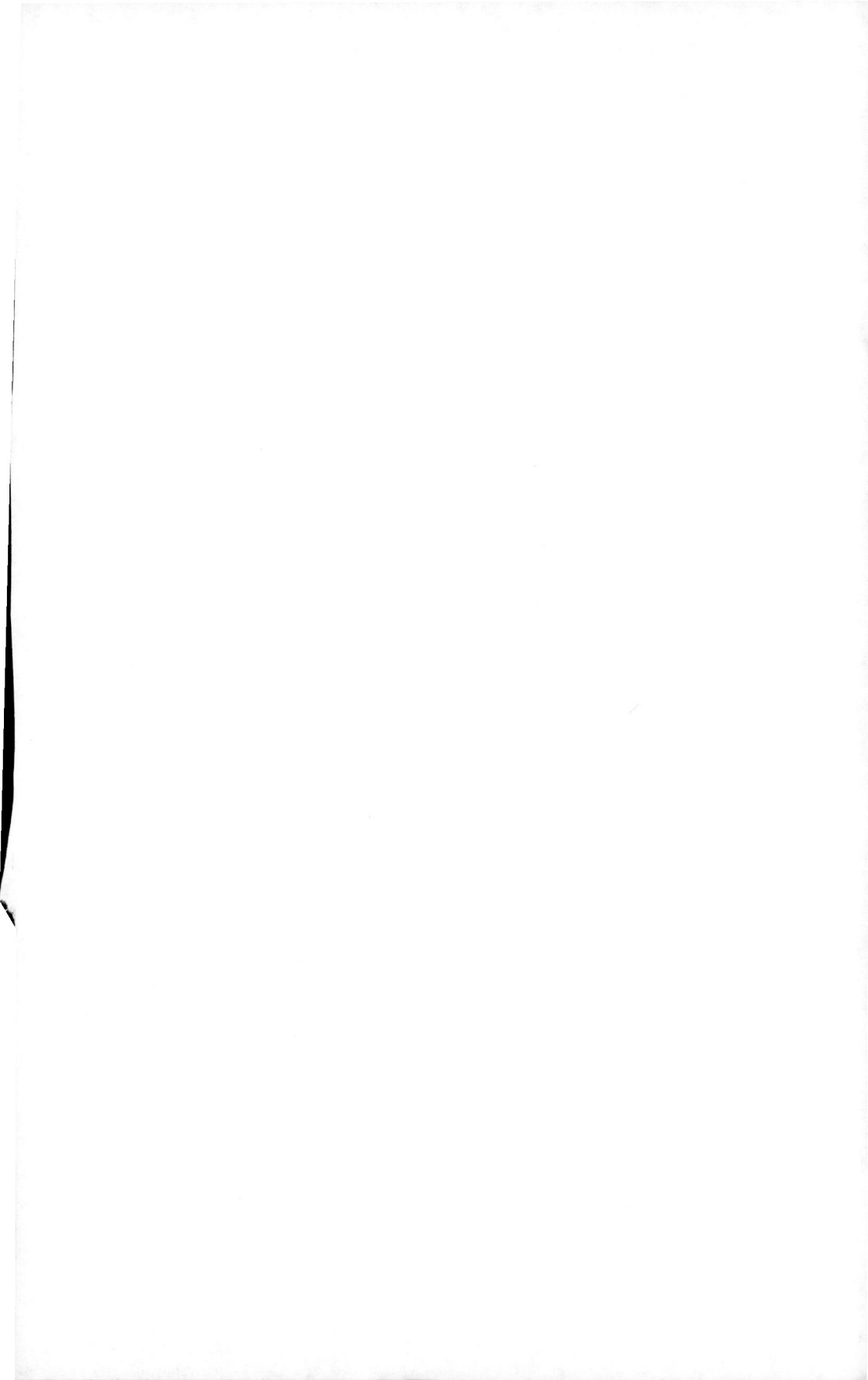

www.ingramcontent.com/pod-product-compliance
Lightning Source LLC
Chambersburg PA
CBHW061022030726
47504CB00002B/220